오발탄 · 꺼삐딴 리

열림원 논술 한국문학 15

오발탄 · 꺼삐딴 리

이범선 · 전광용

열림원

| 차 례 |

일러두기 | 6

이범선

감상의 길잡이 | 10
오발탄 | 9
생각해 볼 거리 | 56

감상의 길잡이 | 68
학마을 사람들 | 67
생각해 볼 거리 | 99

감상의 길잡이 | 106
갈매기 | 105
생각해 볼 거리 | 127

감상의 길잡이 | 136
사망보류 | 135
생각해 볼 거리 | 157

감상의 길잡이 | 164
몸 전체로 | 163
생각해 볼 거리 | 188

감상의 길잡이 | 198
청대문집 개 | 197
생각해 볼 거리 | 216

이범선의 생애와 문학 | 222

전광용

감상의 길잡이 | 232
꺼삐딴 리 | 231
생각해 볼 거리 | 275

감상의 길잡이 | 286
사수 | 285
생각해 볼 거리 | 305

감상의 길잡이 | 314
흑산도 | 313
생각해 볼 거리 | 343

감상의 길잡이 | 350
크라운장 | 349
생각해 볼 거리 | 376

감상의 길잡이 | 384
초혼곡 | 383
생각해 볼 거리 | 413

전광용의 생애와 문학 | 418

| 논술 | 빈곤으로 인한 생활고와 소외감에서 비롯되는
범죄를 어떻게 볼 것인가 | 426

| 일러두기

1. 이 시리즈는 작품에 대한 깊이 있는 해설과 논리적 사고력을 기를 수 있는 논술 문제를 덧붙여 문학 작품을 보다 종합적으로 이해할 수 있게 하였다.

2. 작품 원문은 표준어 쓰기를 원칙으로 하되 작품의 분위기와 특성을 살리는 표현이라고 판단되는 방언이나 속어, 그 당시에 쓰이던 외래어 등은 그대로 살렸다.

3. 현직 중·고등학교 국어교사들이 작품의 원전과 목록을 선정하였으며, 부가 설명이나 단어 풀이가 필요하다고 판단되는 경우에는 직접 각주를 달았다.

4. 잡지와 단행본은 『 』, 각 작품은 「 」, 영화와 신문, 곡명, 그림 등은 〈 〉로 구분해서 표기했다.

이범선

오발탄·학마을 사람들·갈매기
사망보류·몸 전체로·청대문집 개

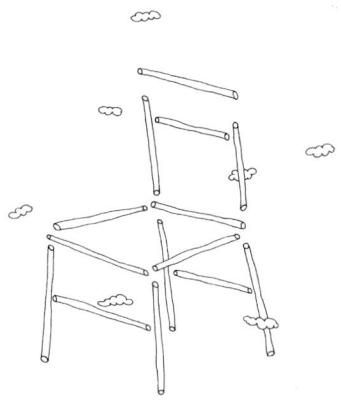

오발탄

월남 가족의 비참한 삶을 통해
분단의 비극성을 증언하고
전후의 황폐한 현실을 날카롭게 비판한 작품

 감상의 길잡이

"어쩌다 오발탄 같은 손님이 걸렸어. 자기 갈 곳도 모르게"

궁핍하고 부도덕한 전후의 현실에 좌절하는 월남 실향민 가족의 출구 없는 삶

「오발탄」은 1959년 『현대문학』에 발표된 이범선의 대표작으로, 월남 실향민의 비극적인 삶을 통해 전후(戰後)의 궁핍한 사회상과 부조리를 생생하게 그려 많은 관심을 불러일으켰던 작품입니다.

이 작품은 한국전쟁 직후의 서울을 배경으로 하고 있습니다. 주인공 철호는 전후의 해방촌에서 전쟁의 충격으로 정신이상이 되어 버린 어머니와 가난에 찌들어 삶의 의욕과 말을 잃어버린 아내, 영양실조에 걸린 다섯 살 난 어린 딸, 제대 후 이 년 동안이나 취직을 하지 못하고 빈둥거리는 동생 영호, 그리고 양공주가 되어 버린 여동생 명숙과 함께 살고 있습니다. 그는 계리사 사무실의 서기로 근면하고 성실하게 일하며 열심히 생활하는 평범한 가장이지만 극도의 가난으로 고통받고 있습니다. 떠나온 북쪽의 고향을 그리워하기도 하고 뭔가 마구 때려 부수

고 싶은 충동을 느끼기도 하면서 하루하루 삶을 이어가던 그는, 불안스레 지탱해 온 가정마저 파괴되는 현실 앞에서 절망스러워합니다.

　이 작품을 제대로 이해하기 위해서는 우선 철호 일가의 가난이 무엇 때문인지에 대해 생각해 볼 필요가 있습니다. 가족의 생계를 책임질 수 없을 만큼 적은 벌이에 매달려 살아야 하는 철호의 사정과 군에서 제대한 후 직장을 구하지 못한 영호나 양공주가 될 수밖에 없었던 명숙의 처지는 분단과 전쟁이 삶의 터전을 뿌리째 흔들어 놓았던 1950년대 후반의 궁핍한 현실을 잘 보여 줍니다. 현대적인 전쟁 무기의 사용으로 대규모 살상과 파괴를 초래했던 한국전쟁은 막대한 인명과 재산의 손실을 가져왔습니다. 경제활동의 기반이 되는 생산시설이 심각하게 파괴되고 생산력이 급격하게 떨어져 거리에는 실업자와 걸인, 고아와 장애인, 창녀 들이 넘쳐났습니다. 1952년 말 서울의 인구 중 직업을 가진 인구가 약 22퍼센트밖에 되지 않았다는 통계는 이와 같은 상황을 잘 말해 줍니다. 전쟁이 만들어 낸 절대적 빈곤이 사람들의 생활과 정신을 어둠과 절망 속으로 밀어 넣은 것입니다.

　다음으로 생각해 보아야 할 것은 가난에 대해 동생 영호가 느끼는 분노의 감정입니다. 양심적으로 살고자 하지만 늘 정신적 황폐함과 궁핍에 허덕이는 형을 보며 영호는 "양심이고, 윤리고, 관습이고, 법률이고 다 벗어던지면 우리도 남들처럼 잘살 수 있지 않겠느냐"고 소리칩니다. 영호의 외침은 부도덕한 사람들은 쉽게 부를 얻을 수 있지만 성실하고 정직한 사람은 생계조차 위협받던 부조리한 현실에 대한 격렬한 증오입니다.

　양심과 윤리와 법률을 저버리고 남들처럼 근사하게 사는 길을 선택하겠다던 영호는 자신의 결심을 실행하기에 앞서 어린 조카에게 빨간 운동화를 사줍니다. 삼촌이 사준 운동화를 신고 엄마와 함께 화신(백화점)에 놀러 갈 꿈에 부풀어 있는 어린 딸의 모습은 그들 가족의 답답한 처지 때문에 안쓰럽고 위태로워 보입니다.

　삼촌이 사다 준 새 운동화를 쓸어 보느라 잠 못 이루고 설레던 철호의 어린 딸아이는 엄마의 손을 잡고 화신 나들이를 갈 수 있을까요? 양심의 가시를 뽑아 버리고 잘사는 길을 택하겠다는 영호와 그런 동생을 걱정스럽게 지켜보며 그래도 양심을 선택해야 한다고 믿는 철호의 대결은 어떤 결말에 이르게 될까요? '가자!'라고 외쳐 대는 철호 어머니의 절망적인 외침과 어둡고 우울한 철호의 일상을 따라가면서 지금 가슴에 담아 둔 물음표들을 떠올려 보기 바랍니다.

오발탄[1]

계리사[2] 사무실 서기 송철호(宋哲浩)는 여섯시가 넘도록 사무실 한 구석 자기 자리에 멍청하니 앉아 있었다. 무슨 미진한[3] 사무가 있는 것도 아니었다. 장부는 벌써 접어 치운 지 오래고 그야말로 멍청하니 그저 앉아 있는 것이었다. 딴 친구들은 눈으로 시곗바늘을 밀어 올리다시피 다섯시를 기다려 휙딱 나가 버렸다. 그런데 점심도 못 먹은 철호는 허기가 나서만이 아니라 갈 데도 없었다.

"송선생은 안 나가세요?"

이제 청소를 해야 할 테니 그만 나가 달라는 투의 사환애의 말에 철

---

[1] 오발탄(誤發彈) 잘못 쏜 탄환.
[2] 계리사(計理士) '공인회계사'의 예전 용어.
[3] 미진하다(未盡 —) 아직 다하지 못하다.

호는 다 낡아 빠진 해군 작업복 저고리 호주머니에 깊숙이 찌르고 있
던 두 손을 빼내어서 무겁게 책상 위에 올려놓았다.

"나가야지."

하품 같은 대답이었다.

사환애는 저쪽 구석에서부터 비질을 하기 시작하였다. 먼지가 사정
없이 철호의 얼굴로 몰려왔다.

철호는 어슬렁 일어섰다. 이쪽 모서리 창가로 갔다. 바께쓰의 물을
대야에 따랐다. 두 손을 끝에서부터 가만히 물속에 담갔다. 아직 이른
봄이라 물이 꽤 손끝에 시렸다. 철호는 물속에 잠긴 두 손을 물끄러미
내려다보고 있었다. 펜대에 시달린 오른손 장지 첫 마디에 콩알만 한
못이 박였다. 그 못에서 파란 명주실 같은 것이 사르르 물속으로 풀려
났다. 잉크. 그것은 잠시 대야 밑바닥을 기다 말고 사뿐히 위로 떠올라
안개처럼 연하게 피어서 사방으로 번져 나갔다. 손가락 끝을 중심으로
하고 그 색의 농도가 점점 연해져 나갔다. 맑게 갠 가을 하늘 색으로
대야 가장자리까지 번져 나간 그것은 다시 중심의 손끝을 향해 접어들
며 약간 진한 파랑색으로 달무리 모양 둥그런 원을 그렸다.

피! 이건 분명히 피다!

철호는 엉뚱한 생각을 하고 있었다. 슬그머니 물속에서 손을 빼내었
다. 그러자 이번엔 대야 밑바닥에 한 사나이의 얼굴을 보았다. 철호의
눈을 마주 쳐다보는 그 사나이는 얼굴의 온 근육을 이상스레 히물히물[4]
움직이며 입을 비죽거려 웃고 있었다.

---

4) 히물히물 입술을 조금 실그러뜨리며 소리 없이 능청스럽게 자꾸 웃는 모양.

이마에 길게 흐트러진 머리카락. 그 밑에 우묵하니 파인 두 눈. 깎아진 볼. 날카롭게 여윈 턱. 송장처럼 꺼멓고 윤기 없는 얼굴. 그것은 까마득한 원시인의 한 사나이였다.

몽둥이 끝에, 모난 돌을 하나 칡넝쿨로 아무렇게나 잡아매서 들고, 동굴 속에 남겨 두고 나온 식구들을 위하여 온종일 숲 속을 맨발로 헤매고 다니던 사나이.

곰? 그건 용기가 부족하다.

멧돼지? 힘이 모자란다.

노루? 너무 날쌔어서.

꿩? 그놈은 하늘을 난다.

토끼? 토끼. 그래, 고놈쯤은 꽤 때려잡음 직하다. 그런데 그것마저 요즈음은 몫에 잘 돌아오지 않는다. 사냥꾼이 너무 많다. 토끼보다도 더 많다.

그래도 무어든 들고 들어가야 하는 것이다.

사나이는 바위 잔등에 무릎을 꿇고 앉아 냇물에 손을 씻는다. 파란 물 속에 빨간 놀이 잠겼다. 끈적끈적하게 사나이의 손에 묻었던 피가 놀빛보다 더 진하게 우러난다.

무엇인가 때려잡은 모양이다. 곰? 멧돼지? 노루? 꿩? 토끼?

그런데 사나이가 들고 일어선 것은 그 어느 것도 아니었다. 보기에도 징그러운 내장. 그것이 무슨 짐승의 내장인지는 사나이 자신도 모른다. 사나이는 그 짐승의 머리도 꼬리도 못 보았다. 누군가가 숲 속에 끌어내어 버린 것을 주워 오는 것이었다.

철호는 옆에 놓인 비누를 집어 들었다. 마구 두 손바닥으로 비볐다.

우구구 까닭 모를 울분이 끓어올랐다.

빈 도시락마저 들지 않은 손이 홀가분해 좋긴 하였지만, 해방촌 고개를 추어 오르기에는 뱃속이 너무 허전했다.
산비탈을 도려내고 무질서하게 주워 붙인 판잣집들이었다. 철호는 골목으로 접어들었다. 레이션[5] 갑을 뜯어 덮은 처마가 어깨를 스칠 만치 비좁은 골목이었다. 부엌에서들 아무 데나 마구 버린 뜨물이 미끄러운 길에는 구공탄재[6]가 군데군데 헌데 더뎅이[7] 모양 깔렸다.
저만큼 골목 막다른 곳에, 누런 시멘트 부대 종이를 흰 실로 얼기설기 문살에 얽어맨 철호네 집 방문이 보였다. 철호는 때에 절어서 마치 가죽끈처럼 된 헝겊이 달린 문걸쇠[8]를 잡아당겼다. 손가락이라도 드나들 만치 엉성한 문이면서 찌걱찌걱 집혀서 잘 열리지를 않았다. 아래가 잔뜩 집힌 채 비틀어진 문틈으로 그의 어머니의 소리가 새어 나왔다.
"가자! 가자!"
미치면 목소리마저 변하는 모양이었다. 그것은 이미 그의 어머니의 조용하고 부드럽던 그 목소리가 아니고, 쨍쨍하고 간사한 게 어떤 딴 사람의 목소리였다.
문을 열고 들어서는 철호의 얼굴에 걸레 썩는 냄새 같은 것이 확 풍겨 왔다. 철호는 문 안에 들어선 채 우두커니 아랫목을 내려다보고

---

5) 레이션(ration) 미군의 군사용 휴대 식량.
6) 구공탄재 연탄재.
7) 더뎅이 스럼 딱지나 때가 거듭 붙어서 된 조각.
8) 문걸쇠 '문고리'의 사투리.

있었다.

 중학교 시절에 박물관에서 미라를 본 일이 있었다. 그건 꼭 솜 누더기에 싸놓은 미라였다. 흰 머리카락은 한 오리도 제대로 놓인 것이 없었다. 그대로 수세미였다. 그 어머니는 벽을 향해 돌아누워서 마치 딸꾹질처럼 어떤 일정한 사이를 두고, 가자 가자, 하는 외마디 소리를 지르고 있었다. 그 해골 같은 몸에서 어떻게 그런 쨍쨍한 소리가 나오는지 이상하였다.

 철호는 윗방으로 올라가 털썩 벽에 기대어 앉아 버렸다. 가슴에 커다란 납덩어리를 올려놓은 것 같았다. 정말 엉엉 소리를 내어 울고 싶었다. 눈을 꼭 지르감으며 애써 침을 삼켰다.

 두 달 전까지만 해도 철호는 저녁때 일터에서 돌아오면, 어머니야 알아듣건 말건 그래도, 어머니 지금 돌아왔습니다, 하고 인사를 하곤 하였었다. 그러나 요즈음은 그것마저 안 하게 되었다. 그저 한참 물끄러미 굽어보고 섰다가 그대로 윗방으로 올라와 버리는 것이었다.

 컴컴한 구석에 앉아 있던 철호의 아내가 슬그머니 일어섰다. 담요바지 무릎을 한쪽은 꺼멍, 또 한쪽은 회색으로 기웠다. 만삭이 되어서 꼭 바가지를 엎어 놓은 것 같은 배를 안은 아내는 몽유병자처럼 철호의 앞을 지나 나갔다. 부엌으로 나가는 것이었다. 분명 벙어리는 아닌데 아내는 말이 없었다.

 "아버지."

 철호는 누가 꼭대기를 쿡 쥐어박기나 한 것처럼 흠칫했다.

 바로 옆에 다섯 살 난 딸애가 눈을 동그랗게 뜨고 철호를 쳐다보고 있었다. 철호는 어린것에게로 얼굴을 돌렸다. 웃어 보이려는 철호의 얼굴이 도리어 흉하게 이지러졌다.

"나아, 삼춘이 나이롱 치마 사준댔다."

"응."

"그리구 구두두 사준댔다."

"응."

"그러면 나 엄마하고 화신9) 구경 간다."

"……."

철호는 그저 어린것의 노랗게 뜬 얼굴을 바라보고 있을 뿐이었다. 철호의 헌 셔츠 허리통을 잘라서 위에 끈을 꿰어 스커트로 입은 딸애는 짝짝이 양말 목달이10)에다 어디서 주운 것인지 가는 고무줄을 끼었다.

"가자! 가자!"

아랫방에서 또 어머니의 그 저주 같은 소리가 들려왔다. 벌써 칠 년을 두고 들어 와도 전연 모를 그 어떤 딴 사람의 목소리.

철호는 또 눈을 꼭 감았다. 머릿속의 녓줄이 팽팽히 헤워졌다.11) 두 주먹으로 무엇이건 꽉 때려 부수고 싶은 충동에 철호는 어금니를 바서져라 맞씹었다.

좀 춥기는 해도 철호는 집 안보다 이 바위 잔등이 더 좋았다. 그래 철호는 저녁만 먹으면 언제나 이렇게 집 뒤 산등성이에 있는 바위 위에 두 무릎을 세워 안고 앉아서 하염없이 거리의 등불을 바라보며 밤

---

9) **화신** 1930년대에 종로에 세워졌던 화신백화점을 말함.
10) **목달이** 양말이나 장화 같은 신발의 목에 달린 부분.
11) **헤우다** 줄 따위가 팽팽하게 당겨지다.

깊기를 기다리는 것이었다. 어느 거리쯤인지 잘 분간할 수 없는 저 밑에서, 술 광고 네온사인이 핑그르르 돌고 깜빡 꺼졌다가 또 번뜩 켜지고, 핑그르르 돌고는 깜빡 꺼지고 하였다.

철호는 그저 언제까지나 그렇게 그 네온사인을 지켜보고 있었다.

바위 잔등이 차츰차츰 식어 왔다. 마침내 다 식고 겨우 철호가 깔고 앉은 고 부분에만 약간 온기가 남았다. 이제 조금만 더 있으면 밑이 시려 올 것이다. 그러면 철호는 하는 수 없이 일어서야 하는 것이다.

드디어 철호는 일어섰다. 오래 꾸부려 붙이고 있던 두 다리가 저렸다. 두 손을 작업복 호주머니에 깊숙이 찔렀다. 철호는 밤하늘을 한번 쳐다보았다. 지금까지 바라보던 밤거리보다 더 화려하게 별들이 뿌려져 있었다. 철호는 그 많은 별들 가운데서 북두칠성을 찾아보았다. 머리를 뒤로 젖혀 하늘을 쳐다보는 채 빙그르르 그 자리에서 돌았다. 거꾸로 달린 물주걱 같은 북두칠성은 쉽사리 찾아낼 수 있었다. 그 북두칠성 앞에 딴 별들보다 좀 크고 빛나는 별, 그건 북극성이었다. 철호는 지금 자기가 서 있는 지점과 북극성을 연결하는 직선을 밤하늘에 길게 그어 보았다. 그리고 그 선을 눈이 닿는 데까지 연장시켰다. 철호는 그렇게 정북(正北)을 향하여 한참이나 서 있었다. 고향 마을이 눈앞에 떠올랐다. 마을의 좁은 길까지, 아니 그 길에 박혀 있던 돌 하나까지도 선히 볼 수 있었다.

으스스 몸이 떨렸다. 한기(寒氣)가 전기처럼 발끝에서 튀어 콧구멍으로 빠져나갔다. 철호는 크게 재채기를 하였다. 그리고 또 한 번 부르르 몸을 떨며 바위 밑으로 내려왔다.

철호는 천천히 골목 안으로 들어섰다.

"가자!"

철호는 멈칫 섰다. 낮에는 이렇게까지 멀리 들리는 줄은 미처 몰랐던 어머니의 그 소리가 골목 어귀에까지 들려왔다.

"가자!"

그러나 언제까지 그렇게 골목에 서 있을 수도 없는 노릇이었다. 철호는 다시 발을 옮겨 놓았다. 정말 무거운 발걸음이었다. 그건 다리가 저려서만이 아니었다.

"가자!"

철호가 그의 집 쪽으로 걸음을 옮겨 놓을 때마다 그만치 그 소리는 더 크게 들려왔다.

가자는 것이었다. 돌아가자는 것이었다. 고향으로 돌아가자는 것이었다. 옛날로 되돌아가자는 것이었다. 그것은 이렇게 정신이상이 생기기 전부터 철호의 어머니가 입버릇처럼 되풀이하던 말이었다.

삼팔선. 그것은 아무리 자세히 설명을 해주어도 철호의 늙은 어머니에게만은 아무 소용없는 일이었다.

"난 모르겠다. 암만해도 난 모르겠다. 삼팔선. 그래 거기에다 하늘에 꾹 닿도록 담을 쌓았단 말이냐, 어쨌단 말이냐. 제 고장으로 제가 간다는데 그래 막는 놈이 도대체 누구란 말이냐?"

죽어도 고향에 돌아가서 죽고 싶다는 철호의 어머니였다. 그러고는,

"이게 어디 사람 사는 게냐? 하루 이틀도 아니고."

하며 한숨과 함께 무릎을 치며 꺼지듯이 풀썩 주저앉곤 하는 것이었다.

그럴 때마다 철호는,

"어머니, 그래도 남한은 이렇게 자유스럽지 않아요?"

하고, 남한이니까 이렇게 생명을 부지하고 살 수 있지, 만일 북한 고향으로 간다면 당장에 죽는 것이라고, 자유라는 것이 얼마나 소중한 것인가를 갖은 이야기를 다 예로 들어 가며 어머니에게 타일러 보는 것이었다. 그러나 자유라는 것을 늙은 어머니에게 이해시키기란 삼팔선을 인식시키기보다도 몇백 갑절 더 힘드는 일이었다. 아니 그것은 거의 불가능한 일이라 했다. 그래 끝내 철호는 어머니에게 자유라는 것을 설명하는 일을 단념하고 말았다. 그렇게 되고 보니 철호의 어머니에게는 아들―지지리 고생을 하면서도 고향으로 돌아갈 생각만은 죽어도 하지 않는 철호가 무슨 까닭인지는 몰라도 늙은 에미를 잡으려고 공연한 고집을 피우고 있는 천하에 고약한 놈으로만 여겨지는 것이었다.

 그야 철호에게도 어머니의 심정이 이해되지 않는 것은 아니었다.
 무슨 하늘이 알 만치 큰 부자는 아니었지만 그래도 꽤 큰 지주로서 한 마을의 주인 격으로 제법 풍족하게 평생을 살아오던 철호의 어머니 눈에는 아무리 그네가 세상을 모른다고는 해도, 산등성이를 악착스레 깎아 내고 거기에다 게딱지 같은 판잣집들을 다닥다닥 붙여 놓은 이 해방촌(解放村)이 이름 그대로 '해방촌' 일 수는 없는 노릇이었다.
 "나두 내 나라를 찾았다게 기뻐서 울었다. 엉엉 울었다. 시집올 때 입었던 홍치마를 꺼내 입구 춤을 추었다. 그런데 이 꼴 좋다. 난 싫다. 아무래두 난 모르겠다. 뭐가 잘못됐건 잘못된 너머 세상이디그래."
 철호의 어머니 생각에는 아무리 해도 모를 일이었던 것이었다. 나라를 찾았다면서 집을 잃어버려야 한다는 것은, 그것은 정말 알 수 없는 일이었던 것이었다.

철호의 어머니는 남한으로 넘어온 후로 단 하루도 이 '가자'는 말을 하지 않은 날이 없었다.

그렇게 지내 오던 그날, 6·25사변으로 바로 발밑에 빤히 내려다보이는 용산 일대가 폭격으로 지옥처럼 무너져 나가던 날 끝내 철호는 어머니를 잃어버리고 말았던 것이었다.

"큰애야, 이젠 정말 가자. 데것 봐라. 담이 홈싹 무너뎄는데. 삼팔선의 담이 데렇게 무너뎄는데, 야."

그때부터 철호의 어머니는 완전히 정신이상이었다. 지금의 어머니, 그것은 이미 철호의 어머니는 아니었다. 아무리 따져 보아도 그것이 철호 자기의 어머니일 수는 없었다. 세상에 아들딸마저 알아보지 못하는 어머니가 있을 수 있는 것일까? 그날부터 철호의 어머니는,

"가자! 가자!"

하고 저렇게 쨍쨍한 목소리로 외마디 소리를 지를 뿐 그 밖의 모든 것을 완전히 잃어버리고 있었다. 철호에게 있어서 지금의 어머니는 말하자면 어머니의 시체에 지나지 않았다.

뚫어진 창호지 구멍으로 그래도 희미한 불빛이 새어 나오고 있었다. 철호는 윗방 문을 열었다. 아랫방과 윗방 사이 문턱에 위태롭게 올려놓은 등잔이 개똥벌레처럼 가물거리고 있었다. 윗방 아랫목에는 딸애가 반듯이 누워서 잠이 들었다. 담요를 몸에다 돌돌 말고 반듯이 누운 것이 꼭 송장 같았다. 그 옆에 철호의 아내가 두 무릎을 꿇고 앉아 있었다. 꺼먼 헝겊과 회색 헝겊으로 기운 담요바지 무릎 위에는 빨강색 유단[12]으로 만든 조그마한 운동화가 한 켤레 놓여 있었다. 철호가 방 안에 들어서자 아내는 그 어린애의 빨간 신발을 모두어 자기 손바닥에

올려놓아 철호에게 들어 보였다.

"삼촌이 사왔어요."

유난히 살눈썹[13]이 긴 아내의 눈이 가늘게 웃었다. 참으로 오래간만에 보는 아내의 웃음이었다. 자기가 미인이었다는 것을 잊어버리고 만지 오랜 아내처럼 또 오래 보지 못하여 거의 잊어버려 가던 아내의 웃는 얼굴이었다.

철호는 등잔이 놓인 문턱 가까이 가서 앉으며 아내의 손에서 빨간 어린애의 신발을 받아 눈앞에서 아래위를 살펴보았다.

"산보 갔었소?"

거기 등잔불을 사이에 두고 윗방을 향해 앉은 철호의 동생 영호(英浩)가 웃으며 철호를 쳐다보았다.

"언제 들어왔니?"

"지금 막 들어와 앉는 길입니다."

그러고 보니 영호는 아직 넥타이도 끄르지 않고 있었다.

"형님!"

새삼스레 부르는 동생의 소리에 철호는 손에 들었던 어린애의 신발을 아내에게 돌리며 영호의 얼굴을 뻔히 바라보았다.

"이제 우리두 한번 살아 봅시다. 제길, 남 다 사는데 우리라구 밤낮 이렇게만 살겠수? 근사한 양옥도 한 채 사구, 장기판만 한 문패에다 형님의 이름 석 자를, 제길, 장님도 보게 써서 대못으로 땅땅 때려 박

---

12) 유단(油單) 기름에 결은, 두껍고 질긴 큰 종이.
13) 살눈썹 '속눈썹'의 사투리.

구 한번 살아 봅시다."

군대에서 나온 지 이 년이 넘도록 아직 직업도 못 잡은 영호가 언제나 술만 취하면 하는 수작이었다.

"그리구 이천만 환짜리 세단 차도 한 대 삽시다. 거기다 똥통이나 싣고 다니게. 모든 새끼들이 아니꼬와서. 일이야 있건 없건 종일 빵빵 울리면서 동리를 들락날락해야지. 제길, 하하하."

비스듬히 벽에 기대어 앉은 영호는 벌겋게 열에 뜬 얼굴을 하고 담배 연기를 푸 내뿜었다.

"또 술 마셨구나."

고학으로 고생고생 다니던 대학 삼학년에서 군대에 들어갔다가 나온 영호로서는, 특별한 기술이 없어 직업을 잡지 못하는 것은 별도리도 없는 노릇이라 칠 수도 있었지만, 이건 어디서 어떻게 마시는 것인지 거의 저녁마다 이렇게 취해 들어오는 동생 영호가 몹시 못마땅한 철호의 말이었다.

"네, 조금 했습니다. 친구들이……."

그것도 들으나 마나 늘 같은 대답이었다. 또 그것이 거짓말이 아니라는 것도 철호는 알고 있었다.

"이제 술 좀 그만 마셔라."

"친구들과 어울리면 자연히 마시게 되는걸요."

"글쎄, 그러니까 그 어울리는 걸 좀 삼가란 말이다."

"그럴 수도 없구요. 하하하."

"그렇다구 언제까지 그저 그렇게 어울려서 술이나 마시면 뭐가 되나?"

"되긴 뭐가 돼요? 그저 답답하니까 만나는 거구, 만나면 어찌어찌하다 한잔씩 하며 이야기나 하는 거죠 뭐."

"글쎄, 그게 맹랑한 일이란 말이다."

"그렇지만 형님, 그런 친구들이라도 있다는 게 좋지 않수? 그게 시시한 친구들이라 해도, 정말이지 그놈들마저 없었더라면 어떻게 살 뻔했나 하고 생각할 때가 많아요. 외팔이, 절름발이, 그런 놈들. 무식한 놈들. 참 시시한 놈들이지요. 죽다 남은 놈들. 그렇지만 형님, 그놈들 다 착한 놈들이야요. 최소한 남을 속이지는 않거든요. 공갈[14]을 때릴 망정. 하하하하. 전우, 전우."

영호는 고개를 뒤로 젖히고 천장을 향해 후 담배 연기를 내뿜었다. 철호는 그저 물끄러미 영호의 모습을 쳐다볼 뿐 아무 말도 없었다. 영호는 여전히 천장을 향한 채 피어오르는 연기를 바라보며 한 손으로 목의 넥타이를 앞으로 잡아당겨 반쯤 끌러 늦추어 놓았다.

"가자!"

아랫목에서 어머니가 소리를 질렀다.

영호는 슬그머니 아랫목으로 고개를 돌렸다. 한참이나 그렇게 어머니 쪽으로 고개를 돌리고 있는 영호는 아무 말도 없이 그저 눈만 껌뻑껌뻑하고 있었다.

철호는 길게 한숨을 쉬었다. 앞에 놓인 등잔불이 거물거물 춤을 추었다. 철호는 저고리 호주머니에서 담배를 꺼내었다. 꼬깃꼬깃 구겨진 파랑새 갑 속에서 담배를 한 개비 뽑아 내었다. 바삭바삭 마른 담배는 양

14) 공갈 '거짓말'을 속되게 이르는 말.

끝이 반쯤 빠져나갔다. 철호는 그 양 끝을 비벼 말았다. 흡사 비거[15] 모양으로 되었다. 철호는 그 비거 모양의 담배 한끝을 입에다 물었다.

"이걸 피슈, 형님."

영호가 자기 앞에 놓였던 담뱃갑을 집어서 철호의 앞으로 내어 밀었다. 빨간색 양담배 갑이었다. 철호는 그 여느 것보다 좀 긴 양담배 갑을 한 번 힐끔 쳐다보았을 뿐, 아무 소리도 없이 등잔불로 입에 문 파랑새 끝을 가져갔다. 영호는 등잔불 위에 꾸부린 형 철호의 어깨를 넌지시 바라보고 있었다. 지지지 소리가 났다. 앞이마에 흐트러져 내렸던 철호의 머리카락이 등잔불에 타며 또르르 끝이 말려 올랐다. 철호는 얼굴을 들었다. 한 모금 빨자 벌써 손끝이 따갑게 꽁초가 되어 버린 담배를 입에서 떼었다. 천천히 연기를 내뿜는 철호의 미간에는 세로 석 줄의 깊은 주름이 패어졌다. 영호는 들었던 담뱃갑을 도로 방바닥에 내려놓았다. 그리고 조용히 등잔불로 시선을 떨구었다. 그의 입가에는 야릇한 웃음이 — 애달픈, 아니 그 누군가를 비웃는 듯한 그런 미소가 천천히 흘러 지나갔다.

한참 동안 아무도 말이 없었다.

"가자!"

아랫방 아랫목에서 몸을 뒤치는 어머니가 잠꼬대를 했다. 어머니는 이제 꿈속에서마저 생활을 잃어버린 모양이었다. 아주 낮은 그 소리는 한숨처럼 느리게 아래윗방에 가득 차 흘러 사라졌다.

여전히 아무도 말이 없었다.

---

[15] 비거(vigour) 과자의 하나. 설탕이나 엿에 우유, 향료를 넣고 끓여서 굳혀 만듦.

철호는 꽁초를 손끝에 꼬집어 쥔 채 넋 빠진 사람 모양 가물거리는 등잔불을 지켜보고 있었고, 동생 영호는 비스듬히 벽에 기대어 앉은 채 철호의 손끝에서 타고 있는 담배꽁초를 바라보고 있었고, 철호의 아내는 잠든 딸애의 머리맡에 가지런히 놓인 빨간 신발을 요리조리 매만지고 있었다.

"가자!"

또 한 번 어머니의 소리가 저 땅 밑에서 새어 나오듯이 들려왔다.

"형님은 제가 이렇게 양담배를 피우는 게 못마땅하지요?"

영호는 반쯤 탄 담배를 자기의 눈앞에 가져다 그 빨간 불띠[16]를 들여다보며 말했다.

"분에 맞지 않지."

철호는 여전히 등잔불을 바라보며 대답했다.

"그렇지만 형님, 형님은 파랑새와 양담배와 두 가지 중에서 어느 것이 더 좋으슈?"

"……? 그야 양담배가 좋지. 그래서?"

그래서 너는 보리밥도 못 버는 녀석이 그래 좋은 것은 알아서 양담배를 피우는 거냐, 하는 철호의 눈초리가 번뜩 영호의 면상을 때렸다.

"그래서 전 양담배를 택했어요."

"뭐가?"

"형님은 절 오해하시고 계셔요."

"……?"

---

16) 불띠 '불똥'의 사투리.

"제가 무슨 돈이 있어서 양담배를 사서 피우겠어요. 어쩌다 친구들이 사주는 것이니 피우는 거지요. 형님은 또 제가 거의 저녁마다 술을 마시고 또 제법 합승17)을 타고 들어오는 것도 못마땅하시죠. 저도 알고 있어요. 형님은 때때로 이십오 환 전찻값도 없어서 종로서 근 십 리를 집에까지 터덜터덜 걸어서 돌아오시는 것을. 그렇지만 형님이 걸으신다고 해서, 한사코 같이 타고 가자는 친구들의 호의, 아니 그건 호의도 채 못 되는 싱거운 수작인지도 모르죠. 어쨌든 그것을 굳이 뿌리치고 저마저 걸어야 할 아무 까닭도 없지 않습니까? 이상한 놈들이죠. 술 담배는 사주고 합승은 태워 줘도 돈은 안 주거든요."

영호는 손끝으로 뱅글뱅글 비벼 돌리는 담뱃불을 들여다보며 말했다.

"어쨌든 너도 이젠 좀 정신 차려 줘야지. 벌써 군대에서 나온 지도 이태나 되지 않니?"

"정신 차려야죠. 그렇지 않아도 이달 안으로는 어찌 되든 간에 결판을 내구 말 생각입니다."

"어디 취직을 해야지."

"취직이요? 형님처럼요? 전찻값도 안 되는 월급을 받고 남의 살림이나 계산해 주란 말이지요?"

"그럼 뭐 별 뾰족한 수가 있는 줄 아니?"

"있지요. 남처럼 용기만 조금 있으면."

"……?"

어처구니없는 영호의 수작에 철호는 그저 멍청하니 영호의 얼굴을

---

17) 합승 택시.

쳐다보았다. 손끝이 따가웠다. 철호는 비루(맥주) 깡통으로 만든 재떨이에 담배를 비벼 껐다.

"용기?"

"네, 용기."

"용기라니?"

"적어도 까마귀만 한 용기만이라도 말입니다. 영리할 필요는 없더군요. 우둔해도 상관없어요. 까마귀는 도무지 허수아비를 무서워하지 않습니다. 참새처럼 영리하지 못한 탓으로 그놈의 까마귀는 애당초 허수아비를 무서워할 줄조차 모르거든요."

영호의 입가에는 좀 전에 파랑새 꽁초에다 불을 댕기는 철호를 바라보던 때와 같은 야릇한 웃음이 또 소리 없이 감돌고 있었다.

"너 설마 무슨 엉뚱한 계획을 세우고 있는 것은 아니겠지?"

철호는 약간 긴장한 얼굴을 하고 영호를 바라보며 꿀꺽 하고 침을 삼켰다.

"아니요. 엉뚱하긴 뭐가 엉뚱해요. 그저 우리들도 남처럼 다 벗어던지고 홀가분한 몸차림으로 달려 보자는 것이죠, 뭐."

"벗어던지고?"

"네, 벗어던지고. 양심이고, 윤리고, 관습이고, 법률이고 다 벗어던지고 말입니다."

영호의 큰 두 눈이 유난히 빛나는가 하자 철호의 눈을 정면으로 밀고 들었다.

"양심이고, 윤리고, 관습이고, 법률이고?"

"……"

오발탄 29

"너는, 너는……."

"……."

영호는 아무 대답도 하지 않았다. 그러나 눈만은 똑바로 형 철호를 쳐다보고 있었다.

"그렇게나 살자면 이 형도 벌써 잘살 수 있었다."

철호의 목소리는 떨리고 있었다.

"그렇게나라니요?"

"양심을 버리고, 윤리와 관습을 무시하고, 법률까지도 범하고?"

흥분한 철호의 큰 목소리에 영호는 지금까지 철호의 얼굴에 주었던 시선을 앞으로 죽 뻗치고 앉은 자기의 발끝으로 떨구었다.

"저도 형님을 존경하고 있어요. 고생하시는 형님을. 용케 이 고생을 참고 견디는 형님을. 그렇지만 형님은 약한 사람이야요. 용기가 없는 거지요. 너무 양심이 강해요. 아니, 어쩌면 사람이 약하면 약한 만치, 그만치 반대로 양심이란 가시는 여물고 굳어지는 것인지도 모르죠."

"양심이란 가시?"

"네, 가시지요. 양심이란 손끝의 가십니다. 빼어 버리면 아무렇지도 않은데 공연히 그냥 두고 건드릴 때마다 깜짝깜짝 놀라는 거야요. 윤리요? 윤리, 그건 나이롱 빤쓰 같은 것이죠. 입으나 마나 불알이 덜렁 비쳐 보이기는 매한가지죠. 관습이오? 그건 소녀의 머리 위에 달린 리봉이라고나 할까요? 있으면 예쁠 수도 있어요. 그러나 없대서 뭐 별일도 없어요. 법률? 그건 마치 허수아비 같은 것입니다. 허수아비. 덜 굳은 바가지에다 되는대로 눈과 코를 그리고 수염만 크게 그린 허수아비. 누더기를 걸치고 팔을 쩍 벌리고 서 있는 허수아비. 참

새들을 향해서는 그것이 제법 공갈이 되지요. 그러나 까마귀쯤만 돼도 벌써 무서워하지 않아요. 아니, 무서워하기는커녕 그놈의 상투 끝에 턱 올라앉아서 썩은 흙을 쑤시던 더러운 주둥이를 쓱쓱 문질러도 별일 없거든요. 흥."

영호는 코웃음을 쳤다. 그리고 거기 문턱 밑에 담뱃갑에서 새로 담배를 한 개 빼어 물고 지금까지 들고 있던 다 탄 꽁다리에서 불을 옮겨 빨았다.

"가자!"

어머니의 그 소리가 또 들렸다. 어머니는 분명히 잠이 들어 있는 것이었다. 그러면서도 간간이 저렇게 '가자 가자' 소리를 지르는 것이었다. 그것은 어쩌면 어머니에게는 호흡처럼 생리화해 버린 것인지도 몰랐다.

철호는 비스듬히 모로 앉은 동생 영호의 옆얼굴을 한참이나 노려보고 있었다. 영호는 영호대로 퀭한 두 눈으로 깜박이기를 잊어버린 채 아까부터 앞으로 뻗친 자기의 발끝을 바라보고 있었다. 이윽고 철호는 영호에게서 눈을 돌려 버렸다. 그리고 아랫방과 윗방 사이 칸막이를 한 널쪽에 등을 기대며 모로 돌아앉았다. 희미한 등잔불 빛에 잠든 딸애의 조그마한 얼굴이 애처로웠다. 그 어린것 옆에 앉은 철호의 아내는 왼쪽 무릎을 세우고 그 위에 손을 펴 깔고 턱을 괴었다. 아까부터 철호와 영호 형제가 하는 말을 조용히 듣고만 있는 그네는 무엇을 생각하고 있는지 한쪽 손끝으로 거기 방바닥에 가지런히 놓은 빨간 어린애의 신발만 몇 번이고 쓸어 보고 있었다.

철호는 고개를 푹 떨구어 턱을 가슴에 묻었다. 영호는 새로 피워 문 담배를 연거푸 서너 번 들이빨았다. 그리고 또 말을 계속하였다.

"저도 형님의 그 생활 태도를 잘 알아요. 가난하더라도 깨끗이 살자는. 그렇지요, 깨끗이 사는 게 좋지요. 그런데 형님 하나 깨끗하기 위하여 치르는 식구들의 희생이 너무 어처구니없이 크고 많단 말입니다. 헐벗고 굶주리고. 형님 자신만 해도 그렇죠. 밤낮 쑤시는 충치 하나 처치 못 하시고, 이가 쑤시면 치과에 가서 치료를 하거나 빼어 버리거나 해야 할 거 아니야요? 그런데 형님은 그것을 참고 있어요. 낯을 잔뜩 찌푸리고 참는단 말입니다. 물론 치료비가 없으니까 그러는 수밖에 없겠지요. 그겁니다. 바로 그겁니다. 그 돈을 어떻게든가 구해야죠. 이가 쑤시는데 그럼 어떻게 해요? 그걸 형님처럼, 마치 이 쑤시는 것을 참고 견디는 그것이 돈을, 치료비를 버는 것이거나 한 것처럼 생각하는 것. 안 쓰는 것은 혹 버는 셈이 된다고 할 수도 있을 거야요. 그렇지만 꼭 써야 할 데 못 쓰는 것이 버는 셈이라고는 할 수 없지 않아요? 세상에는 이런 세 층의 사람들이 있다고 봅니다. 즉 돈을 모으기 위해서만으로 필요 이상의 돈을 버는 사람과, 필요하니까 그 필요한 만치의 돈을 버는 사람과, 또 하나는 이건 꼭 필요한 돈도 채 못 벌고서 그 대신 생활을 졸이는 사람들. 신발에다 발을 맞추는 격으로. 형님은 아마 그 맨 끝의 층에 속하겠지요. 필요한 돈도 미처 벌지 못하는 사람. 깨끗이 살자니까 그럴 수밖에 없다고 하시겠지요. 그래요. 그것은 깨끗하기는 할지 모르죠. 그렇지만 그저 그것뿐이지요. 언제까지나 충치가 쏘아 부은 볼을 싸쥐고 울상일 수밖에 없지요. 그렇지 않습니까? 그야 형님! 인생이 저 골목 안에서 십 환짜리를 받고 코 흘리는 어린애들에게 보여 주는 요지경[18]이라면야 자기가 가지고 있는 돈값만치 구멍으로 들여다보고 말 수도 있겠지요. 그렇지만 어디 인생이 자기 주머니 속의 돈 액수만치만 살고 그만두고 싶으면 그만둘 수 있는 요지경인가요. 어디. 돈만치만 먹고 말 수 있는 그런 편리한 목구멍인가요, 어디? 싫어도 살아야 하니까 문제지요. 사실이지 자살을 할 만치 소중한 인생도 아니고요. 살자니까 돈이 필요하구요. 필요한 돈이니까 구해야죠. 왜 우리라고 좀더 넓은 테두리, 법률선(法律線)까지 못 나가란 법이 어디 있어요? 아니, 남들은 다 벗어던지구 법률선까지도 넘나들면서 사는데, 왜 우리만이 옹색한 양심의 울타리 안에서 숨이 막혀야 해요? 법률이란 뭐야요? 우리들이 피차에 약속한 선이 아니야요?"

영호는 얼굴을 번쩍 들며 반쯤 끌러 놓았던 넥타이를 마저 끌러서 방구석에 픽 던졌다.

철호는 여전히 턱을 가슴에 푹 묻은 채 묵묵히 앉아 두 짝 다 엄지 발가락이 몽땅 밖으로 나온 뚫어진 양말을 내려다보고 있었다. 나일론 양말을 한 켤레 사면 반년은 무난히 뚫어지지 않고 견딘다는 말은 들었다. 그러나 뻔히 알면서도 번번이 백 환짜리 무명 양말을 사들고 들어오는 철호였다. 칠백 환이란 돈을 단번에 잘라 낼 여유가 도저히 없는 월급이었던 것이다.

"가자!"

어머니는 또 몸을 뒤치었다.

"그건 억설[19]이야."

철호는 천천히 고개를 들었다. 신문지를 바른 맞은편 벽에 쭈그리고

---

18) 요지경(瑤池鏡) 확대경을 장치하여 놓고 그 속의 여러 가지 재미있는 그림을 돌리면서 구경하는 장치나 장난감.
19) 억설(臆說) 근거도 없이 억지로 고집을 세워서 우겨 대는 말.

앉은 아내의 그림자가 커다랗게 비쳐 있었다. 꼽추처럼 꼬부리고 앉은 아내의 그림자는 헝클어진 머리카락이 괴물스러웠다. 철호는 눈을 감았다. 머리마저 등 뒤 칸막이 반자[20]에 기대었다.

철호의 감은 눈 앞에 십여 년 전 아내가 흰 저고리 까만 치마를 입고 선히[21] 나타났다. 무대에 나선 그네는 더욱 예뻤다. E여자대학 졸업음악회였다. 노래가 끝나자 박수 소리가 그칠 줄을 몰랐다. 그날 저녁 같이 거리를 거닐던 그네는 정말 싱싱하고 예뻤었다. 그러나 지금 철호 앞에 쭈그리고 앉은 아내는 그때의 그네가 아니었다. 무슨 둔한 동물처럼 되어 버린 그네. 이제 아무런 희망도 가져 보려고 하지 않는 아내. 철호는 가만히 눈을 떴다. 그래도 아내의 살눈썹만은 전처럼 까맣고 길었다.

"가자!"

철호는 흠칫 놀라 환상에서 깨어났다.

"억설이요? 그런지도 모르죠."

한참이나 잠잠하니 앉아 까물거리는 등잔불을 바라보던 영호의 맥 빠진 대답이었다.

"네 말대로 한다면 돈 있는 사람들은 다 나쁜 사람이란 말밖에 더 되나, 어디?"

"아니죠. 제가 어디 나쁘고 좋고를 가렸어요? 나쁘긴 누가 나빠요? 왜 나빠요? 아, 잘사는 게 나빠요? 도시[22] 나쁘고 좋고부터 따질 아무런 금도 없지요 뭐."

---

20) **반자** 지붕 밑이나 위층 바닥 밑을 편평하게 하여 치장한 각 방의 천장.
21) **선하다** 잊혀지지 않고 눈앞에 생생하게 보이는 듯하다.
22) **도시** 도무지.

"그렇지만 지금 네 말로는 잘살자면 꼭 양심이고 윤리고 뭐고 다 버려야 한다는 것이 아니고 뭐야?"

"천만에요. 잘못 이해하신 겁니다. 간단히 말씀드리면 이렇다는 것입니다. 즉, 양심껏 살아가면서 잘살 수도 있기는 있다. 그러나 그것은 극히 적다. 거기에 비겨서 그 시시한 것들을 벗어던지기만 하면 누구나 틀림없이 잘살 수 있다."

"그것이 바로 억설이란 말이다. 마음 한구석이 어딘가 비틀려서 하는 억지란 말이다."

"글쎄요. 마음이 비틀렸다고요? 그건 아마 사실일는지 모르겠어요. 분명히 비틀렸어요. 그런데 그 비틀리기가 너무 늦었어요. 어머니가 저렇게 미치기 전에 비틀렸어야 했지요. 한강철교를 폭파하기 전에 말입니다. 하나밖에 없는 누이동생 명숙(明淑)이가 양공주가 되기 전에 비틀렸어야 했지요. 환도령(還都令)[23]이 내리기 전에, 하다못해 동대문시장에 자리라도 한 자리 비었을 때 말입니다. 그러구 이놈의 배때기에 지금도 무슨 내장이기나 한 것처럼 박혀 있는 파편이 터지기 전에 말입니다. 아니, 그보다도 더 전에, 제가 뭐 무슨 애국자나처럼 남들은 다 기피하는 군대에 어머니의 원수를 갚겠노라고 자원하던 그 전에 말입니다."

"……"

"……그보다도 더 전에, 썩 전에 비틀렸어야 했을지 모르죠. 나면서부터 비틀렸더라면 더 좋았을지도 모르죠."

---

23) 환도령 국난으로 인해 피난 갔던 정부가 다시 서울로 돌아오도록 하는 명령.

영호는 푹 고개를 떨구었다. 길게 한숨을 내쉬었다. 그 한숨이 후르르 떨고 있었다. 철호는 한참 동안 아무 말도 하지 않았다. 윗목에 앉아 있던 철호의 아내가 방바닥에 떨어진 눈물을 손끝으로 장난처럼 문지르고 있었다. 영호도 훌쩍훌쩍 코를 들이켜고 있었다.

"그렇지만 인생이란 그런 게 아니야. 너는 아직 사람이란 어떻게 살아야만 하는 것인지조차도 모르고 있어."

"그래요. 사람이란 과연 어떻게 살아야 하는 것인지는 정말 모르겠어요. 그렇지만 이제 이 물고 뜯고 하는 마당에서 살자면, 생명만이라도 유지하자면 어떻게 해야 할는지는 알 것 같애요. 허허."

영호는 눈물이 글썽하니 고인 눈을 천장을 향해 쳐들며 자기 자신을 비웃듯이 허허 하고 웃었다.

"가자!"

또 어머니는 가자고 했다. 영호는 아랫목으로 눈을 돌렸다. 철호는 길게 한숨을 쉬었다. 앞의 등잔불이 크게 흔들거렸다. 방 안의 모든 그림자들이 움직였다. 집 전체가 그대로 기울거리는 것 같았다. 그것뿐 조용했다. 밤이 꽤 깊은 모양이었다. 세상이 온통 잠고 있었다.

저만치 골목 밖에서부터 딱 딱 딱 딱 구둣발 소리가 뽀족하게 들려왔다. 점점 가까워 왔다. 바로 아랫방 문 앞에서 멎었다. 영호는 문께로 얼굴을 돌렸다. 삐걱삐걱 두어 번 비틀리던 방문이 열렸다. 여동생 명숙이가 들어섰다. 성성한 몸매에 까만 투피스가 제법 어느 회사의 여사무원 같았다.

"늦었구나."

영호가 여전히 두 다리를 쭉 뻗고 앉은 채 고개만 뒤로 젖혀서 명숙을 쳐다보았다.

　명숙은 영호의 말에 아무런 대꾸도 없이 돌아서서 문밖에서 까만 하이힐을 집어 올려 아랫방 모서리에 들여놓았다. 그리고 백을 휙 방구석에 던졌다. 겨우 웃저고리와 스커트를 벗어 건 명숙은 아랫방 뒷구석에 가서 털썩하고 쓰러지듯 가로누워 버렸다. 그리고 거기 접어 놓은 담요를 끌어다 머리 위에서부터 푹 뒤집어썼다.

　철호는 명숙을 거들떠보지도 않고 덤덤히 등잔불만 지켜보고 있었다.

　철호는 언젠가 퇴근하던 길에 전차 창문 밖에서 본 명숙의 꼴을 생각하고 있는 것이었다. 철호가 탄 전차가 을지로 입구 십자거리에 머물러 신호를 기다리고 있었다. 손잡이를 붙들고 창을 향해 서 있던 철호는 무심코 밖을 내다보았다. 전차 바로 옆에 미군 지프차가 한 대 와 섰다. 순간 철호는 확 낯이 달아올랐다.

　핸들을 쥔 미군 바로 옆 자리에 색안경을 쓴 한국 여자가 앉아 있었다. 그것이 바로 명숙이었던 것이다. 바로 철호의 턱밑에서였다. 역시 신호를 기다리는 그 지프차 속에서 미군이 한 손은 핸들에 걸치고 또 한 팔로는 명숙의 허리를 넌지시 끌어안는 것이었다. 미군이 명숙의 얼굴을 들여다보며 뭐라고 수작을 걸었다. 명숙은 다리를 겹치고 앉은 채 앞을 바라보는 자세 그대로 고개를 까딱거렸다. 그 미군 지프차 저편에 와 선 택시 조수가 명숙이와 미군을 쳐다보며 피시시 웃었다. 전찻간에서도 마찬가지였다. 철호 바로 옆에 나란히 서 있던 청년들이 쑥덕거렸다.

　"그래도 멋은 부렸네."

　"멋? 그래 색안경을 썼으니 말이지?"

　"장사치곤 고급이지, 밑천 없이."

"저것도 시집을 갈까?"

"흥."

철호는 손잡이를 놓았다. 그리고 반대편 가운데 문께로 가서 돌아서고 말았다. 그것은 분명히 슬픈 감정만은 아니었다. 뭐라고 말할 수조차 없는 숯덩어리 같은 것이 꽉 목구멍을 치밀었다. 정신이 아득해지는 것 같았다. 하품을 하고 난 뒤처럼 콧속이 싸하니 쓰리면서 눈물이 핑 솟아올랐다. 철호는 앞에 있는 커다란 유리를 꽉 머리로 받아 부수고 싶은 충동을 느끼며 어금니를 꽉 맞씹었다. 찌르르 벨이 울렸다. 덜커덩 전차가 움직였다. 철호는 문짝에 어깨를 가져다 기대고 눈을 감아 버렸다.

그날부터 철호는 정말 한마디도 누이동생 명숙이와 말을 하지 않았다. 또 명숙이도 철호를 본체만체였다.

"자, 우리도 이제 잡시다."

영호가 가슴을 펴서 내어 밀며 바로 앉았다.

등잔불을 끄고 두 방 사이의 문을 닫았다.

폭 가라앉는 것같이 피곤했다. 그러면서도 철호는 정작 잠을 이룰 수는 없었다. 밤은 고요했다. 시간이 그대로 흐르기를 멈추어 버린 것같이 조용했다. 철호의 아내도 이제 잠이 들었나 보다. 앓는 소리를 내었다. 철호는 눈을 감았다. 어딘가 아득히 먼 것을 느끼고 있었다. 철호도 잠이 들어 가고 있었다.

"가자!"

다들 잠든 밤의 그 어머니의 소리는 엉뚱하게 컸다. 철호는 흠칫 눈을 떴다. 차츰 눈이 어둠에 익어 갔다. 며칠인가, 문틈으로 새어 든 달빛이 철호의 옆에서 잠든 딸애의 머리에서부터 발끝까지 죽 파란 줄을 그었다. 철호는 다시 눈을 감았다. 길게 한숨을 쉬며 벽을 향해 돌아누웠다.
"가자!"
또 어머니가 소리를 질렀다. 그러나 철호는 눈을 뜨지 않았다. 그도 마저 잠이 들어 버린 것이었다.
그런데 이번에는 아랫방에서 명숙이가 눈을 떴다. 아랫목의 어머니와 윗목의 오빠 영호 사이에 누운 명숙은 어둠 속에 가만히 손을 내어 밀었다. 어머니의 손을 더듬어 잡았다. 뼈 위에 겨우 가죽만이 씌워진 손이었다. 그 어머니의 손에서는 체온이 느껴지는 것이 아니라 축축이 습기가 미끈거렸다. 명숙은 어머니 쪽을 향하여 돌아누웠다. 한쪽 손을 마저 내밀어서 두 손으로 어머니의 송장 같은 손을 감싸 쥐었다.
"가자!"
딸의 손을 느끼는지 못 느끼는지 어머니는 또 한 번 허공을 향해 '가자' 고 소리 질렀다.
"엄마!"
명숙의 낮은 소리였다. 명숙은 두 손으로 감싸 쥔 어머니의 여윈 손을 가만히 흔들었다.
"가자!"
"엄마!"
기어이 명숙은 흐느끼기 시작하였다. 명숙은 어머니의 손을 끌어다 자기의 입에 틀어막았다.
"엄마!"
숨을 죽여 가며 참는 명숙의 울음은 한숨으로 바뀌며 어머니의 손가락을 입 안에서 잘근잘근 씹어 보는 것이었다.

"겁내지 말라."

옆에서 영호가 잠꼬대를 했다.

"가자!"

어머니는 명숙의 손에서 자기의 손을 빼어 가지고 저쪽으로 돌아누워 버렸다.

명숙은 다시 담요를 끌어다 머리 위까지 푹 썼다. 그리고 담요 속에서 흐득흐득 울고 있었다.

"엄마!"

이번엔 윗방에서 어린것이 엄마를 불렀다.

철호는 잠 속에서 멀리 그 소리를 들었다. 그러면서도 채 잠이 깨어지지는 않았다.

"엄마!"

어린것은 또 한 번 엄마를 불렀다.

"오, 오 왜? 엄마 여기 있어."

아내의 반쯤 깬 소리였다. 어린것을 끌어다 안는 모양이었다. 철호는 그 소리를 멀리 들으며 다시 곤히 잠들어 버렸다.

"오줌."

"오, 오줌 누겠니? 자, 일어나. 착하지."

철호의 아내는 일어나 앉으며 어린것을 안아 일으켰다. 구석에서 깡통을 끌어다 대어 주었다.

"참, 삼촌이 네 신발 사왔지. 아주 예쁜 거. 볼래?"

깡통을 타고 앉은 어린것을 뒤에서 안아 주고 있던 철호의 아내는 한 손으로 어린것의 베개맡에 놓아두었던 신발을 집어다 보여 주었다.

희미하게 달빛이 들이비쳤을 뿐인 어두운 방 안에서는, 그것은 그저 겨우 모양뿐 색채를 잃고 있었다.

"내 거야? 엄마."

"그래, 네 거야."

"예뻐?"

"참 예뻐. 빨강이야."

"응……."

어린것은 잠에 취한 소리로 물으며 신발을 두 손에 받아 가슴에 안았다.

"자, 이제 거기 놔두고 자야지."

"응, 낼 신어도 돼?"

"그럼."

어린것은 오물오물 담요 속으로 파고들어 갔다.

"엄마, 낼 신어도 돼?"

"그럼."

뭐든가 좀 좋은 것은 아껴야 한다고만 들어 오던 어린것은 또 한 번 이렇게 다짐하는 것이었다.

아내는 어린것의 담요 가장자리를 꼭꼭 눌러 주고 나서 그 옆에 누웠다.

다들 다시 잠이 들었다. 어느 사이에 달빛이 비껴서 칼날 같은 빛을 철호의 가슴으로 옮겼다.

어린것이 부스스 머리를 들었다. 배를 깔고 엎드렸다. 어린것은 조그마한 손을 베개 너머로 내밀었다. 거기 가지런히 놓아둔 신발을 만져 보았다. 어린것은 안심한 듯이 다시 베개를 베고 누웠다. 또다시 조용해졌다. 한참 만에 또 어린것이 움직거렸다. 잠이 든 줄만 알았던 어린것은 또 엎드렸다. 머리맡에 신발을 또 끌어당겼다. 조그마한 손가락으로 신발 코를 꼭 눌러 보았다. 그러고는 이번에는 아주 자리 위에 일어나 앉았다. 신발을 무릎 위에 들어 올려놓았다. 달빛에다 신발을 들이대어 보았다. 바닥을 뒤집어 보았다. 두 짝을 하나씩 두 손에 갈라 들고 고무 바닥을 맞대어 보았다. 이번엔 발을 앞으로 내놓았다. 가만히 신발을 가져다 신었다. 앉은 채로 꼭 방바닥을 디디어 보았다.

"가자!"

어린것은 깜짝 놀랐다. 얼른 신발을 벗었다. 있던 자리에 도로 모아 놓았다. 그리고 한 번 더 신발을 바라보고 난 어린것은 살그머니 누웠다. 오물오물 담요 속으로 기어들어 갔다.

점심을 못 먹은 배는 오후 두시에서 세시 사이가 제일 견디기 힘들었다. 철호는 펜을 장부 위에 놓았다. 저쪽 구석에 돌아앉은 사환애를 바라보았다. 보리차라도 한 잔 더 마시고 싶었다. 그러나 두 잔까지는 사환애를 시켜서 가져오랄 수 있었으나 세 번까지는 부르기가 좀 미안했다. 철호는 걸상을 뒤로 밀고 일어섰다. 책상 모서리에 놓인 찻종[24]을 집어 들었다. 그리고 출입문으로 나갔다. 복도의 풍로 위에서 커다란 주전자가 끓고 있었다. 보리차를 찻종 하나 가득히 부었다. 구수한 냄새가 피어올랐다. 철호는 뜨거운 찻종을 손가락으로 꼬집어 들고 조

---

[24] 찻종 차를 따라 마시는 종지.

심조심 자기 자리로 돌아와 앉았다. 그리고 찻종을 입으로 가져갔다. 후 불었다. 마악 한 모금 들이마시는 때였다.

"송선생님, 전홥니다."

사환애가 책상 앞에 와 알렸다. 철호는 얼른 찻종을 책상 위에 내려 놓았다. 그리고 과장 책상 앞으로 갔다. 수화기를 들었다.

"네, 송철호올시다. 네? 경찰서요? ……전 송철호라는 사람인데요? 네? 송영호요? 네, 바로 제 동생입니다. 무슨? ……네? 네? 송영호가요? 제 동생이 말입니까? 곧 가겠습니다. 네 네."

철호는 수화기를 걸었다. 그리고 걸어 놓은 수화기를 멍하니 내려다 보고 서 있었다. 사무실 안의 사람들의 시선이 모두 철호에게로 쏠렸다.

"무슨 일인가. 동생이 교통사고라도?"

서류를 뒤적이던 과장이 앞에 서 있는 철호를 쳐다보며 물었다.

"네? 네, 저 과장님, 잠깐 다녀오겠습니다."

철호는 마시던 보리차를 그대로 남겨 둔 채 사무실을 나섰다. 영문을 모르는 동료들이 서로 옆의 사람의 얼굴을 힐끗 쳐다보는 것이었다.

철호는 전에도 몇 번 경찰서의 호출을 받은 일이 있었다. 양공주 노릇을 하는 누이동생 명숙이가 걸려들면 그 신원보증을 해야 하는 철호였다. 그때마다 철호는 치안관 앞에서 낯을 못 들고 앉았다가 순경이 앞세우고 나온 명숙을 데리고 아무 말도 없이 경찰서 뒷문을 나서곤 하였다. 그럴 때면 철호는 울었다. 하나밖에 없는 누이동생이 정말 밉고 원망스러웠다. 철호는 명숙을 한번 돌아다보는 일도 없이 전찻길을 따라 사무실로 걸었고, 또 명숙은 명숙이대로 적당한 곳에서 마치 낯도 모르는 사람이나처럼 딴 길로 떨어져 가버리곤 하는 것이었다.

그런데 이번에는 누이동생이 아니라 남동생 영호의 건이라고 했다. 며칠 전 밤에 취해서 지껄이던 영호의 말들이 머리를 스치고 지나갔다. 불안했다. 그런들 설마하고 마음을 다시 먹으며 철호는 경찰서 문을 들어섰다.

권총 강도.

형사에게서 동생 영호의 사건 내용을 들은 철호는 앞에 앉은 형사의 얼굴을 바보 모양 멍청히 바라보고 있을 뿐이었다. 점점 핏기가 가셔 가는 철호의 얼굴은 표정을 잃은 채 굳어 가고 있었다.

어느 회사에서 월급을 줄 돈 천오백만 환을 찾아서 은행 앞에 대기시켰던 지프차에 싣고 마악 떠나려고 하는데 중절모를 깊숙이 눌러쓰고 색안경을 낀 괴한 두 명이 차 속으로 올라오며 권총을 내어 들더라는 것이었다.

"겁내지 말라! 차를 우이동으로 돌리라."

운전수와 또 한 명 회사원은 차가운 권총 구멍을 등에 느끼며 우이동까지 갔다고 한다. 어느 으슥한 숲 속에서 차를 세웠다고 한다. 그러고는 둘이 다 차 밖으로 나가라고 한 다음, 괴한들이 대신 운전대로 옮아 앉더라고 한다. 운전수와 회사원은 거기 버려둔 채 차는 전속력으로 다시 시내로 향해 달렸단다. 그러나 지프차는 미아리도 채 못 와서 경찰에 붙들리고 말았다는 것이었다. 그런데 차 안에는 괴한이 한 사람밖에 없었다고 한다.

형사가 동생을 면회하겠느냐고 물었을 때도 철호는 그저 얼이 빠져서, 두 무릎 위에 맥없이 손을 올려놓고 앉은 채 아무 대답도 못 했다.

이윽고 형사실 뒷문이 열리더니 거기 영호가 나타났다.

"이리로 와."

수갑이 채워진 두 손을 배 앞에다 모으고 천천히 형사의 책상 앞으로 걸어 나오는 영호는 거기 걸상에 앉았다 일어서는 철호를 향하여 약간 머리를 끄덕여 보였다. 동생의 얼굴을 뚫어져라고 바라보고 서 있는 철호의 여윈 볼이 히물히물 움직였다. 괴로울 때의 버릇으로 어금니를 꽉꽉 씹고 있는 것이었다.

형사는 앞에 와서 선 영호에게 눈으로 철호를 가리켰다. 영호는 철호에게로 돌아섰다.

"형님, 미안합니다. 인정선(人情線)에서 걸렸어요. 법률선까지는 무난히 뛰어넘었는데, 쏘아 버렸어야 하는 건데."

영호는 철호의 얼굴을 들여다보며 빙그레 웃었다. 그러고는 옆으로 비스듬히 얼굴을 떨구며 수갑을 채운 채인 오른손 염지[25]를 권총 방아쇠를 당기는 때처럼 까불어서 지그시 당겨 보는 것이었다.

철호는 눈도 깜빡하지 않고 그저 영호의 머리카락이 흐트러져 내린 이마를 바라보고 있었다.

"돌아가세요, 형님."

영호는 등신처럼 서 있는 형이 도리어 민망한 듯이 조용히 말했다.

"수감해."

형사가 문간에 지키고 서 있는 순경을 돌아보았다.

영호는 그에게로 오는 순경을 향해 마주 걸어갔다. 영호는 뒷문으로

---

25) 염지(鹽指) 집게손가락.

끌려 나가다 말고 멈춰 섰다. 그리고 뒤를 돌아보았다.
"형님, 어린것 화신 구경이나 한번 시키세요. 제가 약속했었는데."
뒷문이 쾅 닫혔다. 철호는 여전히 영호가 사라진 뒷문을 바라보고 서 있었다. 눈이 뿌옇게 흐려졌다. 아무것도 보이지 않았다.
"쏠 의사는 처음부터 없었던 것 같은데."
조서를 한옆으로 밀어 놓으며 형사가 중얼거렸다. 철호는 거기 걸상에 가만히 걸터앉았다.
"혹시 그 같이 한 청년을 모르시나요?"
철호의 귀에는 형사의 말소리가 아주 멀었다.
"끝내 혼자서 했다고 우기는데, 그러나 증인이 있으니까 이제 차츰 사실대로 자백하겠지만."
여전히 철호는 말이 없었다.

경찰서를 나온 철호는 어디를 어떻게 걸었는지 알 수 없었다. 철호는 술 취한 사람 모양 허청거리는 다리로 자기 집이 있는 언덕길을 올라가고 있었다. 철호는 골목길 어귀에 들어섰다.
"가자!"
철호는 거기 멈춰 섰다. 고개를 뒤로 젖혔다. 그러나 그는 하늘을 쳐다보는 것이 아니었다. 하 하고 숨을 크게 내쉬는 철호는 울고 있었다. 눈물이 콧속으로 흘러서 찝찔하니 목구멍으로 넘어갔다.
"가자, 가자. 어딜 가잔 거야? 도대체 어딜 가잔 거야?"
철호는 꽥 소리를 지르고 있었다. 거기 처마 밑에 모여 앉아서 소꿉질을 하던 어린애들이 부스스 일어서며 그를 쳐다보았다. 철호는 그 앞을 모른 체 지나쳐 버렸다.

"오빤 어딜 그렇게 돌아다뉴?"

철호가 아랫방에 들어서자 윗방 구석에서 고리짝을 열어 놓고 뒤지고 있던 명숙이가 역한 소리를 했다. 윗방에는 넝마 같은 옷가지들이 한 무더기 쌓여 있었다. 딸애는 고리짝 옆에 쪼그리고 앉아서 명숙이가 뒤져 내놓는 헌 옷들을 무슨 진귀한 것이나처럼 지켜보고 있었다. 철호는 아내가 어딜 갔느냐고 물어보려다 말고 그대로 윗방 아랫목에 털썩 주저앉아 버렸다.

"어서 병원에 가보세요."

명숙은 여전히 고리짝을 들추며 돌아앉은 채 말했다.

"병원엘?"

"그래요."

"병원에라니?"

"언니가 위독해요. 어린애가 걸렸어요."

"뭐가?"

철호는 눈앞이 아찔했다.

점심때부터 진통이 시작되었는데 영 해산을 못 하고 애를 썼단다. 그런데 죽을 악을 쓰다 보니까 어린애의 머리가 아니라 팔부터 나왔다고 한다. 그래 병원으로 실어 갔는데, 철호네 회사에 전화를 걸었더니 나가고 없더라는 것이었다.

"지금쯤은 아마 애기를 낳았거나, 그렇지 않으면……"

명숙은 흰 헝겊들을 골라 개켜서 한옆으로 제쳐 놓으며 말했다. 아마 어린애의 기저귀를 고르고 있는 모양이었다. 그런데 이상했다. 좀 전에 아찔하던 정신이 사르르 풀리며 온몸의 맥이 쏙 빠져나갔다. 철호는 오래간만에 머릿속이 깨끗이 개는 것을 느꼈다.
 말라리아를 앓고 난 다음 날처럼 맥은 하나도 없으면서 머리는 비상히 깨끗했다. 뭐 놀랄 일이 있느냐 하는 심정이 되었다. 마치 회사에서 무슨 사무를 한 뭉텅이 맡았을 때와 같은 심사였다. 철호는 호주머니에서 담배를 꺼내어 물었다. 언제나 새로 사무를 맡아 시작하기 전에 하는 버릇이었다. 철호는 일어섰다. 그리고 문을 열었다.
 "어딜 가슈?"
 명숙이가 돌아보았다.
 "병원에."
 "무슨 병원인지도 모르면서."
 철호는 참 그렇다고 생각했다.
 "S병원이야요."
 "……."
 철호는 슬그머니 문밖으로 한 발을 내디디었다.
 "돈을 가지고 가야지 뭐."
 "……돈."
 철호는 다시 문 안으로 들어섰다. 우두커니 발부리를 내려다보고 서 있었다. 명숙이가 일어섰다. 그리고 아랫방으로 내려갔다. 벽에 걸어 놓았던 핸드백을 벗겼다.
 "옛수."
 백 환짜리 한 다발이 철호 앞 방바닥에 던져졌다. 명숙은 다시 돌아서서 백을 챙기고 있었다. 철호는 명숙의 뒷모습을 물끄러미 바라보고 있었다. 철호의 눈이 명숙의 발뒤축에 머물렀다. 나일론 양말이 계란 만치 구멍이 뚫렸다. 철호는 명숙의 그 구멍 뚫린 양말 뒤축에서 어떤 깨끗함을 느끼고 있었다. 오래간만에, 참으로 오래간만에 철호는 명숙에 대한 오빠로서의 애정을 느꼈다.

"가자."

어머니가 또 외마디 소리를 질렀다.

철호는 눈을 발밑의 돈다발로 떨구었다. 허리를 꾸부렸다. 연기가 든 때처럼 두 눈이 싸하니 쓰렸다.

"아버지 병원에 가? 엄마 애기 났어?"

"그래."

철호는 돈을 저고리 호주머니에 구겨 넣으며 문을 나섰다.

"가자."

골목을 빠져나가는 철호의 등 뒤에서 또 한 번 어머니의 소리가 들려왔다.

아내는 이미 죽어 있었다.

"네, 그래요?"

철호는 간호원보다도 더 심상한[26] 표정이었다. 병원의 긴 복도를 허청허청 걸어서 널따란 현관으로 나왔다. 시체가 어디 있느냐고 묻지도 않았다. 무엇인가 큰일이 한 가지 끝났다는 그런 기분이었다. 아니 또 어찌 생각하면 무언가 해야 할 일이 많이 생긴 것 같은 무거운 기분이기도 했다. 그러면서도 그 해야 할 일이 무엇인지는 좀처럼 생각이 나

---

26) 심상하다(尋常—) 대수롭지 않고 예사롭다.

질 않았다. 그저 이제는 그리 서두를 필요도 없어졌다는 생각만으로 철호는 거기 병원 현관에 한참이나 우두커니 서 있었다.

이윽고 병원의 큰 문을 나선 철호는 전찻길을 따라서 천천히 걸었다. 자전거가 휙 그의 팔꿈치를 스치고 지나갔다. 그는 멈춰 섰다. 자기도 모르게 그는 사무실 쪽으로 걸어가고 있었다. 여섯시도 더 지났을 무렵이었다. 이제 사무실로 가야, 할 아무 일도 없었다. 그는 전찻길을 건넜다. 또 한참을 걸었다. 그는 또 멈춰 섰다. 이번엔 어느 사이에, 낮에 왔던 경찰서 앞에 와 있었다. 그는 또 돌아섰다. 또 걸었다. 그저 걸었다. 집으로 돌아가자는 생각도 아니면서 그의 발길은 자동기계처럼 남대문 쪽을 향해 걷고 있었다. 문방구점, 라디오방, 사진관, 제과점, 그는 길가에 늘어선 이런 가게의 진열장들을 하나하나 기웃거리며 걷고 있었다. 그러면서도 무엇이 있는지 하나도 보이지는 않았다. 그러던 철호는 또 우뚝 섰다. 그는 거기 눈앞에 걸린 간판을 쳐다보고 있었다. 장기판만 한 흰 판에 빨간 페인트로 치과라고 써 있었다. 철호는 갑자기 이가 쑤시는 것을 느꼈다. 아침부터, 아니 벌써 전부터 훌떡훌떡 쑤시는 충치가 갑자기 아파 왔다. 양쪽 어금니가 아래위 다 쑤셨다. 사실은 어느 것이 정말 쑤시는 것인지조차도 분간할 수가 없었다. 철호는 호주머니에 손을 넣어 보았다. 만 환 다발이 만져졌다.

철호는 치과 간판이 걸린 층계를 이층으로 올라갔다.

치과 걸상에 머리를 젖히고 입을 아 벌리고 앉았다. 의사는 달가닥달가닥 소리를 내며 이것저것 여러 가지 쇠꼬치를 그의 입에 넣었다 꺼냈다 하였다. 철호는 매시근하니[27] 잠이 왔다. 아무런 생각도 하지 않고 입을 크게 벌린 채 눈을 감고 있었다.

"좀 아팠지요? 뿌리가 꾸부러져서."

의사가 집게에 뽑아 든 이를 철호의 눈앞에 가져다 보여 주었다. 속이 시커멓게 썩은 징그러운 이뿌리에 뻘건 살점이 묻어 나왔다. 철호는 솜을 입에 문 채 머리를 좌우로 흔들어 보였다. 사실 아프지도 아무렇지도 않았다.

"됐습니다. 한 삼십 분 후에 솜을 빼버리슈. 피가 좀 나올 겁니다."
"이쪽을 마저 빼주십시오."

철호는 옆의 타구에 피를 뱉고 나서 또 한쪽 볼을 눌러 보였다.

"어금니를 한 번에 두 대씩 빼면 출혈이 심해서 안 됩니다."
"괜찮습니다."
"아니, 내일 또 빼지요."
"다 빼주십시오. 한목에 몽땅 다 빼주십시오."
"안 됩니다. 치료를 해가면서 한 대씩 빼야지요."
"치료요? 그럴 새가 없습니다. 마악 쑤시는걸요."
"그래도 안 됩니다. 빈혈증이 일어나면 큰일납니다."

하는 수 없었다. 철호는 치과를 나왔다. 또 걸었다. 잇몸이 멍하니 아픈 것 같기도 하고 또 어찌하면 시원한 것 같기도 했다. 그는 한 손으로 볼을 쓸어 보았다.

그렇게 얼마를 걷던 철호는 거기에 또 치과 간판을 발견하였다. 역시 이층이었다.

"안 될 텐데요."

27) 매시근하다 기운이 없고 나른하다.

거기 의사도 꺼렸다. 철호는 괜찮다고 우겼다. 한쪽 어금니를 마저 빼었다. 이번에는 두 볼에다 다 밤알만큼씩 한 솜덩어리를 물고 나왔다. 입 안이 찝찔했다. 간간이 길가에 나서서 피를 뱉었다. 그때마다 시뻘건 선지피가 간덩어리처럼 엉겨서 나왔다.

남대문을 오른쪽에 끼고 돌아서 서울역이 보이는 데까지 왔을 때 으스스 몸이 한 번 떨렸다. 머리가 휑하니 비어 버린 것 같다고 생각했다. 바로 그때에 번쩍 거리에 전등이 들어왔다. 눈앞이 한 번 환해졌다. 그런데 다음 순간에는 어찌 된 셈인지 좀 전에 전등이 켜지기 전보다 더 거리가 어두워졌다. 철호는 눈을 한 번 꾹 감았다 다시 떴다. 그래도 매한가지였다. 이건 뱃속이 비어서 이렇다고 철호는 생각했다. 그는 새삼스레, 점심도 저녁도 안 먹은 자기를 깨달았다. 뭐든가 좀 먹어야겠다고 생각했다. 구수한 설렁탕 생각이 났다. 입 안에 군침이 하나 가득히 고였다. 그는 어느 전주[27] 밑에 가서 쭈그리고 앉아서 침을 뱉었다. 그런데 그것은 침이 아니라 진한 피였다. 그는 다시 일어섰다. 또 한 번 오한이 전신을 간질이고 지나갔다. 다리가 약간 떨리는 것 같았다. 그는 속히 음식점을 찾아내어야겠다고 생각하며 서울역 쪽으로 허청허청 걸었다.

"설렁탕."

무슨 약 이름이기나 한 것처럼 한마디 일러 놓고는 그는 식탁 위에 엎드려 버렸다. 또 입 안으로 하나 찝찔한 물이 고였다. 철호는 머리를 들었다. 음식점 안을 한바퀴 휘 둘러보았다. 머리가 아찔했다. 그는 일

27) 전주(電柱) 전봇대.

어섰다. 그리고 문 밖으로 급히 걸어 나갔다. 음식점 옆 골목에 있는 시궁창에 가서 쭈그리고 앉았다. 울컥 하고 입 안의 것을 뱉었다. 그러나 이번에는 주위가 어두워서 그것이 핀지 또는 침인지 알 수 없었다. 철호는 저고리 소매로 입술을 닦으며 일어섰다. 이를 뺀 자리가 쿡 한 번 쑤셨다. 그러자 뒤이어 거기에 호응이나 하듯이 관자놀이가 또 쿡 쑤셨다. 철호는 아무래도 좀 이상하다고 생각하였다. 이제 빨리 집으로 돌아가 누워야겠다고 생각했다. 그는 다시 큰길로 나왔다. 마침 택시가 한 대 왔다. 그는 손을 한 번 흔들었다.

철호는 던져지듯이 털썩 택시 안에 쓰러졌다.
"어디로 가시죠?"
택시는 벌써 구르고 있었다.
"해방촌."
자동차는 스르르 속력을 늦추었다. 해방촌으로 가자면 차를 돌려야 하는 까닭이었다. 운전수는 줄지어 달려오는 자동차의 사이가 생기기를 노리고 있었다. 저만치 자동차의 행렬이 좀 끊겼다. 운전수는 핸들을 잔뜩 비틀어 쥐었다. 운전수가 몸을 한편으로 기울이며 마악 핸들을 틀려는 때였다. 뒷자리에서 철호가 소리를 질렀다.
"아니야. S병원으로 가."
철호는 갑자기 아내의 죽음을 생각했던 것이었다. 운전수는 다시 획 핸들을 이쪽으로 틀었다. 운전수 옆에 앉아 있는 조수애가 한 번 철호를 돌아다보았다. 철호는 뒷자리 한구석에 가서 몸을 틀어박은 채 고개를 뒤로 젖히고 눈을 감고 있었다. 차는 한국은행 앞 로터리를 돌고 있었다. 그때에 또 뒤에서 철호가 소리를 질렀다.

"아니야. X경찰서로 가."

눈을 감고 있는 철호는 생각하는 것이었다. 아내는 이미 죽었는데 하고.

이번에는 다행히 차의 방향을 바꿀 필요가 없었다. 그냥 달렸다.

"X경찰서 앞입니다."

철호는 눈을 떴다. 상반신을 번쩍 일으켰다. 그러나 곧 또 털썩 뒤로 기대고 쓰러져 버렸다.

"아니야. 가."

"X경찰섭니다. 손님."

조수애가 뒤로 몸을 틀어 돌리고 말했다.

"가자."

철호는 여전히 눈을 감고 있었다.

"어디로 갑니까?"

"글쎄, 가."

"하 참, 딱한 아저씨네."

"……"

"취했나?"

운전수가 힐끔 조수애를 쳐다보았다.

"그런가 봐요."

"어쩌다 오발탄(誤發彈) 같은 손님이 걸렸어. 자기 갈 곳도 모르게."

운전수는 기어를 넣으며 중얼거렸다. 철호는 까무룩이 잠이 들어 가는 것 같은 속에서 운전수가 중얼거리는 소리를 멀리 듣고 있었다. 그리고 마음속으로 혼자 생각하는 것이었다.

'아들 구실, 남편 구실, 애비 구실, 형 구실, 오빠 구실, 또 계리사 사무실 서기 구실. 해야 할 구실이 너무 많구나. 그래 난 네 말대로 아마도 조물주의 오발탄인지도 모른다. 정말 갈 곳을 알 수가 없다. 그런데 지금 나는 어디건 가긴 가야 한다…….'

철호는 점점 더 졸려 왔다. 다리가 저린 것처럼 머리의 감각이 차츰 없어져 갔다.

"가자!"

철호는 또 한 번 귓가에 어머니의 소리를 들었다고 생각하며 푹 모로 쓰러지고 말았다.

차가 네거리에 다다랐다. 앞의 교통신호대에 빨간불이 켜졌다. 차가 섰다. 또 한 번 조수애가 뒤를 돌아보며 물었다.

"어디로 가시죠?"

그러나 머리를 푹 앞으로 수그린 철호는 아무 대답도 없었다.

따르르릉 벨이 울렸다. 긴 자동차의 행렬이 움직이기 시작했다. 철호가 탄 차도 목적지를 모르는 대로 행렬에 끼여서 움직이는 수밖에 없었다. 철호의 입에서 흘러내린 선지피가 흥건히 그의 와이셔츠 가슴을 적시고 있는 것은 아무도 모르는 채 교통신호대의 파랑불 밑으로 차는 네거리를 지나갔다.

생각해 볼 거리

1 철호 가족의 처지에 대해 정리해 봅시다.

철호 가족은 한국전쟁 전에 북한에서 월남해서 전쟁 후 줄곧 해방촌이라는 서울 변두리의 판자촌에서 살고 있는 월남민입니다. 가장인 철호는 계리사 사무소 서기로 일하는 평범한 소시민입니다. 적은 월급으로 가족의 생계를 꾸려 나가야 하는 그는 밥값을 아끼기 위해 점심을 굶고, 치료비를 아끼기 위해 치통을 참으며 전찻값을 아끼기 위해 종로에서 집까지 십릿길을 걸어서 출퇴근을 합니다. 전쟁으로 인한 충격으로 정신이상이 되어 고향에 "가자, 가자!"라고 밤낮으로 외치는 그의 어머니는 흡사 솜누더기에 쌓인 미라처럼 보입니다. 대학까지 나온 아름다운 그의 아내는 가난에 찌들어 삶의 의욕과 말을 잃어버렸고, 다섯 살 난 어린 딸은 영양실조로 노랗게 뜬 얼굴에 누더기를 걸치고 있습니다. 전쟁터에서 파편을 맞은 동생 영호는 군대에서 제대한 후 이 년 동안이나 취직을 하지 못하고 저녁마다 술에 취해 들어오고, 여동생 명숙은 가족의 생계를 돕기 위해 양공주가 되어 철호를 비참하게 만듭니다. 어머니는 미라로, 아내는 몽유병자로, 딸은 송장으로, 하나같이 유령과 같은 존재로 비유되는 철호의 집은 마치 무덤처럼 어둡고 절망적인 분위기를 느끼게 합니다.

2 퇴근하기 전에 손을 씻으면서 물에 씻긴 잉크를 본 철호가 피를 연상하며 자신을 원시인과 동일시하는 까닭은 무엇일까요?

계리사 사무소에서 하루 종일 펜대를 잡고 일하던 철호는 퇴근 전에 대야에 물을 받아 손을 씻습니다. 대야에 파랗게 흘러내리는 잉크를 보며 철호가 '피'를 떠올리는 것은 그의 정신적 상처가 일으키는 무의식적인 연상작용이라고 볼 수 있습니다. 철호의 정신적 상처는 남이 내다 버린 내장을 주워 가족들에게 돌아가는 초라하고 무능한 원시인과 자신을 동일시하는 부분에서 구체화됩니다. 철호는 손가락에 못이 박히도록 펜대를 굴려도 가족의 생계조차 제대로 꾸려 가지 못하는 자신의 처지가 하루 종일 숲을 헤매다 남이 내다 버린 짐승의 내장을 들고 집으로 돌아가는 초라한 원시인과 같다고 생각합니다. 이러한 자신에 대한 모멸감과 비애로 철호는 자신을 한없이 무능하고 초라한 사람으로 여기고 있는 것입니다.

3 철호의 어머니가 간헐적으로 반복하는 '가자!'라는 외침의 효과와 의미에 대해 생각해 봅시다.

'가자! 가자!'라는 어머니의 외침은 소설의 전체적인 분위기를 결정짓고 있는 독백어입니다. 철호 가족이 처한 암담한 현실을 더욱 강박적으로 느끼게 하는 이 외침은 소설의 분위기를 더욱 암울하게 만듭니다. 어머니가 외치는 '가자!'라는 말은 과거의 고향으로 돌아가자는 뜻입니다. 이 고향은 분단과 전쟁으로 인해 실향민들의 보편적 삶의 가치가 훼손되기 이전의 상태를 의미합니다. 그러나 과거의 행복했던 고향으로 갈 수 있는 길은 없으므로, 어머니의 '가자!'라는 외침은 현실의 각박함을 더욱 부각시키면서 뿌리 뽑힌 현실에 대한 절망감을 느끼게 합니다.

4 형제인 영호와 철호는 세상을 살아가는 방식에 대해 서로 다른 생각을 가지고 있습니다. 두 사람의 생각 차이를 정리해 보고 전후의 현실과 관련지어 어떻게 판단할 수 있을지 생각해 봅시다.

어떠한 상황에서도 양심을 지키며 분수에 맞게 살아가야 한다고 생각하는 철호와 달리, 영호는 답답한 현실을 벗어나기 위해서는 윤리고 양심이고 관습이고 법률이고 다 벗어던질 용기가 필요할 뿐이라고 주장합니다.

영호의 눈에 비친 세상은 양심과 도덕과 법률을 지키는 사람들은 불행한 반면, 그 모든 것을 벗어던진 사람들은 오히려 잘사는 비틀리고 뒤집힌 모습입니다. 어머니가 정신이상이 된 것도, 여동생 명숙이 양공주가 된 것도 모두 가난 때문이고, 그 가난은 양심을 지키며 살려고 했던 순진하고 고지식한 생활 태도 때문이라고 생각하는 영호는 비틀린 세상에서 살려면 제대로 비틀릴수록 더 좋다고 말합니다. 영호의 울부짖음에는 소외된 자의 과장이 들어 있기도 하지만, 형의 성실함만으로는 대답할 수 없는 분단 이후의 부조리한 남한 사회에 대한 비판이 담겨 있습니다.

이와 같이 상반되는 두 형제의 삶의 태도는 극도의 궁핍과 도덕성의 상실로 피폐해진 현실 속에서 '사람은 과연 어떻게 살아가야 하는가' 라는 물음을 던집니다. 영호는 결국 권총 강도 혐의로 경찰서에 잡혀갑니다. 양심적으로 살아가려고 애쓰는 철호에게 남은 것은 아내의 죽음이라는 절망적인 현실뿐입니다. 출구가 보이지 않는 현실 속에서 자신이라면 어떠한 행동을 할 수 있을지, 인간은 어떠한 경우에도 인간다운 삶의 질서를 인정하고 그에 따라 살아야 하는 것인지, 아니면 어떻게 해서든 생존의 욕구를 충족시키며 살아야 할 것인지 독자들의 깊은 성찰을 요구하고 있습니다.

5 철호의 치통이 상징하는 것은 무엇일까요?

철호는 치과에 갈 돈이 없어 밤낮 쑤시는 충치를 어떻게 하지 못하고 치통을 참고 지냅니다. 치과에 갈 돈은 철호에게 꼭 필요한 돈이지만, 그는 꼭 필요한 만큼도 벌지 못하므로 생활을 졸일 수밖에 없습니다. 철호가 더 많은 돈을 벌지 못하는 것은 양심을 지키며 깨끗이 살려고 하기 때문입니다. 남들처럼 탈법적인 방법으로 살 마음을 먹는다면 생활에 필요한 얼마간의 돈쯤은 마련할 수 있을지도 모릅니다. 하지만 그는 도덕과 양심을 소중히 여기는 생활 태도를 가지고 있습니다. 철호는 깨끗하고 정직한 삶을 살려면 충치의 고통을 참을 수밖에 없는 형편이므로, 그의 치통은 양심을 지키는 사람이 겪어야 하는 생활의 고통, 정신적 고통을 의미합니다.

6 권총 강도를 하다 체포된 영호는 범죄가 실패한 까닭이 '인정선(人情線)'에 걸렸기 때문이라고 말합니다. 이 말의 의미를 생각해 봅시다.

영호는 은행에서 돈을 찾아가던 지프차를 강탈했다가 경찰에 붙들리고 맙니다. 비록 법률을 어기고 강도짓에 나섰지만 차마 사람을 죽일 수는 없었기에 운전사와 회사원을 놓아주었고, 그들의 신고로 체포된 것입니다. 여기서 '인정선'이란 사람으로서 해서 될 일과 안 될 일을 가르는 선을 의미합니다. 양심은 '손끝의 가시'이고 윤리는 '나이롱 빤쓰'라며 조롱하던 영호이지만, 완전범죄를 위해 사람을 죽이는 일만은 할 수 없었으므로 '인정선'에 걸려 버렸다고 말한 것입니다.

부정한 사회에 대항해 독하고 악하게 살겠다고 다짐하면서도 인간성을 완전히 버릴 수 없어 또다시 실패하는 영호의 모습은 선량한 사람들을 범죄자로 내모는 부조리한 전후의 현실을 효과적으로 고발하고 있습니다. 아울러 모든 사람이 도덕과 양심을 버리고 살 수도 없거니와, 그것이 인간의 본성에 맞는 삶의 방법이 될 수 없음을 보여 주고 있습니다.

7 철호는 아내의 병원비를 던져 주는 명숙의 구멍 뚫린 양말 뒤축에서 어떤 깨끗함을 느낍니다. 철호가 명숙에게서 느끼는 깨끗함의 의미를 생각해 봅시다.

명숙은 미군들에게 몸을 파는 '양공주'입니다. 철호는 양공주 노릇을 하다 경찰에 걸려든 여동생 명숙의 신원보증을 위해 경찰서에 갈 때마다 누이동생이 밉고 원망스러워 울곤 했습니다. 명숙이 부끄럽고 원망스러워 말 한마디 붙이지 않을 정도로 냉담하게 대합니다.

그런 명숙이 아내의 병원비로 그동안 모아 두었던 백 환짜리 한 다발을 선뜻 내놓았을 때, 철호는 명숙의 나일론 양말에 계란만 한 구멍이 뚫려 있는 것을 보게 됩니다. 사무원처럼 차려입고 색안경을 쓰고 다니며 멋을 부리는 명숙이지만, 그녀 역시 구멍 난 양말을 그대로 신을 정도로 가난을 견디며 애쓰고 있었던 것입니다. 철호가 여동생의 구멍 난 양말에서 깨끗함을 느낀 것은, 구멍 난 양말을 그냥 신을 정도로 아끼며 모아 두었던 돈을 오빠네 가족을 위해 선뜻 내놓은 명숙의 착하고 따뜻한 마음을 엿볼 수 있었기 때문입니다.

8 아내의 죽음을 확인한 철호가 치과에 가서 썩은 어금니를 모두 뽑아 버린 까닭은 무엇일까요?

영호의 구속을 목격하고 아내의 죽음을 확인한 철호가 찾아간 곳은 치과였습니다. 가족을 위해 치통을 참아 가며 최선을 다해 왔지만 정작 자신은 동생과 아내의 불행을 막을 수 없었으므로 더 이상 치통을 참아야 할 이유가 없었던 것입니다. 아내의 죽음과 동생의 구속이라는 감당하기 어려운 불행 앞에서 가장의 책임을 다하며 도덕적으로 살고자 하는 의지가 무너져 내린 순간, 철호는 충치를 뽑아 버립니다. 철호가 의사들의 경고를 무시하고 충치를 두 개나 한꺼번에 뽑아 버리는 것은 일종의 자기 파괴 행위로 볼 수 있습니다. 삶의 이유와 의미를 잃어버린 철호는 자신의 생명을 보호해야 한다는 안전의 욕구마저도 의식하지 못합니다. 이가 쑤시니 뽑아 버려야겠다는 맹목적이고 단순한 생각 외에는 아무것도 떠오르지 않는 철호의 상태는 그가 받은 정신적 충격의 강도를 실감 나게 보여 주고 있습니다.

9 철호가 택시 안에서 몽롱한 의식으로 반복하는 '가자!'라는 외침의 의미는 무엇일까요?

어금니를 두 개나 빼고 선지피를 쏟아 정신이 흐려진 철호는 자신이 가야 할 곳을 알지 못합니다. 몽롱한 의식 가운데서도 어디로든 가긴 가야 한다고 생각하는 그의 무의식은 삶을 이대로 포기할 수는 없다는 마지막 안간힘인 것입니다. 그러나 어디로도 갈 수 없는 그는 삶의 방향감각을 잃어버린 소시민의 삶의 비극적인 절망과 좌절을 그대로 보여 줍니다.

어머니의 '가자!'라는 외침이 떠나온 북쪽 고향으로 돌아가고 싶어 하는 염원이라면, 혼수상태에 빠진 철호가 택시 안에서 반복하는 '가자!'라는 외침은 고통스러운 현실에서 벗어나고 싶어하는 절박한 심리의 표출이라 볼 수 있습니다. 분단을 인정하지 않고 고향으로 가자는 어머니의 외침을 지긋지긋해했던 철호가 의식을 잃어 가는 상태에서 '가자!'라고 외치는 것은, 그도 어머니처럼 '지금 이대로'는 살아갈 수 없다는 심리상태에 이르렀음을 말해 줍니다. 다시 말해 '가자!'라는 외침 속에는 부정성이 극한까지 이른 남한 사회가 어떻게든 변해야 한다는 절박한 열망이 담겨 있다고 할 수 있습니다.

10 제목 '오발탄'의 의미를 생각해 봅시다.

오발탄은 말 그대로 '잘못 발사된 탄환'을 의미합니다. 누구보다 성실하게 양심을 지키며 살려고 애쓰지만 삶의 엄청난 무게에서 벗어나지 못하는 철호 같은 소외된 인간을 가리킨다고 할 수 있습니다. 철호 가족의 모습은 전쟁 이후 주변부로 밀려나 정신적 황폐함과 경제적 궁핍 속에서 허덕이며 살아가는 소외된 이들을 대변하고 있습니다. 이들의 삶은 자신들의 의지와는 상관없이 부조리한 상황 속에서 세상과 어긋나기만 합니다. 이런 삶이 곧 오발탄, 목적도 없고 어떤 보람도 없이 희생되고 마는 인생을 의미합니다.

죽어 가는 철호를 태운 택시가 긴 자동차의 행렬에 끼여서 무심히 움직이는 모습은 개인의 비극을 외면한 채 제 갈 길을 가고 있는 거대한 세상의 흐름을 연상시키며, 선량한 개인들을 오발탄으로 만드는 세상이 이대로 계속 흘러가도 좋은지 질문을 던지게 합니다.

학마을 사람들

일제강점기에서 한국전쟁에 이르는 민족 수난기를
공동체의 훼손 과정으로 그려 낸 전후소설

감상의 길잡이

"학, 학나무를, 학나무를"
전쟁의 상처를 치유하고 이상적인 공동체를 재건하고자 하는 의지

「학마을 사람들」은 1957년 『현대문학』에 발표된 작품입니다. 학마을이라는 강원도 두메를 배경으로 일제강점기에서 한국전쟁 직후까지의 민족사를 서정적인 필치로 그린 이 작품은 이범선의 초기 작품 중 대표작으로 평가받고 있습니다.

인간의 잔혹성이 여과 없이 드러나는 참혹한 전쟁을 겪은 전후 세대 작가들은 전쟁의 상처를 치유하고 고통스러운 현실의 결핍을 메우기 위해 전쟁이 일어나기 이전의 고향, 따뜻한 인정이 넘치고 풍요로운 삶을 누리던 과거의 고향을 떠올리게 됩니다. 대규모 인명 살상과 국토 파괴를 초래한 근대적 전쟁 무기들의 파괴력에 대한 반감으로, 근대성이 배제된 전통적이고 향토적인 세계를 통해 인간성 회복을 꾀하게 된 것입니다. 이와 같은 계열의 작품으로는 「학마을 사람들」 외에도 이범선의 「갈매기」와 오영수의 「갯마을」, 황순원의 「학」 등을 꼽을 수 있습니다.

　학과 인간의 운명이 하나로 연결된 「학마을 사람들」은 짙은 향토적 신비감을 모태로 하나의 신화적 세계를 펼쳐 보이고 있습니다. 학마을에서는 학의 출현과 마을의 운명이 짝을 맞추듯이 들어맞습니다. 학이 오지 않은 해에는 일본에게 나라를 빼앗겼고, 학이 돌아오자 해방이 되었으며, 학의 새끼가 죽는 불길한 일이 생기자 전쟁이 일어납니다. 과학과 합리성의 눈으로 보았을 때 학의 오고 감에 따라 마을 사람들의 운명이 결정된다는 내용은 다소 엉뚱하고 비현실적으로 여겨질 수도 있을 것입니다. 그러나 이 작품에 등장하는 학은 단순한 동물이 아니라 하늘의 뜻을 전하고 마을의 운명을 암시하는 영적인 존재입니다. 학마을 사람들과 학의 관계를 이해하기 위해서는 과학이라는 렌즈보다는 종교라는 렌즈가 더 유용하다고 할 것입니다.

　신비로운 학의 모습과 어울려 한 폭의 동양화처럼 잔잔하게 펼쳐지는 마을 사람들의 토속적이고 순박한 삶을 그린 이 소설은 시적인 문체와 서정적인 묘사로 단편소설의 새로운 수법을 보여 준 작품으로도 평가받고 있습니다.

　학과 마을 사람들의 운명적인 관계를 쫓아 가며 학마을 사람들과 함께 웃음과 근심을 나누다 보면 한국전쟁이라는 비극적인 민족사가 남긴 폐허 위에 새로운 희망을 심고자 했던 작가의 의지를 엿볼 수 있습니다.

학마을 사람들

　자동차 길엘 가재도 오르는 데 십 리, 내리는 데 십 리라는 영(嶺)[1]을 구름을 뚫고 넘어, 또 그 밑의 골짜기를 삼십 리 더듬어 나가야 하는 마을이었다.
　강원도 두메의 이 마을을 관(官)에서는 뭐라고 이름 지었는지 몰라도 그들은 자기네 곳을 학마을〔鶴洞〕이라고 불렀다.
　무더기무더기 핀 진달래꽃이 분홍 무늬를 놓은 푸른 산들이 사면을 둘러싼 가운데 소복이 일곱 집이 이 마을의 전부였다. 영마루에서 내려다보면 꼭 새 둥우리 같았다. 마을 한가운데는 한 그루 늙은 소나무가 섰고, 그 소나무를 받들어 모시듯, 둘레에는 집집마다 울안에 복숭

---

1) 영 높은 산의 마루를 이룬 곳.

아꽃이 활짝 피어 있었다.

때때로 목청을 돋우어 길게 우는 낮닭의 소리를 받아, 우물가 버드나무 밑에서 애들이 부는 버들피리 소리가 피리피리 필릴리 아득히 영마루에까지 아지랑이를 타고 피어올랐다.

이 학마을 이장 영감과 서당의 박훈장은 지팡이로 턱을 괴고 영마루에 나란히 앉아 말없이 마을을 내려다보고 있었다.

그들은 둘이 다 오늘 아침 면사무소 마당에서 손자들을 화물 자동차에 실어 보내고 돌아오는 길이었다. 왜놈들은 끝내 이 두메에서까지 병정을 뽑아내었던 것이었다.

두 노인의 흐린 눈들은 꼭 같이 저 밑의 마을 한가운데 소나무를 물끄러미 내려다보고 있었다. 그들은 아침부터 지금 낮이 기울도록 삼십 리 길을 같이 걸어오면서도 거의 한마디도 말이 없었다.

이윽고 이장 영감이 지팡이와 함께 쥐었던 장죽[2]으로 걸터앉은 바윗등을 가볍게 두들기며 입을 열었다.

"학이 안 오는 지가 벌써 삼십 년이 넘어."

"그렇지, 올[3]에 삼십육 년쨍가?"

박훈장은 여전히 마을을 내려다보는 채였다.

"내가 마흔넷에 나던 해니까. 그렇군. 꼭 서른여섯 해째군. 하……."

이장 영감은 장죽에 담뱃가루를 담으며 한숨을 쉬었다. 또다시 그 느릿느릿한 잠꼬대 같은 대화마저 끊어졌다.

---

2) 장죽(長竹) 긴 담뱃대.
3) 올 '올해'의 준말.

학마을 사람들 71

꼬교 —

또 한 번 마을에서 닭이 울었다. 다음은 고요하다. 졸리도록 따스한 봄 햇볕이 흰 무명 주의[4] 등에 간지러웠다. 이장 영감은 갓끈과 함께 흰 수염을 한 번 길게 쓸어내렸다.

학마을, 얼마나 아름답고 포근한 마을이었노.

이장 영감은 어느새 황소 같은 더벅머리 총각으로 돌아가, 이글이글 타오르는 화톳불[5]을 돌며 덩실덩실 춤을 추고 있었다.

옛날 학마을에는 해마다 봄이 되면 한 쌍의 학이 찾아오곤 하였었다. 언제부터 학이 이 마을을 찾아오기 시작하였던지는 아무도 모른다. 어쨌든 올해 여든인 이장 영감이 아직 나기 전부터라 했다. 또 그의 아버지가 나기도 더 전부터라 했다.

씨 뿌리기 시작할 바로 전에 학은 꼭 찾아오곤 하였다. 그러고는 정해 두고 마을 한가운데 서 있는 노송(老松) 위에 집을 틀었다. 마을 사람들은 이 노송을 학나무라고 불렀다.

학이 돌아온 날은 학마을의 가장 큰 잔칫날이었다. 학나무 밑에선 호기롭게[6] 떡을 쳤다. 서당에는 어른들이 모여 앉아 술상을 앞에 놓고 길고 느린 노래를 흥얼흥얼하였다. 그러나 가장 즐겁기는 젊은이들이었다. 이 마을 젊은이들이 마음 놓고 술을 마실 수 있는 날은 이날뿐이었다. 그 외에는 혼인 잔치에서까지도 젊은이들은 술을 마셔서는 아니 된다는 것이 이 학마을의 율법이었다.

---

4) 주의(周衣) 두루마기.
5) 화톳불 한데다가 장작 따위를 모으고 질러 놓은 불.
6) 호기롭다(豪氣—) 씩씩하고 호방한 기상이 있다.

그날은 밤이 깊도록 학나무 밑에 화톳불이 이글이글 탔다. 아직 추운 삼월이라 불에 둘러앉은 젊은이들은 탁배기[7]를 사발로 마구 들이켰다. 그러면 마을 처녀들은 이 억배[8]로 마셔 대는 탁배기와 안주를 떨어지지 않게 날라 와야 했다. 그런 때면 그 처녀가 화톳불을 싸고 빙 둘러앉은 청년들 중에 누구의 어깨 너머로 술이나 안주를 가운데 상에 넘겨 놓는가가 문제였다. 처녀가 술이나 안주를 누구의 어깨 너머로든지 살짝 넘겨 놓으면 그때마다 일제히 와 하고 함성을 올렸다.

   술에 단 젊은이들의 검붉은 얼굴들이 와그르르 웃으면, 처녀들은 불빛에 빨가니 단 얼굴을 획 돌려 치마폭에 쌌다. 그때 탄실이는 꼭 억쇠―지금 이장 영감의 어깨 너머로 듬뿍듬뿍 안줏거리를 날라다 놓곤 하였다. 그러면 또 와아 함성을 올렸다. 억쇠는 슬쩍 뒤를 돌아보았다. 탄실이는 긴 머리채를 흔들며 달아나면서도 억쇠를 향하여 눈을 흘기기만은 잊지 않았다. 억쇠는 그저 즐거웠다. 취기가 올라오기 시작하면 억쇠는 일어나 춤을 추었다. 젓가락으로 두들기는 사발 장단에 맞추어 덩실덩실 돌았다. 어느 해엔가는 잔뜩 취하여 잠방이[9] 띠가 풀린 것도 모르고 춤을 추다 웃음판에 그대로 나가넘어진 일도 있었다.

   학으로 하여 즐거운 이야기는 마을 처녀들에게도 있었다.

   처녀들도 역시 학이 좋았다.

   그네들은 물을 길러 뒷산 밑 박우물[10]로 갔다. 그러자면 꼭 학나무

---

7) 탁배기 '막걸리'의 사투리.
8) 억배 '억병'의 사투리. 술을 한량없이 마시는 모양.
9) 잠방이 가랑이가 무릎까지 내려오도록 짧게 만든 홑바지.
10) 박우물 바가지로 물을 뜰 수 있는 얕은 우물.

학마을 사람들 73

밑을 지나가야 했다. 그런데 어쩌다 학의 똥이 처녀들의 물동이에 떨어지는 일이 있었다. 그러면 그 처녀는 그해 안에 시집을 간다는 것이었다. 그래 나이 찬 처녀들은 물동이를 이고 학나무 밑을 지날 때면 걸음걸이가 더욱 의젓하였다. 한 해에 한둘은 꼭 물동이에 흰 학의 똥을 받았다. 그리고 그들은 틀림없이 그해 안에 시집을 가곤 하였다.

　탄실이가 시집을 가던 해에도 그랬다. 물방앗간 옆 대추나무 밑에서 자근자근 빨간 댕기를 씹으며,

　"학이……."

하고 탄실이가 고개를 숙였을 때, 억쇠는 구름 사이 으스름달을 쳐다보았다. 탄실이는 이미 아버지가 정해 놓은 곳이 있었다. 한참 만에 억쇠는 탄실이의 보동한 손목을 꽉 붙들었다. 그들은 그길로 영을 넘었다. 호호, 호호…… 길가 나무 꼭대기에서 부엉새가 울었다. 그래도 억쇠의 굵은 팔에 안겨 걷는 탄실이는 조금도 무섭지 않았다.

　그러나 그건 시집을 가는 게 아니라서였던지 다음 날 아침 그들은 탄실이 아버지한테 붙들리어 다시 돌아왔다. 그리고 그 가을에 탄실이는 단풍 든 영을 넘어 이웃 마을로 시집을 가고 말았고 다음 해부터는 학날이 와도 억쇠는 춤을 추지 않았다.

　"학이 안 오던 그핸 가물¹¹⁾도 심하더니."

　"허 참, 나라가 망하던 판에 오죽해."

　이장 영감은 장죽과 쌈지를 옆의 박훈장에게 건네주었다.

11) 가물 가뭄.

이장이 마흔네 살 나던 해였다.

씨 뿌릴 준비를 다 해놓고 마을 사람들은 학을 기다렸다. 그런데 웬일인지 계절이 다 늦도록 학은 돌아오지 않았다. 그들은 하는 수 없이 학 없이 씨를 뿌렸다. 가물이 들었다. 봄내 여름내 비 한 방울 안 왔다. 모든 곡식은 바삭바삭 말라 버렸다. 마을 사람들은 그저 헛되이 학나무만 쳐다보았다. 학나무에는 지난해에 틀었던 학의 둥우리만이 빈 채 달려 있었다.

"학만 있었으면."

마을 사람들은 여느 해에 그렇게도 영험하던[12] 학의 생각이 몹시도 간절하였다. 이런 때면 학은 늘 하늘과 그들 사이에 있어 주었었다.

가물이 들어도 그들은 학나무를 쳐다보았다. 그러면 학이 그 긴 주둥이를 하늘로 곧추고[13] 비오 비오 울어 고해 주는 것이었다. 그러면 또 하늘은 꼭 비를 주시곤 했다. 장마가 져도 그들은 또 학을 쳐다보았다. 이번엔 학이 가 가 길게 울어 주기만 하면 비는 곧 가시는 것이었다. 바람이 불 것도 그들은 미리 알 수 있었다. 학이 삭은 나뭇가지를 자꾸 둥우리로 물어 올리면 그들은 곡식을 빨리빨리 거두어들여야 했다.

그러던 그들은 학이 없던 그해, 그렇게 가물이 심해도 어떻게 하늘에 고해 볼 길이 없었다. 그저 그들은 저녁때 들에서 돌아오다가는 빨간 놀을 등에 지고 그림자처럼 조용히 서서 빤히 석양을 받은 학의 빈 둥우리를 오랜 버릇으로 한참씩 쳐다보고 섰을 뿐이었다.

---

12) 영험하다(靈驗—) '영검하다'의 원말. 사람의 기원대로 되는 신기한 징험이 있다.
13) 곧추다 굽은 것을 곧게 바로잡다.

그러던 어느 날 기다리던 비 대신 기막힌 소문이 날아들어 왔다. 왜놈들이 이 나라를 빼앗고 나왔다는 것이었다.

마을 사람들은 며칠 동안 김을 맬 생각도 않고 학나무 밑에들 모여 앉아 멍히 맞은편 산만 바라보고들 있었다.

그런데 또 한 겹 더 덮쳐 마을 안에 열병이 퍼지기 시작하였다. 한 집 두 집, 부디[14] 젊은 일꾼들이 앓아누웠다. 거의 날마다 곡소리가 들렸다. 학마을은 그대로 무덤이었다.

다음 해 봄도, 또 다음 해 봄도 학은 돌아오지 않았고 흉년만이 계속되었다. 그러자 이제 학이 버리고 간 이 학마을에서는 살 수 없으리라는 말이 누구의 입에서부터인지 퍼져 나왔다.

한 집이 떠났다. 또 한 집이 떠났다.

그들은 영마루에 서서 한참씩 학나무를 내려다보다가는 드디어 산을 넘어 어디론지 떠나가곤 하는 것이었다.

근 이십 가구나 되던 마을이 겨우 일곱 집만이 남았다.

그동안 이장 영감도 몇 번이나 밖으로 나가 살 만한 곳을 찾아보았다. 그러나 그때마다 번번이 그는 이 학마을을 버리지 못했다. 무쇠 같은 그의 가슴에 첫사랑이 뻘겋게 달아오르던 곳이라서만은 아니었다. 그저 어쩐지 이 학마을을 떠나서는 살 수 없을 것만 같았던 것이었다. 빈 둥우리나마 아직 남아 있는 학나무 밑을 떠나서 왜놈들이 들끓는 마당에 어딜 가면 살 수 있겠는가 하는 생각에서였다. 남아 있는 딴 사람들도 그랬다.

---

14) 부디 '하필'의 사투리.

학은 오지 않고 이름만 남은 학마을은 말할 수 없이 고달팠다.

그래도 해마다 봄은 찾아왔다. 아지랑이가 가물가물 타기 시작하면 그들은 양지쪽에 앉아 수숫대로 바자[15]를 엮으며 어린것들에게 가지가지 학 이야기를 들려주는 것이었다. 어린애들에게는 그건 해마다 들어도 재미있는 옛이야기였다. 그러나 이야기하는 어른들에게는 그건 슬픈 추억이었고 또 봄마다 속아 벌써 삼십 년이 지난 오늘까지도 끝내 아주 버릴 수는 없는 희망이기도 하였다.

"그런데 그 학이 어딜 갔을까?"
"알 수 없지."
"살아 있기는 살아 있을까?"
"학은 장생불사(長生不死)라지 않아."
"장생불사."

이장 영감은 또 한 번 천천히 수염을 내리쓸다 그 끝을 쥐고 내려다보며 중얼거렸다.

꽹, 꽹, 꽹, 꽹, 꽹, 꽹, 꽹.

바로 그때였다. 저 밑의 마을에서 꽹과리 소리가 요란하게 들려왔다. 무슨 일이 일어난 신호였다.

이장 영감은 으쓱 일어섰다. 박훈장도 담뱃대를 털며 따라 일어섰다. 그대로 꽹과리 소리는 울려 올라왔다. 잠든 듯 고요하던 마을에 새까만 사람의 그림자들이 왔다 갔다 하였다. 이장 영감은 눈에다 힘을

---

15) **바자** 대, 갈대, 수수깡, 싸리 따위로 발처럼 엮거나 결어서 만든 물건. 울타리를 만드는 데 씀.

주고 마을을 살피고 있었다.

학이다— 학이다—

이장 영감은 힐끔 뒤의 박훈장을 돌아보았다. 박훈장도 이장 영감을 마주 보았다.

학이다— 학이다—

아직 메아리가 길게 꼬리를 떨고 있다. 둘이 다 분명히 들었다. 그러나 둘이 다 꼭 같이 자기의 귀에 자신이 없었다. 꽹, 꽹, 꽹, 꽹과리 소리가 또 들려왔다. 그들은 얼른 손을 펴 갓양[16]에 가져다 대었다. 하늘을 살폈다. 그러나 그들이 아무리 그 흐린 눈을 비비고 크게 떠도 그저 저만큼 둥실 흰 구름이 한 점 보일 뿐 학은 보이지 않았다.

그들은 한 번 더 눈을 비볐다. 그래도 역시 학은 없었다. 그저 흰 수염만이 그들의 턱에서 가늘게 떨리고 있었다.

그날 과연 학은 마을에 돌아와 있었다. 영을 내려와 비로소 학이 돌아온 것을 본 이장 영감과 박훈장은 얼싸안고 엉엉 울었다.

"왔다. 정말 왔어. 으흐흐……."

"영감, 이게 꿈은 아니지, 응? 이장 영감, 꿈은 아니지, 으흐흐……."

이장 영감과 박훈장은 갓이 뒤로 벗겨지는 줄도 모르고 고개를 젖혀 학나무 꼭대기만 쳐다보고 있었다.

쑥 치켜든 긴 주둥이, 이마에 빨간 점, 늘씬히 내뺀 목, 눈처럼 흰 깃, 꼬리께 까만 깃에서는 안개가 피었다. 한 마리는 슬쩍 한 다리를

---

16) 갓양 갓모자의 밑 둘레 밖으로 둥글넓적하게 된 부분. 갓양태.

ㄴ 자로 구부리고 섰고, 또 한 마리는 그 윗가지에서 길게 목을 빼고 두룩두룩 마을을 살펴보고 있었다.

옛날 본 그 학이었다. 꼭 그대로였다. 그들은 자꾸자꾸 솟아 나오는 눈물을 몇 번이고 손등으로 닦았다.

이장 영감과 박훈장 뒤에 둘러선 마을 사람들의 눈에도 눈물이 글썽 괴어 있었다. 어린애들은 눈앞에 정말 살아 나타난 옛이야기가 그저 신비스럽기만 했다.

"이젠 살았다."

"이제 무슨 좋은 일이 생길 게다."

"용케 마을을 지켰지. 참, 몇십 년인고?"

그들은 무엇인지는 모르는 대로 그저 어떤 커다란 희망에 가슴이 뿌듯했다.

학은 부지런히 집을 틀기 시작하였다.

유유히 마을 안을 날아도는 학을 보면 밭에서 산에서 우물가에서 어디서든지 마을 사람들은 한참씩 일손을 멈추는 것이었다.

올감자[17] 철이 되자 학은 벌레를 잡아 물고 오르기 시작하였다. 새끼를 깐 것이다.

이젠 또 둘이만 모여 앉으면 그저 학의 새끼 이야기였다. 학이 새끼를 세 마리 까면 그해에는 풍년이 든다는 것이었다. 두 마리면 평년, 한 마리면 흉년.

두 마리라고 하는 사람도 있었다. 아니 분명히 세 마리가 가지런히

---

17) 올감자 제철보다 일찍 되는 감자.

둥우리 슭[18]에 턱을 올려놓고 어미를 기다리고 있는 것을 보았노라는 아낙네도 있었다. 또 밭의 곡식이 된 품으로 미루어 틀림없이 세 마릴 거라고 떠드는 사람도 있었다. 그러면 가만히 듣고 앉았던 노인네들은,

"어, 그 바쁘기도 하지. 이제 새끼들이 좀더 커서 머리가 밖으로 나오기 전에야 누가 아노? 하누님이 하시는 일을."

하고 웃는 것이었다.

올감자 철이 지나고 참외와 옥수수가 한창일 무렵이었다. 학의 새끼는 이제 제법 짝짝 둥우리 속에서 소리를 지르기 시작하였다. 그러다가는 어미 학이 긴 주둥이 끝에 벌레를 물고 돌아와 두 날개를 위로 쑥 쳐들며 훔씰[19] 가지에 와 앉으면 다투어 조그마한 주둥이들을 벌리고 짝짝 목을 길게 둥우리 밖에까지 빼내는 것이었다.

분명히 세 마리였다.

틀림없이 풍년일 게라 했다.

가물도 장마도 안 들었다. 논과 밭에는 오곡이 우거졌다. 과연 그해는 대풍이었다. 앞들에서 김매는 사람들이 노래를 부르면 뒷산에서 나무하는 애놈들이 제법 그다음을 받아넘겼다. 한창 더위도 그 고비를 넘었다. 이젠 익기를 기다려 거두어들이기만 하면 그만이었다.

그러던 어느 날이었다. 봄에 왜놈들에게 병정으로 끌려 나갔던 이장네 손자 덕이(德伊)와 박훈장네 손자 바우가 커다란 왜병의 옷을 그냥 입은 채 마을로 돌아왔다.

---

18) 슭 '기슭'의 사투리.
19) 훔씰 무거운 물체가 크게 흔들리는 모양.

"아, 우리나라가 독립을 했어요, 독립을. 그걸 아직두 모르고 있어요?"

이장 영감과 박훈장은 각각 손자들의 거센 손을 붙들고 또 엉엉 울었다. 내 나라를 도로 찾았대서인지 죽었느니라고 생각했던 손자가 돌아왔대서인지 그것조차 분간할 수 없는 기쁨이 그저 범벅이 되어 자꾸 눈물만 흘러내렸다.

학마을은 한껏 즐겁고 풍성하였다. 집집이 낟가리가 높이 솟았다.

앞뒷산에 단풍이 빨갛게 타올랐다. 하늘은 아득히 높아졌다.

학은 세 마리 새끼들에게 날기를 가르치기 시작하였다. 둥우리 슭에 나란히 올라선 새끼 학들은 어미에게 비하여 그 모양이 몹시 초라하였다. 마을 애들이 웃었다. 그러면 어른들은 곧잘 학의 편이 되어 양반의 새끼는 어려선 미운 법이라 했다.

어미 학이 둥우리 바로 윗가지에 올라서서 뭐라고 길게 한 번 소리를 지르자 세 마리 새끼 학은 일제히 둥우리를 걷어차고 날아났다. 그러나 처음으로 펴보는 날개는 잘 말을 듣지 않았다. 퍼덕퍼덕 날개는 쳤으나 그건 난다기보다 떨어지는 것이었다. 그들은 이리저리 흩어져 한 마리는 학나무 밑 마당에, 한 마리는 이장네 지붕 위에, 또 한 마리는 제법 멀리 밭 모서리에 선 뽕나무 위에 가 내렸다.

이렇게 그들은 날마다 나는 연습을 했다. 조금씩 조금씩 그 날아가 앉는 곳이 멀어져 갔다. 어제는 우물가에까지 날았었다. 오늘은 저 동구의 물방앗간까지 날았다. 또 오늘은 그 앞 못[池]께까지 날았는데 자칫하면 물에 빠질 뻔했다. 마을 사람들은 마치 자기네 어린애의 재롱을 사랑하듯 하였다.

드디어 그들은 저 들 건너편 낭[20]에 쑥 옆으로 솟아 나온 소나무 위에까지 힘들지 않게 날았다. 이젠 모양도 한결 또렷또렷해졌다. 한 달쯤 되자 제법 어미들을 따라 보기 좋게 마을 위를 빙빙 날아돌았다. 어쩌다가 날개를 쭉 펴고 다섯 마리의 학이 한 줄로 휘 마을을 싸고도는 모양은 시원스러웠다.

구월 하순 어느 날 새벽이었다. 학이 여느 날과 달리 요란스레 울었다. 이장 영감은 잠결에 그 소리를 듣고 펄떡 일어났다. 그는 그게 무슨 뜻인지를 잘 알고 있었다. 꽹과리를 쳤다. 마을 사람들은 다들 학나무 둘레에 모였다.

다섯 마리의 학은 가장 높은 가지 위에 가지런히 한 줄로 늘어서 있었다. 이제는 그 긴 다리 색이 어미들보다 약간 노란 기운이 도는 것을 표해 보지 않고는 어미 학과 새끼 학들을 알아낼 수 없을 만큼 컸다.

해가 떴다.

이윽고 그들은 긴 목을 쑥 빼고 뾰족한 주둥이를 하늘로 곧추 올렸다. 맨 큰 학이 두 날개를 기지개를 켜듯 위로 들어 올리며 슬쩍 다리를 꾸부렸다 하자 삐르 긴 소리를 지르며 홈씰 가지에서 푸른 하늘로 솟아올랐다. 그러자 다음 다음 다음 다음 차례로 뒤를 따랐다. 그들은 멋지게 동그라미를 그으며 마을을 돌았다. 한 바퀴 또 한 바퀴. 점점 높이 올랐다. 이젠 까마득히 하늘에 떴다. 그래도 삐르, 삐르 소리만은 똑똑히 들려왔다. 마을 사람들은 꺾어져라 목을 뒤로 젖혔다. 두 손을 펴서 이마에 가져다 햇빛을 가리고 한없이 높고 푸른 가을 하늘을 쳐

---

20) 낭 '벼랑'의 사투리.

다보고 있었다. 반짝반짝 다섯 개의 은빛 점이 한 줄로 늘어섰다. 마지막 바퀴를 돌고 난 학들은 그리던 동그라미를 풀며 방향을 앞으로 잡았다. 하나, 둘, 셋, 넷, 다섯. 점이 하나씩 하나씩 남쪽 영마루를 넘어 사라졌다. 마을 사람들은 한참이나 그대로 말없이 그 학들이 사라진 곳을 쏘아보고들 서 있었다.

 다음 해 봄에도 학이 돌아왔다. 세 마리 새끼를 쳤다. 또 풍년이었다. 또 다음 해 봄에도 학은 왔다. 이번엔 두 마리를 쳤다. 평년이었다. 그해 가을엔 이장네 손자 덕이가 장가를 들었다. 신부는 바로 이웃에 사는 봉네였다. 덕이는 어려서부터 봉네가 좋았다. 그러기 옥수수 같은 것을 꺾어 나눠 먹을 때면 으레 큰 쪽을 봉네에게 주곤 하였다. 바우도 같이 봉네를 좋아했다. 그는 주워 온 밤에서 왕밤만을 골라 봉네를 주곤 하였다.
 그런데 웬일인지 철들며부터 봉네는 아주 쌀쌀해졌다. 물동이를 들고 사립문을 나오다가도 덕이를 보면 휙 돌아 들어가곤 하였다. 덕이에게만이 아니라 바우를 보아도 그런다는 것이었다. 그들은 참 이상한 애라고 웃었다.
 그러던 봉네의 태도가 그들이 왜놈한테 끌려갔다 다시 마을로 돌아온 뒤는 좀 또 달랐다. 바우더러는 돌아왔구나 하며 웃더라는데 덕이한테는 안 그랬다. 여전히 싸늘했다. 물을 길러 가자면 하는 수 없이 이장네 밖의 마당 학나무 밑을 지나야 하는 봉네는 몇 번이나 덕이와 마주쳤다. 그럴 때면 덕이가 미처 무슨 말을 찾기도 전에 폭 고개를 수그리고 인사는커녕 쳐다도 안 보고 휙 비켜 지나가 버리는 것이었다.

덕이는 이런 봉네가 몹시도 섭섭했다.

그렇게 거의 두 해를 지내 오던 어느 날이었다. 산에 가 나무를 해 지고 내려오던 덕이는 마을 뒤 밤나무 숲 속에서 봉네를 만났다. 이번엔 덕이 편에서 먼저 못 본 체 고개를 수그리고 걸었다. 그런데 그가 바로 봉네 코앞에까지 가도 그네는 꼼짝도 않고 서 있었다. 덕이를 보기만 하면 얼굴을 돌리고 달아나던 마을 안에서의 봉네와는 달랐다. 덕이는 비로소 눈을 들었다. 그제야 봉네는 한 걸음 옆으로 비켜섰다. 여전히 덕이를 건너다보고 있는 그네의 눈에는 스르르 윤기가 돌았다. 덕이는 길가에 나무 지게를 벗어 버텨 놓았다.

"어디 가니?"

"……"

봉네는 앞으로 다가서는 덕이의 얼굴만 빤히 건너다볼 뿐 대답이 없었다. 덕이도 그저 봉네의 까만 눈을 들여다보고 섰는 수밖에 없었다. 봉네의 눈동자에는 점점 더 윤이 피었다. 그네의 눈동자 속에 푸른 하늘이 부풀어 오른다 하는 순간 따르르 눈물이 뺨을 굴렀다.

"학이……"

옛날 학마을 처녀 탄실이가 하던 고대로의 외마디 말이었다. 봉네는 가만히 고개를 떨어뜨렸다. 무명 적삼이 젖가슴에 찢어질 듯 팽팽하였다. 덕이는 봉네의 머리에서 새크무레한 땀내를 맡았다.

이장 영감은 종일 사랑방 벽에 뒷머리를 기대고 앉아 조용히 눈을 감고 있었다. 언제나 무슨 괴로운 일이 있을 때면 하는 그의 버릇이었다. 할아버지에게 봉네 이야기를 하고 제 뜻을 말하는 손자 덕이놈은,

무턱대고 탄실이와 영을 넘던 억쇠, 자기보다 훨씬 영리한 놈이라 생각하였다. 그러지 않아도 이장 영감은 봉네의 심정을 덕이보다도 먼저 눈치 차리고 있었다. 그와 함께 또 바우의 봉네에 대한 숨은 정도 알고 있는 이장 영감이었다. 그래 덕이가 봉네 이야기를 할 때 그는 아무런 대꾸도 하지 않고 그저 듣고만 있었다.

될 수만 있다면 봉네는 딴 마을로 시집을 보내고 싶었다.

덕이, 봉네, 바우. 이장 영감에게는 그들이 다 꼭 같은 자기의 손자 손녀처럼 생각이 드는 것이었다. 그 셋 가운데 누구에게도 쓰라린 상처를 주고 싶지 않았다.

저녁때가 거의 되어서야 이장 영감은 가만히 눈을 떴다. 마음을 작정하였다. 봉네는 그 옛날 탄실이어서는 안 된다 했다. 또 그로 해서 설사 무슨 변이 있다 해도 덕이의 일생이 또 억쇠 자기의 평생처럼 텅 빈 것이 되어서는 안 된다 했다.

그 가을에 덕이와 봉네의 잔치가 있었다. 그런데 그 잔치 전날 밤 바우는 마을에서 사라졌다. 그의 홀어머니도, 또 늙은 할아버지 박훈장도 몰랐다. 그러나 이장 영감만은 짐작하고 있었다. 그는 또 종일 사랑방 벽에 뒷머리를 기대고 앉아 조용히 눈을 감고 있었다.

그해에도 골짜기의 눈이 녹고 진달래가 피자 학이 왔다. 예년처럼 부지런히 집을 틀고 새끼를 깠다. 두 마리의 어미 학은 쉴 새 없이 벌레를 물어 올렸다. 그때마다 두 마리 새끼가 노랑 주둥이를 내둘렀다. 올해에도 평년작은 된다고들 우선 흉년을 면한 것을 기뻐했다. 그러던 어느 비 내리는 아침이었다. 학나무 밑에 아주 어린 학의 새끼 한 마리가 떨어져 죽었다. 아직 털도 채 다 나지 않은 학의 새끼는 머리와 눈만이 유난히 컸다.

"허, 그 참 흉한 일이로군."

이장 영감과 박훈장은 몹시 불길한 예감에 사로잡혔다. 이런 일은 적어도 그들이 아는 한에서는 일찍이 없던 일이었다. 참새는 긴 장마철에 미처 먹이를 댈 수 없으면 그중 약한 제 새끼를 골라 제 주둥이로 물어 내버리는 수가 있다. 그러나 학이 그런 잔혹한 짓을 한 일은 보지 못했었다. 그건 필시 무슨 딴 짐승의 짓이라 했다. 어쨌든 그게 학 자신의 뜻에서였건 또는 딴 짐승의 짓이건 간에 이제 이 학마을에는 반드시 무슨 참변이 있을 게라고 다들 말없는 가운데 더욱더 무거운 불안을 느끼고들 있었다.

과시[21] 무서운 변이 마을을 흔들고야 말았다. 그 일이 있은 지 한 달이 채 못 되어서였다. 별안간 하늘이 무너지고 산이 온통 갈라지는 것이었다. 마을 사람들은 모두 문을 걸고 집 안에 들어박혔다. 덜덜 떨며 문틈으로 밖의 학나무를 살폈다. 학도 둥우리 안에 들어앉아 조용하였다.

밤낮 이틀이나 온 세상을 드르릉 드르릉 흔들었다. 사흘째 되던 날부터 그 소리가 차츰 남쪽으로 멀어 갔다. 마을 사람들은 하나 둘 밖으로 나왔다. 학의 동정부터 보았다. 한 마리는 여전히 둥우리 안에 들어 새끼를 품고 앉았고, 한 마리만이 그 바로 윗가지에 한 다리를 꼬부리고 나와 있었다.

그날 저녁때였다. 마을에는 또 딴 일이 벌어졌다. 난데없는 누런 옷

---

21) 과시(果是) 과연.

을 입은 사람들이 북쪽 영을 넘어 마을로 들어왔다. 쉰 명도 더 넘는 그들은 개시[22] 어깨에 총을 메고 있었다. 그들은 이 마을 사람들을 해방시키러 왔노라고 했다. 그러나 마을 사람들은 그 해방이란 말의 뜻을 잘 알 수 없었다. 박훈장마저 알기는 알면서도 어딘지 잘 모를 이야기라 했다. 그렇게 그들이 하루 마을에 머물고 남쪽으로 나가면 이어서 또 딴 패들이 밀려들어 왔다. 그들은 꼭 같은 이야기를 하고 갔다. 이렇게 몇 차례를 겪고 나서야 마을 사람들은 그 아무나 보고 동무 동무 하는 그들이 북한 괴뢰군인 것을 알았고, 또 큰 싸움이 벌어진 것도 알았다.

마을 사람들은 이제야 비로소 학이 새끼를 물어 내버린 뜻을 알 것 같았다.

몇 차례나 들르던 그 괴뢰군 패가 좀 뜸했다. 그런 어느 날 박훈장네 바우가 소문도 없이 마을로 돌아왔다. 서울서 무슨 공장엘 다니다 왔노라는 바우는 전엔 없던 흠이 오른쪽 이마에서 눈썹까지 죽 굵게 그어져 있었다.

몇 해 밖에 나가 있은 바우는 여간 유식해진 것이 아니었다. 그는 학마을 사람들이 모르는 일을 많이 알고 있었다. 김일성 장군도 알았다. 인민군이란 것도 알고 있었다. 그 밖에도 마을 사람들에게는 물론이려니와 박훈장도 모를 말을 곧잘 지껄였다. 착취니 반동[23]이니 영웅적이니 붉은 기니 하는 따위 말들은, 그가 마을 아낙네들에게까지 함부로

[22] 개시(皆是) 모두 다.
[23] 반동(反動) 진보적이거나 발전적인 움직임을 반대하여 강압적으로 가로막음.

쓰는 동무라는 말과 같이, 우리말이니 어찌어찌 알 듯도 하였다. 그러나 그 밖에도 이건 무슨 수작인지 도무지 모를 말도 바우는 아는 모양이었다. 스탈린, 소련, 유엔, 탱크. 그뿐이 아니었다. 바우는 또 밖에 나가 있는 동안에 매우 훌륭해진 모양이었다. 그는 사날에 한 번씩은 꼭 꼭 근 사십 리 길이나 되는 면(面)엘 다녀왔다. 그러고는 마을 사람들을 모아 놓고 싸움 형편을 전했다. 그때마다 연방 해방이란 말을 썼다. 그러던 어느 날이었다. 누런 군복을 입고 어깨에 총을 멘 사나이 셋이 학마을로 들어왔다. 그러고는 이장을 찾는 것이 아니라 박동무를 찾았다. 마을 사람들은 박동무라는 사람은 이 마을엔 없노라고 했다. 그들은 다시 박바우라고 했다. 그때에야 바우를 찾는 줄을 알았다. 그리고 또 바우가 그들과 한패라는 것도 알았다. 그들은 마을 사람들을 학나무 밑에 모았다. 그리고 긴 연설을 한바탕 늘어놓고 나서 바우를 앞에 내다 세웠다. 이제부터는 박동무가 이 부락의 인민위원장이라고 했다. 인민위원장이란 무엇이냐고 묻는 마을 사람들에게 그들은 그게 바로 이 마을의 가장 높은 사람이라고 했다. 모를 일이었다. 학마을에서는 제일 나이 많은 남자가 이장 일을 보아야만 했고, 또 그 이장이 학마을의 제일 어른이었다. 그러나 다음 날부터 바우는 마을에 제일 높은 사람 행세를 정말로 하기 시작하였던 것이다. 박훈장이 보다 못해 그를 붙들고 나무랐다. 바우는 낯을 잔뜩 찌푸렸다. 할아버진 아무 것도 모르니 제발 좀 가만히 계시라고 했다. 그러고 보니 박훈장 생각에도 영 어찌 되는 셈판인지 알 수가 없는 일이었다.

바우는 더욱 자주 면엘 다녀 나왔다. 그러고는 하루에 두 번씩 마을 사람들을 학나무 밑에 모았다. 소위 회의를 한다는 것이었다. 그러나 마을 사람들은 잘 모이지를 않았다. 그러면 바우는 반동이 무언지 반동, 반동 하고 목에 핏대를 세웠다. 그래도 마을 사람들은 잘 안 모였다. 그것도 그럴 것이 마을 사람들 사이에는, 학이 전에 없이 새끼를 물어 떨어뜨리자 밀려들어 온 그들은 어쨌든 이 학마을을 잘되게 해줄 사람들이 아닌 것만은 분명하다는 말이 퍼지고 있었던 까닭이었다. 이런 사유를 안 바우는 그길로 면으로 달려 나갔다. 그러고는 저녁때가 거의 되어 그는 어깨에 총을 해 메고 돌아왔다. 그는 곧 또 마을 사람들을 불러 모았다. 몇 사람이 총을 멘 바우를 구경한다고 모였다. 그 자리에서 바우는 또 떠들어 대었다. 이마의 흉터가 더욱 험상스레 움직였다. 사업을 방해하는 자는 누구든지 다 반동이라며 큰소리를 질렀다. 그리고 반동은 사정없이 숙청[24])해야 한다고 했다. 그런 의미에서 이 마을에서는 우선 저 학부터 처치해야 한다고 하며 학나무 꼭대기를 가리켰다. 그는 천천히 돌아섰다. 학나무 그루에 세워 놓았던 총을 집어 들었다. 철커덕 총을 재었다. 총부리를 들어 올렸다.

"바우!"

옆에 섰던 덕이가 바우의 팔을 붙들었다. 바우는 흠이 있는 오른쪽 눈썹을 쑥 치켜올리며 덕이의 얼굴을 쏘아보았다.

"놔!"

바우는 덕이의 손을 뿌리쳤다. 덕이는 꽉 빈주먹을 쥐었다.

학은 두 마리 다 바로 머리 위 가지에 앉아 있었다. 바우는 총을 겨

---

24) **숙청(肅淸)** 정치 단체나 비밀 결사의 내부 또는 독재 국가 등에서 정책이나 조직의 일체성을 확보하기 위하여 반대파를 처단하거나 제거하는 일.

누었다. 마을 사람들은 숨을 딱 멈추었다. 얼굴들이 새파래졌다. 무서운 일이었다. 그러나 누구 하나 감히 바우의 총 앞으로 나서는 사람은 없었다.

"타다당!"

총소리가 쨍 사면의 산을 흔들었다. 학은 훌쩍 날아났다. 그러면 그렇지 하는 마을 사람들은 얼른 바우의 얼굴부터 살폈다. 그런데 어찌 된 일일까? 분명히 두 마리 다 훌쩍 위로 떠오르는 것을 보았는데 펑 하는 소리와 함께 날개를 축 늘어뜨린 한 마리가 땅바닥에 떨어졌다. 마을 사람들은 정신이 아찔하였다. 아무도 말이 없었다.

그때였다. 앓고 누웠던 이장 영감이 총소리를 듣고 비틀비틀 밖으로 나왔다.

"무슨 일이냐?"

다들 그리로 돌아섰다. 여전히 아무도 말이 없었다. 이장 영감은 긴 눈썹 밑에 쑥 들어간 눈으로 한 번 휘 마을 사람들을 둘러보았다. 그러다 그는 저만치 땅바닥에 빨래처럼 구겨 박힌 학의 주검을 보았다.

이장 영감의 여윈 볼이 씰룩씰룩 움직였다.

"학이! 누가 학을……"

무서운 노여움이 찬 소리였다. 이장 영감은 팔을 허우적거리며 학이 쓰러진 쪽으로 한 걸음 옮겨 놓았다. 그러나 다음 또 한 발을 내디디다 말고 푹 그 자리에 까무러치고 말았다.

그날 밤 하늘엔 으스름달이 떴었다. 남은 한 마리의 학은 미쳐 울었다. 끼역끼역 긴 목에서 피를 토하듯 우는 학의 소리는 온몸에 소름이 쪽쪽 섰다. 무엇에 놀라는 것처럼 깍 외마디 소리를 지르며 푸르르 공중으로 솟아오르기도 하였다. 그러고는 밤하늘을 훨훨 날아 마을을 돌며 슬피슬피 우는 것이었다. 다시 학나무 위에 와 앉아도 보았다. 꼭 거기 아직 같이 있을 것만 같은 모양이었다. 그러고는 달을 향하여 긴 주둥이를 들고 무엇을 고하듯 또 울었다. 마을은 고요하였다. 저주하는 듯 애통한 학의 울음소리만 뻬르, 뻬르 밤하늘에 퍼져 나가 맞은편 산에 맞고는 길게 되돌아 울려왔다. 누구 하나 이웃을 나오는 사람도 없었다. 그렇다고 자는 것도 아닌 모양으로 밤이 깊도록 이 집 저 집에서 기침 소리가 들려왔다.

다음 날 아침에도 바우는 마을 사람들더러 학나무 밑으로 모이라고 하였다. 한 사람도 응하는 사람이 없었다. 잔뜩 화가 난 바우는 마을에다 들리도록 고함을 쳤다.

"반동, 반동."

머리 위에서 푸드덕 학이 놀라 달아났다.

반동, 반동—

메아리가 길게 흔들리며 어젯밤 학의 울음처럼 바우에게로 되돌아왔다. 바우는 학나무 밑에 서서 한참 덕이네 대문을 흘겨보다 말고,

"흥, 어디 보자."

하고 혼잣말을 뱉고는 영을 넘어 면으로 갔다. 어깨에 가죽끈으로 해 멘 총을 흔들흔들 내저으며.

그날 바우는 마을로 돌아오지 않았다. 다음 날도 그는 안 돌아왔다. 마을 사람들은 이번엔 그가 돌아오지 않는 것이 또 궁금하고 불안했다.

그렇게 바우가 다시 마을에서 사라지고 며칠이 못 되어, 또다시 그 무서운 소리가 들리기 시작했다. 하늘이 무너지고 산들이 갈라지는 소

리. 게다가 이번엔 비행기까지 요란스레 떠다녔다. 이제야말로 정말 끝장이 나느니라 했다. 그런데 이번엔 그 소리가 북쪽으로 멀어져 갔다. 그러자 이장 영감의 약을 지으러 장터에까지 나갔던 덕이는 새 소식을 알아 가지고 돌아왔다. 그 동무 동무 하던 패들이 우리 군대에게 쫓겨 도로 북으로 달아났다는 것과, 그날 면에 나갔던 바우도 그길로 그들을 따라 북으로 갔다는 것이었다.

다시 학마을은 조용해졌다.

한 마리만 남은 학은 그래도 애써 새끼를 키웠다. 이장 영감은 사랑 툇마루 양지쪽에 나와 앉아 종일 짝 잃은 학만 쳐다보고 있었다. 문병을 온 박훈장은 학을 쳐다보기가 두려운 듯 멍히 맞은 산만 바라보고 있었다.

"망할 자식 같으니. 어디 가 피를 토하고 자빠졌는지."

혼잣말로 중얼거리는 박훈장의 말에 이장 영감은 못 들은 체 아무런 대꾸도 없었다.

구월이 되었다. 이제 학의 새끼는 수월히 건너편 낭에까지 날았다. 그날 아침에도 이장 영감은 일어나는 길로 앞문을 열었다. 학나무 꼭대기를 쳐다보았다. 학이 보이지 않았다. 그는 이상한 예감에 가슴이 울렁거렸다. 좀더 자세히 둥우리를 살펴보았다. 역시 보이지 않았다. 아침부터 날기 연습을 하는가 했다. 그런데 학은 낮이 기울도록 안 보였다.

"갔구나!"

이장 영감은 긴 한숨을 쉬었다. 노해서 간 학은 앞으로 영영 안 돌아올지도 모른다 하는 생각이 스치고 지나갔다. 그는 방에 들어와 목침을 베고 누웠다. 눈을 감았다. 눈물이 주르르 귀로 흘러내렸다.

한창 농사 때에 석 달 동안을 볶여 난 그해는 농작물이 볼 게 없었다.

그대로 겨울은 닥쳐왔다. 사면의 높은 영은 흰 눈으로 덮였다. 빈 학의 둥우리에도 소복이 흰 눈이 쌓였다.

마을 사람들은 산에 가 나무를 해다 며칠에 한 번씩 장거리로 지고 나갔다. 그들은 그저 어서 봄이 오기만 기다리고 있었다. 그런데 섣달 접어들면서부터 멀리 북녘 하늘에서 때때로 우르릉우르릉 천둥소리가 들려왔다. 필시 그건 무슨 흉조[25]라고들 하였다. 그러던 어느 날 장거리에 나무를 지고 나갔던 마을 사람 한 사람이 헐레벌떡거리며 이장네 집으로 뛰어 들어왔다.

"이장님, 큰일 났습니다. 장거리에서들은 지금 피난을 간다고 야단들이야요. 오랑캐가, 오랑캐가 새까맣게 밀고 나온다고 지금……."

"음."

이장 영감은 수염 속에서 입을 꼭 한일자로 다물었다. 한 번 머리를 주억거렸다. 그리고 스르르 눈을 감으며 벽에다 뒷머리를 기대었다.

"덕이야, 꽹과리를 쳐라."

이윽고 이장 영감은 덕이를 불렀다.

다음 날은 흐릿한 하늘에서 솜 같은 눈송이가 펄펄 내리고 있었다. 마을 사람들은 해 뜰 무렵에 학나무 밑으로들 모였다. 남자들은 지게에 지고 여자들은 머리에 이고, 어린것들은 싸 업기도 하였고 또 손목을 잡고 걸리기도 했다.

이장 영감은 마을 사람들이 다 모일 만해서 밖으로 나왔다. 토시를

---

25) 흉조(凶兆) 불길한 징조.

학마을 사람들 93

손바닥에까지 끌어내려 지팡이를 싸쥐었다.

"다들 모였나?"

"네, 그런데 저 박선생님께서는……."

덕이가 어깨에 진 지게를 한 번 추어올리며 대답했다.

"음."

이장 영감은 잠깐 무엇을 생각하는 듯 고개를 숙였다. 박훈장이 이장 영감 곁으로 걸어갔다.

"영감!"

박훈장은 지팡이 꼭대기에 올려놓은 이장 영감의 손등을 두 손으로 꼭 싸쥐었다. 두 노인 손등에 사뿐사뿐 흰 눈송이가 날아와 앉았다.

"알지. 내 다 알지."

이장 영감은 고개를 수그린 채 주억주억하였다.

"그래도 내겐 그놈 하나밖에…… 혹시나 돌아올까 해서."

"그럼. 그렇구말구. 내 다 알지."

이장 영감은 그저 고개만 자꾸 주억거렸다. 박훈장은 이장 영감의 손을 다시 한 번 쓸어 보고 한 걸음 뒤로 물러나 털썩 이장네 마루에 주저앉아 버렸다. 으흐흐흐 하는 박훈장의 울음소리를 듣지 않으려는 듯이 이장 영감은 마을 사람들에게로 돌아섰다.

"그럼 가자."

이장 영감은 봉네의 부축을 받으며 지팡이를 한 손에 들고 선두에 섰다. 그 뒤를 한 줄로 마을 사람들은 따라 걸었다.

박훈장은 비틀비틀 학나무 밑으로 나갔다. 그리고 어린애 모양 으흐흐 으흐흐 울며 눈발 속에 사라져 가는 행렬을 언제까지나 바라보고 서 있었다.

남자들 몇 사람을 제외하고는 생전 처음 마을 밖으로 나가는 그들이었다. 정작 영마루에 올라선 그들은 한참이나 마을 쪽을 향하여 서 있었다. 펄펄 날리는 눈발 속에 앞이 뽀얗다. 마을은 이미 보이지 않았다. 그들은 다들 울며 영을 넘어 내려갔다.

팔십 리를 걸었다. 그리고 겨우 화물차 꼭대기에 기어올랐다. 빈대처럼 달라붙어 갈 수 있는 데까지 갔다. 부산이었다.

부산은 강원도 두메보다 봄이 일렀다. 한겨울을 그 속에서 난 창고 모퉁이에 파릇한 풀싹이 돋아 올랐다. 그들은 잊어버렸던 것처럼 새삼스레 마을이 그리웠다. 저녁때 모여 앉으면 그들은 은근히 이장 영감의 얼굴을 살폈다. 이장 영감은 그저 가느스름히 눈을 감고 묵묵히 앉아 있을 뿐이었다.

그러던 어느 따스한 날 그들은 떠났다. 행장[26]들이 마을을 떠날 때보다 더 초라했다. 그뿐이 아니었다. 사람 수효가 줄었다. 여섯 가구 스물세 사람이던 것이 지금 조그마한 보따리를 지고 이고 나선 것은 열아홉 사람뿐이었다. 봉네의 남동생 하나는 병정으로 뽑혀 나갔고, 어린애 둘은 두부비지만 먹다 죽었다. 그리고 제일 큰 피해는 부두 노동을 하다 궤짝에 치여 죽은 덕이 아버지였다.

이번엔 기차를 탈 수도 없었다. 걸었다.

26) 행장(行裝) 여행할 때 쓰는 물건과 차림.

올 때만 해도 봉네가 옆에서 좀 거들기만 하면 되었던 이장 영감이었으나, 돌아가는 길에는 덕이와 봉네가 양쪽에서 부축을 해야 했다. 처음 오십 리, 다음 날은 사십 리, 삼십 리, 점점 줄어지다가는 하루씩 어느 마을에고 들어가 쉬었다. 그러고는 또 이장 영감을 선두로 하고 걸었다. 이장 영감은 점점 쇠약해 갔다. 수염이 기운 없이 축 늘어졌다. 푹 꺼진 두 눈만이 애써 앞을 더듬고 있었다.

"아가, 늙은것이 공연히 널 고생을 시키는구나, 허허허."

길가에 앉아 쉴 때면 혼자 돌아앉아 부어터진 발가락을 어루만지는 봉네의 등을 이장 영감은 가엾게 쓸어 보는 것이었다. 그러면 봉네는 얼른 신을 신고 아무렇지도 않은 듯 앞으로 돌아앉는 것이었다. 웃어 보이려고 해도 어쩐지 자꾸 눈물이 쏟아져 나와 그네는 끝내 고개를 못 들곤 하였다.

보름째 되던 날이었다. 그들은 드디어 영마루에 섰다.

"야, 우리 마을이다."

애들이 제일 먼저 소리를 질렀다. 다들 바위 위에 아무렇게나 주저앉았다. 멍히 저 밑의 마을을 내려다보고 있는 그들의 눈에는 떠나던 날처럼 또 눈물이 징 소리를 내며 고여올랐다. 아무도 말이 없는 가운데 그저 여기저기서 코를 들이켜는 소리만 들려왔다.

마을은 변했었다.

학나무는 홈싹 타 새까만 뼈만이 앙상하게 서 있었고, 또 이쪽 이장네 집과 봉네네 집터에는 아직 녹지 않은 흰 눈 가운데 깨어진 장독이 하나 우뚝하니 서 있을 뿐이었다. 그리고 딴 집들은 다행히 그대로 남아 있었으나 단 두 사람 남겨 두고 갔던 바우 어머니와 박훈장은 보이지 않았다.

완전히 빈 마을은 눈 속에 잠겨 있었다.

"갔지, 갔어."

"바우 녀석이 와서 데려갔을 테지."

"그리구 가면서 학나무하구 이장 댁에 불을 놓았지 멀."

마을 사람들은 모여 앉기만 하면 분해하였다. 이장 영감은 박훈장이 쓰던 서당 글방에 누워 조용히 눈을 감고 있었다.

여든에도 능히 멍석을 메어 나르던 이장 영감이었으나 이제 극도로 쇠약해진 그는 때때로 한숨을 길게 내쉬곤 하였다.

덕이는 이제 농사일이 시작되기 전에 집을 다시 지으리라 생각했다. 그는 괭이를 들고 옛 집터로 갔다. 그날 덕이는 무너진 벽 밑에서 반 타다 남은 시체를 하나 파내었다. 박훈장이었다.

이장 영감은 덕이에게서 그 말을 듣고도 놀라지 않았다. 그는 마치 다 알고 있었다는 듯이 그저 고개를 주억거렸을 뿐이었다. 그래도 눈물이 베개로 굴러떨어졌다.

그날 밤 이장 영감도 갑자기 세상을 떠나고 말았다.

덕이의 손을 더듬어 잡은 이장 영감은 여전히 눈을 감은 채 간신히 입을 움직였다.

"학, 학나무를, 학나무를……."

이장 영감은 잠들 듯이 숨을 거두었다. 흰 수염이 길게 가슴을 내리덮고 있었다.

상여는 둘인데, 상주는 덕이 한 사람이었다. 그날 마을 사람들은 다들 뒷산으로 따라 올라갔다. 피란을 가던 때처럼 이장 영감이 앞서 갔다.

저녁때가 거의 다 되어서야 그들은 산에서 내려왔다. 이번엔 덕이가 맨 앞에 두 주의 위패(位牌)[27]를 모시고 걸었고, 그 바로 뒤를 봉네가 흰 보자기로 뿌리를 싼 조그마한 애송나무[28]를 하나 어린애처럼 앞에 안고 따르고 있었다.

---

27) 위패 단, 묘, 원, 절 따위에 모시는 신주(神主)의 이름을 적은 나무패.
28) 애송나무 어린 소나무.

생각해 볼 거리

1 학과 학마을 사람들의 운명이 어떻게 관련되고 있는지 정리해 봅시다.

학	학마을 사람들
학이 날아와 새끼를 침	— 평화롭고 풍요로움. — 학이 돌아온 날은 잔치가 벌어지고, 학이 낳은 새끼 수에 따라 농작물의 수확이 결정됨. 대개 평작이거나 풍작임.
학이 처녀의 물동이에 똥을 눔	학의 똥을 받은 처녀가 시집을 감.
학이 떠난 후 돌아오지 않음	— 일본에게 나라를 빼앗김. — 가뭄으로 흉년이 계속됨.
학이 돌아옴	나라가 해방되고 징병 갔던 손자들이 돌아옴.
학이 새끼를 물어 죽임	6·25전쟁이 터짐.
바우가 학을 쏘아 죽인 후 짝을 잃은 학이 새끼를 데리고 떠남	1·4후퇴로 마을 사람들이 피란을 떠남.

2 학마을은 우리 민족의 전통적인 삶이 재현된 공간으로 볼 수 있습니다. 학마을의 특징을 정리해 봅시다.

학마을은 전통적이고 향토적인 촌락 공동체입니다. 강원도 산골의 학마을 사람들은 학을 하늘과 자신들의 매개자로 여겨 신성시하며 마을의 연장자이자 결정권자인 이장의 권위에 순종하며 별다른 갈등 없이 살아갑니다. 학이 돌아오는 날 마을 축제가 열리면 화톳불에 둘러앉아 막걸리 장단에 춤을 추고, 학의 똥을 물동이에 받은 처녀는 그해에 시집을 갑니다. 이곳은 인간이 자연과 소통하며 하늘의 이치에 따르는 주술적이고 신비로운 삶이 유지되는 유토피아적인 공간입니다.

학마을은 근대화와는 거리가 먼 과거의 공간이며 그리움을 불러일으키는 아름다웠던 고향입니다. 현실이 살벌하고 각박한 만큼 작가의 상상력으로 복원된 고향은 더욱 아름답고 이상적인 모습으로 그려집니다. 과거로 갈수록 학마을의 모습이 더욱 아름답고 풍요롭게 그려지는 것은 민족의 수난과 전쟁의 갈등이 존재하기 이전의 한민족의 삶을 이상화하여 보여 주고자 하는 작가의 의도라고 볼 수 있습니다. 작가는 아름답고 풍요로웠던 학마을이 파괴되어 가는 과정을 통해 비극적인 민족사에 의해 훼손된 전통적인 삶을 되찾고 싶은 소망을 표현하고 있습니다.

3 '학'의 상징적 의미와 이를 통해서 작가가 말하고 싶었던 것은 무엇일까요?

  학은 학마을 사람들에게 평화와 행복과 풍요를 상징하는 존재인 동시에 학마을 전체의 길흉화복, 나아가 나라 전체의 안위를 나타내는 상징성을 띠고 있습니다. 학이 오지 않은 해에는 일본에게 나라를 빼앗기지만, 학이 다시 찾아왔을 때에는 독립이 됩니다. 그리고 학의 새끼가 죽는 불길한 일이 발생하자 한국전쟁이 일어납니다. 이렇게 학의 출현과 마을, 나아가 한민족의 운명은 짝을 맞추듯이 들어맞습니다. 학은 마을의 운명을 알려 주는 신성하고 예언적인 존재이므로 마을의 운명 그 자체라고 할 수 있습니다.
  그러나 학이 인간의 삶을 일방적으로 결정한다고 볼 수만은 없습니다. 신성한 평화와 행복을 상징하는 것은 학이지만, 그 학을 오게 하고 떠나가게 하는 것은 인간입니다. 일본에게 나라를 빼앗기고 동족상잔의 전쟁이 일어난 것을 학의 탓으로 돌릴 수는 없습니다. 오히려 인간의 삶이 화평할 때 학이 찾아오며, 학의 축복으로 삶은 더 풍요롭고 충만해진다고 보는 것이 타당할 것입니다.

4 인민위원장이 되어 마을로 돌아온 바우가 학을 쏜 까닭은 무엇일까요?

전쟁이 일어나자 마을로 다시 돌아온 바우는 도시에서 받아들인 사회주의 사상으로 마을 사람들의 의식을 바꾸려고 합니다. 그러나 지금껏 전통적인 질서에 따라 별다른 갈등 없이 살아온 마을 사람들은 학 새끼가 죽은 후 돌아온 바우의 말에 귀를 기울이지 않습니다. 학이라는 신성한 세계의 영향력이 건재한 이상 마을 사람들의 사고방식을 바꾸는 것이 불가능하다고 판단한 바우는 학을 죽임으로써 자신의 뜻을 이루려고 합니다. 하지만 폭력적인 방법으로 신성한 세계를 파괴한 그의 행동에 마을 사람들은 더 큰 두려움과 이질감을 느낄 뿐이었습니다.

5 학마을 사람들과 바우의 다른 점을 찾아보고, 이 소설에서 바우가 어떻게 그려지고 있는지 생각해 봅시다.

순응적인 학마을 사람들과 달리 바우는 학마을의 관습을 따르지 않습니다. 봉네와 덕이가 결혼하자 마을을 떠나 버립니다. 다시 마을로 돌아온 후에도 학의 신성함과 이장 영감의 권위를 인정하지 않습니다. 하늘의 뜻(학)이나 공동체의 질서(이장)에 도전하며 자신의 욕망과 의지에 따라 살려고 한 그는 학마을의 전통과 질서에서 벗어난 인물입니다.

한편, 바우는 한국전쟁 당시 좌익 세력을 상징하기도 합니다. 바우는 '동무 동무' 하는 패들과 함께 마을로 돌아와 '반동'이니, '숙청'이니, '김일성 장군'이니, 마을 사람들이 못 알아들을 말을 떠들어 대며 학마을의 인민위원장 노릇을 했습니다.

그런데 이 소설에서는 전통적인 질서를 거부하고 좌익 세력을 상징하는 바우가 개인적인 원한으로 마을의 질서를 어지럽히고 평화를 파괴하는 인물로 그려져 부정적으로만 형상화되어 있습니다. 한국전쟁에서 좌익 인물을 일방적으로 반도덕적이고 폭력적인 세력으로 그려 놓은 것은 당시 남한 사회에 팽배해 있던 반공 이데올로기를 반영하고 있습니다.

이런 이유 때문에 이 소설은 분단의 본질적인 요인인 이념에 대한 탐구를 결여하고 있다는 점에서 한계를 지닌다고 할 수 있습니다.

6 이장 영감의 죽음과 애송나무가 상징하는 것은 무엇일까요?

이장 영감과 박훈장의 죽음은 일제강점기와 한국전쟁을 겪은 구세대의 죽음을 의미합니다. 그들의 장례를 마친 덕이가 맨 앞에서 두 주의 위패를 모시고 걷는 모습은 이제 학마을이 새로운 세대에 의해 새로운 역사를 만들어 가게 됨을 상징합니다.

덕이를 따르는 봉네의 품에 안긴 애송나무는 폐허가 된 이 마을에 아직 희망이 있음을 의미합니다. 덕이와 마을 사람들은 학이 돌아올 날을 기다리며 학나무를 키우며 살아갈 것입니다. 이처럼 애송나무에는 전쟁으로 인한 절망에서 벗어나 행복했던 과거의 고향을 되살리려는 적극적인 의지가 담겨 있습니다. 즉 애송나무를 안고 돌아오는 이 소설의 결말에는 인간이 빚어낸 전쟁이라는 참화가 가져온 비극적 상황을 인간 스스로 하늘의 뜻을 다시 복원함으로써 극복하고자 하는 의지가 나타나 있습니다.

갈매기

전쟁의 상처를 피해 남도의 섬마을로 들어간
피란민 가족의 일상과 내적 갈등을 그린 소설

 감상의 길잡이

"제가 색소폰을 좋아하는 것처럼……
그도 무언가 그리운 게 아닌가요?"

아름다운 섬을 배경으로 잔잔히 펼쳐지는 세 피란민 가족의 일상과 그리움

「갈매기」는 1958년에 『현대문학』에 발표된 작품입니다. 이범선은 이 소설로 제4회 현대문학 신인상을 수상했습니다.

이 작품은 어느 남도의 섬으로 교사 발령을 받아 들어온 훈과 그의 가족이 겪는 일상을 잔잔하게 그리고 있습니다. 전쟁 통에 부산으로 피란 온 훈이 교사 자리를 얻어 들어온 섬 마을은 그림처럼 아름다운 풍경의 평화로운 마을입니다. 전쟁의 상흔이 가시지 않은 육지와 달리 섬사람들의 삶은 인정이 넘칩니다. 훈네 가족은 그들과 마찬가지로 피란을 와 섬에 정착한 거지 서노인과 다방 주인 부부에게 남다른 친밀감을 느끼며 따뜻한 교감을 나눕니다.

섬이 이들에게 안식처가 되어 주긴 하지만 이들 피란민 가족들이 마냥 행복한 것은 아닙니다. 육지의 삶을 떠나 섬으로 흘러들어 온 이

들에게는 어떤 아픔이나 슬픔 같은 것이 느껴집니다. 다방 부부가 죽고 서노인이 아들을 만나 섬을 떠나자 훈도 섬을 떠나야겠다는 생각을 합니다.

섬의 평화로운 풍경 속에서 고통에 가득 찬 현실과 거리를 두며 살던 주인공이 결국 현실로의 회귀를 결심한다는 이 소설은 전쟁이라는 고통을 겪은 사람들이 현실로부터의 도피를 꿈꾸지만 결국 그들에게 필요한 것은 현실에 맞설 용기임을 보여 줍니다.

이 소설은 서정성이 강한 소설이므로 배경과 분위기에 중점을 두고 감상할 필요가 있습니다. 이 소설을 읽으면서 사건의 흐름을 파악하는 것에만 치중하는 것은 시를 감상하면서 주제만 파악하는 것과 다를 것이 없습니다. 푸른 바다와 흰 갈매기, 돌길과 코스모스, 소년과 강아지, 낡은 찻집과 우체국, 고요한 밤하늘에 물무늬처럼 번져 나가는 색소폰 소리 등 이 소설은 마치 사람이 등장하는 한 폭의 풍경화라고 할 수 있습니다.

또한 이 소설을 제대로 이해하기 위해서는 등장인물들의 내면 심리에 초점을 두고 읽어야 할 것입니다. 이 소설에는 인물들 간의 갈등이 드러나지 않습니다. 배경인 섬도 낙원을 연상시킵니다. 이처럼 낙원 같은 곳에서 다툼 없이 살면서도 이 소설의 인물들은 그리움과 슬픔을 느낍니다. 특히, 다방 부부의 죽음과 섬을 떠날 결심을 하는 훈의 심리를 이해하는 것이 이 소설의 주제를 파악하는 열쇠가 될 것입니다.

갈매기

파도 소리가 베개를 때린다.

좀처럼 잠이 오지 않는다. 여느 날 같으면 벌써 나갔을 전등이 그대로 들어와 있다. 아마 이 포구에 또 무슨 일이 생겼나 보다. 기쁜 일이나 그렇지 않으면 슬픈 일이.

섬 안은 그대로 한집안이다. 그러기 어느 집에든지 무슨 잔치가 있거나 또는 상사(喪事)가 생기면 이렇게 밤새도록 전등이 들어오는 것이다. 시장에서 생선 장사를 하는 상이군인이 새색시를 맞던 날도 그랬다. 읍장님의 어머님 진갑날도 그랬다. 고아원에서 어린애가 죽던 날도 그랬고, 일전 파도가 세던 날 나갔던 어선 한 척이 돌아오지 않던 밤도 그랬다.

훈(薰)이 피란 내려왔던 부산서 중학교 교사 자리를 얻어 이 섬으로 들어온 지가 벌써 칠 년이 된다.

  처음 들어왔을 때는 퍽도 외로웠다. 조그마한 포구에 말려 들어왔다가는 밀고 내려가고, 밀려 내려갔다가는 또 말아 올라오곤 하는 단조로운 파도 소리가 그저 졸립기만 했다.

  그래도 섬에서는 도민증이나 병적계를 지니고 다닐 필요가 없는 것이 좋았다. 당시 부산 등지에서는 그런 것들이 그야말로 심장보다도 더 소중하던 때였지만, 어쩌다 하룻저녁 여인숙에서 묵고 가는 나그네까지도 저녁 해변가에서 쉬 친구가 되어 버리는 이 포구에서는 그런 것은 있으나 없으나였다.

  이제는 벌써 훈네도 피란민이 아니다. 아기를 안고 길가에 나와 섰던 이웃집 아주머니들도 제법 그와 인사를 나누게 되었고, 배에서 돌아오는 옥희 아버지나 이쁜이 오빠는,

  "이거 참 오래간만에 잡은 도미입니다. 아직 살았어요."

  "꽤 큰 소라지요. 가을 들어 처음입니다."

하며 대바구니 속에서 도미나 소라를 집어내어 훈네 집 대문 옆에 누워 있는 소바우[1] ― 그 모양이 꼭 누워 있는 소 잔등 같아서 그들은 그렇게 부른다 ― 위에 놓고 지나가는 것이다.

  칠 년. 섬에서는 한 해가 하루처럼 흘러간다. 그야말로 흘러간다. 어제와 오늘이 다를 아무런 사건도 없다. 마디가 없다.

  "왜, 선생 보기엔 좀 깨끗지 않아 보이재? 그래도 이 짠물이 이게 좋은 게라이."

---

[1] 소바우 소바위. '바우'는 바위의 사투리.

바닷가에서 맛조개를 캐던 옆집 할머니가 바닷물에 손을 씻고 들어와 받아 준 어린애가 벌써 다섯 살이다.

지극히 단순한 생활.
아침 자리에 일어나 앉으면 안개 낀 포구가 유리창에 그대로 한 폭의 묵화(墨畫)다. 칫솔을 물고 마당으로 내려간다. 마루 밑에서 기어 나온 바둑이가 신고 선 그의 흰 고무신 뒤축을 질근질근 씹어 본다. 뒷산 동백나무 잎이 아침 햇빛에 유난히 반짝거린다. 어데선가 까치가 운다. 마당 한구석에 돌각담2)을 지고 코스모스가 상냥스레 피어 웃는다. 추석도 멀지 않은 거기 감나무에는 주홍빛 감이 가지마다 세 개, 다섯 개, 네 개 탐스럽게 달렸다. 빨갛게 열매를 흉내 낸 감나무 잎이 하나, 누가 손끝으로 튀기기나 한 것처럼 톡 가지 끝에서 튀어난다. 팽글팽글, 팽글팽글 허공에 원을 그리고 사뿐히 땅바닥에 내려앉는다. 부엌문 앞을 돌아 나오던 흰 암탉이 쭈르르 달려온다. 쿡 하고 지금 떨어진 감나무 잎을 쪼아 본다. 핏빛 면두3)가 흰 머리 위에서 흔들거린다.
조반이 끝나면 훈은 한 손에는 가방을 들고 또 한 손에는 국민학교 이학년인 딸의 손목을 끌며 대문을 나선다. 겨우 두 사람이 나란히 걸을 수 있는 돌길이다. 오른편은 발밑이 그대로 바다이고 왼편은 깎아진 벼랑이다. 그들은 바위틈에 핀 들국화가 내려다보이는 밑을 천천히 걷는다. 바둑이가 따라오며 흰 수건에 싸든 딸애의 도시락을 킁킁 맡

---
2) 돌각담 돌무지.
3) 면두 '볏'의 사투리. 닭이나 새 등의 이마 위에 세로로 붙은 살 조각.

아 본다. 아내와 다섯 살짜리 아들 종(鐘)은 대문 옆 소바우 잔등에 서 있다. 꼬불꼬불 돌길을 더듬어 가는 그들이 C자형으로 된 포구 중앙에 다 가도록 빤히 보인다. 그러니 보이지 않을 때까지 배웅을 하자면 그들이 포구를 반 바퀴 돌아가는 동안을 거기 그렇게 서 있어야 하는 것이다. 그래 아내와 아들 종이 사이에는 말 없는 가운데 약속이 생겼다. 그들을 따라가던 바둑이가 돌아서 돌길을 껑충껑충 뛰어 집으로 오면 아내와 종은 바둑이를 앞세우고 대문 안으로 들어가기로 했다.

아침마다 그들을 따라나서는 바둑이가 돌아서는 지점은 정해져 있다.
훈네 집에서 거리에까지 가는 도중에는 중간쯤에 단 한 채 아주 초라한 오막살이가 있을 뿐이다. 그 오막살이에는 노인 거지가 세 사람 살고 있다. 훈네는 그들을 신선이라고 부른다. 그건 어느 여름방학에 서울서 놀러 왔던 고등학교에 다니는 훈의 동생이 지어 주고 간 이름이다.
이들 세 노인은 할 일이 없다. 종일 바다만 바라보며 지낸다. 그래 신선이다. 나이는 육십이 거의 다 되었을 듯한 동년배들인데 그 인상은 각각이다.
신선 1호라는 서노인. 머리칼, 눈썹 그리고 긴 수염 할 것 없이 은빛으로 센 노인이 키가 크다. 신선들 중에서는 제일 풍채가 좋다. 그리고 신선 2호 박노인. 이 노인은 머리를 중 모양 박박 깎았다. 얼굴이 둥근 이 박노인은 항상 군복을 걸치고 있다. 신선 3호 김노인. 신선 중에서는 제일 인품이 떨어진다. 곰보다. 턱에 꼭 염소 같은 수염이 난 이 신선 3호는 구제품 회색 신사복 저고리를 입었다.
인상은 어쨌든 그들은 다 신선 별호를 탈 만한 데가 있다. 걸식은 해도 그들은 결코 떼를 쓰는 법이 없다. 또 자기네 사이에 무슨 정해진 바가 있는 듯, 같은 집에 두 사람이 들어가는 법도 없다.

훈네 집에 늘 오는 것은 신선 1호 서노인이다. 아침에 오는 수도 있고 저녁에 들르는 날도 있다. 이즈음 훈의 아내는 서노인을 위하여 밥을 여분히⁴⁾ 짓지는 않았지만 줄 밥이 남지 않는 날이면 걱정을 하게쯤은 되어 있다. 그런데 바둑이도 이 서노인을 알아본다. 청결 검사를 나왔던 순경이 총을 멘 채 질겁을 해 달아날 만큼 사나운 바둑이면서도 서노인은 짖지 않는다.

아침마다 훈을 따라가던 바둑이가 돌아서는 지점이 바로 이 신선들이 살고 있는 오막살이 앞이다. 앞을 지나다 서노인에게 목도리를 붙들리면 혀를 내밀며 하품 같은 소리를 한 번 내보이고는 돌아선다.

서노인은 바둑이와만 사귄 것이 아니다.

언젠가 사흘 동안이나 서노인이 들르지 않은 때가 있다. 이상하다고들 했다. 그날은 훈이 학교에서 돌아오는 길에 오막살이 안을 들여다보았다. 세 노인이 다 있었다. 신선 3호 김노인은 윗목에 벽을 향하고 앉아 거기 기둥에 박힌 못에다 실코를 걸어 놓고 무엇에 쓰자는 것인지 그물을 뜨고 있고, 신선 2호 박노인은 문께로 나앉아 고무신 뒤축을 깁고 있고, 서노인은 아랫목에 벽을 향해 누워 있다. 서서 다닐 때보다도 더 긴 키다. 죽은 사람처럼 뻗친 그의 무릎 위에서 다람쥐가 한 놈 앞발로 얼굴을 닦고 있다.

---

4) **여분히**(餘分―) 남을 정도로. 남도록.

"서노인이 어데 편찮은 모양이군요."

그제야 박노인이 늙은 호박 같은 머리를 든다.

"네, 체해 가지고 한 사날."

그는 한번 서노인을 돌아본다.

그날 저녁 국민학교 이학년인 딸과 종과 바둑이가 우유죽 그릇을 들고 오막살이로 갔다.

"불쌍하더라!"

돌아온 딸애가 제법 국민학교 이학년답게 낯을 찌푸린다.

"불쌍하더라!"

꼭 같은 어조로 종이 따라 한다.

다음 날이다.

훈이 학교에서 돌아오자 종이 마루로 달려나와,

"아버지 아버지, 나 다람쥐 있다."

하며 구두도 미처 벗기 전에 훈의 손을 끈다.

낮에 서노인이 오랜간만에 집엘 들렀더란다. 한 손에는 언제나 끌고 다니는 꼬불꼬불한 감태나무 지팡이를 짚고, 또 한 손에는 이쁜 다람쥐를 한 마리 쥐고.

"이거나 애길 줄라고."

서노인이 일 년을 방 안에서 키웠다는 다람쥐는 아주 길이 잘 들어 있다. 놓아도 달아날 생각을 하지 않고 마구 사람의 목덜미로 기어올라서는 오물오물 가슴패기로 파고든다.

그로부터 종은 훈의 방에서 부지런히 꽁초를 까서 빈 캐러멜갑에 넣었고, 그런 다음 날 저녁이면 서노인이 그 캐러멜갑을 도토리로 가득히 채워다 종에게 돌린다.

"먹진 못하는 거야. 다람쥐 주란 말야."

이 조그마한 포구에도 다방이 한 집 있다. 이름이 '갈매기'다.
다방이래야 왜인이 살다 간 목조건물 이층을, 피란 온 젊은 부부가 약간 뜯어고친 것이다.

훈은 때때로 이 다방엘 들른다.

학교가 끝나고 교문을 나서면 훈이 선 지점은 바로 정확하게 포구 중앙점인 것이다. 거기서 훈은 한참 바다를 바라본다. 호수처럼 동그란 포구 한가운데는 경찰서 수상경비선이 하얀 선체를 한가히 띄우고 있고, 왼쪽 시장 앞에는 돛대 끝에 빨간 헝겊을 단 어선이 네 척 어깨를 비비고 머물렀다. 그리고 저만치 앞에 두 대의 흰 등대. 그 등대 허리에 가는 수평선이 죽 가로 그어졌다. 바로 그의 발밑에서 넘실거리는 바다가 아득히 수평선을 폈고, 그 선에서 다시 또 하나의 바다, 맑은 가을 하늘이 아찔하니 높이 피어올랐다.

훈은 오른편으로 눈을 돌린다. 벼랑 밑 돌길을 더듬을 필요도 없이 포구를 엇비슷이 가로 건너 거기 빤히 집이 보인다. 동백나무가 반짝거리는, 산을 지고 바로 물가에 선 아담한 기와집, 선생들이 감나무장(莊)이라고 부르는 집이다. 마당에는 흰 빨래가 걸렸고, 돌각담 밖에 채소밭 가운데는 쭈그리고 앉은 아내 앞에 선 종의 빨간 스웨터가 빤히 보인다.

이렇게 밖에 나와 있는 식구들을 보는 날이면 훈은 곧잘 집과는 반대 방향인 왼쪽으로 발길을 돌리곤 한다. 집엘 다녀서 나오는 것 같은 가벼운 기분으로.

우체국 앞을 지난다. 빨간 포스터를 보면 새삼스레 편지를 띄워 보고 싶어진다. 중국집을 지나 여인숙이 있고, 거기서 조금 더 가면 다방 '갈매기'가 있다.

장기판만 한 널쪽에 흰 페인트로 쓴 '갈매기'라는 서툰 간판 밑을 끼고 이층으로 올라가는 층계가 삐걱삐걱 소리를 낸다. 거기 베니어판으로 만든 문을 득 연다. 대개 다방 문은 밀거나 당기게 되어 있는 게 상식이다. 그런데 이 다방 '갈매기'의 문은 왜식 그대로 옆으로 열게 되어 있다.

다방 안은 대개 비어 있다. 손님이 없다는 뜻만이 아니다. 주인마저 없는 때가 많다.

훈은 언제나 오면 정해 두고 앉는 창가로 가 앉는다. 그래도 테이블 위에는 선인장이 놓여 있고, 창에는 푸른색 커튼이 드리워 있다. 창 밑이 곧 행길이고 그 길 가장자리가 바로 바다다. 훈은 멀리 포구 맞은편으로 눈을 띄운다. 그의 집 자기 방 유리문과 정면으로 마주친다. 벌써 채소밭에는 아무도 보이지 않고, 그의 집 대문 앞을 어떤 부인이 머리에 무엇을 이고 지나간다. 갈매기가 한 마리 펄럭 다방 창문을 스치고 지나간다. 팔만 내밀면 잡힐 것도 같다. 그래 다방 이름이 갈매긴지도 모른다. 별로 그러자는 것도 아닌데 눈은 자연히 갈매기의 뒤를 따라 허공에 어지러운 불규칙 선을 긋는다.

안방 문이 열리고 주인 여자가 나온다. 그녀의 나이를 딱히 알 까닭도 없지만 보기에는 이제 겨우 삼십을 하나 둘 넘었을까 말까 한 젊은 부인이다. 갸름한 얼굴에 눈이 반짝 밝은 그녀는 키가 날씬하니 큰 게 연분홍 치마가 분명히 예쁘다.
"아이! 오신 지 오랬어요?"
약간 코가 멘 귀여운 음성이다.
"네, 서너 시간 됩니다."
"아무리, 선생님두."
여인은 웃으며 돌아선다.
"여보, 저 건너 이선생님 오셨어요."

그녀는 안방 문을 열고 소리친다. 그리고 거기 뒤로 난 창문 턱을 훌쩍 넘어 나간다. 아마 왜인이 살고 있을 때는 그게 이층 빨래를 너는 곳이었을 게다. 그곳이 지금은 이 다방의 주방인 것이다.

훈은 이제 나올 다방 주인을 기다리며 벽에 걸린 그림들을 바라본다. 제법 이 다방에는 별실이 하나 있다. 화장실로 가는 문 옆에 발가벗은 어린애 둘이 하나는 서고 하나는 두 무릎을 세우고 앉아서 불을 쬐고 있는 그림이 걸렸다. 그 밑이 바로 그 별실이다. 그런데 그 별실이란 게 아주 걸작이다. 옛날 왜인의 소위 오시이레(반침)를 뜯어내고 그 자리에 테이블과 걸상을 들여놓고 그 앞을 노랑색 커튼으로 가린 것이다. 훈은 맞은쪽 벽에 걸린 모나리자의 초상으로 눈을 옮기며 피식 웃는다.

뒤 창문 밖에서 부채질을 하는 소리가 들린다. 이제부터 풍로에 불을 피워 가지고 커피를 달일 판이다. 어쩐지 미안한 생각이 든다.

안방 문이 조용히 열린다. 주인이 나온다. 마룻바닥에 발을 질질 끌며 한 걸음 한 걸음 이리로 걸어온다.

그는 눈을 못 보는 것이다.

"이선생님이슈?"

그는 훈의 테이블 가까이까지 와서 서며 두 손을 내밀어 불안스레 허공을 더듬는다. 훈은 얼른 그의 한쪽 손을 잡는다. 여자의 손처럼 연한 손이다.

가락가락 긴 손 끝에 뾰족한 손톱이 곱기까지 하다.

"오래간만에 오셨군요."

"앉으슈."

훈은 새삼스레 주인의 얼굴을 건너다본다. 반듯한 이마에 두서너 오라기 머리카락이 길게 흘러내렸다. 까만 눈썹 밑에 사뿐히 감은 두 눈의 긴 살눈썹이 슬프다. 쪽 곧은 콧날에 조각처럼 단정한 입술. 표정을 잃은 그 입술은 결코 웃어 본 일이 없는 입술 같다.

"별일 없지요?"

"그저 그렇게."

그가 그저 그렇게 지내고 있다는 것은 훈도 안다. 그 어떤 추억을 약처럼 갈아 마시며 외롭고 슬프게 그저 그렇게 살아가는 그들 부부.

훈은 어제저녁에도 그 〈집시의 달〉을 들었다.

두 등대에 불이 들어와, 청홍(靑紅)의 물댕기를 길게 수면에 드리울 때, 고요한 밤하늘에 수문(水紋)[5]처럼 번져 나가는 색소폰 소리, 자꾸 자꾸 그의 상념을 옛날로 옛날로 밀어 세우는 그 서러움에 목쉰 소리. 밤마다 흐느껴 흐르는 그 색소폰 소리를 들으면, 누가 부는 것인지도 모르는 대로 그는 자기 방 마루 기둥에 기대앉은 채 별이 뿌려진 밤하

---

5) 수문 수면에 일어나는 물결의 무늬.

늘을 우러러 꼼짝도 할 수 없었다.

그러던 어느 날 훈은 다방 한구석 자리에 은빛 색소폰을 어루만지고 있는 장님을 보았다. 그 사람이 바로 다방 주인이었다. 훈은 놀랐다. 그러나 곧 그럴 게라는 생각이 들었다. 옛 친구를 만난 것처럼 둘이는 가까워졌다.

그러게 훈이 때때로 이 허줄한[6] 다방을 찾아오는 것은 그 여인이 풍로에 부채질을 해가며 달여다 주는 사탕물 같은 커피를 마시기 위함이 아니다.

이제 칠 년 섬 생활에 완전히 표백[7]된 마음 한구석에 그래도 어쩌다 추억의 그늘이 스며들 때면 왜 그런지 지금 그의 앞에 고요히 감은 그 슬픈 긴 눈썹이 보고 싶어지는 것이다.

붕부웅.

멀리서 기적 소리가 솜처럼 부드럽게 들려온다.

"벌써 저녁때군요."

엷은 회색 스웨터 호주머니에 두 손을 찌르고 앉은 주인이 가만히 얼굴을 든다.

"그렇군요."

훈도 따라서 눈을 든다. 아직 연락선은 보이지 않는다. 지금쯤은 저 앞의 벼랑 밑을 돌고 있을 게다. 통통통통 기관 소리가 포구의 맑은 공기를 흔든다.

---

6) 허줄하다 차림새가 보잘것없고 초라하다.
7) 표백(漂白) 종이나 피륙 따위를 바래거나 화학 약품으로 탈색하여 희게 함.

훈은 건너편 자기 집으로 멀리 시선을 돌린다.

과연 그의 집 대문 옆 소바우 위에는 빨간 스웨터가 앉았다.

종은 배를 참 좋아한다. 아침에 연락선이 떠날 때나 저녁에 이렇게 연락선이 돌아 들어올 때면 종의 위치는 언제나 그렇게 소바우 잔등으로 정해진다. 방 안에 앉아서도 창문으로 빤히 보이는 것이었지만 부웅 하고 고동이 울리기만 하면 밥을 먹다가도 술[8]을 던지고 대문 밖으로 뛰어나간다. 그러고는 소바우 위에 가 다섯 살짜리치고는 너무나 조숙한 포즈로 앉는다. 두 무릎을 앞에서 세워 가슴에 안고 그 두 무릎 위에 턱을 딱 올려놓고, 고렇게 얄미운 자세로 종은 눈도 깜빡 않고 연락선을 지켜보는 것이다.

아침에 연락선이 육지를 향해 떠날 때면, 붕 소리를 지르며 부두를 밀고 나온 배가 포구 한가운데를 돌아 커다랗게 원을 그리며 선체를 바로잡아 가지고, 두 등대 사이를 조심스레 빠져나가 저만치 왼쪽으로 머리를 돌려 흰 파도가 항상 그 발부리를 씻고 있는 벼랑 밑을 돌아 배꼬리에 달린 태극기가 감실감실 사라지고 또 한 번 꿈속에서처럼 멀리 고동 소리만이 들려올 때까지.

또 오후 네시 반이면 돌아 들어오는 배가 아침에 사라지던 그 벼랑 밑으로 코를 쑥 내밀며 붕 하고 고동을 울린다. 그러면 종은 어디서 무엇을 하고 있든지 곧 수평선을 향해 선다. 잠깐 동안 귀를 기울인다. 쿵쿵쿵쿵 기관 소리가 간지럽게 들린다. 종의 두 눈은 반짝 빛을 발한

---

8) 술 밥 따위의 음식물을 숟가락으로 떠 그 분량을 세는 단위. 여기서는 숟가락을 가리킴.

갈매기

다. 그러고는 무슨 마술에나 걸린 애처럼 달린다. 소바우 잔등에 가 앉는다. 언제나 꼭 같은 자세로.

연락선이 두 등대 사이를 미끄러져 들어와서 종의 앞에서 크게 원을 그으며, 손님을 맞을 사람들은 빨리 부두로 모이라고 이르기나 하듯 감나무 잎이 파르르 떨리도록 한 번 더 크게 고동을 울린다.

배가 흠씬 부두에 가 멎자 밧줄이 부두에 던져지고 널판이 배 옆구리에 걸쳐지고 그 위를 제법 파랗고 빨갛고 한 새 옷자락에 육지의 냄새를 묻혀 온 선객들이 섬에 내려선다. 짐짝들이 굴러 떨어진다. 한참 복작거리던 사람들이 다 흩어져 간 뒤 빈 부두에 갈매기만이 너더댓 마리 깩깩 외마디 소리로 울며, 흠실흠실 아직 숨이 덜 가라앉은 연락선 굴뚝을 날아돌고 있을 때까지 종은 꼼짝도 않고 어느 동화 속의 소년처럼 꿈을 보는 것이다.

연락선이 부두에 닿자 제법 기쁨 같은 것이 홍성거린다.

훈은 물끄러미 부두를 내려다보고 앉았고, 그의 앞에 앉은 다방 주인은 고개를 약간 뒤로 젖힌 자세로 감은 눈 속에 그 어덴가 먼 곳을 보고 있다. 둘이는 아무 말도 하지 않는다. 조용하다.

"선생님 아드님은 여전하군요. 고것 봐. 얄미워."

커피잔을 받쳐 들고 온 여인이 창밖을 내다보며 말한다.

훈은 다시 건너편으로 눈을 돌린다. 빨간 점 옆에 꺼먼 점이 하나 늘었다. 종이 바둑이를 안고 있는 것이다. 아마 바둑이는 지금 그 보기에만도 징그러운 하얀 이빨로 종의 조그마한 손을 잘근잘근 씹고 있을 게다. 그건,

"아버지, 입에 손을 넣어도 물지 않는다!"
하며 신기해는 하면서도 그래도 늘 어떤 불신을 손끝에 모으며 오랫동안 시험해 온 뒤에 비로소 맺어진 그들 둘만의 우의[9]니까.

"저도 봅니다."

"……?"

"연락선의 고동 소리를 들으면 저도 저기 바우 위에 두 무릎을 딱 안고 앉은 소년의 모습을 볼 수 있지요."

다방 주인은 그 유난히 긴 손가락으로 창밖을 멀리 가리킨다. 그의 손끝은 마치 눈 뜬 사람의 그것처럼 정확히 맞은편 한 점을 지시하고 있다. 훈과 여인의 눈이 잠깐 서로 부딪친다.

"그놈은 배를 참 좋아합니다."

"배를요? 제가 색소폰을 좋아하는 것처럼…… 그도 무언가 그리운 게 아닌가요?"

"이 섬에서 나서 이 섬에서 자란 앤걸요 뭐."

"그렇지만 저 콜럼버스같이."

"콜럼버스같이?"

여인은 둘의 대화를 들으며 스푼으로 남편의 찻잔을 젓고 있다. 보동한 손이 여윈 손을 끌어다 찻잔을 쥐여 준다.

나흘 있으면 추석이다. 바람이 분다. 파도가 거세다. 집채 같은 파도가 와와 소리를 지르며 밀려든다. 방파제를 때리고 부서진 파도가 허옇

---

9) 우의(友誼) 친구 사이의 정의(情誼).

게 거품이 되어 등대 꼭대기를 넘는다. 훈네 집 앞 돌길은 완전히 바다 속에 잠겼다. 포구 안에는 쫓겨 들어온 어선들이 서로 어깨를 비비고 있다. 포구 가장자리에도 파도가 한 길은 넘게 행길 위로 추어오른다.

이틀 후에야 파도는 갔다. 수평선이 더 가깝다. 지구가 그 회전을 멈추기나 한 것같이 고요하다.

훈은 학교로 나갔다. 파도로 해서 돌길이 말이 아니다. 소방서 앞 행길 가운데 떡돌[10]만큼이나 큰 바위가 밀려 올라와 있다. 포구 가장자리의 큰길은 홍수를 치르고 난 뒤 같다.

훈은 학교 사환애에게서 슬픈 소식을 들었다.

다방 '갈매기' 의 부부가 죽었다는 것이다.

그 파도가 무섭던 날 밤, 밖에 나왔던 다방 주인이 잘못하여 물에 휩쓸려 들어가자 그를 구한다는 게 그만 부인마저 빠졌단다.

훈은 수업을 하면서도 문득문득 눈을 창밖의 바다로 띄웠다. 그때마다 훈은 꼭 껴안고 물로 뛰어드는 젊은 부부를 생각했다.

그러나 아마도 그들의 과거를 모르던 것처럼 또 이젠 아무도 그들의 죽음의 진상을 모른다.

추석날 오후다. 훈은 마루에 앉아 담배를 피우고 있었다. 여느 날보다 일찍 서노인이 들렀다. 새 옥양목[11] 적삼[12]을 입었다.

"선생님, 아들이 왔습네다."

---

10) 떡돌 떡을 칠 때에 나무판 대신으로 쓰는 판판하고 넓적한 돌.
11) 옥양목(玉洋木) 생목보다 발이 고운 무명. 빛이 희고 얇음.
12) 적삼 저고리와 비슷한, 윗도리에 입는 홑옷.

밑도 끝도 없는 말이다. 훈은 통 알 수가 없다.

"아들이 왔습네다!"

재차 아들이 왔노라고 하는 서노인의 늘어진 눈시울에 눈물이 글썽 고인다.

"아들이라니요?"

"네, 아들이 있습네다."

훈은 서노인을 따라 대문 밖으로 나갔다. 거기 젊은 군인이 군모를 벗어 들고 서 있다. 눈이 서글서글 큰 군인은 발을 모두어 서며 꾸벅 절을 한다. 작업복 깃에 육군 대위 계급장이 빤짝한다.

"여러 가지로 감사합니다."

훈은 그저 서노인과 군인의 얼굴만 번갈아 본다.

"전연 모르고 있었습니다. 돌아가신 것으로만 알고 있었습니다."

군인은 면목 없다는 듯이 또 한 번 머리를 숙인다.

단둘이 살다 아들이 국민방위군에 소집되어 나갔더란다. 후에 돌아가 보니 집은 잿더미가 되었고 아무도 서노인의 행방은 모르더란다. 그후 찾기도 무척 찾았단다. 그러나 그건 그저 기적을 바라는 마음에서였다고 한다. 그런데 그 기적이 바로 한 시간 전에 일어났다는 것이다.

이 섬의 경비를 맡아 파견된 아들이 배에서 내려 지프차를 타고 시장 앞 다리를 건너던 때란다. 길에 사람들이 꽉 모여 섰더란다. 차를 세웠다.

물에 빠져 죽은 시체를 건졌다는 것이다. 아들은 차에서 내렸다. 아버지를 잃은 뒤로는 어쩐지 횡사한[13] 시체를 꼭 들여다보게 된 그였다. 그런데 그건 젊은 부부의 시체더란다. 그는 커다란 안도감과 함께 그 어떤 엷은 실망을 느끼며 돌아섰단다. 그때 바로 앞에, 그는 기적과 마주 섰더란다.

"참 잘됐습니다. 잘됐습니다."

훈은 그저 잘됐다고만 한다.

그길로 서노인은 떠났다. 한 십 리 떨어진 곳에 있는 아들의 부대로 가는 것이다.

큰길에까지 배웅을 나간 훈과 종과 또 박노인과 김노인이 늘어선 앞에 지프차 뒷자리에 올라앉은 서노인은 얼빠진 사람 모양 말이 없다.

"그럼, 또 곧 찾아뵙겠습니다."

군인이 거수경례를 한다. 영문을 모르는 종은 아까부터 군인만 빤히 쳐다본다. 부르릉 엔진이 걸린다. 군인이 운전수 옆자리에 올랐다. 마악 차가 움직이는 때다. 서노인이 황급히 목을 차 밖으로 내민다.

"선생님! 애기 잘 있어라. 다람쥐 도토리는 뒷산에…… 아니 산엔 가지 마. 그러구 박노인, 김노인……."

지프차가 언덕길을 넘어간다. 돌아서는 종의 스웨터 양 호주머니엔 정말 알이 든 캐러멜이 한 갑씩 꽂혀 있다.

땅거미가 내리깔리자 등대에 불이 켜졌다. 오른쪽에는 빨간 등, 왼쪽에는 파란 등. 긴 물댕기가 가물가물 움직인다. 달이 뜬다. 그 청홍 두 개의 등 바로 가운데로 수평선에 달이 끓어오른다. 멀리 아주 멀리 금빛 파도가 훈의 가슴을 향해 달을 굴려 온다.

---

13) 횡사하다(橫死—) 뜻밖의 재앙으로 죽다.

딸애가 라디오의 스위치를 넣었나 보다. 무슨 드라마의 끝인가 기차가 들을 지나가는 소리가 들린다.

"누나, 누나, 이거 기차지?"

"그래."

"기차는 배보다 커?"

"그럼! 바보."

"배보다 빨라?"

"그럼!"

"연락선보다도?"

"그럼!"

"경비선보다도?"

"그럼! 바보야."

"누난 기차 타봤어?"

"그럼!"

두 살 때 피란길에 화물차 꼭대기를 탄 제가 무슨 그때 기억이 있다고 그래도 뽐낸다.

"나도 기차 타봤음!"

밖에 어두운 마루에 앉아 애들의 대화를 듣고 있는 훈은 담배를 꺼내 문다.

"콜럼버스같이……."

마당으로 내려선다. 바둑이가 마루 밑에서 기어 나온다. 어느새 달은 꽤 높이 솟아올랐다. 가는 구름이 둥근 추석 달에 가로걸렸다. 어데선가 색소폰의 그 목쉰 소리가 들려오는 것 같다. 접시의 달.

훈은 맞은쪽을 건너다본다. 언제나 빤히 불이 켜져 있던 그 이층 창문은 캄캄하다. 어쩐지 이제 자기도 이 포구를 떠나가야만 할 것 같은 생각이 든다. 그는 다시 달을 향해 선다. 밤에 어디로 가는 것일까, 갈매기가 두 마리 훨훨 달을 향해 저 앞으로 날아간다.

생각해 볼 거리

1 피란 내려왔던 훈이 중학교 교사 발령을 받아 가족들과 함께 들어와 칠 년째 살고 있는 섬은 어떤 곳입니까?

섬 안은 그대로 한집안입니다. 섬사람들이 기쁨과 근심을 함께 나누는 점이나 하룻저녁 여인숙에서 묵고 가는 나그네까지도 쉬 친구가 되어 버리는 것은 순박하고 넉넉한 섬의 인심을 말해 줍니다. 전쟁 당시 부산 등지에서는 신분 확인에 필요한 도민증이나 병적계가 심장보다 더 소중했지만, 섬에서는 이런 것들이 필요 없습니다. 섬은 의심 없이 사람을 믿는 곳이기 때문입니다. 피란민인 훈네 역시 섬사람들과 인정을 나누며 가족처럼 살고 있습니다.

섬의 풍경은 남실거리는 푸른 바다와 하얀 등대가 서 있는 한 폭의 수채화를 떠올리게 합니다. 섬 밖은 생존을 위한 치열하고 냉혹한 세계인 데 비해, 섬 안은 평화롭고 고요하며 인정이 넘칩니다. 목가적인 자연 속에서 소박한 사람들이 조화롭게 살아가는 이 섬은 사람들이 오랫동안 꿈꾸어 온 유토피아라고 할 수 있습니다.

현실의 고통에서 물러나 있는 비현실적이고 이상적인 공간, 그것이 이 작품의 배경이 되는 섬의 실체입니다.

2 서노인과 훈네 가족 그리고 다방 주인 부부의 공통점을 생각해 봅시다.

이들 세 가족들은 모두 전쟁을 피해 섬으로 흘러든 피란민들입니다. 이들은 '갑자기 거세진 풍랑을 피해 포구 안에 쫓겨 들어와 서로 어깨를 비비고 있는 어선들' 처럼, 전쟁을 피해 이 포구로 흘러들어 온 사람들입니다. 이들이 서로 의지하며 각별한 정을 나누는 것도 서로에게 어떤 동질감과 연민을 느끼기 때문이라고 볼 수 있습니다.

이들에게 섬은 일종의 도피처라고 할 수 있습니다. 도피처는 고통스러운 상황으로부터 잠시 도망하여 몸을 피하는 곳입니다. 종일 바다만 바라보는 서노인이나 그 어떤 추억을 약처럼 갈아 마시며 외롭고 슬프게 살아가는 다방 주인 부부, 그리고 칠 년 동안 한 해가 하루같이 흘러가는 생활을 해온 훈은 풍랑에 쫓겨 들어온 배들이 파도가 잠잠해지길 기다리듯이 단조롭고 정적인 하루하루를 보냅니다.

그들은 이상향과 같이 평화롭고 아름다운 섬에 살면서도 완전히 섬사람이 될 수 없었으며, 떠나온 그곳에 대한 그리움을 가슴 깊이 간직한 채 살아갑니다.

3 다방 주인 부부의 죽음을 어떻게 이해할 수 있을까요?

추석을 나흘 앞두고 거센 파도가 몰아치는 가운데 다방 주인 부부가 죽습니다. 훈에게 소식을 전해 준 학교 사환은 그들 부부의 죽음을 사고로 단정하지만, 훈은 그들이 동반자살한 것으로 추측합니다.

다방 주인 부부의 죽음이 자살이라고 생각할 수 있는 이유는 장님인 다방 주인에게서 느껴지는 고독과 슬픔을 들 수 있습니다. 그는 밤이면 색소폰으로 〈집시의 달〉이라는 애절한 곡을 연주하는가 하면, 결코 웃어 본 일이 없는 것 같은 무표정한 사람입니다. 그의 외모는 아름다우면서도 예민한 느낌을 줍니다. 그는 날마다 여객선을 바라보는 어린 종의 행동을 '콜럼버스가 느꼈을 법한 무언가에 대한 그리움'으로 해석합니다.

다방 주인이 매우 감정이 풍부하고 섬세한 사람이라는 점, 그리고 현실에 적응하지 못하며 과거에 대한 그리움으로 괴로워했다는 점, 그리고 그의 슬픔이나 그리움이 섬의 평화롭고 아름다운 풍경이나 아내의 사랑으로는 해결될 수 없는 보다 근원적인 것이었다는 점을 생각해 볼 때 그의 죽음은 자살에 가깝습니다. 또한 그의 아내가 그와 함께 죽은 것은 죽음조차도 부부의 사랑을 막을 수 없었음을 의미합니다.

4 다방 주인의 색소폰 연주를 통해 다방 주인과 훈의 심리를 파악해 봅시다.

다방 주인과 훈의 심리상태를 간접적으로 드러내는 중요한 소재로는 다방 주인이 자주 불던 색소폰 곡인 〈집시의 달〉이 있습니다. 집시는 방랑자를 의미합니다. 전쟁을 피해 잠시 섬에 머물고 있던 다방 주인은 자신의 처지를 집시와 동일시했다고 생각할 수 있습니다. 이리저리 떠도는 집시처럼 섬으로 흘러들었던 그는 채워지지 않는 무엇인가를 찾아 다시 어디론가 떠나고 싶어합니다. 색소폰 소리로 인해 훈이 다방 주인과 옛 친구처럼 가까워진 것은 훈의 내면에도 떠나온 세계에 대한 그리움과 떠남에 대한 갈망이 잠재해 있기 때문입니다. 표면적으로 섬 생활에 완전히 적응한 듯 보이는 훈도 그의 내면에는 표백되지 않은 추억의 그늘이 있기에 다방 주인과 각별한 사이가 된 것입니다.

이처럼 다방 주인이나 훈은 섬을 떠나 새로운 삶을 모색해야 할 사람들이었습니다. 그러나 아무것도 보장할 수 없는 떠남이 그리 간단한 문제는 아니었을 것입니다. 다방 주인 부부가 죽은 것은 그들이 전쟁이 남긴 상처를 극복하지 못하고 현실의 장벽을 넘지 못한 결과로 볼 수 있습니다.

5 다방 주인 부부의 죽음과 아들을 만난 서노인이 섬을 떠난 일이 훈에게 어떤 영향을 주었을까요?

    섬에서 서로 의지하며 살았던 피란민 가족 중에서 서노인은 가장 행복한 결말에 이른 인물입니다. 서노인은 전쟁 중에 잃었던 아들을 찾음으로써 기다림을 완성하게 되었기 때문입니다. 서노인은 이제 거지 노인이 아니며 의젓한 아들을 둔, 깨끗한 차림새의 기품 있는 노인으로 돌아갑니다. 다방 주인 부부가 현실과 이상 사이의 갈등을 죽음이라는 방법으로 벗어남으로써 초월적 세계를 선택했다면, 서노인은 우연히 아들을 만남으로써 오랜 기다림을 끝내고 현실로 복귀한 것입니다. 이들 두 피란민 가족이 섬을 떠나게 됨으로써 전쟁을 피해 섬으로 들어온 훈 역시 그저 그렇게 살아가고 있는 섬 생활이 언제까지나 계속될 수는 없음을 느끼게 됩니다. 함께 의지해 온 피란민 가족들이 모두 떠나자 훈 자신도 이 섬을 떠나야 할 때가 왔음을 깨닫습니다.

6 연락선을 기다리고 기차를 보고 싶어하는 훈의 아들 종의 행동이 상징하는 것을 생각해 봅시다.

어린 종이 연락선을 기다리고 기차를 보고 싶어하는 것은 육지에 대한 호기심 때문일 것입니다. 자신이 가보지 못한 세계를 동경하는 종의 모습을 다방 주인은 '콜럼버스'에 빗댑니다. 이렇게 육지를 동경하는 종의 모습에는 자신이 떠나온 세계로 향하는 훈의 마음이 그대로 투영되어 있습니다. 훈 역시 떠나온 세계에 대한 그리움과 떠남에 대한 갈망을 안고 섬 생활을 하고 있기 때문입니다.

훈이 피란처인 섬을 떠나야겠다고 생각하는 것은 이제 그가 현실로 회귀할 마음의 준비가 되었음을 의미합니다. 훈이 전쟁의 상처를 치유하고 새로운 삶에 대한 꿈을 갖게 되는 데 칠 년에 걸친 섬 생활이 필요했다고 볼 수 있습니다. 그를 기다리는 것이 기적적인 행운이 될지 넘을 수 없는 장벽이 될지 알 수 없는 일이기에, 그는 콜럼버스와 같은 도전정신을 가져 보는 것입니다. 섬을 떠날 결심을 하는 훈의 모습을 통해 우리 내면의 진정한 요구에 응답하기 위해서는 현실에 맞서는 용기가 필요함을 확인하게 됩니다.

7 이 소설에서 '갈매기'가 상징하는 것은 무엇일까요?

이 소설에서 갈매기는 다방 주인 부부나 훈의 심리를 상징하고 있습니다. 다방 창가를 스치며 맴도는 갈매기의 모습은 섬에서 떠나지 못하는 이들의 상태를 나타낸다고 볼 수 있으며, 연락선의 굴뚝을 날아도는 갈매기의 모습은 떠나온 세계에 대한 그리움과 미련을 상징하고 있습니다. 끝으로 달을 향해 훨훨 날아가는 두 마리의 갈매기는 갈등에서 벗어나 그들이 그리워했던 세계로 향해 가는 다방 주인 부부의 영혼을 상징합니다. 갈매기 두 마리가 달을 향해 저 앞으로 훨훨 날아간다는 이 소설의 결말에는 다방 주인 부부의 영혼이 자유를 얻어 그리워하던 곳으로 돌아가기를 바라는 훈의 소망이 담겨 있습니다.

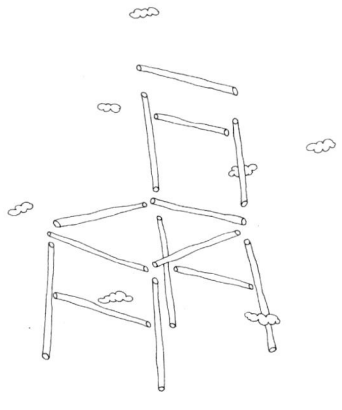

사망보류

가난한 교사의 비극적 일상과 죽음을 통해
전후의 경제적 궁핍상과 인간소외를
사실적으로 그린 소설

 감상의 길잡이

"보류하우.
낼까지는 죽었다고 하지 마우"

남겨진 가족들의 생계를 위해 폐결핵과 싸우며 죽음을 보류해야 했던 한 가장의 처절한 투쟁

    1958년 『사상계』에 발표된 「사망보류」는 「오발탄」과 함께 탁월한 사실주의적 수법으로 당대의 경제적 파탄상과 삶의 모순을 잘 형상화한 작품으로 높이 평가받고 있습니다.
    이 소설은 폐결핵을 앓는 주인공 '철'이 자신이 죽은 후 남은 가족들의 생계가 염려스러워 죽어 가는 와중에도 아내에게 곗돈 타는 날까지 사망신고를 보류하라고 당부한다는 내용입니다. 철은 동료 박선생이 폐결핵으로 고생하면서도 가족의 생계 때문에 요양 한번 제대로 못해보고 죽은 뒤 그의 가족들이 극도의 경제적 궁핍 속에서 고생하며 사는 것을 목격합니다. 그런데 철 역시 박선생과 마찬가지로 현재의 생계 유지에도 급급했던 판이라 돈 한 푼 모아 놓은 것이 없습니다. 그러나 철은 아내만은 박선생의 가족과 같은 전철을 밟지 않게 하기 위

해 꺼져 가려는 숨을 버티면서 곗돈 타는 날까지 살아 있으려고 노력합니다.

「사망보류」는 주인공의 이러한 처절한 투쟁을 박선생 가족의 고생과 대비시키면서 보여 줍니다. 이러한 수법은 주인공의 처지가 개인적인 차원에 국한된 것이 아닌, 당시에는 누구라도 겪을 수 있거나 또 겪기도 했던, 사회 전체의 문제와 관련된 일임을 암시합니다.

「사망보류」는 전쟁 직후의 극도로 궁핍했던 현실을 배경으로 한 소설입니다. 그러나 목숨을 위협하는 질병에 걸렸는데도 치료조차 받지 못하고 죽어 가는 철과 그런 철의 모습을 지켜보면서도 아무것도 해줄 수 없었던 아내의 슬픔은 지금 우리가 살고 있는 사회에서도 더러 보게 되는 비극입니다.

2007년 크리스마스 날, 심한 복통을 앓던 이주노동자가 병원을 늦게 찾아와 치료 시기를 놓쳐 끝내 복막염으로 숨진 안타까운 사건이 있었습니다. 오랜 실직으로 수중에 돈이 없어 집에서 고통을 참다가, 병원에만 갔더라면 쉽게 고칠 수 있었던 병이 악화되어 목숨을 잃은 것입니다.

이 소설을 읽으며 이런 비극이 더 이상 빚어지지 않기 위해서 우리 사회는 어떤 방향으로 가야 할지, 우리가 진정으로 추구해야 할 가치는 무엇인지에 대해서 생각해 보는 기회를 가졌으면 좋겠습니다.

사망보류

잠이 깨었다. 하나도 기억할 수는 없으나 어쨌든 지독한 악몽이었다. 팔목시계 바늘이 두시를 조금 넘은 데서 겹쳤다. 전신에 도한(盜汗)[1]이 흘렀다. 철(哲)은 파란 핏줄이 그대로 비쳐 보이는 여윈 손등에 이슬처럼 맺힌 땀방울을 이불 솜에 훔쳤다. 목구멍이 간질간질한다. 꿀꺽 침을 삼켰다. 기침을 참자는 것이다.

아랫방에서 아내의 중얼거리는 소리가 들렸다.

"또 눴나. 에라 이놈이. 그럼 죽 기지개도 하고. 그렇지 하품을 하고. 자 이젠 또 잘까. 참 착하지. 응 젖. 그래 자 젖."

어린애의 기저귀를 갈아 대주는 모양이다.

[1] **도한** 심신이 쇠약하여 잠자는 사이에 저절로 나는 식은땀.

철은 다시 눈을 감았다. 목구멍이 간질거린다. 기어이 기침이 터져 나왔다. 그는 벽을 향해 돌아누웠다. 살아야겠다는 생각이 결핵으로 삭아 가는 가슴에 새삼스레 저려 올라왔다.

"좋은 것을 먹고 그리고 푹 쉬어야 합니다."

벌써 석 달 전 그러니까 여름방학 전에 의사가 하던 말이다. 상당히 병이 진전했다는 것이었다. 이런데 도대체 어떻게 나와 다니느냐고 하며 창가에 비쳐 보여 주는 사진은 흠투성이였다. 그는 의사가 손끝으로 여기저기 지적하는 그 담배 연기 같은 흠을 보며 어쩐지 갑자기 폐가 근질근질 가려웠다. 이만큼씩이나 큰 결핵균들이 목구멍으로 꿈틀꿈틀 기어 올라오는 것 같아서 자꾸 헛기침을 했다. 덮어놓고 쉬라는 것이었다. 지금 하루 무리를 하는 것은 결국 그 수십 배의 손해를 가져오는 것이라고 했다.

그야 의사의 말이 아니라도 벌써 일 년이나 전부터 짐작이 가던 것이고 기침 끝에 간간 피를 토하는 형편에 쉬어야 될 줄을 모르는 것은 아니었다. 사실 또 철은 병원 문을 나와 집으로 돌아오던 길에서는 돈이 드는 일이니 좋은 것을 먹을 수는 없다 쳐도 이 여름방학만은 푹 쉬기라도 하자고 마음먹었었다. 그러나 그것마저 그럴 수 없었다. 국민학교[2] 육학년 담임에게는 방학도 없었다. 토요일까지도 오후 여섯시라야 풀려났다. 오정이 쓱 지나면 열이 오르곤 하였다. 기침이 났다. 그럴 때마다 얼굴에 확 뜨거운 피가 몰려 올라오며 머리가 횡하고 무거웠다. 이

---

[2] 국민학교 '초등학교'의 전 용어.

러단 정말 며칠이 못 가서 쓰러지고 말 게라고 생각하며 몇 번이나 쉬자고 했다. 그러나 그때마다 그는 박선생 생각을 하는 것이었다.

금년 봄 신학년도가 시작되고 한 달쯤 뒤였다. 사학년 담임이던 박선생은 학교를 쉬기 시작하였다. 결핵이었다. 정말 옆에서 보기에도 딱할 지경으로 쇠약했었다. 늘씬히 큰 키가 가슴이 밥주걱처럼 굽었고 얼굴은 꺼먼데 안경 밑에 두 광대뼈만이 남았었다. 틈만 있으면 그는 숙직실에 들어가 눕곤 하였다. 언젠가 철이 보다 못해 석 달 전에 의사가 자기더러 하던 말 꼭 그대로를 권한 일이 있었다. 그랬더니 그는,
"그러게 말입니다. 정미소 기계처럼 고장이 나면 좀 멈추었다 돌릴 수 있으면 좋겠는데."
하며, 이건 기계가 고장이 나도 쌀은 그대로 내놓아야 하는 정미소니 하는 수 없노라고 웃었다. 늘 이런 우스운 소리를 잘 하던 그였지만 철은 그때 그의 그늘진 눈에 스르르 서리던 눈물을 잊을 수가 없었다. 그러던 그가 어느 날부터 결근을 하기 시작하였다. 담임선생을 잃은 애들은 어미 잃은 병아리 떼 같았다. 완전히 중심을 잃은 무리였다. 아침 조회 때에만 하여도 모여 서는 것이 제일 느렸다. 사학년 이반, 사학년 이반 하고 매일같이 마이크가 거들었다. 그러니 언제까지나 그대로 둘 수도 없었다. 그가 결근하기 이주일째 되던 날 사학년 애들은 새 선생님을 맞았다. 임시교사로 들어온 그 젊은 선생은 후원회 회장인 양조장[3]집 아들이라 했다. 박선생이 앉았던 책상에 자리를 정해 받은 그는

---

3) 양조장 술이나 간장, 식초 따위를 만들어 내는 공장.

알콜 솜으로 몇 번이나 책상을 닦았다.

한 달이 조금 지났다. 어느 날 아침 철이 교무실 문을 들어서니까 박 선생이 나와 있었다. 철을 보자 그는 걸상에서 일어나 웃으며 마주 나왔다. 여전히 광대뼈만 드러난 얼굴에 그래도 안경 속에 두 눈만은 제법 생기가 도는 듯했다. 이제 퍽 좋아졌다는 것이었다. 철은 반가웠다. 마주 웃으며 그의 손을 잡았다. 유난히 따스하고 작은 손이었다. 철은 그의 어깨 너머로 박선생 책상 위에 낯익은 꺼먼 보자기를 보았다. 박선생의 점심 보자기였다.

박선생은 들어서는 선생들마다 손을 쥐고 인사를 하기에 바빴다. 선생들은 오랜만에 나온 박선생을 둘러싸고 섰다. 인사가 끝나자 농이 시작되었다.

"어떻소, 갑종⁴⁾ 교사(甲種敎師) 합격이오."

평소에 몸이 약하다고 하면 이래 봬도 병역 신체검사에는 제일 을종 합격이던데 하며 노상 빈정대던 데서 제일 을종 교사라는 별명을 얻어 듣던 박선생이었다.

"그래 또 아들이 '박교사 오늘부터 출근' 하고 명령을 합디까?"

제길 생각 같아서는 당장에 다 뒤집어 던지고 인간 폐업(人間廢業)이라도 하고 싶지만 그 어린 새끼들이 밥 달라고 조르니 딱하지 않느냐고, 그러니 교장이 무섭다고 교감이 까다롭다 해봐도 젤 무서운 건 역시 아랫목 새끼들의 밥 달라는 호령이라는 그의 말에서.

"여보, 내겐 박선생이 꼭 십만 환짜리 돈뭉치로 뵈는데."

---

4) 갑종 갑, 을, 병 따위로 차례를 매길 때 그 첫째 종류. 1급. 으뜸.

사망보류 141

박선생에게 계 탄 돈 십만 환을 꾸어 준 선생의 말이었다. 다들 와 웃었다.

아침 직원회 종이 울렸다. 각기 흩어져 자기 자리로 가 앉았다. 박선생도 자기 책상이 있는 남쪽 줄 가운데로 갔다. 그러나 박선생의 자리에는 감색 양복을 입은 젊은 선생이 앉아 옆에 여선생과 무슨 이야기를 하고 있었다. 박선생은 약간 당황하였다. 다행히 저쪽을 향하고 있는 젊은 선생의 등 너머로 그는 책상 한 모서리에 밀어 놓은 꺼먼 보자기를 들어 올렸다. 그리고 그는 선생들의 걸상 뒤를 모로 걸어서 저 끝으로 가 거기 손님용으로 놓아둔 긴 널쪽 걸상 한끝에 앉았다. 철은 직원조회가 끝날 때까지 몇 번이나 박선생과 박선생 자리에 앉은 젊은 선생을 번갈아 바라보았다. 박선생은 머리를 수그린 채 그저 그 소독저를 꺾어 놓은 것 같은 무릎 위에 올려놓은 꺼먼 보자기를 요모조모 만지고 있었고, 가운데 통로를 격하고 맞은편에 앉은 젊은 선생은 때때로 손을 올려 빨간 넥타이의 매듭을 두 손가락으로 매만지고 있었다.

다음 날도 박선생은 널쪽 걸상 한끝에 조용히 앉아 있었다. 모두 자기 일에 바쁜 선생들은 어쩌다 그의 앞을 지날 때면 약간 웃어 보일 뿐이었다. 그러면 또 박선생은 뒤에 베개 자리가 그대로 거슬러 오른 머리를 숙여 보이곤 하였다. 좌우로 두 줄 선생들의 책상을 거느리고 저쪽 끝 교장실로 들어가는 문 바로 앞에 그와 마주 앉은 교감은 아까부터 무슨 서류를 뒤적이고 있었다. 어쩌다 한 번씩 고개를 들었다. 그때마다 박선생과 멀리 눈이 마주쳤다. 그러면 교감은 다시 고개를 서류로 떨구었고 박선생은 흘러내린 안경을 손끝으로 밀어 올렸다. 박선생은 종일 하염없이 벽에 걸린 노 대통령의 사진과 그 밑에 교감의 졸린 듯한 얼굴을 번갈아 바라보고 있었다. 오후 다섯시가 되었다. 직원 종례도 끝났다. 갑자기 사무실 안이 소란해졌다. 이제 무슨 이야기가 있으려니 하고 박선생은 애써 멀리 교감의 동정만 살피고 있었다. 교감은 책상 위를 정리하기 시작하였다. 꾸부리고 서랍에 쇠를 채운 교감은 천천히 일어서 뒷벽에 걸린 모자를 벗겨 들었다. 박선생은 풀어 보지도 않은 점심 보자기를 그냥 들고 집으로 돌아갔다.

　다음 날도 박선생은 일찌감치 출근하였다. 교문을 들어서자 전 담임 반 애들이 아는 체를 하였다. 그러면서도 정작 박선생이 그들의 머리를 쓰다듬어 주려고 하면 쓱 목을 오므리고 빠져 달아났다. 박선생은 잠시 그 자리에 선 채 애들의 뒷모습을 바라보고 있었다. 교무실에서의 그는 그날도 역시 손님이었다. 어쩌다 교감이 교장실에 다녀 나오면 박선생은 양복 저고리 앞 단추를 채우고 긴장하곤 하였다. 그러다 교감이 아무 말도 없이 자기 자리에 앉아 버리면 그는 다시 벽에 등을 기대며 양복 단추를 벗겨 놓는 것이었다. 교감은 몇 번 교장실에 다녀 나왔을 뿐, 아침 한껏[5]은 신문을 뒤적이고 있었고 오후 한껏은 꾸부리고 앉아 담배 물뿌리 소제[6]를 하였다. 박선생은 사뭇 지루하였다. 한참 눈을 감았다가 또 한참은 눈을 뜨고 이러기를 자꾸 되풀이하고 있었다. 눈을 떴을 때는 맞은편 벽에 대통령 사진을 바라보았고, 눈을 감았을 때는 첫날 교장이 하던 말을 생각하고 있었다.

　"네, 참 다행입니다. 조금만 기다려 주십시오. 임시교사라곤 하지만

5) 한껏　반나절.
6) 소제(掃除)　청소.

한 달도 채 못 되어서 뭐하기가 좀…… 그건 그렇구 이젠 완쾌하시 단 말이죠."

그럴 때면, 또 목구멍이 간질거렸다. 그는 그때마다 애써 기침을 참아야 했다. 꿀떡 침을 삼키곤 하였다.

그날 오후였다. 철이 책 위에 분필통을 받쳐 들고 막 교무실로 들어설 때였다. 구석에 앉아 있던 여자 급사[7]애의 비명과 함께 와르르 무엇이 무너지는 소리가 요란스레 났다. 철은 깜짝 놀라 그리로 돌아섰다. 교무실 한구석에 말아 세워 놓았던 지도들이 쓰러지는 소리였다. 그런데 박선생이 그중의 지도 하나를 지팡이 모양 붙든 채 머리를 푹 수그리고 서 있었다. 아니, 철이 그렇게 생각하던 그때엔 벌써 박선생의 몸이 나무토막처럼 모로 쓰러지고 있었다. 빈혈증을 일으킨 것이었다. 박선생은 곧 숙직실로 들어 옮겨졌다. 들어가는 종이 울렸다. 철은 그대로 박선생 곁에 앉아 있었다. 철은 물끄러미 박선생의 얼굴을 굽어보고 있었다. 희지도 파랗지도 채 않은 이마에는 땀이 쭉 솟아 있었다. 철은 당치도 않게 자기가 아직 나기도 전에 넉 달 만에 죽었다는 단 하나 형의 얼굴을 상상하고 있었다.

박선생은 한참 만에야 눈을 떴다. 철은 차를 불렀다.

박선생은 한사코 사양하였다.

"괜찮습니다. 걸어가지요. 뭐 조끔만 나가면 버스정류장인걸."

"자 어서 타슈. 내 모셔다 드릴께. 차비 걱정은 말고."

철은 박선생을 부축하고 숙직실을 나섰다. 한 손에 들은 그의 점심

7) 급사(給仕) 관청이나 회사, 가게 따위에서 잔심부름을 시키기 위하여 부리는 사람.

보자기보다도 도리어 그의 몸이 가벼운 것 같은 착각에 철은 놀랐다.

"미안합니다."

차가 교문을 나서자 박선생은 철을 향해 조용히 웃어 보였다.

"원 별말씀을. 그보다도 모처럼 좀 나셨던 걸."

"낫긴. 그게 그렇게 한두 달에 낫겠어요?"

"그런데 이렇게 무릴 해서 되겠어요?"

"그러니 어떡합니까……."

박선생은 기침을 하기 시작했다. 수건으로 입을 닦았다. 그리고 다시 계속하였다.

"……오늘 하루 쉼으로써 수명이 한 해 연장된대도 그 하루를 쉴 수……."

그는 또 수건을 입으로 가져갔다.

"……어쨌든 죽는 순간까지 악을 쓰고 살아야잖우. 아니요. 죽고도 더 살아야 할 형편인걸요."

철은 그저 박선생의 엷은 손등을 더듬어 만져 보았을 뿐이었다.

바로 담임하던 사학년 애네 문간방인 박선생네 방은 어린애 셋에 두 부부가 거처하기에는 너무 좁았다. 책상 하나 안 놓인 방에 시렁[8]만이 사면에 달려 있었다.

부인 그저 컴컴한 구석에 쪼그리고 앉아 울기만 했다. 그나마 이젠 방을 좀 써야겠다는 것이었다. 철의 등 뒤에서는 어린놈 둘이서 아버지의 점심밥 그릇을 풀어놓고 그 속에서 멸치 꽁지를 집어내고 있었다.

---

8) 시렁 물건을 얹어 놓기 위해 방이나 마루 벽에 긴 나무 두 개를 가로질러 선반처럼 만든 것.

다음 주 화요일이었다. 교무실에는 한 장의 회장(回章)⁹⁾이 돌았다. 박선생이 죽었다는 것이었다. 회장 여백에는 선생들의 이름자가 한 자씩 동그라미를 두르고 있었다. 그것은 교장네 아들 결혼식 때나 어느 여선생네 어린애의 백일잔치 때와 마찬가지로 그달 봉급에서 얼마씩 떼어도 좋다는 표시였다.

학교를 대표해서 누가 한 사람 가보기로 했다. 마침 철이 집을 아니까 가보라고 했다. 철은 서무실로 갔다. 조의금을 가지고 가게 되어 있었다. 그런데 웬일인지 철은 다시 교무실로 돌아왔다. 모자를 쓴 채 자기 자리에 가 앉았다.

"어떻게. 안 가십니까?"

교감이 물었다.

"네, 저는 그만두겠습니다."

철은 멀리 창밖을 내다보고 있었다.

"그럼 누가 가나?"

"아마 아무도 안 갈 겝니다."

"……?"

철은 서무실에서 조의금 봉투를 받았다. 그런데 봉투에는 돈 대신 종잇장이 하나 들어 있었다. 철은 혹시 조의금을 수표로 넣었는가 해서 꺼내 보았다. 그런데 그건 수표가 아니라 차용증서¹⁰⁾였다.

"최선생이 뭐 거래가 있었다면서."

---

9) **회장** 여러 사람이 차례로 돌려 보도록 쓴 글.
10) **차용증서(借用證書)** 남의 돈이나 물건을 빌린 것을 증명하는 문서.

철의 안색이 달라지는 것을 본 서무실 직원이 변명을 하였다. 박선생이 생전에 최선생의 곗돈을 꾸어 썼더란다. 그래 조의금에서 그 돈을 받아 갔다는 것이었다. 철은 봉투를 가만히 서무실 직원 책상에 도로 놓았다. 그리고 돌아서 나왔다. 복도를 교무실로 걸어오며 철은 문득 피난 가던 때의 일을 생각하였다.

수원역에서였다. 마지막 기차가 역에 닿자 죽은 버러지에게 달려드는 개미 떼처럼 피난민들이 매달렸다. 제각기 앞을 다투어 화물차 꼭대기로 기어올라 보따리를 끌어올리기 시작하였다. 용산역을 떠날 때에 벌써 많은 사람들을 채 다 못 태우고 온 화물차였다. 그러니 어디 감히 발을 붙일 자리도 없었다. 그래도 어떻게 기어오른 사람들은 빈대 모양 달라붙어 있는 사람들 등이건 발이건 마구 밟으며 보따리를 끌어올리기에 결사적이었다. 철이네 네 식구가 이불을 둘러쓰고 쪼그리고 앉아 있는 바로 뒤에도 한 사람이 기어올랐다. 그는 미리 한끝은 보따리에 매고 한끝만을 입에 물고 올라온 밧줄로 짐짝을 끌어올리고 있었다. 힘을 쓸 때마다 무릎으로 철의 등을 마구 내리눌렀다. 철은 돌아다보나 마나 그저 그때마다 등에 마주 힘을 줄 뿐이었다. 그러자 지금까지 철과 등을 맞대고 앉아 있던 애꾸눈이 청년이 버럭 소리를 질렀다. 어디 끼일 데가 있느냐는 것이었다. 그러나 수원서 올라온 그 사람은 들은 척도 않고 두레박을 끌어올리듯이 보따리가 달린 밧줄만 열심히 당기고 있었다. 이윽고 보따리가 화물차 꼭대기로 올라왔다. 바로 그 애꾸눈이의 등 위에 올려졌다. 애꾸눈이는 또 한 번 소리를 질렀다. 뿐만 아니라 그는 벌떡 일어나며 다짜고짜로 등 위의 보따리를 저만치 기찻길에 굴려 떨어뜨리고 말았다. 서로 욕지거리가 났다. 그 바람에 밧줄마저 놓친 보따리 임자는 다시 플랫폼으로 내려갔다. 또 입에다 밧줄을 물고 기어 올라왔다. 애써 보따리를 다시 끌어올렸다. 그러자 애꾸눈이는 재차 굴려 떨어뜨렸다. 또 욕지거리였다. 그러나 보따리 임자의 처지로서는 언제 기차가 떠날지 모르는 판에 싸우고만 있을 수는 없는 노릇이었다. 그는 하는 수 없이 또 플랫폼으로 내려갔다. 이러기를 세 번째 애꾸눈이는 보따리를 집어던졌다.

"여보, 거 너무하지 않우."

이 모양을 보다 못해 철이는 애꾸눈이를 나무랐다.

"너무하긴 뭐가 너무하우. 그렇게 동정심이 많거든 당신이 내리구 그 자리에 태워 주구려."

그러자 기차가 떠났다. 아래로 내려갔던 보따리 임자는 그래도 밧줄을 입에 물고 몇 걸음 움직이는 기차를 따라 보다 말고 우두커니 플랫폼에 서버리고 말았다.

"다 저부터 살내기[11]지 뭐."

애꾸눈이는 가누고 앉으며 투덜거렸다. 철이도 또 둘러앉은 딴 사람들도 아무 말 없었다.

지금 등신처럼 창밖을 내다보고 앉아 있는 철은 그때 그 애꾸눈이의 투덜대던 소리를 또 한 번 듣고 있었다.

그날 아침에 철은 또 각혈[12]을 하였다. 이를 닦다 말고 철은 수채[13]에

11) 살내기 살아내기.
12) 각혈 결핵, 폐암 따위로 인하여 폐나 기관지 점막에서 피를 토함.
13) 수채 집 안에서 버린 물이 흘러가도록 만든 시설.

쭈그리고 앉았다. 치약 거품과 함께 가래를 뱉었다. 뭉클하니 핏덩어리가 나왔다. 흰 거품에 유난히 빨갛다. 아찔 눈앞이 노랗다. 세숫물을 들고 나온 아내가 놀랐다. 철은 얼른 칫솔을 물었다. 각혈이 아니라 잇몸에서 나온 피라고 했다. 속이자는 것이 거짓말이라면 그건 이미 그들 사이에선 거짓말이 아니었다. 각혈을 했대서 걱정밖에 어쩌지 못하는 그들에게는 그저 그래 두고 또 그렇게 들어 두는 것이 피차에 상대방을 위하는 것 같은 데서였다.
"그래 나가실라우? 괜찮우?"
그래도 막상 가방을 내주는 아내는 사뭇 근심스런 얼굴이었다. 철은 아무 대답도 하지 않았다. 대문을 나서는 철의 가방을 든 팔 어깨가 축 늘어져 앞으로 비틀거렸다.
점심시간이 지났다. 또 열이 올랐다. 관자놀이가 팔랑거리고 눈알이 푹 쏟아져 내릴 것 같았다.
오후 시간은 정말 힘이 들었다. 자꾸만 짜증이 났다. 오후 수업에는 더욱 산만했다. 철은 참았다. 한번 성을 내기만 하면 당장에 또 빈혈증이 발할 것이 두려워서였다. 애들이 떠들 때는 철은 버릇대로 멀리 창밖을 내다보며 고요해지기를 기다렸다.
그야말로 아궁이로 기어 들어갔다 굴뚝으로 솟아 나오는 것 같은 하루를 간신히 지냈다. 철은 애들을 보내고 나서 변소에 다녀 나오던 길에 숙직실 문을 열었다. 그는 신을 신은 채 두 다리를 문밖으로 늘어뜨리고 번듯이 누웠다. 차가운 방바닥에 등이 착 녹아 붙었다. 죽은 사람은 허리가 땅에 달라붙는다지. 그는 손을 펴서 허리 밑에 넣어 보았다. 노곤해 왔다. 그대로 잠이 들 것 같은 기분이었다. 문득 또 박선생 생각이 났다. 박선생도 아마 꼭 지금 자기 같은 기분으로 늘 여기 이렇게 누워 있었을 게라고.

　　나의 살던 고향은
　　꽃 피는 산골
　　복숭아꽃 살구꽃
　　아기 진달래
　　……

이층 교실에서 여자애들의 노랫소리가 들려왔다. 소제 당번 아이들이 부르는 모양이었다. 철은 눈을 감았다. 고향 앞산에 진달래가 빨갛게 피어났다. 지금쯤은 그 앞산에 단풍이 고우려니 하니 진달래가 그대로 단풍이 되어 활활 눈시울이 안에서 탔다. 철은 새삼스레 고향이 그리웠다. 역시 내일 소풍에 애들을 따라가서 단풍이라도 마음껏 즐겨 볼 것을 공연히 감기 핑계를 했다고 생각하며 그는 일어나 앉았다. 교무실로 돌아오는 길로 철은 육학년 일반 담임선생에게로 갔다.
"역시 저도 내일 가기로 했습니다."
"그래요. 감긴 괜찮습니까? 제게 반 애들을 맡기기가 미안해서라면 무리하실 거 없습니다."
"뭐 대단치 않아요. 갑자기 단풍이 보고 싶어졌습니다."

과연 단풍은 고왔다. 바위틈을 굴러 내리다가 군데군데 맑게 고인 물 위에 층층이 덮인 단풍은 그 아래를 걸어오는 애들의 얼굴마저 빨갛게 물들였다. 골짜기에 꽉 차고 넘어 산마루 바위 잔등에까지 기어 오른 단풍을 보며 철은 참 오래간만에 마음이 상쾌하였다.

산 중턱 널따란 잔디밭에 단풍을 둘러치고 몰려 앉아 점심을 먹었다. 점심을 먹으며 여흥으로 들어갔다. 노래를 부르고 춤을 추고 나중에는 닭의 소리 염소 소리까지 나왔다. 철은 웃었다. 눈물이 나올 만치 무릎을 치며 웃었다. 이렇게 한창 흥이 오르던 무렵에 쏴 하고 바람이 지나갔다. 구물구물 구름이 몇 점 흘러갔다.

"어째 날씨가 이상하다."

옆에 앉은 선생이 하늘을 쳐다보았다.

"설마 비야 오겠소."

철도 하늘을 한번 쳐다보았으나 곧 또 애들의 춤에 박수를 치기 시작하였다. 그런데 점점 흐려 왔다. 설마 하면서도 철과 옆의 선생의 눈은 자꾸 하늘로만 갔다.

기어이 비가 듣기 시작했다. 들어설 집도 하나 없는 산 중턱에서다. 하는 수 없었다. 정거장까지 달리는 수밖에 없었다. 육학년 일반 선생이 맨 선두에서 뛰었고 그 뒤를 애들이 까득거리며¹⁴⁾ 따라갔다. 철은 뒤에서 떨어지는 애들을 몰아세웠다. 가을비답지도 않게 좍좍 쏟아졌다. 하나 둘, 하나 둘. 철은 애들의 발에 맞추어 연방 소리를 지르며 따라갔다. 그러나 철은 산기슭 숲을 채 빠져나오기도 전에 벌써 숨이 찼다. 자꾸만 기침이 폭발하였다. 이상 더 뛰는 것은 무리였다. 그는 뛰기를 그만두었다. 애들은 보자기를 머리 위에서 두 손으로 가로 펴서

14) **까득거리다** 귀엽게 소리 내어 자꾸 웃다.

사망보류 151

깃발처럼 날리며 빗속을 달려 저만치 산모퉁이를 돌아가 버렸다. 철은 천천히 걸으며 수건으로 목덜미를 훔쳤다. 빗물이 굴러드는 것이 싫었다. 등골이 으쓱으쓱 추웠다. 철은 어느 나무 밑 바윗등에 걸터앉았다. 수건을 입에 가져다 대기도 전에 심하게 기침이 터져 나왔다. 그러자 콱 입으로 피가 쏟아져 나왔다. 그는 두 무릎 짬에 머리를 틀어박고 어깨를 들먹거렸다. 허파는 다 빼버리고 대신 그 자리에 걸레를 구겨 넣은 것처럼 가슴이 답답하였다. 자꾸 기침이 솟아올랐다. 그때마다 뭉클뭉클 피를 토했다. 비는 여전히 그의 등을 두드리고 있었다.

벌써 오 일째 결근이었다. 학교에는 설사를 만났다고 해두었다. 각혈은 멎지 않았다. 의사는 괜찮다고 했다. 그러나 의사를 대문까지 바래고 돌아와 앉은 아내는 언제나 말이 없었다.

아랫방에서 자던 어린애가 킹킹거렸다. 아내는 일어나 내려갔다. 어린애의 소리는 멎었다. 대신 아내의 코를 들이켜는 소리가 자꾸 들렸다. 이번엔 다섯 살짜리 놈이 밖에서 울며 들어왔다. 또 어느 큰놈에게 얻어맞은 모양이었다.

"울지 마. 울면 아버지 더 아파."
"엄만?"
"엄마가 뭐."
"엄만 왜 울어?"
"엄마가 왜 울어."

철은 이불을 끌어당기며 윗목으로 돌아누웠다. 눈을 감았다.
언젠가 시장 입구에서였다. 박선생 부인을 보았다.

사과상자 위에 까만 보자기를 펴고 그 위에 찐 고구마를 늘어놓고 팔고 있었다. 조금 큰 놈은 두 알, 좀 작은 놈은 세 알 혹은 네 알 그렇게 못을 지어서 쌓아 놓았다. 그 옆에 부대를 깔고 앉아서 어린애에게 젖을 물리고 있었다. 철이 발을 멈추자 눈물부터 그렁하며 앞자락을 여미고 일어섰다. 단돈 십만 환만 있어도 이렇게까지는 않고도 될 텐데, 그게 없노라고 했다. 그건 변명도 애원도 아니었다. 그저 정말 안타깝고 기막힌 하소연이었다. 철은 더 오래 마주 서 있을 수가 없었다.

아내가 어린애를 재워 눕히고 다시 올라왔다.

"오늘이 며칠이오?"

철은 아내에게로 돌아누우며 물었다.

"열아흐레."

"……."

"왜요?"

"이달이 내 곗돈 탈 달인데. 삼 번이니까."

철은 쿨럭 기침을 하였다.

손요강을 들어다 그의 턱 밑에 대어 줄 뿐 이번엔 아내가 아무 대답도 안 했다.

"당신이 가 타우. 십만 환. 이십오일엔 꼭 가야 해."

"약."

아내는 여전히 그 말엔 대답도 안 하고 약봉지를 풀어 내밀었다. 철은 요 위에 일어나 앉았다. 약봉지를 받아 든 손끝이 부르르 떨고 있었다.

"내가 이런 줄 알면 아마 안 줄지도 모르지. 그러니까……."

철은 무슨 이야기를 계속하려다 말고 머리를 뒤로 젖혀 약을 입 안에 털어 넣었다.

　스무나흗날 밤이었다. 철은 이번에야말로 정말 대량으로 각혈을 하였다. 금시 얼굴이 파래졌다. 치명적이었다. 간간이 의식마저 잃곤 하였다. 아내는 그저 그의 팔과 다리만을 자꾸자꾸 주무르고 있었다. 철은 눈을 반쯤 뜨고 멍히 허공을 바라보고 있었다. 아내는 생각난 듯이 또 약봉지를 풀었다. 철은 약간 머리를 흔들었다. 이제 소용없다는 뜻이었다. 전등이 들어왔다.
　"며칠이오?"
　아주 깍 쉰 목소리였다.
　"이십사일이야요."
　"낼 학교에 가우."
　"걱정 마세요. 그보다도 자 약."
　철은 그대로 고개를 저쪽으로 돌리고 말았다. 또 쿨럭쿨럭 기침을 했다. 아내는 이번엔 그의 등을 쓸기 시작했다. 철은 몹시 괴로운 듯하였다. 또 기침을 했다. 이젠 침마저 닦아내 주어야 했다. 피거품이었다. 잠이 드는 모양이었다. 가을밤은 깊어 갔다. 가래가 끓는 그의 숨소리에 아내는 목이 간지러웠다. 이윽고 또 기침을 했다. 숨이 찼다. 반쯤 눈을 뜨고 아내의 얼굴을 쳐다보던 철은 입 안에서 무어라 중얼거렸다.
　"뭐요?"
　"……"
　"뭐요?"
　아내는 귀를 그의 입으로 가져갔다.

"며칠이오?"

"이십사일."

철은 다시 눈을 감았다. 아내는 유난히 길어진 것 같은 그의 얼굴을 지켜보고 있었다. 잠깐만 떼어도 그사이에 거품처럼 잦아질 것만 같은 불안에 아내는 벌써 며칠 밤째 뜬눈으로 새운, 모래를 넣는 것 같은 눈을 한사코 크게 떴다.

"며칠이오?"

이미 그건 목소리가 아니고 간신히 목구멍을 새어 나오는 숨소리에 지나지 않았다.

"이십사일."

아내는 그의 귀에다 대고 큰 소리로 일렀다. 철은 손을 끌어올렸다. 아내는 그의 손을 두 손으로 싸쥐어 주었다. 축축히 땀이 배었다. 철은 혀끝으로 입술을 축였다. 아내는 얼른 물을 떠 넣어 주었다.

"보류하우."

"뭐요?"

아내는 얼굴을 찡그리며 귀를 그의 입 가까이 가져갔다.

"낼까지는……."

"낼까지 뭐요?"

철의 소리가 작아지니만치 아내의 소리는 또 커졌다.

"낼까지는 죽었다고 하지 마우."

눈을 감은 채였다.

"글쎄 왜 자꾸 그런 소리를 하슈. 정신 차려요, 여보."

아내는 반 울음소리였다. 철은 약간 베개 뒤로 머리를 젖히는 듯하더니 다시 눈을 반쯤 떴다 감아 버렸다. 아내는 쥐고 있던 그의 손을 흔들었다.

"여보!"

"……."

맥박을 쥐어 보았다. 아직 있다.

"여보!"

아내는 이번에는 철의 얼굴을 두 손으로 싸쥐고 흔들었다.

"여보! 여보!"

아랫방에서 어린애가 깨었다. 아내는 자꾸 철의 얼굴을 흔들었다. 눈을 비집어 보았다. 코에다 손을 대어 보았다. 가슴을 헤쳤다. 귀를 가슴에 대어 보았다.

"여보!"

아내는 어쩔 줄을 몰랐다. 어린애는 여전히 울어 댄다. 그러나 아내의 귀에는 안 들렸다. 그제야 의사를 불러야 한다는 생각이 났다. 벌떡 일어났다. 골목길을 달렸다. 별도 없다. 큰길에 나섰다. 자정이 넘은 거리는 고요하다. 아내는 마구 차도 한복판을 달렸다. 집에서는 어린애 우는 소리에 다섯 살짜리마저 깨었다. 젖먹이는 이불을 차 헤치고 허공에 팔다리를 허우적거리며 악을 써 울었고 다섯 살짜리는 요 위에 일어나 앉아 엄마를 부르며 울었다. 윗방의 철은 이제 아무 소리도 못 들었다. 아내는 병원 문을 두 주먹으로 부서져라 두들겼다. 쾅쾅쾅쾅. 쾅쾅쾅쾅. 그 소리는 밤거리에 유난히도 크게 퍼져 나갔다. 쾅쾅쾅쾅. 쾅쾅쾅쾅. 그러나 병원 문은 좀처럼 열리지 않았다.

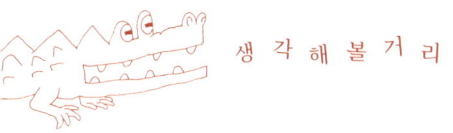

생 각 해 볼 거 리

1 철과 박선생이 폐결핵을 앓으면서도 치료를 위해 쉬지 못한 까닭을 생각해 봅시다.

초등학교 교사 철과 박선생은 결핵으로 삶의 대열에서 낙오될 위기를 맞습니다. '제일 무서운 것이 아랫목 새끼들의 밥 달라는 호령'이라는 박선생의 말처럼 그들은 가장인 자신이 벌지 못하면 당장 가족들의 생계가 위협받는 상황이었기에 생명을 잃을 수도 있는 병을 앓고 있으면서도 쉴 수가 없었습니다.

철보다 먼저 결핵에 걸렸던 박선생이 한 달을 쉬다 병이 완쾌되지도 않은 채 다시 학교에 출근했던 까닭도 잠시 쉬어서는 병이 완쾌되지도 않을뿐더러 당장의 생계가 치료보다 더 급한 사정 때문이었습니다. 더욱이 박선생이 한 달을 쉰 탓에 그나마 다니고 있던 직장에서도 쫓겨나는 것을 보았던 철은 도저히 학교를 쉴 수가 없었습니다.

2 박선생이 학교에 다시 나와 교무실의 손님용 의자에 앉아 있어야 했던 까닭을 생각해 봅시다.

박선생이 치료를 위해 한 달간 학교를 비운 사이 학교에서는 후원회 회장인 양조장집 아들을 임시교사로 채용했습니다. 박선생에게 임시교사를 당장 해고하기 곤란하니 조금만 기다려 달라며 양해를 구했던 교장은 점심도 거른 채 하루 종일 교무실에 앉아 복귀를 기다리고 있는 박선생을 마치 그곳에 없는 사람인 양 외면합니다. 박선생을 슬슬 피하는 교장과 교감의 태도는 박선생이 이미 해고되었음을 간접적으로 말해 주고 있습니다.

박선생 역시 교장이나 교감의 태도로 미루어 보아 자신이 해고되었음을 짐작하고 있었을 것입니다. 그런데도 그가 정신을 잃고 쓰러질 때까지 교무실의 손님용 의자에 앉아 교장과 교감의 대답을 기다린 것은 실낱같은 희망이라도 부여잡고 싶은 간절한 마음 때문이었을 것입니다. 죽음이 임박한 상황에서도 일자리를 잃지 않기 위해 안간힘을 쓰는 박선생의 모습은 그가 얼마나 절박한 처지에 놓여 있는지를 보여 줍니다. 여기에 함께 근무하던 동료의 딱한 형편을 외면하는 학교 측의 냉담함이 박선생의 처지를 더욱 외롭고 비참하게 만듭니다.

3 박선생이 죽은 후 철은 왜 문상을 가지 못했습니까?

철은 동료 교사들이 모은 조의금을 들고 박선생의 문상을 가기로 되어 있었습니다. 그러나 철이 서무실에서 받은 조의금 봉투에는 돈이 들어 있지 않았습니다. 박선생 생전에 그에게 곗돈을 빌려 주었던 최선생이 조의금에서 그 돈을 받아 가고 대신 차용증서를 넣어 둔 것입니다.

문상은 유가족들을 위로하기 위해 가는 것이며, 문상을 갈 때는 조의금을 얼마간 준비해 가 장례에 보태도록 하는 것이 예의입니다. 차용증서가 든 빈 봉투를 들고 문상을 가는 것은 남편을 잃은 박선생의 아내에게 세상의 비정함과 몰인정만 전해 주고 오는 일이기에 철은 차마 문상을 갈 수 없었습니다. 박선생의 아내가 실망하고 원통해할 것을 생각하면 누구라도 발이 떨어지지 않았을 것입니다.

4 박선생의 조의금 봉투에서 자신의 돈을 찾아간 최선생과 철이 피란 길에서 만났던 애꾸눈이의 공통점은 무엇입니까?

최선생은 자신에게서 곗돈을 꾸어 간 박선생이 죽자 빌려 준 돈을 받지 못할 것을 염려해서 동료 교사들이 모은 조의금을 가져가 버립니다. 인정이나 의리보다 돈이 더 중요하며 우선 나부터 살고 보아야겠다는 것이 최선생의 생각이었을 것입니다.

철이 피란길에서 만난 애꾸눈이 역시 자기 먼저 살고 보아야겠다는 생각으로 필사적으로 기차에 오르려는 피란민을 악착같이 기차에서 밀어뜨려 버렸습니다. 너무하다는 철의 비난에 애꾸눈이는 "다 저부터 살내기지 뭐"라고 대꾸합니다.

최선생과 애꾸눈이는 인간이 소외되는 사물화된 사회의 일면을 보여 주는 인물들입니다. 전쟁 중에는 죽음의 공포가 인간을 소외시켰다면, 전후에는 돈이 인간을 소외시키고 있는 것입니다. 최선생과 애꾸눈이의 이기적인 행동은 동정심이나 배려와 같은 인간적 가치들이 생존과 돈의 위력 앞에 굴복해 사라져 가고, 공동체 의식이 해체되어 가는 당시의 현실을 반영하고 있습니다.

5 철이 아내에게 자신의 죽음을 보류해 달라고 부탁한 까닭은 무엇입니까?

철은 자신의 죽음이 알려지면 곗돈을 탈 수 없으리라는 생각에서 사망 날짜를 늦출 것을 유언합니다. 남은 가족이 살아남기 위해서는 돈이 필요하므로 곗돈을 타기 위해 죽음까지 연기해야 하는 비극적인 상황이 벌어진 것입니다.

철은 박선생 부인에게 건넬 조의금 봉투에서 돈을 빼내가 버린 최선생의 몰인정을 목격한 바 있기에 자신이 죽고 나면 아내 역시 곗돈을 받을 수 없을 것이라고 짐작합니다. 주위 사람들의 인정을 기대하기에는 세상이 너무 각박해져 버린 것입니다. 그는 자신의 아내만은 박선생의 아내와 같은 전철을 밟게 하고 싶지 않았기에 곗돈 타는 날까지 살아남으려고 안간힘을 다했고, 빈사 상태에 빠져들기 직전 자신의 죽음을 보류해 달라고 유언합니다.

가장 엄숙해야 할 죽음의 순간마저 보류해야 하는 철의 처지는 당시의 경제적 궁핍상이 얼마나 지독한 것이었나를 암시적으로 보여줍니다. 아울러 사람이 사람대접을 받지 못하고 돈보다 못한 취급을 받는 세태, 즉 사회의 사물화 또한 철이 사망보류를 부탁할 수밖에 없게 만든 중요한 요인입니다.

6 곗돈을 타기 위해 사망을 보류해야 했던 철과 그의 가족이 겪은 비극이 되풀이되지 않기 위해서 우리 사회가 갖추어야 할 안전망에는 어떤 것이 있을지 생각해 봅시다.

좋은 사회란 인간의 존엄성이 지켜지는 사회입니다. 인간이 인간다운 대접을 받기 위해서는 생계가 보장되어야 하고, 의료 혜택을 받을 수 있어야 하며, 교육의 기회가 주어져야 합니다. 의식주가 해결되고 질병이 걸렸을 경우 적절한 치료를 받으며, 자기 개발을 할 여건이 조성된다면 인간의 기본적인 존엄은 지켜질 수 있기 때문입니다.

자본주의 사회에서는 빈부격차가 존재할 수밖에 없기에 가난한 사람들이 질병이나 사고 등 위험에 노출될 때 인간적 존엄을 지키기 어려운 경우가 많습니다. 따라서 발전된 사회일수록 사회보장제도를 통해 국민들의 삶을 안정시키려고 노력하고 있습니다. 우리 역시 경쟁력이나 효율성과 같은 경제성보다 인간적 가치와 존엄성이 존중되는 사회 풍토를 만들어야 합니다. 국민소득 2만 달러 시대인 지금, 우리 이웃 중에 박선생이나 철과 같이 불행한 사람이 있어서는 안 되겠기 때문입니다.

몸 전체로

전후의 현실에 대한 부정적 인식을
룰 없는 권투 연습에 빗대어 고발한 작품

감상의 길잡이

"일어서. 코피쯤이 뭐야.
안 일어서면 또 칠 게야"

아들아, 세상과 상대하는 법을 가르쳐 주마

　1958년 『사상계』에 발표된 「몸 전체로」는 아들에게 타자와의 대결에서 이기는 방법을 체득하게 하는 한 아버지의 집념을 그린 소설입니다. 전쟁으로 가슴속에 지울 수 없는 상흔을 간직하고 사는 하숙집 주인은 자신이 겪은 불행을 아들만은 겪지 않게끔 하기 위해 아들을 단련시킵니다. 영하 십도에 이르는 혹한에도 열두 살 난 어린 아들을 마당으로 끌어내 권투 연습을 시키는 것입니다. 어느 날 연습 도중 아들이 아버지의 주먹에 얻어맞아 코피를 쏟고 눈 위에 쓰러지지만 아버지는 아들을 일으켜 세워 주지 않습니다. 오히려 어서 일어나서 다시 덤벼 보라고 외칩니다. "몸 전체로!"

　새벽마다 아들을 몰아세워 권투 연습을 시키는 하숙집 주인는 6·25 전쟁 때 입은 마음의 상처로 성격과 인생관이 바뀐 사람입니다. 선량하고 평범한 영어교사였던 그가 증오와 이기심이 가득한 사람으로 변해 버린 과정을 따라가다 보면 전쟁의 비정함을 실감할 수 있습니다.

어린 아들에게 살벌한 생존경쟁에서 살아남을 방도를 가르치는 아버지의 눈에 비친 현실은 인간성을 상실한 냉혹한 세상입니다. 냉혹한 세상에 맞서 냉혹하게 살아갈 준비를 시키는 아버지의 왜곡된 애정을 통해 평범한 사람을 타락시킨 전쟁의 상처가 잘 그려집니다.

이런 점에서 이 소설은 「오발탄」과 함께 전쟁 당시의 비참한 상황과 그로 인한 가치관의 혼란을 잘 표현한 작품으로 평가받고 있습니다.

몸 전체로

"쳐. 마구 쳐 와. 그렇지. 또, 또 또 한 번."

나는 오늘 아침에도 그 소리에 잠이 깨었다. 자리 속에 누워서도 귀가 시리다. 영하 십 도는 더 될 것 같았다. 그런데도 주인네 부자[1]는 권투 연습을 하고 있다.

나는 일어나 유리창 안에 달린 미닫이를 열었다.

밤사이에 눈이 꽤 많이 내렸다. 주인네 부자는 눈을 쓸어다 저쪽 널반자[2] 밑에 무둑히 모아 놓고 흡사 권투장처럼 사각형으로 땅바닥이

---

1) 부자(父子) 아버지와 아들.
2) 널반자 널조각만 대고 종이를 바르지 않은 반자.

드러난 마당 한복판에 마주 섰다. 시내 모 고등학교의 영어교사인 이 하숙집 주인은 살거리³⁾라곤 한 점도 없이 키만 훨씬 크다. 다섯 자 아홉 치란다. 그는 꺼먼 줄이 죽죽 내려쳐진 잠옷 바지에 어깨만 달린 런닝셔츠를 입었고 올해 열두 살 국민학교 오학년인 아들은 밤색 골덴 바지에 반소매 메리야스를 입었다. 보기에만도 으르르 몸이 떨린다. 그런데 정작 그들은 그리 춥지도 않은 모양이다. 둘이 다 자기의 머리통만씩한 가죽 주머니를 씌운 두 주먹을 가슴 앞에서 불끈거리며 상대방을 노리고들 있다. 아버지는 약간 구부린 자세로 윗도리를 좌우로 기울거리고 아들은 요게 겨우 아버지의 허리께를 넘을락 말락 한 놈이 제법 비스듬히 모로 서서 왼편 주먹은 딱 얼굴 앞에 가져다 막고 오른편 주먹은 어깨 앞에서 내밀었다 가다들였다 하며 깡충 한 걸음 나섰다 깡충 한 걸음 물러섰다, 아버지의 틈새를 찾고 있다.

"쳐 와야지."

아버지가 오른 주먹으로 퍽 하고 아들의 왼쪽 어깨를 갈겼다. 아들은 오른편으로 배칠⁴⁾했다.

"쳐 와!"

이번엔 오른쪽 어깨를 갈겼다. 아들은 또 왼편으로 배칠했다.

"다리에 힘을 꽉 줘!"

아들은 날쌔게 한 걸음 물러서며 다리를 딱 벌려 디디었다. 그러면서도 여전히 몸을 좌우로 흔들며 주먹을 달막거린다.⁵⁾

3) **살거리** 몸에 붙은 살의 정도와 모양.
4) **배칠** 배칠배칠. 몸을 바로 가누지 못하고 이리저리 어지럽게 자꾸 배틀거리는 모양.
5) **달막거리다** 어깨나 엉덩이 따위가 자꾸 가볍게 들렸다 놓였다 하다. 또는 그렇게 되게 하다.

"자 어서 쳐 와!"

아버지가 두 팔을 번쩍 머리 위로 들어 올렸다. 어린놈은 똑바로 아버지의 눈을 쏘아본다.

"응!"

틈을 노리던 아들이 오른쪽 주먹으로 아버지의 배를 딱 내질렀다.

"옳지. 또."

"응!"

이번엔 옆구리를 후려쳤다.

"또."

"응!"

이번엔 왼쪽 주먹으로.

"또."

"응!"

"또 한 번."

"응!"

"또 한 번. 세게."

"응!"

아들은 주먹을 번갈아 가며 마구 아버지의 배를 쥐어박았다. 그때마다 아버지는 한 걸음씩 물러섰다. 아들은 점점 더 빨리 주먹을 썼다.

"응. 응. 응."

입은 꼭 다물고 한 번 칠 때마다 꽁꽁 숨을 몰아쉰다. 아들은 한 번 다시 아버지의 눈을 쏘아보았다. 그러고는 받으려는 송아지처럼 머리를 수그리더니 정말 마구 주먹을 내질렀다. 아버지가 한 걸음 뒤로 물러서면 아들은 한 걸음 앞으로 다가섰다. 아버지는 이제 거의 울타리 밑에 눈무더기 앞에까지 밀려갔다. 아들은 여전히 머리를 수그린 채 주먹만 자꾸 머리 위로 내질렀다.

"더 세게."

아버지가 큰소리를 질렀다. 아들은 한 번 머리를 쳐들었다. 숨이 찬 모양이다. 어깨를 들먹거리며 무엇을 겨냥이나 하듯이 아버지의 눈과 가슴께를 살폈다. 그런가 하자 또 머리를 싹 수그리더니 별안간 아버지의 가슴팍을 향해 탁 부딪쳐 갔다. 그러자 아버지는 날쌔게 옆으로 빗섰다. 아들은 자기 힘에 밀려 앞으로 쏠려 나가다 거기 모아 놓은 눈무더기에 콱 머리를 처박고 언 땅에 딱 소리가 나게 두 무릎을 꿇었다.

"항상 상대방을 똑바로 보랬지 않아!"

아버지가 등 뒤에서 소리를 질렀다. 아들은 권투장갑을 낀 둔한 손을 땅에 짚고 꿇어앉은 채 눈 속에서 빼낸 머리를 도리도리 흔들었다. 간신히 일어나 돌아섰다. 머리와 얼굴에 눈이 잔뜩 묻었다. 아들은 얼굴을 찌푸렸다. 콧잔등에 묻었던 눈이 푸슥 떨어졌다. 아들은 울상인 채 다시 허리를 구부려 권투장갑을 낀 두 주먹으로 무릎을 눌렀다. 언 땅에 사정없이 내리쳤으니 아플 수밖에. 나는 눈 범벅이 된 아들의 찌푸린 얼굴을 보자 웃음이 터져 나오려 했다.

"자 자, 또 쳐 와!"

그러나 다음 순간, 등을 이쪽으로 돌리고 선 아버지가 이렇게 소리를 지르자 절룩 다리를 절면서도 그래도 주먹만은 제자리에 가져다 대고 아버지와 마주 겨누어 서는 아들의 매서운 눈빛에 나는 다시 정색을 하고 말았다. 아들은 똑바로 아버지의 눈을 쏘아보는 채 오른 주먹으로 얼른 이마를 한 번 비볐다. 눈 녹은 물이 땀처럼 이마에서 번들거렸다.

"눈은 똑바로 뜨고. 보초선(步哨線)에 선 병정 모양 항상 방아쇠에 손가락을 걸고 싸늘하게 상대방의 심장을 겨누고 있어야 자기 생명을 지킬 수 있는 세상."

나는 문득, 언젠가 하숙집 주인이 하던 말을 생각했다.

그는 저녁을 먹고 난 뒤 곧잘 나와 함께 산보를 나가곤 했다. 그럴 때면 그는 여러 가지 세상 이야기를 했다. 그런데 그는 언제나 싸늘한 표정이었다. 지난가을 이 집으로 하숙을 옮겨 지금 십이월, 거의 반년간에 나는 한 번도 그의 웃는 얼굴을 본 기억이 없다. 그러기 학생 애들은 그를 '석고상'이라 부른다고 했다. 그런 그의 입에서는 언제나 침울한 이야기만이 흘러나왔다.

"뭐 그저 운동이지요."

내가 어린 아들에게 권투를 가르치는 이유를 물었을 때 그는 이렇게 대답했다. 그러고는 몇 걸음 묵묵히 걷다 말고 발을 멈추더니 나를 돌아보았다.

"왜 좀 이상하슈."

"아니요. 이상할 건 없지만 참 열심이시더군요. 비가 오나 눈이 오나."

아닌 게 아니라 그들 부자의 권투 연습은 참 맹렬했다.

지난가을에는 비가 자주 왔다. 그래도 그들은 연습을 쉬지 않았다. 억수로 퍼붓는 빗속에서도 홈빡 젖어 가며 연습을 계속했다. 그러기를 요즈음 지독히 추운 아침에도 하루도 거르는 법 없이 여름 셔츠만을 입혀 어린것을 끌어 내세우는 것이었다. 주인 아주머니도 그의 고집에 이젠 말리기를 단념하고 말았다.

"비가 오나 눈이 오나. 그렇지요. 비가 오나 눈이 오나 심장이 뛰고 있는 한."

"그렇지만 하루쯤 운동을 안 한대서 뭐."

"운동이오! 아 네. 운동도 운동이지만……."

"……."

"말하자면 정신무장이랄까요. 끝까지 꺾이지 않는."

기름이라고는 바르는 법이 없는 긴 머리가 고개를 떨구고 천천히 걷는 그의 이마에서 흠실거렸다.

"저는 어려서 어른들이 이런 이야기를 하는 것을 들은 일이 있습니다. 밤길을 가다가 제일 무서운 것은 사람을 만났을 때라고요……."

한참 만에 그는 뚱딴지 같은 말을 했다. 나는 아무런 대답도 하지 않고 그저 그의 여윈 얼굴만 한번 쳐다보았다. 그는 이야기를 계속하였다.

"……저는 아무리 생각해도 그 말이 이해가 되지 않더군요. 도깨비, 호랑이, 여우, 뭐 그런 것들 무서운 것이 얼마든지 있는데 왜 그런 무서운 것들을 만났을 때에 사람의 편이 되어 줄 사람을 도리어 무섭다고 하는지. 어른들이란 참 이상하다고 생각했었습니다. 저는 그대로 그 수수께끼를 풀지 못한 채 어른이 되어 버렸지요. 그런데 이번 육이오 사변에 비로소 그 말뜻을 깨달았습니다."

나는 또 한 번 그의 옆얼굴을 쳐다보았다. 그는 여전히 조용한 얼굴로 앞을 보며 걷고 있었다.

"자 어서 쳐 와."

아버지는 한 걸음 뒤로 물러섰다. 아들은 쩔룩 하고 다리를 절며 따라나섰다.

"이놈아 그까짓 게 뭐가 아파. 자!"

아버지는 아들의 눈 묻은 머리를 가죽 주먹으로 툭 쳐 밀었다. 아들은 아버지의 주먹을 오른쪽 주먹으로 홱 갈겼다.

"옳지."

그는 또 언젠가 이런 말도 했다.

"한강 백사장. 요즈음 소위 전후의 청년들은 이 백사장이란 걸 어떻게 생각하는지요."

"……."

내가 미처 대답을 못 하니까 그는 자기 말을 이었다.

"백사장. 그건 꼭 '우리'라는 말과 같은 것이 아닐까요. 그저 수없이 많은 모래알. 그것이 어쩌다 한곳에 모였을 뿐. 아무런 유기적 관계도 없이. 안 그렇습니까? '우리', 참 좋아하고 또 많이 쓰던 말입니다. 우리! 그런데 피난 중에 저는 그만 그 말을 잃어버렸습니다. 폭탄의 힘은 참 위대하더군요. 저는 돌아온 이 서울 거리에서 '우리' 대신 폐허 위에 수많은 '나'를 발견했습니다. 나, 나, 나, 나, 나. 정말 한강의 모래알만치나 많은 '나'."

아들은 암만해도 아파 못 견디겠는 모양으로 한번 허리를 꾸부려 가죽 주먹으로 무릎을 눌렀다.

"일어나? 그럼 내가 쳐 갈 테다. 좋아? 자."

아버지는 절하듯이 꾸부리고 무릎을 주무르고 있는 아들의 어깨를 툭 갈겼다. 다리의 힘을 빼고 서 있던 아들은 펄썩 모로 쓰러졌다.

"일어서!"

아버지의 소리는 컸다. 아들은 한 손을 땅에 짚고 한 손은 얼굴 앞에다 가져다 대어 본능적으로 아버지의 주먹을 막으며 일어섰다.

"똑바로 서!"

채 일어서기도 전에 아버지의 주먹이 아들의 어깨를 또 갈겼다. 아들은 다시 땅바닥에 나가 쓰러졌다.

"일어서! 정신을 똑바로 차려!"

소리를 지르는 아버지는 여전히 쓰러진 아들의 머리 위에서 커다란 가죽 주먹을 불끈거리고 있었다.

지난가을 어떤 일요일, 나는 거리에서 주인을 만났다.

"차나 한잔 하고 같이 들어가실까요."

나는 앞서 옆에 다방으로 들어갔다. 그는 아무 말도 없이 따라 들어왔다.

찻잔을 물릴 때까지 그는 말이 없었다. 그저 유리창 밖의 파란 하늘만 멍히 바라보고 있었다.

"한 푼 보태 주십시오."

옆에 거지가 서 있었다. 어린애를 담요에 싸 업은 여자 거지였다. 배가 고파 못 견디겠다는 표정으로 여윈 손을 그에게로 내밀고 서 있었다. 그는 힐끔 그 거지를 쳐다보았다. 오른손을 양복저고리 호주머니에 넣었다. 손을 꺼냈다. 그런데 빈손이었다.

"없습니다."

"한 푼만 보태 주십시오."

거지는 등의 어린애를 한 번 추어올리며 여전히 그의 가슴을 향해 새까만 손을 펴 내밀고 있었다. 등에 업힌 어린애는 단발머리 계집애였다. 세 살쯤 나 보이는 그 애는 어디서 주운 것인지, 반 깨어진 조그마한 손거울 조각을 무심히 들여다보고 있었다.

"없습니다."

나는 십 환짜리 한 장을 거지의 손바닥 위에 올려놓아 주었다. 거지는 돈을 쥐자 싹 돌아섰다. 우리 앞자리에 앉은 남녀를 향해 지금 우리에게와 꼭 같은 표정으로 또 손을 펴 내밀었다. 다방 레지가 와서 거지의 등을 밀었다. 밖으로 밀려 나가는 거지의 뒷모습을 유심히 쳐다보고 있던 그는 이윽고 내게로 눈을 돌렸다.

"미안합니다."

"아니올시다. 없을 땐 한 푼도 없는 수도 있지요 뭐."

"아니오. 돈이 없었던 건 아닙니다."

"……? 그럼 제가 실례 했군요."

"천만에요."

그는 또 한동안 말이 없었다. 다시 시선은 창문 밖을 향했다. 담배 연기가 그의 긴 손가락 끝을 노랗게 그슬리며 가물가물 피어오르고 있었다.

"너무 가깝습니다."

"……네?"

하늘로부터 재떨이로 시선을 떨구며 그는 조용히 말했다.
"지금 그 거지와 나의 거리가 말입니다. 지고 물러나 앉으면 그 순간부터 그대로 거지니까요."

아들은 땅바닥에 주저앉은 채 오른 주먹으로 얼굴을 가리고 왼손으로는 땅을 짚으며 앉은뱅이처럼 뒷걸음을 쳤다.
"이놈아 일어서지 못하구 그냥 물러앉을 테야. 응."
아버지는 머리 위로 올린 아들의 주먹을 탁 하고 이번에는 정말 세게 옆으로 쳐 갈겼다.
"일어나!"
그러자 아들은 그대로 땅바닥에 이마를 대고 엎드렸다. 아니 실은 엎드린 것이 아니었다. 어느새에 아들은 아버지의 두 다리를 바로 발목께서 움켜 안고 있었다. 아버지는 불의의 습격에 비칠했다. 그러나 넘어지지는 않았다. 재빨리 한 발을 빼 뒤로 옮겨 디디었을 땐 아들도 일어서 있었다.
"옳지!"
미처 아버지가 자세를 취하기도 전에 일어선 아들은 정말 악을 써 아버지에게 달려들었다. 아버지의 아랫배를 마구 두 주먹으로 쳤다. 머리로 들이받기도 했다. 그건 이미 권투 연습이 아니었다. 싸움이다. 아들은 아버지의 허리를 부둥켜안고 빙글빙글 돌았다. 지금까지 아프다고 주무르던 무릎으로 아버지의 다리를 막 쥐어박기도 했다. 머리는 도끼처럼 탕탕 아버지의 배의 옆구리에 부딪쳤다.
"옳지. 옳지. 더 세게. 더 더."

아버지는 두 주먹을 아들의 잔등 위에 가만히 올려놓고 아들이 하는 대로 따라서 이리 끌리고 저리 밀리며 마당을 돌았다.

전에도 언젠가 비 오는 날 아침에 이런 연습을 한 일이 있었다. 산보 나간 길에서 내가 그건 권투 룰에서 벗어난다고 했더니 그는 뻔히 나의 눈을 들여다보았다. 그리고 말했다.
"룰이요? 룰…… 벗어나지요. 그런 엉터리 권투는 없으니까요."
그는 한참 동안 말없이 걸었다.
"학생은 육이오 때 어데 있었소?"
뚱딴지 같은 질문을 했다. 그는 이야기하는 데 이렇게 껑충껑충 뛰는 버릇이 있었다.
"서울에 숨어 있었습니다."
"네, 왜 피난을 못 나갔지요?"
"방송을 듣고 믿었지요. 나가자니까 벌써 늦었더군요."
"저처럼 됐군요. 룰. 룰……."
그는 말끝을 흐려 버리고 자기의 흰 고무신 코를 내려다보며 천천히 걸었다.
"학생은 베이비골프를 쳐본 일이 있습니까?"
"네, 한두 번."
그의 이야기는 또 껑충 뛰었다.
"골프. 참 이상하더군요. 유희에서는 그 까다로운 룰을 곧잘 지키면서 정작 사회생활에서는 룰을 안 지키거든요. 슬쩍슬쩍 남이 보지 않을 때 손으로 공을 집어다 구멍에 밀어 넣는단 말입니다."

"……."
"하기야 인생은 분명 베비이골프는 아니니까."

한참 두들겨 맞던 아버지는 아들의 겨드랑 밑으로 팔을 넣었다. 쑥 들어 올렸다. 아들은 땅에서 둥둥 떴다. 두 다리를 허공에서 후둘거렸다. 팔은 자연 아버지의 허리를 끌어안아야 했고 이젠 때릴 수도 없었다. 아버지는 아들을 들어 올린 채 그 자리에서 휙 맴을 돌기 시작하였다. 아들의 몸은 공중에 떠서 머리를 중심으로 하고 팽그래비처럼 돌았다. 빙빙빙빙 열여덟 바퀴 돌고 나더니 아버지는 아들을 땅에 내려 놓았다. 아들은 비칠비칠 모로 쓰러지려 했다. 두 주먹을 머리 좌우에 뿔처럼 가져다 대었다.
"꼭 눈을 감고 정신을 가다듬어."
그러는 아버지도 어지러운 모양이다. 눈은 감고 윗도리를 기울기울 하고 있다.

"사흘을 굶으니까 정신은 아찔아찔한데 코는 백 미터도 더 먼 데 있는 설렁탕 냄새를 정확히 분간하더군요."
피난 중에 부산 거리에서 애들에게 두부비지도 못 사먹이고 꼬박 사흘을 굶은 일이 있노라고 하며 이야기했다.
그는 부두 노동을 했다. 종일 궤짝을 메어 나르는 일이었다.
그날은 삯전을 받아 밀가루 두 근을 사들고 들어왔다. 창고 바닥에 수제비를 떠다 놓았다. 그런데 일곱 살짜리 딸애가 거적자리로 들어서다가 수제비 깡통을 걷어찼다. 몽땅 쏟아 버렸다. 그는 자기도 모르는 사이에 딸애의 뺨을 후려갈기고 있었다. 애는 미처 울지도 못했다. 그저 몸을 파르르 떨고 있었다. 아내는 쏟아진 수제비를 모아 담아 물에 씻어 왔다. 어린것은 그제서야 쿨쩍쿨쩍 울면서 그래도 수제비를 연방 퍼 넣고 있었다.

다음 날 저녁부터 어린것은 거적자리에 들어앉으면 멀리서부터 조심조심 깡통을 더듬는 것이었다. 어슬어슬하긴 하지만 아직 그릇이 안 보일 정도는 아닌데 장님 모양 손으로 어루더듬는 그 모양이 또 거슬렸다. 그는 이번엔 또 뭘 그리 어릿어릿하느냐고 야단을 쳤다. 그랬더니 어린것은 숟가락을 한 손에 쥔 채 멍히 앉아 있기만 하고 통 수제비를 뜨려고 하지 않았다.

"그런데…… 그런데 그게 영양부족으로 저녁때면 아주 눈을 못 본다는 것을 안 것은 퍽 후였습니다."

언제나 거기까지 왔다가 돌아서곤 하는 산보길 끝에 놓인 시멘트 다리 난간에 걸터앉으며 그는 자꾸만 고개를 뒤로 젖혀 저녁 하늘의 별을 찾고 있었다.

이야기를 계속하였다.

그 후 두 주일이 채 못 되어서였다. 그 애는 심한 기침을 하기 시작했다. 백일해였다. 창고 안에 같이 들어 있는 사람들이 야단을 쳤다. 딴 애들한테 옮기 전에 어서 어디 딴 데로 나가라는 것이었다. 그중에서도 바로 옆자리의 가는 금테 안경을 쓰고 나비수염을 키운 의사라는 자가 더 야단이었다.

"저는 아무 대꾸도 못 했습니다. 불행히도, 정말 불행히도, 백일해가 전염병이란 걸 나 자신이 알고 있었던 까닭에."

앓는 애를 업고 창고를 나온 그들은 갈 곳이 없었다. 부산이라곤 하지만 대한(大寒) 날 밤바람은 살을 도려내는 것처럼 매웠다. 그들은 하는 수 없이 거기 창고 마당에 쌓아 놓은 가마니 더미 밑에 네 식구가 쭈그리고 앉았다. 서로 몸을 꼭 대고 앉아 그 위를 다 떨어진 담요로 덮었다. 세 살짜리를 꼭 껴안고 얼굴을 맞비비고 있는 아내의 어깨가 흐득흐득 울었다. 그의 무릎 위에 꼬부리고 있는 일곱 살짜리 딸애는 내장을 전부 토해 내는 것처럼 기침을 깃다가 꺽 꺽 까무라치며 그의 가슴을 할퀴는 것이었다.

"그날 밤에도 하늘엔 저렇게 별이 떠 있었습니다. 시인들이 좋아하는 별들이."

그러나 그것으로 그들의 불행이 끝난 것이 아니었다.

그날 밤 그 창고에 불이 났다. 순식간에 홈싹 타버렸다. 미처 빠져나오지 못한 어린애가 둘 타 죽었다고 했다. 다행이랄까 밖에 있었던 그들은 피해가 없었다.

가마니 더미 밑에서마저 쫓겨난 그들은 소방대 펌프가 퍼부은 물이 번질번질 얼은 한길가에서 밤을 새워야 했다.

"해가 뜨기를 그날 밤처럼 간절히 기다려 본 일은 없습니다."

해만 뜨면 그래도 얼어 죽기는 면하려니 하는. 마침내 긴 겨울밤은 새기 시작했다. 훤히 동쪽이 밝아 왔다. 이제는 또 어데고 의지할 곳을 찾아야 했다.

그가 막 골목을 빠져나가렬 때였다. 간밤에 아들을 태워 죽여 버렸다는 의사가 안경을 벗은 눈을 찌푸리고 마주 섰다.

"이 사람입니다."

의사는 뒤에 선 청년을 돌아보았다. 아내에게 연락을 할 겨를도 없었다. 그는 수갑을 채운 두 팔을 앞에 읍하고 경찰서로 끌려갔다. 눈앞에서 빤짝빤짝 불꽃이 튀었다.

쫓겨난 분풀이로 창고에 불을 질렀다는 것이었다.

사흘 만에야 놓여났다. 분했다. 그러나 그 분보다 식구들 걱정이 더 앞섰다. 단숨에 달렸다. 아내는 사흘 전 고 자리에 고대로 앉아 있었다. 세 살짜리는 등에 업고 일곱 살짜리는 담요에 싸 안고. 그를 보자 아내는 그대로 폭싹 쓰러졌다. 울지도 못했다.

"딸애는 죽어 있었습니다."

그는 딸애를 담요에 싸 안고 산으로 갔다. 구덩이를 대강 판 그는 옆에 눕혀 놓았던 애의 담요를 다시 챙겼다. 죽은 애의 옷자락을 여미 주던 그는 애의 스웨터 호주머니 속에 무슨 종잇조각이 들어 있는 것을 보았다. 집어내었다. 차곡차곡 접은 초콜릿 빈 껍데기였다. 콱 가슴이 메었다. 목구멍은 답답한데 코가 싸했다. 쓸어 보는 딸애의 싸늘한 이마에 자꾸 눈물이 굴렀다.

산에서 돌아오는 길에 그는 어느 은행에 있는 동창생 생각이 났다. 언젠가 길에서 만났을 때 알아 두었던 은행 합숙소로 찾아갔다.

"꾸어 준다기보다……."

밀가루 한 근 값이었다. 애가 죽었다는 말은 하지 않았다. 사실 또 그는 당장 식구에게 물이라도 끓여 먹여야 한다는 생각뿐이었다.

"어디 있어야지. 그러니 이런 판국에 누가 꾸어 줄 리도 만무하고."

참 딱하다는 표정인 친구는 입맛을 쩝 하고 다시며 호주머니에서 낙타 담배를 꺼냈다.

"그때, 그 담배를 권하던 친구의 팔목에 금시계가 유난히 번쩍 눈에 띄던 생각을 하면 지금도 자기 자신이 무서워집니다."

"이제 그만 괜찮지. 크게 숨을 한번 들이켜고. 자, 시작."
아들은 얼른 자세를 취했다. 왼 주먹은 얼굴 앞에, 오른 주먹은 구부려 오른쪽 어깨 앞에, 두 무릎은 약간 구부려 탄력을 준비하고.
"언제나 똑바로 앞을 봐. 입은 꼭 다물고."
아버지도 자세를 잡았다.
"자, 그럼 이제부터 본격적이다!"
"응."
아들은 머리를 까딱하며 웃음을 띠우다 말고 다시 입을 한일자로 악물었다.
둘이는 서로 노리며 빙글빙글 마당을 돌기 시작했다. 이따금씩 아들의 조그마한 주먹이 아버지의 틈을 질렀다. 그러나 이번엔 아버지도 일부러 맞아 주지는 않았다. 번번이 아들의 주먹을 옆으로 쳐 갈겼다. 아들은 점점 눈을 똑바로 뜨고 아버지의 눈을 쏘았다.

그 딸애가 죽은 다음 날 저녁이었다고 했다. 그는 부두에서 같이 일하던 노인 박씨를 따라 어느 대폿집으로 갔다.
"생각해 보슈. 그래 잘난 놈이 어디 있소. 돈이 젤이지."
"……."
"아 그 존 공불 가지고 부두 노동을 하다니 원 내 참."
"……."

"더두 말고 한 달만 합시다. 자본은 내가 댈 테니. 집 한 챈 문제 없다니까."

"……"

덤덤히 앉아 막걸리 보시기만 들여다보고 있는 그를 답답하게 쳐다보며 박씨는 자꾸 다졌다.

북지에 오래 가 있었다는 박씨는 그와 함께 장사를 해보자는 것이었다.

꼭 그의 영어가 필요하다는 그 장사란 흑인 상대의 아편 밀매였다.

"가부간에 말을 좀 해보슈 거."

대폿집을 나와 갈림길에서 박씨는 또 한 번 마지막으로 따져 묻는 것이었다.

멍하니 선 채 거기 길가에 담배장사 목판을 바라보고 있던 그는,

"좋습니다!"

하고 각 무엇을 토하듯이 대답했다. 눈은 여전히 담배장사 목판을 굽어보는 채였다. 목판 위에는 양담배를 타일 모양 깔아 놓은 앞으로 꼭 실패 같은 초콜릿이 쪽 꽂혀 있었다.

"그렇지 않아 그럼. 하하하하. 잘난 놈이 어데 있어. 돈이 잘났지."

박씨는 그의 어깨를 툭툭 치며 웃었다.

박씨의 말은 사실이었다.

한 달이 채 못 되어 그는 어느 이층방을 얻어 들 수 있었다.

"대학을 나오고 교사질 십 년을 한 것보다 그 한 달에 번 것이 훨씬 더 많았습니다. 네, 분명히."

그러던 어느 눈 내리는 날이었다.

그는 감기가 들어 누워 있었다. 박씨는 하루 같이 쉬자는 그의 말을 물리치고 혼자 장사를 나갔다. 그런데 웬일인지 그날 박씨는 돌아오지 않았다. 다음 날도 안 돌아왔다. 그리고 나흘째 되던 날 신문에, 박씨는 동래(東萊) 흑인부대 뒷산에서 총에 맞아 죽어 있었다.

"그날로 제 돈은 약 삼 배가 되었지요. 내 방에서 기식을 하던 박씨의 미제 자물쇠가 두 개나 달린 궤짝은 열쇠 대신 망치로 쉽사리 열 수 있었습니다. 그런데 꼭 반씩 나눈 돈인데 어찌 된 셈인지 박씨 궤짝에는 제 돈의 거의 배나 되는 돈이 들어 있었습니다."

그는 아편장사를 그만두었다. 아니 더 계속하고 싶었다고 해도 할 수가 없었다. 파는 것만은 같이 했지만 물건을 사들이는 것은 기어이 박씨 혼자만이 아는 길이었으니까.

그는 우선 혼자 서울로 올라왔다. 아직 정식으로 환도가 허락되지 않은 때였다. 그러나 그에게 있어 벌써 그런 것쯤은 문제가 아니었다.

"학교 동료들은 지금 이 집을 그저 얻은 거라고 합니다. 환도하기 전에 먼저 올라와 샀으니까 아주 헐값에, 현시가 천만 환짜리를 단돈 수십만 환에 살 수 있었다는 거지요. 다시 말하면 환도령이 내리기 전에 숨어 올라와 샀으니 반 불법 소유란 거지요. 재미있습니다. 남으로 도강(渡江)해서 생명을 불법 소유한 사람. 북으로 도강해서 집을 불법 소유한 사람. 사기. 도박."

한참 동안이나 둘이는 상대방의 눈을 끌고 빙빙 돌았다. 주먹은 공연히 흔들흔들했다.

"음."

무슨 틈을 보았던지 아들이 오른쪽 주먹을 내질렀다. 그러나 아버지는 아들의 주먹이 몸에 와 닿기 전에 옆으로 갈겼다. 그 힘에 휙 한옆으로 도는 듯하던 아들의 왼쪽 주먹이 아버지의 배를 향해 또 내리질렀다. 아버지는 또 그 주먹을 탁 밖으로 쳤다. 아들은 재빨리 또 오른쪽 주먹을 내질렀다. 아버지는 다시 또 그 주먹을 쳤다. 그러자 아들은 쓰러지듯 그 자리에 쪼그리고 앉았다. 두 주먹을 얼굴로 가져갔다.

"일어서!"

아버지는 이마에 흩어져 내린 머리카락을 오른 팔뚝으로 밀어 올리며 소리를 질렀다.

아들은 엉거주춤 일어섰다. 그러나 아버지와 마주 서는 것이 아니라 허리를 꾸부린 채 저쪽 울타리 밑으로 달려갔다. 눈 위에서 목을 빼고 머리를 설레설레 흔들었다. 새빨간 피가 뚝뚝 흰 눈 위로 떨어졌다. 코피가 흐르고 있었다. 아버지가 친 아들의 주먹이 어쩌다 아들 자신의 콧잔등을 때린 모양이었다.

아버지는 아들의 뒤로 걸어갔다. 물끄러미 아들의 등을 굽어보고 있다.

"자, 그만 일어서."

뒷머리라도 쳐주려는가 했던 아버지는 한 걸음 뒤로 물러섰다. 바로 그때였다. 주인 아주머니가 뒷마당으로 돌아 나왔다. 장을 뜨러 나오는 것인지 손에는 사발을 들었다.

"왜 그러우?"

저만치 꾸부리고 서 있는 아들을 보자 그녀는 멈칫 섰다.

"……"

아버지는 한번 힐끔 아내를 돌아보았을 뿐 다시 아들에게로 얼굴을 돌렸다.

"저런!"

주인 아주머니는 놀라 아들에게로 달려가려 했다.

"가만 둬!"

아버지는 아내 앞에 팔을 벌려 막았다.

"아니 저렇게 피를 쏟는데 원."

"건드리지 말어!"

"아니 원 정신이 있소 없소. 옛날부터 맞은 놈은 다릴 펴고 자도 때린 놈은 오그리고 잔다는 말이 있는데 하필 왜 때리는 연습을 시키며 애를 저 꼴을 만드는 거요 글쎄."

"맞은 놈이 다리를 펴? 못난 소리. 그래 아주 펴고 뻗는 거야."

아내는 안타까운 표정으로 자기 옆에 교통순경 모양 올리고 있는 남편의 팔을 밀었다.

"건드리지 말어!"

얼굴은 여전히 아들에게로 향한 채 아버지는 또 한 번 크게 소리를 질렀다.

"애 죽겠어요."

"지금 건드리면 애는 죽는 거야. 죽어 버린단 말이야!"

아내를 쏘아보는 그의 눈은 무서웠다.

"……"

"일어서. 코피쯤이 뭐야. 자 어서 돌아서 쳐 와. 안 돌아서면 또 칠 게다. 자, 기운 차려…… 어서 일어서 쳐 와. 막 쳐 와!"

아버지는 아들의 등 뒤에서 발을 탕탕 굴렀다.

아들은 허리를 폈다. 한번 고개를 뒤로 젖혀 하늘을 쳐다보았다. 다시 고개를 숙였다. 또 붉은 피가 흰 눈 위에 주르르 쏟아졌다.

"정말 안 돌아서니!"

또 한 번 아버지가 큰소리를 질렀다. 아들은 장갑을 낀 채인 오른쪽 주먹으로 코를 닦았다. 그리고 돌아섰다. 코 밑은 피로 범벅이 되었다. 까만 두 눈에는 눈물이 글썽 고였다.

"옳지!"

아들은 아버지 뒤에 서 있는 어머니를 한번 쳐다보았다. 아버지는 오른팔로 아내를 옆으로 밀어 세우며 한 걸음 뒤로 물러섰다. 아들은 이번엔 왼쪽 가죽 주먹으로 코피를 닦았다. 한 걸음 다가섰다.

"자."

"에잇."

아버지가 미처 자세를 취하기도 전에 아들은 성난 표범처럼 달려들었다. 팡 팡 팡. 아버지의 가슴을 연달아 올려쳤다.

"옳지."

아버지는 두 주먹으로 아들의 가슴을 콱 떠다밀었다. 둘이는 서로의 시선이 마주치는 데를 중심으로 하고 빙그르르 돌아 위치가 바뀌었다. 이번에는, 심판관이기나 한 것처럼 긴장한 얼굴로 빈 사발을 움켜쥐고 서 있는 주인 아주머니 앞에 아들이 등을 이쪽으로 하고 돌아섰고, 아버지가 저쪽에서 이리로 마주 섰다. 아버지는 두 팔을 W자로 올리고 가슴을 벌려 아들에게 내맡겼다. 아버지의 흰 셔츠 가슴에는 아들의 주먹에서 묻은 핏자국이 주먹만치 크게 퍽퍽퍽 세 개나 벌겋게 인 찍혀 있었다.

"자, 쳐. 세게. 몸 전체로 탁 부딪쳐 와!"

아들은 오른쪽 주먹을 어깨로 가다들이며 다리에 탄력을 준비했다. 획. 아버지의 피 묻은 가슴을 향해 폭탄처럼 부딪쳐 갔다. 고무공처럼 튀어났다.

"옳지! 또 한 번."

아버지는 크게 소리 질렀다. 아들은 또 오른쪽 주먹을 뒤로 당기며 다리를 약간 구부렸다. 또 획 부딪쳐 갔다. 아버지는 얼른 아들의 어깨를 두 팔로 끌어안았다.

"그만!"

그는 아들의 어깨를 안고 선 채 입가에 만족한 웃음을 띠었다.

나는 반년 만에 처음 본 그의 소리 없는 웃음과 함께 또 분명 그의 두 눈에 서린 눈물을 보았다.

생 각 해 볼 거 리

1 하숙집 주인 부자의 권투 연습에서 특이한 점을 찾아봅시다.

하숙집 주인과 그의 열두 살 난 아들은 매일 아침 권투 연습을 합니다. 그들의 권투 연습은 비가 오는 날씨에는 물론이고 영하 십도에 가까운 추운 겨울 아침에도 계속됩니다.

그 권투란 것이 일정한 룰이 없다는 것이 특징입니다. 아들은 아버지의 아랫배를 머리로 들이받거나 아버지의 허리를 부둥켜안고 빙글빙글 돕니다. 아버지 역시 아들의 겨드랑이를 번쩍 들어 올려 빙글빙글 돌리기도 합니다. 아버지가 아들에게 가르치고 있는 것은 권투라기보다 차라리 싸움이라고 하는 것이 더 정확한 표현일 것입니다.

또 권투 연습 도중에는 아버지가 어린 아들의 사정을 봐주는 일도 없습니다. 아들이 아버지의 주먹에 맞아 코피를 흘리며 쓰러지는데도 아버지는 아들을 일으켜 주지 않습니다. 아버지는 아들에게 혹독하고 냉정하게 권투 연습을 시킵니다.

2 아버지가 아들에게 혹독하게 권투 연습을 시키는 이유를 생각해 봅시다.

하숙집 주인은 세상을 서로 총대를 겨누고 있는 곳으로 여깁니다. 보초선에 선 병정처럼 방아쇠에 손가락을 걸고 상대방의 심장을 겨누고 있어야 자기의 생명을 지킬 수 있다고 생각합니다. 그의 인식 속에는 '우리'라는 공동체가 존재하지 않으며 오직 모래알처럼 흩어져 있는 '나'라는 개인이 있을 뿐입니다. 그에게 사회는 무수한 개인이 경쟁하며 살길을 찾는 싸움터에 불과합니다.

그는 룰 없는 싸움터와 마찬가지인 세상에서 아들이 살아남을 수 있도록 룰 없는 권투를 아들에게 훈련시킵니다. 하숙집 주인이 권투를 통해 아들에게 가르치고 있는 것은 어떤 상황에서도 지지 않는 독한 승부근성이며 약육강식의 사고방식입니다. 그는 아들의 정신무장을 위해 아들이 코피를 쏟으며 넘어져도 결코 아들의 손을 잡아 주거나 코피를 닦아 주지 않습니다.

3 하숙집 주인이 돈을 갖고 있으면서도 거지 여인의 동냥을 거절한 까닭은 무엇일까요? 또 거지에게 동냥을 거절한 것에 대해 나에게 사과한 하숙집 주인의 태도가 의미하는 바를 생각해 봅시다.

하숙집 주인이 돈을 갖고 있으면서도 거지 여인의 동냥을 거절한 것은 잠깐이라도 방심하면 자신도 그대로 거지가 되어 버릴 것 같은 두려움 때문입니다. 지독해지지 않으면 내 것을 지킬 수 없다는 강박관념과 자신의 정신무장이 조금이라도 느슨해질 것 같은 경계심 때문에 거지 여인에게 도움을 주기를 거절한 것입니다.

그런데 특이한 점은 그가 동냥을 거절한 자신의 태도에 대해 나에게 사과를 했다는 것입니다. 그가 그 자리에 함께 있던 나에게 미안함을 느끼는 것은 타인을 돕지 않는 자신의 태도가 정당하지 않은 것임을 알고 있기 때문일 것입니다. 여기서 우리는 그가 천성이 여리고 선량한 사람임을 짐작할 수 있습니다. 그는 별빛을 보며 죽은 딸아이를 떠올리고 가슴 아파하는가 하면, 아들에게 생존 방법을 가르치기 위해 권투 훈련을 시키는 등 부성애를 가진 인물이기도 합니다.

여리고 선량한 천성을 억누르고 세상에 대한 부정적 인식에 가득 차서 이기적으로 살아가는 하숙집 주인은 인간성이 황폐해진 전후 세대의 어두운 초상을 보여 주고 있습니다.

4 하숙집 주인이 웃음을 잃은 냉정한 사람이 된 까닭을 찾아봅시다.

하숙집 주인이 사람을 믿지 못하고 현실을 살벌하게만 느끼는 것은 전쟁 통에 겪은 고생 때문입니다. 그는 피난지인 부산에서 부두 노동을 하며 온 가족이 사흘을 굶는 날이 있을 정도로 어려운 생활을 했습니다. 그때 심한 영양실조로 야맹증에 걸린 딸아이가 백일해를 앓게 되자, 함께 창고 생활을 하던 피란민들이 백일해의 전염성을 우려해 그들 가족을 창고에서 쫓아내 버립니다. 그들은 대한 추위를 견디며 창고 밖에서 밤을 지내야 했습니다. 게다가 그날 밤 창고에서 불이 나자 피난민들 중 한 사람이 그를 방화범으로 내몹니다. 결국 그는 사흘 동안 유치장 신세를 져야 했고, 누명을 벗고 돌아왔을 때 딸아이는 이미 숨진 뒤였습니다. 남은 가족을 살리기 위해 도움을 구하러 찾아간 동창생은 금시계를 번쩍이면서 그에게는 겨우 밀가루 한 근 값의 돈을 건넵니다. 단지 자리를 모면하려는 친구의 태도에 비애감을 느낀 그는 인간이 얼마나 무서운 존재인가를 뼈저리게 느꼈습니다.

피란 시절에 만난 사람들의 비정하고 이기적인 태도에 큰 상처를 입은 그는 더 이상 인간을 신뢰하지 않게 되었습니다. 전쟁은 이미 끝났으나 전쟁 때 입은 마음의 상처를 치유하지 못한 그는 자신이 살고 있는 세상을 전쟁터와 다름없이 생각하고 있으며 공동체에 대한 불신을 떨치지 못하고 있습니다.

5 하숙집 주인이 부를 축적하게 된 과정을 정리해 보고, 이를 통해 그의 가치관이 어떻게 변화했는지를 생각해 봅시다.

하숙집 주인은 딸을 잃은 후 아편 밀매에 가담하여 큰돈을 법니다. 그가 한 달 동안 번 돈은 대학을 나오고 교사 생활을 십 년 한 것보다 훨씬 많은 돈이었습니다. 아편 밀매를 함께 하던 동료가 총에 맞아 죽자, 그는 정식으로 환도령이 내리지 않은 서울로 숨어들어 수천 환에 이르는 집을 단돈 수십 환에 구입합니다. 그는 탈법적인 방법으로 부를 획득하였고 경제적인 안정을 이루게 됩니다.

평범한 영어교사였던 그가 아편 밀매와 같은 비도덕적인 불법 행위에 가담할 수 있었던 것은 인간에 대한 신뢰를 잃었기 때문이며 비인간적인 사회에서 살아남기 위해서는 무엇보다 돈이 필요하다는 사실을 깨달았기 때문입니다. 자신을 극한 상황에까지 몰고 간 사회와 동료들에 대한 실망과 복수심이 그의 윤리적인 가치관을 변화시킨 것입니다.

법률이나 도덕 등의 룰을 지키는 것이 손해라는 그의 생각이 전쟁이 끝난 후에도 계속되는 것은 전후의 혼란된 사회상을 그대로 반영하고 있습니다. 전쟁이 끝난 후에도 사회는 여전히 탈법적인 일들이 판을 치고, 건전한 가치관과 안정된 법률이 확립되지 않았던 것입니다. 이런 상황이기에 룰을 무시하는 것이 오히려 덕이 된다는 하숙집 주인의 생각은 흔들림이 없었던 것입니다.

6 권투 연습의 막바지에 아들은 아버지가 미처 자세를 취하기도 전에 성난 표범처럼 달려들어 아버지의 가슴을 마구 올려칩니다. 그런데 아들의 이러한 모습에 아버지는 입가에 만족한 웃음을 띠며 두 눈에는 눈물이 서립니다. 그 웃음과 눈물의 의미는 무엇일까요?

코피를 흘리며 쓰러진 아들은 아버지의 냉정한 호통에 눈물을 글썽이며 일어나 악에 받쳐 아버지를 공격합니다. 미움과 분노로 뒤범벅이 되어 자신의 가슴을 치는 아들을 보며 하숙집 주인은 권투 연습의 목적이 어느 정도 달성되고 있음에 대한 만족감을 느껴 웃음을 짓습니다. 그가 권투 연습을 통해 아들에게 가르쳐 주려 한 것이 바로 강한 정신력과 공격성이었기 때문입니다.

그러면서도 그는 눈물을 흘리는 양가적인 감정 상태를 보여 줍니다. 그가 웃음을 잃고 우울하게 살아가는 것은 자신의 생활이 만족스럽지 않기 때문일 것입니다. 비록 경제적으로는 여유롭지만 그의 마음은 불신과 미움으로 가득 차 있어 그는 불행한 것입니다. 그런 그가 아들에게마저 생존을 위해 불행한 삶을 강요하고 있으니 마음 한구석이 아픈 것은 당연한 일일 것입니다.

결국 하숙집 주인은 전쟁이라는 극한 상황과 비정한 사회가 만들어 낸 불쌍한 희생자일 뿐이며, 그의 눈가에 비친 눈물은 아직 사라지지 않고 남아 있는 인간적인 감정을 의미합니다.

7 이 작품에서 권투 연습이 상징하는 것은 무엇일까요?

하숙집 주인에게 권투 연습은 비인간적인 사회를 상대로 한 대거리입니다. 그는 룰을 분명하게 지켜야 하는 베이비골프와 같은 게임을 비현실적인 것이라고 생각합니다. 그는 아들에게 정작 지키지도 않을 규칙을 가르치기보다는 규칙 자체가 무의미한 싸움을 가르치고 싶어합니다. 어차피 사회생활에서는 룰이 제대로 지켜지지 않으며, 룰을 안 지키는 것이 오히려 유리하기 때문입니다. 따라서 일정한 룰이 없고 인간적 감정이 허용되지 않는 권투 연습은 타락하고 비정한 사회를 상징합니다.

8 사회생활을 잘하려면 인간적인 감정을 갖지 말아야 하며 룰을 무시하는 것이 낫다는 하숙집 주인의 생각에 대해 이야기해 봅시다.

사람은 사회적인 존재라고 합니다. 사람들은 더불어 사는 존재이며 서로 관계를 맺고 살아가는 가운데 삶의 보람을 느낍니다. 하숙집 주인이 전쟁을 겪으며 사람에 대해 실망한 것도 그가 만난 사람들이 보여 준 이기적이고 몰인정한 태도 때문이었습니다. 이렇듯 자기 자신만 챙기며 다른 사람들을 배려하지 않는 태도는 서로에게 상처를 남길 뿐입니다.

룰을 무시하는 것이 오히려 살기에 낫다는 그의 생각도 매우 위험합니다. 도덕이나 법률이 존재하지 않는 사회는 힘의 논리에 의해서만 모든 것이 결정될 것입니다. 약육강식이 지배하는 사회에서 가장 고통받는 사람들은 힘없고 약한 사람들입니다. 부정한 사회에 부정한 방식으로 대응하겠다는 생각이 일반화된다면 그 사회는 영원히 정의와 안정을 이룰 수 없을 것입니다. 하숙집 주인처럼 룰을 무시하면서 이득을 얻는 사람은 소수일 뿐입니다. 하숙집 주인과 함께 마약 밀매를 하던 동료 역시 룰을 무시한 대가로 총에 맞아 목숨을 잃었습니다.

인간적인 감정을 애써 외면하고 룰을 무시하며 살아가는 하숙집 주인이 과연 행복한 삶을 살고 있는가를 생각해 볼 때, 그의 사고의 허점은 보다 분명히 드러날 것입니다. 타인과의 소통이 배제된 삶은 외롭고 힘겨운 것입니다. 인간은 다른 사람과 어울려 살며 기쁨과 슬픔을 나눌 때 비로소 행복을 느끼는 존재입니다.

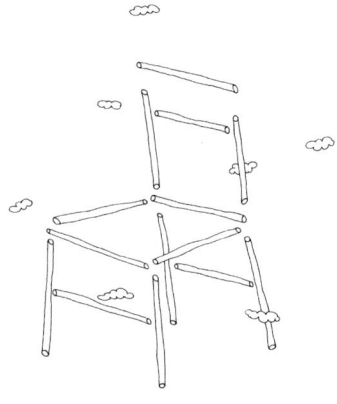

청대문집 개

1960~70년대 경제성장 과정에서 나타난
인간소외와 부조리를 풍자적인 수법으로 형상화한 작품

📖 **감상의 길잡이**

"그게 어디 도둑 지킬 개요.
도둑한테 꼬리 치고 순경 물 개지"

늙은 개 존의 기이한 습성과 기구한 운명에 얽힌 우스꽝스럽고 어이없는 이야기

「청대문집 개」는 1970년에 『현대문학』에 발표된 작품으로 한국전쟁의 상처와 전후의 암담한 현실을 주로 다루었던 이범선의 초기 작품들과는 일정한 거리를 보여 줍니다. 전쟁이 일어난 지 이십 년이 흐르는 동안, 전쟁의 외상이 어느 정도 치유됨에 따라 전쟁의 상흔으로부터 벗어날 수 있었던 사람들은 근대화와 인간소외라는 새로운 문제에 직면하게 됩니다. 이 시기에 이르러 이범선의 관심은 부조리한 사회제도의 모순을 지적하고 인간성의 회복을 추구하는 방향으로 확대되었습니다. 「청대문집 개」는 특히 부조리한 사회 모순을 풍자적인 수법으로 잘 형상화한 작품입니다.

이 소설은 시류에 편승해서 안락한 삶을 추구하는 전직 넝마주이 '김억대' 사장과 그의 개 '존'이 대비를 이루는 흥미 있는 이원구조를

보여 줍니다. 김억대의 개 존은 유독 넝마주이나 거지를 따르는 기이한 습성이 있습니다. 이 같은 존의 특이한 습성 뒤에는 알려지지 않은 김억대 사장의 과거가 숨어 있습니다. 자신의 아내에게까지 철저히 숨겨 온 그의 과거는 존의 특이한 습성에 그대로 투사되어 있습니다. 따라서 존은 김억대의 과거를 상징하는 존재라고 할 수 있습니다.

　자신의 숨기고 싶은 과거를 상기시키는 존에 대한 김억대의 감정은 복잡합니다. 누구보다 존을 잘 이해하는 그는 존이 엉뚱한 사람들을 물어 곤란한 상황을 만들 때마다 가슴이 뜨끔하면서도 "뭐 우리 존이 어때서"라며 감싸고돕니다. 하지만 그라고 해서 존의 행동이 곱기만 한 것은 아닙니다. 그러던 중 김억대의 채석장에 큰 사고가 일어나 사람이 여럿 죽고 다친 날, 존이 그만 사고 현장을 조사하러 나온 지서 주임의 허벅지를 물어 버리는 일이 일어납니다. 김억대와 존의 운명은 과연 어떻게 되었을까요?

　이 소설은 특이한 인물 형상과 흥미로운 사건 전개로 독자들에게 시종일관 웃음을 선사합니다. 그러나 그 웃음은 통쾌하거나 유쾌한 웃음과는 다소 거리가 있습니다. 오히려 황당한 인물이나 상황을 접할 때 나오게 마련인 기가 막히고 어이없는 웃음에 가깝습니다. 작가는 대상이나 상황의 부정적인 면을 정면으로 공격하는 대신 그것을 웃음거리로 만들어 우회적으로 비판하는 수법, 즉 풍자를 사용하여 자신의 의도를 전달하고 있습니다. 이 소설을 제대로 감상하기 위해서는 웃음 이면에 존재하는 현실의 부조리한 면을 간파할 수 있어야 할 것입니다.

청대문집 개

　채석장[1] 주인 김억대(金億大)는 안방 거울 앞에서 슬쩍 한 걸음 뒤로 물러서며 다시 한 번 자신의 멋을 점검했다.
　얼굴의 색안경, 저 6·25의 명장(名將) 맥아더 장군의 그것과 꼭 같은 모양의 것이다. 그러나 워낙 맥아더 장군보다 얼굴이 작다 보니 그 진한 색안경이 어쩐지 검은 복면 같다. 하지만 그거야 원래 팔다리 얼굴 모든 것이 멋없이 크게만 생겨 먹은 미군들을 기준으로 하여 만들어졌을 안경이니까 한국 사람 누군들 별도리 있겠느냐 했다. 그는 꺼먼 가죽잠바 호주머니에 두 손을 깊숙이 찔러 넣고 가슴을 펴며 얼굴을 들어 적당히 뒤로 젖혀 본다. 잠바란 우선 허리가 잘룩하게 조여들

---

1) 채석장(採石場) 석재(石材)로 쓸 돌을 캐거나 떠내는 곳.

어서 마음에 든다. 작은 키가 조금은 커 보일 테니까. 키 이야기가 났으니 말이지 그게 더도 말고 1미터 71인 아내만만 해줘도 더할 나위 없을 텐데 하다 말고 그는 곧 동회장을 생각하며 히죽이 거울 속에서 웃었다. 동회장은 그보다도 1센티 작은 164다. 그러면서도 그는 당당한 동회장이 아닌가. 아무리 변두리 무허가 판잣집이 태반인 동의 동회장이라 해도 시골로 칠 양이면 면장 영감님이다.

사월도 중순이다 보니 털 받친 가죽잠바는 역시 좀 덥다. 그는 자크를 밑으로 끌어내렸다. 한 번 더 거울 속의 멋을 살폈다. 아니다. 그는 다시 주르르 자크를 오므려 올렸다. 덥기는 좀 덥더라도 자크는 역시 위까지 꼭 잠가야 위엄이 있어 보인다.

"아니! 당신은……."

그의 아내가 안방으로 들어서며 입을 딱 벌린다.

"뭐?"

김억대는 손가락 끝으로 안경을 매만지며 아내를 향해 돌아섰다.

"뭐?"

"뭐라뇨. 아니 이 더운데 어쩌자고 가죽잠바는 떨쳐입고 서성거리는 거요."

"덥긴, 아직……."

"이 양반이 정말…… 철도 모르시는군요."

"하지만 오늘 동회에서 유지 회의가 있단 말야."

"동회요?"

"동회가 아니라 유지 회의 말야."

"기가 차서 참. 그래 동회건 유지 회의건 거긴 뭐 오뉴월에도 털옷

입고 가야 하는 데에요?"

"오뉴월은…… 지금이 그래 오뉴월이야!"

김억대의 음성이 역정조다. 왜 또 아는 체 잘난 체냐는. 그의 아내는 숫제 입을 다물고 말았다. 학교란 문 안에도 못 들어가 봤다는, 아니 그의 말투로 하자면, 안 들어가 봤노라는 남편의 대학을 나온 아내에게 대한 그 공연한 열등감을 너무나 잘 알고 또 단지 그 까닭으로 하여 어처구니없는 손찌검을 턱없이 여러 번 당해 본 그녀였던 것이다.

"야, 순아, 차 하나 잡아 와!"

김억대는 마루로 나서며 큰 소리로 식모애를 불렀다. 대답이 없다.

"이 계집애가 또 어딜 갔어. 회의 시간 다 됐는데."

그는 팔목시계를 들쳐 보며 투덜대었다. 등 뒤에서 아내가 미간을 집었다.

동회사무소라면 끽해야 동 안에 있을 게 아닌가. 여느 때는 볼일 없이도 곧잘 동회사무소에 마을²⁾을 가는 모양이던데 그날 따라 무슨 그리 대단한 회의기에 그처럼 식을 찾는 거냐 했다.

"야, 순아!"

김억대는 또 한 번 이번에는 그 파란 페인트칠을 한 대문 밖을 향해 꽥 소리를 질렀다.

식모애가 대문짝을 밀고 한 손에 든 마당비로 커다란 세퍼드³⁾ 궁둥

---

2) 마을 이웃에 놀러 가는 일.
3) 세퍼드 개 품종의 하나. 늑대와 비슷하며 털의 색깔은 검은색, 회색, 갈색 따위이다. 용감하고 영리하며 주인에게 충성스럽고 특히 후각이 예민하다. 번견(番犬), 경찰견, 군용견, 맹도견 따위로 쓴다.

이를 두들겨 몰아 앞세우고 들어오며 쫑알댄다.

"거지새끼가 개소리하네!"

"뭐라구! 이 기집애야."

김억대의 소리가 무엇에 찔린 듯 컸다.

"쓰레기통이나 쑤시구 돌아다니는 그 거지새끼가 글쎄 우리 존을 보고 개수작이라잖아요!"

"뭐가 어쨌다구 그러니, 넌."

김억대의 아내가 불안한 표정으로 마루 끝에 나섰다.

"허기야 존 저게 병신이지 뭐예요."

식모애가 개를 향해 마당비를 한 번 들었다 놓는다.

"존이 왜 병신야!"

김억대는 대문 옆 개장 앞에 쭈그리고 앉은 개를 바라보며 약간 누그러진 음성으로 역성이었다.

"멀쩡한 사람을 보곤 이를 허옇게 하구 대들면서, 넝마주이[4]나 거지를 보면 쥔 본 듯이 꼬리를 치구 칭칭 개도는걸요."

"그거야……."

김억대는 마루 끝에 걸터앉아 구두를 신으며 뭐라고 변명을 하려다 만다.

"그러니 양아치[5] 고 새끼가 존을 붙들고 궁둥이를 밀며 도리어 날 물라고 추기지 뭐예요. 정말 창피해 죽겠어요."

---

4) 넝마주이 넝마나 헌 종이, 빈 병 따위를 주워 모으는 사람. 또는 그런 일.
5) 양아치 '거지'를 속되게 이르는 말.

"창피하긴 뭐가 창피해! 어서 가 차나 잡아 와."
김억대가 구두끈을 다 매고 허리를 폈다.
"아저씬…… 이웃에서들 뭐라고 하는지도 모르면서……."
식모애는 여전히 볼이 부은 채 대문을 나섰다.

대문 앞에서 택시 앞자리에 쑥 들어앉아,
"유지 회의가 끝나면 또 한잔 하게 될 게요."
하며 사뭇 귀찮다는 표정을 지으며 담배를 빼어 물은 김억대가 골목을 빠져나가자 돌아서 들어오는 그의 아내와 식모애는 다시 개 이야기를 꺼내었다.
"생기긴 제법 저렇게 멀쩡하게 생긴 것이 어째 병신구실을 하죠, 아주머니?"
식모애는, 대문 안에 엎드려 앞발에 턱을 올려놓고 눈을 가느스름하니 감은 개를 가리켰다.
"누가 아니래. 개도 늙으면 망령이 드나 보지!"
"저게 몇 해나 됐는데요?"
"모르지. 어쨌든 내가 왔을 때 벌써 큰 개였으니까."
지금 일곱 살 난 딸애를 결혼한 지 일 년 만에 낳았다는 그녀다.
"그럼 한 십 년 됐겠네요."
식모애는 입을 딱 벌린다. 늙기도 어지간히 늙었다.
"……그러니 망령을 안 부려요!"
식모애는 부엌문 앞에서 또 한 번 개를 돌아보았다.
글쎄, 개도 늙으면 망령을 부리는지 어떤지는 잘 모를 일이지만 존은 이웃의 말썽거리였다.

  도무지 이해가 가질 않았다. 이건 어떻게 자라 먹은 갠지 옷을 단정히 차려입은 사람을 보면 남녀 할 것 없이 기를 쓰고 달려드는 것이었다.

  하기야 개란 원래 집을 지키는 것이 본분이고 보면 공자님이 대문 앞에서 얼씬거렸대도 그가 자기 주인이 아닌 바에야 가랑이를 물고 늘어지는 것이 제 주인에게는 충견(忠犬)이겠으니, 주인 딸애 유치원 여선생님의 매끈한 종아리에 이빨 자국을 냈다든가, 또 이웃의 반장 아저씨 발뒤꿈치를 물었다든가, 또 수도 검침원의 엉덩이나 야경원[6]의 양복 가랑이를 물어 찢었다고 해서 그것은 주인과 피해자 사이에서 해결지어져야 할 성가신 사건이기는 할망정, 사람의 신분을 일일이 식별할 수 있는 신통한 능력을 미처 부여받지 못한 개를 나무랄 이유는 전혀 되지 못하는 것이다.

  그러나 존의 경우는 좀 다르다. 그 늙은 수캐 존은 사람의 신분 식별을 노상 못 하는 것 같지도 않았기 때문이다. 도둑이건 성인이건 주인 아니면 모두 달려들어 물며 경계한다면야 의당 그 녀석의 폭행 책임은 동네 유지 김억대에게로 돌려지고 녀석은 그저 충직한 늙은 수캐로서 자기 사타구니나 철레철레 핥고 있을 수 있으련만, 이 존은 천사 같은 유치원 여선생님의 그 하얗고 예쁜 종아리까지 경계하면서도 막상 누더기를 걸친 거지나 꼭지 따진 대팻밥모자에 커다란 대바구니를 둘러맨 넝마주이만 보면 어찌 된 셈인지 반가워라고 껑충껑충 달려가 꼬리를 설레설레 젓는 것이다.

---

6) 야경원(夜警員) 밤사이에 화재나 범죄 따위가 없도록 살피고 지키는 사람.

청대문집 개   205

자 그러니 이건 김억대의 아내 말대로 이제 너무 늙어서 망령이거나, 그렇지 않다면 이웃 사람들이 멀찌감치서부터 지레 피해 딴 골목으로 돌아가며 뱉는 말이,

"저놈의 개는 눈알이 거꾸로 박혔는가, 거지막에서 자랐는가!"

개대로 무슨 그럴 숨은 까닭이 있겠으나, 어쨌든 거지나 넝마주이 앞에서 식모가 창피스러운 그런 개임에는 틀림없었다.

그렇기로는 김억대의 아내도 매한가지였다.

어쩌다 이웃집 아낙네들이 일이 있어 김억대네 그 파란 페이트 대문을 들어설 때면 무슨 인사말이나처럼,

"이 댁 개는 너무 사나워서……."

"이 집 개는 종잡을 수가 없더라, 원."

하며 비실비실 모로 걷는 것을 보면 김억대의 아내는 어쩐지 창피하기도 하고 미안하기도 했다. 그들의 말이야 따질 것도 없이, 무슨 개가 그러냐, 또는 개를 대관절 어떻게 가르쳐 키웠기에 거지는 핥고 이웃은 무느냐는 뜻인 것이다.

그래 그녀는 개가 무슨 사고를 낼 때마다 남편에게 짜증을 부리곤 했다.

"그 개 이제 그만 치워요. 이웃 창피해 못 살겠어요. 그게 어디 도둑 지킬 개요. 도둑한테 꼬리 치고 순경 물 개지."

그러나 그때마다 김억대의 대답은 흐릿했다.

"왜 우리 존이 어때."

그렇다고 그가 뭐 제법, 요즈음 세상 제 어깨로 벌어서 거칠게 먹는 넝마주이나 그것도 못해 구걸을 하는 거지의 발바닥만도 못한 치들이

번드르한 양복에 넥타이 매고 노력 대신 사기나 치고 구걸 대신 뇌물이나 처먹으며 행세하는 판국이니 존의 눈이 오죽 옳으냐는 따위 기특한 생각을 해서는 아니고 도리어 그 자신도 존에 대해서는 적이 난처하게 생각하고 있었다.

그러면서도 그가 그 늙은 개를 보신탕집에 척 팔아넘기지 못하는 것은 존이 그렇게 넝마주이 편이 되고 엉뚱한 사람을 경계하게 된 데는 그럴 까닭이 있음을 그만은 잘 알고 있을뿐더러, 따지고 보면 오늘날 그가 소위 동네 유지가 된 것도 시초[7]는 그 존으로 해서였다고 생각하기 때문이었다.

그러니까 정확히 십 년 전이다.

그날도 넝마주이 고아 팔뜨기─사팔뜨기[8]의 사 자를 떼어 버린 팔뜨기는 커다란 대바구니를 메고 골목골목의 쓰레기통을 뒤지고 있었다. 그러던 그는 어느 전주 밑에서 귀여운 아주 귀여운 강아지를 한 마리 주웠다. 어쩌면 그건 시렁 밑에서 숟가락 주운 격이었는지 모르지만 어쨌든 그는 그것을 대바구니 속에 넣어 메고 변두리 산 밑 거적막으로 돌아왔다. 다음 날부터 팔뜨기는 그 강아지의 가는 다리를 끈으로 매어 거적막에 달아 두고 나섰다.

그러던 어느 날이었다. 돌아와 보니 어떤 뚱뚱보 미군이 쭈그리고 앉아 강아지를 어르고 있었다. 그는 팔뜨기를 보자 빙그레 웃으며 일어섰다. 강아지를 가리키며 뭐라고 했지만 알아들을 수는 없었다. 후에야 안 일이지만 그때의 그 미군은 부대의 쓰레기를 버릴 수 있는 적

---

7) 시초(始初) 맨 처음.
8) 사팔뜨기 사팔눈을 한 사람을 낮잡아 이르는 말.

당한 곳을 찾아 변두리로 나왔던 것이었다.
 다음 날부터 팔뜨기는 골목을 뒤지고 돌아다닐 필요가 없어졌다. 어제의 그 미군이 트럭으로 하나 가득히 쓰레기를 싣고 나왔던 것이다. 그는 또 거적막 앞에 쭈그리고 앉아 강아지를 한참이나 어르다가 돌아갔다. 다음 날도 또 다음 날도 미군은 쓰레기를 트럭에 싣고 나왔다. 뿐 아니라 먹이 깡통까지 끼고 나와서는 존 존 하고 제멋대로 강아지의 이름을 지어 부르며 한참씩 노닥거리다 돌아가곤 하였다.
 어쨌든 팔뜨기는 신이 났다. 가만히 앉아만 있어도 날마다 트럭으로 실어다 주는 돈 — 미군들에게는 처치하기 성가신 잡동사니 쓰레기도 팔뜨기 눈에는 그대로 돈이었던 것이다. 꿈만 같았다. 그저 강아지 존만 잘 붙들고 있으면 된다.
 일 년이 채 못 되어서는 팔뜨기는 피둥피둥 목덜미가 굵어졌고 강아지 존은 어미 개가 되었으며 둘레에는 어느 사이에 판잣집 마을이 섰다. 팔뜨기는 단연 그 판자촌의 왕자였다. 그가 맥아더 장군의 것과 같은 모양의 색안경으로 사팔뜨기 눈을 가리기 시작한 것도 그 무렵부터다.
 그런데 일은 늘 좋게만 벌어지지는 않았다. 어느 날부터인가 쓰레기 트럭이 끊이고 오지 않았다. 이상하다 했다. 그러나 별도리가 없었다. 그는 그저 존의 등을 솔로 긁어 손질해 주며 미군이 다시 나타나 주기만 기다렸다. 그러던 며칠 뒤에 그는 비로소 진상을 알았다. 어떤 너절한 친구가 수십만 원을 써가며 그 파리 꼬이는 쓰레기 처분권을 딴 곳으로 유치해 갔다는 것이었다.
 그날 팔뜨기는 홧김에 찾아간 대폿집에서 돼지막 주인을 만나 정신 없이 마셨다.

"난 이제 망했어!"

"팔뜨기만 망했나 나도 망했다, 나도!"

쓰레기로 나오는 음식찌꺼기로 돼지를 키우던 돼지막이니 망하기는 팔뜨기와 같은 곳이었다. 그들은 취하자 마주 붙들고 엉엉 소리 내어 울었고 존은 팔뜨기 옆에 쭈그리고 앉아 그의 발등을 핥고 있었다.

그런 그들이었는데 한 달포도 못 되어서 둘은 대판으로 싸웠다. 돼지막이 있는 일대가 모두 자기 땅이니 비켜나라는 팔뜨기의 수작이었다. 어차피 이제 돼지도 못 처먹게 된 판국이긴 하였지만 돼지막 주인이라고 호락호락 그대로 물러날 까닭이 없다. 멱살을 쥐고 치고받고 싸움이 벌어졌다. 그러나 싸움은 팔뜨기의 승으로 끝났다. 그래도 아직은 몇 명 졸개들을 거느린 팔뜨기였는데 존까지 합세하여 돼지막 주인에게 덤벼들었으니, 사실인즉 쓰레기를 빼앗기고 눈앞이 캄캄해 있는 팔뜨기에게 어떤 얌체 같은 친구가 맹랑한 귀띔을 해주었던 것이다. 이제 쓰레기는 틀렸으니 땅이라도 차지해 두라고. 팔뜨기는 며칠을 분주히 싸돌아다녔다. 판잣집들을 한 집 한 집 찾아다니며 자신도 무슨 종이인지 모르는 종이에 도장들을 받았다. 팔뜨기 자기가 그 자리에서 미군 쓰레기를 받아 처리하던 바로 그 사람임을 확인해 주는 그저 그것뿐인 도장이라 설명했고 때 묻은 목도장을 꺼내는 판잣집 사람들은 또 그들 나름으로 행여나 그렇게 함으로써 미군 쓰레기를 다시 그리로 내올 수나 있지 않을까 하는 생각으로 손가락에 힘주어 도장을 찍어 주었던 것이다. 돼지막 주인까지도. 그런데 그것이 바로 김억대란 거창한 이름으로 부근 일대의 땅을 불하[9]받기 위한 종이였던 것이다.

---

9) 불하(拂下) 국가 또는 공공 단체의 재산을 개인에게 팔아넘기는 일.

매까지 맞고 억울하게 쫓겨나는 돼지막 주인을 본뜬 판잣집 사람들은 이젠 아주 쓰레기에 희망을 걸지 못하게 되었음을 알고 한 집 두 집 어디론가 흩어져 가고 말았다.

그러나 지금까지 쓰레기 팔아 뭉쳤던 돈 거의 전부를 그 땅에 털어넣어 버린 팔뜨기 김억대만은 쉽사리 떠날 수가 없었다. 그는 나무 한 그루 없이 민숭민숭한 그 산 밑에 마침내 존과 단둘이만 남아 버렸다. 차라리 돼지막 주인이라도 그렇게 쫓아내지 않았더라면, 하는 외로운 생각으로 그는 종일 저 맞은편 마을을 바라보며 땡볕에 앉아 있었다.

어떤 날 키가 유난히 작은 초라한 사나이가 산 밑으로 그를 찾아왔다. 새로 앉은 동회장이라는 것이다.

그런데 그 동회장이란 사나이가 그에게 들고 온 용건이란 게 팔뜨기에게는 거창했다. 동 이쪽과 저쪽 중간에 있는 조그마한 내에 다리를 놓기로 했다면서 얼마간 협조해 달라는 청이었다.

"여보시오. 내 살고 있는 저 거적막을 보면서 하는 말이오?"

팔뜨기 김억대는 어이가 없었다.

그 조그마한 사나이는 몸과는 어울리지 않는 굵은 소리로 웃으며 그의 옆에 쭈그리고 앉았다.

"김선생님 왜 이러십니까. 다 잘 알고 온 건데. 우리 동 안에서는 김선생님이 제일 아닙니까. 허허허."

"⋯⋯? 사람 놀리지 마시오!"

김억대에게는 그 생전 처음 들어보는 선생님이란 말부터가 놀리는 말이었던 것이다.

"원 그런 말씀을⋯⋯ 아 사실 김선생님이 하실랴구만 한다면 그까

짓 한뼘만 한 다리 하나가 문제겠어요. 뭐하면 아 이 산의 돌을 몇 개 파다 해도 거뜬히 될걸…….”

"흥. 속 편한 소리 하지. 파가려거든 다라도 파가요. 제길."

김억대는 사실 그 듣기만 해도 배가 나올 듯한 이름값도 없이 본래대로 알거지였던 것이다.

그런데 세상일 그게 또 곧잘 우습게 되어 간다. 다리를 놓기 위해 정말 돌을 몇 개 파내다 보니 그대로 그 산은 채석장이 되어 버렸다.

이름을 억대라 새로 지어서 그랬던가, 그는 채석장 주인이 되면서 다시 돈을 벌기 시작했다. 얼마 안 돼서 언덕 위에 제법 멀끔한 한옥을 지었고 대문에는 자기 취미대로 파랑 페인트칠을 몇 번이고 했다. 다시 한 집 두 집 돌산을 바라보고 사람들이 모여들었다. 그러자 돈이 좋아 그는 어떤 불쌍한 노인의 외동딸을 아내로 맞았다. 배워야 산다고 악으로 야간대학까지 마친 여자였으며 병든 그녀의 아버지를 함께 모신다는 조건으로 데려온 것이었다.

이제는 제법 이발소도 목욕탕도 있는 동이 되었고 그는 또 어느 사이에 그 동네의 유지가 되어 있었다. 어쩌면 동회장이나 조금 알고 있을까, 그 밖에 목욕탕 주인, 한약방 의사, 그리고 부동산 소개업의 할아버지 등 소위 동 유지란 작자들은 물론, 돌산이 생기고 나서 새로 모여든 동민들 그 누구도 김억대의 전신 팔뜨기에 관해서는 모르고 있는 것이 그로서는 여간 다행스런 일이 아니었다. 아니 그뿐 아니라 그의 아내까지도 늙은 존의 그 괴상한 버릇을 망령으로만 알고 있는 것이다.

그런 데다가 그의 채석장 일꾼들의 아낙네들은 감히 그의 이름은 부를 엄두도 못 내는 일이고, 그의 집 대문 색깔을 따라 청대문집 주인어른, 청대문집 주인어른 하니, 팔뜨기 후신인 김억대로서는 좀 더운 한이 있더라도 사월에 가죽잠바를 입는 위엄과 몇 걸음 거리인 동 회사무소라도 택시를 불러 타는 체면이 필요했으며, 그러다 보니 요즈음은 자신까지도 자기가 십 년 전 팔뜨기였던 사실을 깜박깜박 잊는 때가 많았다.

그런데 사람은 팔뜨기가 그렇게 김억대로도 바뀌는데 수캐 존은 그저 그대로 존이었다.

장마가 겨우 걷히고 중복(中伏)도 가깝던 어느 무더운 정오였다.

쾅 쾅 쾅. 저만치 채석장에서 발파 소리가 들려왔다.

김억대는 겨우 사타구니만 가린 알몸뚱어리로 자기 집 마루 위에 회초리 맞은 개구리 모양으로 누워서 선풍기를 쏘이며 그 발파 소리를 속으로 세고 있었다.

더운 땡볕에 나가서 일일이 작업을 감시하지 않아도 그렇게 낮 열두 시와 저녁 여섯시에 터지는 발파 소리만 세고 있으면 그날 일을 대충 짐작할 수 있는 것이 또 채석장 주인의 세상 편한 점이라 했다.

그렇게 발파 소리를 세며 가느스름히 잠이 들어 가던 때였다. 갑자기 집 앞이 와자지껄했다.

"큰일 났습니다! 큰일 났어요!"

인부들이 대문 안으로 우르르 몰려들었다.

김억대는 벌떡 일어나 앉았다. 땀에 번질번질 젖은 알몸뚱어리가 미처 아랫사람들 앞에 체면을 차릴 겨를도 없었다.

"바위가 굴러 내렸습니다!"

"뭐, 바위가?"

"네, 아 그, 전부터 몇 번이나 말씀드렸던 그 산꼭대기의 바위가 마구 굴러 내려오면서 밑의 집을 다섯 채나 깔아뭉갰습니다!"
"미친 새끼들! 그래 그걸 왜 못 막았어! 개 같은 새끼들!"
흥분한 김억대의 입에서는 팔뜨기 시절에나 쓰던 점잖지 못한 욕설이 거침없이 튀어나왔다.
"사람이 많이 깔려 죽었습니다! 몇 사람이나 죽었는지 그 수를 알 수가 없습니다."
"어른 어린애, 남자 여자 하여튼 큰일 났습니다."
인부들은 얼굴이 파랗게 질렸다.
김억대는 속옷 바람으로 채석장 사고 현장으로 달려갔다. 그래도 그는 그 색안경을 쓰는 것은 잊지 않고 있었다.
아닌 게 아니라 그 산꼭대기에 슬쩍 머리를 들고 앉아 있는 커다란 바위가 위험하다고 현장감독에게서 몇 차례나 경고를 받은 일이 있는 그였다. 그때마다 그는 큰 소리로,
"하늘 무너질 걱정 말고 일이나 해. 책임은 이 김억대가 지는 거야! 이 김억대가!"
하곤 했던 것이다.
그러던 것이 장마 뒤끝에 발파 진동으로 와르르 무너져 내린 것이다.
성냥갑 같은 판잣집이 다섯 채나 가루가 되며 사람은 몇 명이나 깔려 죽고 다쳤는지 알 수 없었다. 울음바다다.
"제기랄! 죽은 새끼들은 울지나 않지, 이런 제길!"
김억대는 잔뜩 미간을 찌푸렸다. 귀찮게 됐다.
그러나 김억대로서 정작 귀찮은 일은 딴 데서 일어나고 있었다.

사고 현장에 나왔던 지서 주임이 책임자를 찾아 김억대네 집 청대문을 들어섰을 때였다. 느닷없이 존이 달려들어 그의 허벅다리를 물고 흔들었다.

채석장에서 그 보고를 들은 김억대는 허둥지둥 집으로 달려 내려왔다. 지서 주임은 돌아가고 없었다.

"야! 택시 불러와!"

여전히 속옷 바람에 색안경을 낀 그는 식모애에게 소리 질렀다.

"어딜 가시려구요!"

그의 아내가 마루로 나섰다.

"어딘 어디야. 지서 주임한테 가서 사과를 해얄 게 아냐! 죽일놈의 개새끼. 이 존 어딜 갔어?"

김억대는 대문 안의 개장을 한 번 힘껏 걷어찼다.

"아니, 지서에보다 깔린 사람들부터 먼저 구해야잖아요!"

"잘난 체하지 말란 말야! 잘난 체! 빨리 차 못 불러와!"

그는 또 버럭 소리를 질렀다.

언제나의 버릇대로 운전대 옆에 김억대를 태운 자동차가 부서진 판자집 틈을 빠져나갔다.

"아마 기중기라도 빌리러 가는 모양이지, 급히 가는 걸 보니."

무너진 판잣집을 들치고 있던 인부들의 말.

사흘이 지나자 어쨌든 일단 시체들은 매장되고 채석장 아래 판자촌은 허탈 상태로 조용하였다.

나흘째 되던 날에는 마을이 조금씩 움직이기 시작하는 듯하더니, 닷새째 되던 날은 벌써 모든 것을 깨끗이 잊어버린 듯 채석장에는 다시 사람들이 북적거리고 있었다.

그날은 중복날이었다.

몹시 덥다. 그런데도 불구하고 채석장에는 활기가 돌고 있다.

김억대가 인부들을 위하여 개를 한 마리 잡았던 것이다.

볕이 내리쪼이는 채석장 아래쪽에는 인부들이 모여 앉아 땀을 흘려가며 그 뜨거운 개 국물을 훌훌 들이켜고 있었고, 저만치 위쪽 널따란 바위 위에는 동네 유지 양반들 몇몇 사람이 대폿집 여자들과 어울려 노래를 부르고 춤을 추며 떠들썩거리고 있었다.

좋다, 타, 타아! 얼씨구, 얼씨구, 타아!

그 볼품없이 팔다리를 들썩거리며 바위 위를 빙빙 돌고 있는 것은 김억대라고 하는 인부도 있었고,

"아니야, 그 양반이 저렇게 벗어던지고 춤을 출 리가 있나, 원!"

하며 당치도 않은 소리라는 듯 극구 부인하는 늙은 인부도 있었다.

"어쨌든 복날 개고기는 산삼보다 낫다던데 올여름은 이제 문제없지!"

사고로 다친 팔 하나를 꺼면 끈으로 해서 목에 걸고 왼손으로 개 국물 사발을 쥔 젊은 인부의 말이다.

이마에는 개기름 같은 땀방울이 주렁주렁 달려 있었다.

조오타. 얼씨구! 씨구…… 타!

저 위쪽은 점점 흥이 나는 듯 이제 장구 소리까지 들려온다.

생각해 볼 거리

1 청대문집 주인인 김억대는 어떤 인물입니까?

김억대는 채석장의 사장이자 마을의 유지이지만 열등감에 가득 차 있는 인물입니다. 그는 작은 키를 좀더 커 보이게 하려 사월 중순에 털 받친 가죽잠바를 입고, 사팔뜨기 눈을 가리기 위해 얼굴의 반을 가리는 검은 색안경을 쓰는가 하면, 기껏해야 동네 안에 있는 동사무소에 가면서 택시까지 불러 타고 아주 대단한 모임에 참석하는 듯이 유난을 떨며 허세를 부립니다. 대학 나온 아내에 대한 공연한 열등감 때문에 어처구니없는 손찌검을 한 것도 여러 번인 데다 아내의 사리에 맞는 말에도 역정을 내기 일쑤입니다. 식모애나 일꾼들에게 내뱉는 거친 말투에서도 교양을 찾아보기 어렵습니다.

재미있는 점은 그가 동네 유지로서의 체면과 위엄을 내세우면 내세울수록 그의 천박함이 오히려 강조된다는 점입니다. 스스로 마을 유지로 행세하려는 김억대의 허세는 독자로 하여금 실소를 자아내게 할 뿐입니다. 작가는 김억대라는 인물을 우스꽝스럽게 그림으로써 독자들의 조롱거리로 만들고 있습니다. 이처럼 인물이나 대상을 비웃음거리로 만듦으로써 간접적으로 비판하는 표현 방식을 풍자라고 합니다.

2 청대문집 개 존의 특이한 습성과 존이 그런 습성을 갖게 된 이유를 알아봅시다.

    김억대네 집에서 기르는 개 존은 잘 차려입은 사람을 보면 남녀 할 것 없이 기를 쓰고 사납게 달려들고, 넝마주이나 거지를 보면 주인을 따르듯 합니다.
    존이 이렇게 거지나 넝마주이를 따르는 것은 마을 유지이자 청대문집의 주인인 김억대가 십 년 전에는 넝마주이였기 때문입니다. 존은 본래 팔뜨기라는 이름을 쓰던 김억대가 쓰레기통을 뒤지던 시절부터 마을 유지가 된 지금까지 함께 살고 있는 개입니다. 그러니 존에게는 넝마주이가 친근하게 느껴질 수밖에 없습니다. 존으로서는 마을 유지가 되어 자신을 데면데면하게 대하는 김억대보다는 가족처럼 함께 지내던 옛날의 팔뜨기가 더 정이 가고 그리울 것이므로, 옛 추억을 상기시키는 거지나 넝마주이가 반가운 것입니다.
    김억대는 더 이상 넝마주이가 아니며 자신의 과거를 부끄럽게 여겨 감추고자 합니다. 그리고 그런 노력은 어느 정도 성공해 그의 과거를 아는 사람은 거의 없습니다. 하지만 존은 거지나 넝마주이를 따르는 기이한 습성을 통해 김억대의 과거 모습인 팔뜨기를 상징적으로 보여 주고 있습니다.

3 김억대가 존을 감싸고도는 이유는 무엇일까요?

김억대 역시 엉뚱한 사람을 물어 주인을 곤란하게 하거나 숨기고 싶은 자신의 과거를 상기시키는 존을 아주 난처하게 생각하고 있습니다. 그러면서도 그 늙은 개를 보신탕집에 팔아넘기지 못하는 것은 존이 넝마주이 편이 되고 엉뚱한 사람을 경계하는 이유를 알고 있기 때문입니다. 즉 김억대는 존의 행동을 이해하기 때문에 존을 감싸고도는 것입니다.

또한 그는 자신이 넝마주이 팔뜨기에서 마을 유지 김억대로 변신한 것 역시 존의 덕이라고 생각합니다. 십 년 전 넝마주이 신세인 그에게 미군 부대의 쓰레기라는 횡재를 안겨 준 것이 바로 존이었습니다. 부대의 쓰레기를 트럭으로 싣고 나온 미군이 존을 귀여워하여 매일 팔뜨기의 거적막 근처에 쓰레기를 버리고 존과 놀다 가면서 팔뜨기는 가만히 앉아서 돈이 되는 잡동사니들을 얼마든지 얻을 수 있었습니다. 그 돈을 밑천으로 지금의 부를 축적한 김억대에게 존은 은인이나 마찬가지인 것입니다.

게다가 존은 팔뜨기가 돼지막 주인과 싸울 때는 제 주인인 팔뜨기에게 충성을 다하느라 돼지막 주인에게 덤벼들었고 사람들이 모두 마을을 떠난 후에는 팔뜨기의 유일한 동무가 되어 주었으니, 김억대에게 존은 오랜 동료요 친구인 셈입니다.

4 넝마주이였던 김억대가 마을의 유지가 된 과정을 간단하게 정리해 봅시다.

김억대는 넝마주이를 하다 십 년 만에 채석장 사장이 될 정도로 단기간에 큰 부를 축적한 인물입니다. 첫 단계에서 그는 존의 도움으로 미군 부대에서 버려지는 쓰레기를 매일 한 트럭씩 거저 얻게 됨으로써 상당한 돈을 거머쥘 수 있었습니다. 그 후 미군이 더 이상 쓰레기를 버리러 오지 않아 돈줄이 끊어지자, 그는 이웃의 주민들을 속여 자신에게 유리한 서류를 만들어 놓고는 그 땅에 살던 사람들을 폭력을 동원해 쫓아낸 후 일대의 땅을 몽땅 불하받아 차지합니다. 그 후 자기 소유가 된 산이 채석장이 되자 김억대는 채석장 사장이자 마을의 유지가 되었습니다. 그의 성공은 행운과 속임수 그리고 폭력이 적절하게 작용함으로써 이루어진 것으로 노력이나 정당함과는 거리가 멉니다.

이 작품에서 마을 유지인 김억대가 부정적으로 그려진 것은 당대 현실에 대한 작가의 비판적 시각과 무관하지 않을 것입니다. 작가는 김억대에 대한 풍자를 통해 시류에 편승한 인물들이 사회적 혼란을 틈타 정당한 승부나 실력과 무관하게 쉽게 부를 축적할 수 있었던 1960~70년대의 경제 및 사회 상황을 은근히 비판하고 있습니다. 사회적으로 실력자로 인정받고 있는 계층이나 인물들 중에 그 지위에 부합하는 정당한 과정을 거치지 않은 자들이 많이 있음을 우회적으로 표현한 것입니다.

5 채석장에서 난 사고에 김억대가 어떻게 대처했는지 정리해 봅시다.

김억대는 사고 전에 현장감독으로부터 여러 차례 경고를 받았으나 번번이 이를 무시함으로써 사고를 방치해 왔습니다. 그러다 막상 사고가 일어나자 그는 일꾼들에게 책임을 돌리는가 하면 사람이 죽었다는 얘기를 듣고도 죄의식은커녕 귀찮은 일이 일어났다고 투덜대기만 합니다. 때마침 사고 현장을 조사하러 나온 지서 주임이 존에게 허벅다리를 물려 돌아가자, 김억대는 사람 구하는 일은 뒷전으로 미루고 지서 주임에게 달려갑니다. 그리고 사건은 조용히 마무리 되어, 김억대는 별다른 책임을 지지 않은 채 채석장의 작업은 다시 시작되었습니다.

죽어 가는 사람들의 생명을 구하는 일보다 개에게 허벅다리를 물린 지서 주임에게 사과하는 일을 더 급하게 생각하는 김억대는 처세술에 능한 이기적인 인물입니다. 그에게 생명에 대한 존엄성 따위는 안중에도 없습니다. 또 그런 처세술이 통하는 것이 당시의 현실이었습니다. 이처럼 채석장의 사고가 철저한 원인 규명이나 책임자에 대한 처벌 없이 흐지부지 마무리되는 결말은 서민이나 노동자의 권리가 철저히 배제된 채 경제성장의 수치만이 강조되었던 1970년대의 현실을 반영하고 있습니다. 이 작품은 진실과 허위, 정의와 부정의가 도치되고 인간 가치와 생명이 경시되는 혼탁하고 서글픈 현실을 풍자적으로 보여 주고 있습니다.

6 복날 존을 잡아 보신탕을 끓인 김억대의 행동이 의미하는 것이 무엇인지 생각해 봅시다.

존은 김억대를 도와준 은인이자 그와 고락을 함께한 동료였습니다. 비록 김억대가 허세에 가득 찬 천박하고 난폭한 인물이라 하더라도 존에 대한 고마움을 잊지 않고 존을 돌봐 주는 모습에는 인간적인 면이 남아 있었습니다.

그러나 사고가 난 날 존이 지서 주임의 다리를 물자 김억대는 존을 잡아 보신탕을 끓여 버립니다. 자신의 오늘날 행세가 과거 팔뜨기 시절의 존의 덕택임에도 불구하고 자신의 과거의 상징인 존을 잡아먹은 것입니다. 이제 김억대는 인간적인 면이라고는 어디에서도 찾아볼 수 없는 몰인정하고 타락한 인간이 된 것입니다.

이 범 선 의   생 애 와   문 학

체험을 바탕으로 전쟁의 상처와 인간애를 그린 소시민의 세계

1950년대의 대표 작가 이범선은 전쟁의 상처와 전후의 사회적 혼란, 인간성 상실을 날카롭게 비판하였으며 휴머니즘적 시선으로 참된 인간성을 추구하였다.

 이범선은 1920년 평안남도 안주군 신안주면 운학리에서 아버지 이계하와 어머니 유심건 사이에서 5남 4녀 중 차남으로 태어났습니다. 아버지는 신안주의 지주였으며 어머니 유씨도 안주 갑부의 딸이었으므로, 그의 유년기와 청소년기는 풍족하고 평화로웠습니다. 그가 태어난 운학리는 청천강가에 자리 잡고 있었는데, 묘향산맥의 서쪽 맨 끝 봉우리인 향산봉 위로 멀리 학이 구름처럼 날아오르는 것이 보였으며 살구나무가 많았던 아름다운 고장이었습니다. 학이 너울너울 날아다니던 운학리의 모습은 그의 단편 「학마을 사람들」(1957)에 투영되어 전통적이고 아름다운 고향 마을의 이미지를 그려 냅니다.
 이범선은 독실한 기독교 가정에서 정신적으로나 경제적으로 비교적 풍족한 성장기를 보냈습니다. 그는 집에서 5리가량 떨어진 청강보통

학교에 다녔는데 수업이 끝나면 별도로 과외 공부를 하였으며, 눈비가 오는 날이면 머슴의 등에 업혀 학교에 다니곤 했습니다. 어려서부터 이야기 듣는 것을 좋아했으며 차츰 성장하면서 글쓰기를 좋아한 그는 결국 소설가로 평생을 살았습니다.

　이범선은 1938년 진남포 공립상공학교를 졸업하고 한성은행에 취직했으며, 3년 뒤에는 징병 문제로 인해 토지개발회사에 들어가 비서 겸 경리 일을 보았습니다. 소금조합에서 근무하던 당시 출장을 갔다가 장티푸스로 인해 의식을 잃고 죽을 뻔한 일을 겪었고, 다시 척추병으로 18개월 동안 병상 생활을 했는데 이때부터 평생 건강이 좋지 않았습니다.

　1943년 친척의 중매로 홍순보와 결혼을 하고, 징용을 피하기 위해 평안북도 봉천 무연탄광으로 가 경리 사무를 맡아보던 중 그곳에서 해방을 맞았습니다. 그러나 해방과 함께 고향으로 돌아온 이범선에게 고향은 더 이상 안락하고 풍요로운 생활을 보장해 주는 곳이 아니었습니다. 해방 후 공산 세력이 집권하게 된 북한에서는 일본인과 친일 지주가 소유하고 있던 땅은 물론, 5정보 이상의 토지를 소유한 조선인 지주의 토지까지도 무상으로 몰수하여 농민들에게 무상으로 분배하는 토지개혁이 단행되었습니다. 땅을 소유하되 직접 경작하지 않고 소작을 주었던 대지주들에 대해서는 토지뿐만 아니라 재산까지 모두 몰수하고 다른 군으로 이주하게 하는 강경한 정책이 추진되자, 지주의 아들이었던 이범선은 1946년 이른 봄에 삼팔선을 넘어 월남하였습니다.

　고향을 떠나 월남한 후 이범선은 경제적으로 몹시 궁핍한 생활을 해야 했습니다. 그는 이북 청년들이 생활하던 명동공제회에서 생활했으며, 1947년 1월에 아내가 월남하자 신설동에 사글세 방을 얻어서 살았습니다. 그는 금강전구회사 회계과에 근무하며 가족들의 생계를 책임지는 한편, 동국대학교 전문부에 입학해 공부를 계속했습니다. 그의 소설 「오발탄」(1959)에 형상화된 가난에 찌든 월남민들의 비참한 생활은 이범선 자신의 체험에 바탕을 둔 것이라고 할 수 있습니다.

그는 동국대학교를 졸업한 후 강원도 주천의 농업학교 교사로 가기 위해서 이삿짐을 부치려던 날, 신촌역에서 6·25 동란 뉴스를 듣게 됩니다.

6·25 동란의 영향, 그것이 나 자신을 완전히 변형시켜 왔어요. 인생을 보는 눈이 달라졌고, 혈연이 얼마나 애매한가를 알았고, 우정의 한계를 알아 버린 겁니다. 부모가 자식을 버리고 자식이 부모를 버리고, 친구 간의 의리라는 것은 생각할 필요조차 없는 극단에 처했을 인간의 추악한 면을 적나라하게 보아 버리고 말았다는 거죠. 그건 불행의 씨죠. 국민을 저버린 정부나 신의를 외면한 이웃이 나쁘다고 하기 전에 인간 본래가 그런 거다 하는 걸 알고 나니까, 작품의 주인공마저 사는 것을 억울하다고 생각하는 사람이 되더군요.

―「오발탄 그리고 피해자」, 「문학사상」 1974년 2월호

그는 정부의 허위 선전으로 인해 6·25전쟁 때는 피란하지 못하고 3개월을 숨어 지냈으며, 국군이 압록강까지 수복한 상황에서 중공군의 개입으로 수도 서울을 다시 빼앗긴 1·4후퇴 때 부산으로 피란하여 창고와 화장터 바닥에서 자고 부두에서 노동을 하였습니다. 이때의 체

험을 바탕으로 인간에 대한 불신과 회의를 그려 낸 작품이 「몸 전체로」(1958)입니다.

 그런데 6·25 후 내 인생의 색채가 보랏빛으로 변한 것은 동란 중에 너무 고생을 하고 보니 인생관이 달라진 것이다.
―「60년의 색깔」, 「현대문학」 1981년 11월호

 전쟁으로 인해 경제가 황폐해지고 도덕성과 윤리가 땅에 떨어져 범죄가 난무하고 약육강식의 원리가 판을 치는 가운데 이범선은 심한 상실감과 좌절감을 느꼈습니다. 월남 이전 그가 고향에서 누렸던 풍족하고 전통적인 삶에는 인간의 정과 윤리의식이 살아 있었습니다. 하지만 전쟁 전후의 남한에서 그가 부딪힌 것은 살아남기 위해서라면 친구나 가족마저도 외면하는 냉혹하고 참담한 현실이었습니다. 전쟁은 개인의 의지와는 전혀 상관없이 삶을 송두리째 흔들어 놓고 철저히 파괴했던 것입니다. 인간적인 정과 도덕을 소중하게 생각했던 이범선은 이러한 현실에 쉽사리 적응할 수 없었습니다. 6·25전쟁으로 인한 경제적·정신적 고난과 국가에 대한 불신, 고향을 잃어버린 상실감, 월남 이후 어려운 생활 여건에 대한 좌절감, 동물적 본성이 판치는 사회에 대한 거부감, 인간에 대한 실망 등은 타락한 현실을 비난하고 근대화된 도시문명을 떠나 가족 중심의 과거 고향으로 환원을 주장하는 그의 작품세계를 형성하게 됩니다.

 그는 전쟁 중 거제도에서 교사생활을 하다가 1954년 서울로 돌아와 본격적인 작품 활동을 시작합니다. 1955년 김동리의 추천으로 「암표」

와 「일요일」이 『현대문학』에 실리면서 등단한 이후 「학마을 사람들」, 「사망보류」(1958), 「몸 전체로」(1958), 「갈매기」(1958), 「오발탄」 등 전쟁의 상흔이 나타나는 작품들을 많이 발표하였습니다.

  이 시기 이범선의 소설은 대체로 두 가지 계열로 나누어집니다. 먼저 자연 공간을 배경으로 전쟁으로 인해 파괴된 공동체적 삶을 회복하려는 내용을 담은 서정적 소설들이 있습니다. 이 계열의 대표 작품으로는 육지와 떨어진 섬 생활을 서정적으로 그린 「갈매기」와 고립된 산골 마을의 전통적인 모습을 형상화한 「학마을 사람들」을 들 수 있습니다. 이 같은 소설들의 경우 전쟁의 상흔을 치유하고 공동체 의식을 회복하기 위한 노력의 시도라는 긍정적인 평가를 받는 한편, 현실성이 결여된 관념적인 작품이라는 비판도 받고 있습니다.

  이범선 소설의 다른 한 계열로는 전쟁의 충격이 인물들의 삶을 파탄시킨 현상과 그로 인한 전후의 열악한 삶의 환경을 사실적으로 그린 「몸 전체로」 「사망보류」 「오발탄」 등의 작품들이 있습니다. 이 작품들은 전쟁의 상처와 전후의 사회적 혼란, 인간성 상실을 날카롭게 비판하는 한편 그러한 현실이 극복되어야 하는 필연성을 보여 줌으로써 현실성과 전망을 확보했다는 점에서 1950년대의 현실을 가장 탁월하게 형상화한 작품들로 평가받고 있습니다. 특히 1959년에 발표된 「오발탄」은 이범선이라는 작가를 세상에 알리는 기폭제 역할을 한 작품입니다. 그 강렬함이 주는 충격은 그를 1950년대의 대표 작가 중 한 사람으로 올려놓았습니다.

  이범선은 「갈매기」로 제4회 현대문학 신인상을, 「오발탄」으로 제5회 동인문학상을 수상하였습니다.

1962년 한국외국어대학교 교양국어 전임강사로 부임한 그는 줄곧 같은 대학교에서 교수로 봉직하며 꾸준히 작품 활동을 계속했습니다. 「동트는 하늘 밑에서」(1960)를 시작으로 몇 편의 장편을 발표하기도 했으며 전쟁의 상처와 치유라는 테두리를 넘어서서 다양한 영역으로 작품의 소재를 넓혀 갔습니다.

  모순된 종교나 인습 때문에 죽어 가거나 또는 떠나가는 사람들을 그린 「피해자」(1958)와 「명인」(1965), 시류에 편승해서 안락한 삶을 추구하는 인물을 풍자한 「청대문집 개」(1970), 3·15부정선거에 항거한 4·19혁명의 당위성을 보여 준 「초배」(1975), 근대화되어 가는 도시에 적응하지 못하는 인물을 그린 「두메의 어벙이」(1980) 등 부조리한 사회의 모순을 그린 작품들을 발표하는 한편, 「태자 까치」(1969)와 「표구된 휴지」(1972) 등 소박하고 선량한 인물들을 통해 훈훈한 인정미를 그린 작품들도 꾸준히 발표하였습니다. 이 시기의 작품들은 근대화로 인한 인간소외의 문제를 주로 다루었으며 휴머니즘적인 시선을 통해 참된 인간성을 추구하였습니다.

  등단 후 27년 동안 꾸준히 작품 활동을 계속하여 80여 편의 단편을 비롯해서 다수의 장편과 수필을 남긴 이범선은 소박하고 선량해서 나약해 보이고 '바보' 같은 소시민의 삶을 자주 다루었으며, 거대한 운명과 현실 앞에서 미약하게나마 삶의 불의와 거짓을 질타하고 따스한 마음을 회복하려는 휴머니즘을 특유의 간결한 필체로 표현한 작가로 평가받고 있습니다.

  1981년 대한민국예술상을 수상했으며, 이듬해인 1982년 3월 13일 뇌일혈로 작고하였습니다.

나는 나의 생활과 밀착된 일이 아니면 아무런 애착도 흥분도 거기서 느끼지 않는 것이다. 자기가 스스로 아무런 흥미도 느끼지 못하는 일에 관하여 이러쿵저러쿵 이야기하는 사람은 아무도 없다. 나는 과거에도 그랬으려니와 앞으로도 또한 그럴 것이다. 그저 자기의 가슴속을 조용히 들여다보며 심장의 고동 소리에 귀 기울이고 싶다. 결국 인생이란 혼자 걸어가는 나그넷길이 아닐까? 제멋대로라는 제법 호기 있는 말은 못 하겠고, 그저 저 생긴 대로 그렇게 걸어가는 것이라고나 해두고 싶다. 자기 소리, 자기의 안경을 통해 비친 세상, 그런 것들 가운데서 때로는 미소를 지으며, 또한 때로는 서글퍼져서, 또한 때로는 분이 터져서, 그래서 나는 만년필을 쥐는 것이다.

― 「내면의 소리를 듣는다」, 『현대한국문학전집』 6권, 신구문화사, 1967년

전광용

꺼삐딴 리 · 사수 · 흑산도 · 크라운장 · 초혼곡

꺼삐딴 리

민족 수난기를 배경으로 카멜레온처럼 변신하는
한 의사의 처세술과 속물근성을 풍자한
대표적인 인물소설

 **감상의 길잡이**

"사마귀 같은 일본놈들 틈에서도 살았고,
닥싸귀 같은 로스케 속에서도 살아났는데,
양키라고 다를까……"

불행했던 현대사의 소용돌이 속에서 민족과 양심을 외면해 온 지식인의 비뚤어진 초상

「꺼삐딴 리」는 1962년 『사상계』에 발표된 작품으로 전광용의 초기 작품세계를 집약한 대표작으로 평가받고 있으며, 동인문학상 수상작으로 선정되어 매우 유명해진 작품입니다.

상황의 변화에 따라 본분을 잊고 언제나 카멜레온처럼 변신하는 한 의사의 처세술과 속물근성을 풍자적으로 그려 냄으로써, 뿌리를 잃고 외세에 의존해 온 우리 정신사를 비판한 작품으로도 유명합니다.

이 작품을 제대로 이해하기 위해서는 다음 두 가지를 염두해 두고 읽는 것이 좋을 듯합니다. 첫째, 이 작품의 구성상의 특징입니다. 이 작품에서 사건은 시간의 흐름에 따라 전개되지 않으며, 주인공 이인국의 기억의 단편이나 생각들이 얽혀 과거의 시간과 현재의 시간이 교차됩니다. 현실의 행위 속에 과거의 기억들이 끼어들어 사건이 시간적

순서를 잃고 있는 것입니다. 이 작품에서 현실의 이인국은 미국행을 위해 미국 대사 브라운을 만납니다. 이 만남의 과정 사이사이에 과거에 대한 그의 회상이 배치되어 있습니다. 작가는 과거와 현재를 병치함으로써 현재에 초점을 맞추고, 그 현재에 긴밀히 연관되어 있는 과거의 근거를 보여 주고 있습니다.「꺼삐딴 리」에서 이인국이라는 인물의 현재의 삶이 어떤 의미를 지니고 있는지, 그 삶은 어떤 역사적 조건과 개인적 인식 속에서 이루어졌는지를 보여 주는 데는 단순하게 과거에서 현재로 이어지는 방식보다 현재를 중심으로 과거가 끼어드는 방식이 효과적이라고 할 수 있습니다.

둘째, 이 작품이 풍자라는 독특한 방식으로 인물을 제시하고 있음을 이해할 필요가 있습니다. 풍자는 소설 속 인물을 희화화하여 독자들로 하여금 냉소적 비웃음을 짓도록 하는 데 그 목적이 있습니다. 따라서 풍자의 대상이 되는 인물은 대개 반도덕적이거나 약삭빠른 기회주의자이거나 비양심적인 인물입니다. 이 작품의 주인공인 이인국은 일제 강점기에서 해방 전후, 그리고 분단국가라는 한국 현대사의 굴곡을 기회주의적으로 헤쳐 오며 기득권을 누려 온 부정적 지식인 부류의 전형이라고 할 수 있습니다. 작가는 이인국이라는 인물을 희화화하여 보여 줌으로써 그를 비웃음의 대상, 비판의 대상으로 만듦과 동시에, 이 같은 인물들이 청산되지 못한 한국 현대사의 서글픈 현실을 보여 주고 있습니다.

일제강점기를 경험했던 우리 민족은 아직도 식민지 잔재를 온전히 청산하지 못한 문제를 안고 있습니다. 일제 잔재 청산은 친일파 처리 문제와 밀접한 관련이 있습니다. 일제 치하에서 민족을 배반하고 이기적으로 일신의 안녕만을 도모했던 그 많은 친일파들은 지금 어떻게 되었을까요? 그들이 정당한 죄값을 치르지 않고 어떻게 살아남게 되었는지 그 단서를 이 소설에서 찾을 수 있습니다. 아울러 해방 후 남한 사회에서 기득권을 누려 온 지식인층의 상당수가 이인국과 같은 길을 걸어온 인물들이라는 점에서, 이인국이라는 존재에 개인적인 차원을 넘어서 사회·역사적 의미를 부여할 수 있습니다.

꺼삐딴[1] 리

수술실에서 나온 이인국(李仁國) 박사는 응접실 소파에 파묻히듯이 깊숙이 기대어 앉았다.

그는 백금 무테안경을 벗어 들고 이마의 땀을 닦았다. 등골에 축축이 밴 땀이 잦아들어 감에 따라 피로가 스며 왔다. 두 시간 이십 분의 집도,[2] 위장 속의 균종[3] 적출, 환자는 아직 혼수상태에서 깨지 못하고 있다.

---

[1] 꺼삐딴 영어의 '캡틴(captain)'에 해당하는 러시아어. 8·15광복 직후 소련군이 북한에 진주하자 '꺼삐딴'이 '우두머리'나 '최고'라는 뜻으로 많이 쓰였는데, 그 발음이 와전되어 '꺼삐딴'으로 통용되었다.
[2] 집도(執刀) 수술이나 해부를 하기 위하여 메스를 잡음.
[3] 균종(菌腫) 곰팡이 종류의 세균이 침입하여 생기는, 혹과 비슷한 종기.

수술을 끝낸 찰나 스쳐 가는 육감, 그것은 성공 여부의 적중률을 암시하는 계시 같은 것이다. 그러나 오늘은 웬일인지 뒷맛이 꺼림칙하다.

그는 항생질(抗生質) 의약품이 그다지 발달되지 않았던 일제시대부터 개복수술4)에 최단 시간의 기록을 세웠던 것을 회상해 본다.

맹장염이나 포경수술, 그 정도의 것은 약과다. 젊은 의사들에게 맡겨 버리면 그만이다. 대수술의 경우에는 그렇게 방임할 수만은 없다. 환자 측에서도 대개 원장의 직접 집도를 조건부로 입원시킨다. 그는 그것을 자랑으로 삼아 왔고 스스로 집도하는 쾌감마저 느꼈었다.

그의 병원 부근은 거의 한 집 건너 병원이랄 수 있을 정도로 밀집한 지대다. 이름 없는 신설 병원 같은 것은 숫제 비 장날 시골 전방5)처럼 한산한 속에 찾아오는 손님을 기다리고 있는 형편이다.

그러나 이인국 박사는 일류 대학병원에서까지 손을 쓰지 못하여 밀려오는 급환자들 틈에 끼여 환자의 감별에는 각별한 신경을 쓰고 있다.

그것은 마치 여관 보이가 현관으로 들어서는 손님의 옷차림을 훑어보고 그 등급에 맞는 방을 순간적으로 결정하거나 즉석에서 서슴지 않고 거절하는 경우와 흡사한 것이라고나 할까.

이인국 박사의 병원은 두 가지의 전통적인 특징을 가지고 있다.

병원 안이 먼지 하나도 없이 정결하다는 것과 치료비가 여느 병원의 갑절이나 비싸다는 점이다.

그는 새로 온 환자의 초진(初診)에서는 병에 앞서 우선 그 부담 능

---

4) 개복수술(開腹手術) 배를 갈라서 열고 배 안에 있는 기관을 치료하거나 혹 따위를 제거하는 수술.
5) 전방(廛房) 물건을 늘어놓고 파는 가게.

력을 감정하는 데서부터 시작한다. 신통치 않다고 느껴지는 경우에는 무슨 핑계를 대든 그것도 자기가 직접 나서는 것이 아니라 간호원더러 따돌리게 하는 것이다.

그렇게 중환자가 아닌 한 대부분의 경우 예진(豫診)[6]은 젊은 의사들이 했다. 원장은 다만 기록된 진찰카드에 따라 환자의 증세에 아울러 경제 정도를 판정하는 최종 진단을 내리면 된다.

상대가 지기[7]나 거물급이 아닌 한 외상이라는 명목은 붙을 수 없었다. 설령 있다 해도 이 양면 진단은 한 푼의 미수나 결손도 없게 한 그의 반생을 통한 의술 생활의 신조요 비결이었다.

그러기에 그의 고객은 왜정시대는 주로 일본인이었고 현재는 권력층이 아니면 재벌의 셈속에 드는 축들이어야만 했다.

그의 일과는 아침에 진찰실에 나오자 손가락 끝으로 창틀이나 탁자 위를 훑어 무테안경 속 움푹한 눈으로 응시하는 일에서 출발한다.

이때 손가락 끝에 먼지만 묻으면 불호령이 터지고, 간호원은 하루 종일 원장의 신경질에 부대껴야만 한다.

아무튼 단골 고객들은 그의 정결한 결벽성에 감탄과 경의를 표해 마지않는다.

1·4후퇴 시 청진기가 든 손가방 하나를 들고 월남한 이인국 박사다. 그는 수복되자 재빨리 셋방 하나를 얻어 병원을 차렸다. 그러나 이제는 평당 오십만 환을 호가하는[8] 도심지에 타일을 바른 이층 양옥을 소

---

6) 예진 환자의 병을 자세하게 진찰하기 전에 미리 간단하게 진찰하는 일. 또는 그렇게 하는 진찰.
7) 지기(知己) 지기지우(知己之友).

유하게 되었다. 그는 자기 전문의 외과 외에 내과, 소아과, 산부인과 등 개인병원을 집결시켰다. 운영은 각자의 주머니 셈속이었지만 종합병원의 원장 자리는 의젓이 자기가 차지하고 있다.

이인국 박사는 양복 조끼 호주머니에서 십팔금 회중시계를 꺼내어 시간을 보았다.

두시 사십분!

미국 대사관 브라운 씨와의 약속 시간은 이십 분밖에 남지 않았다. 이 시계에도 몇 가닥의 유서 깊은 이야기가 숨어 있다. 이인국 박사는 시계를 볼 때마다 참말 '기적'임에 틀림없었던 사태를 연상하게 된다.

왕진 가방과 함께 삼팔선을 넘어온 피란 유물의 하나인 시계. 가방은 미군 의사에게서 얻은 새것으로 갈아 매어 흔적도 없게 된 지금, 시계는 목숨을 걸고 삶의 도피행을 같이한 유일품이요, 어찌 보면 인생의 반려이기도 한 것이다.

밤에 잘 때에도 그는 시계를 머리맡에 풀어 놓거나 호주머니에 넣은 채로 버려두지 않는다. 반드시 풀어서 등기 서류, 저금통장 등이 들어 있는 비상용 캐비닛 속에 넣고야 잠자리에 드는 것이었다. 거기에는 또 그럴 만한 연유가 있었다. 이 시계는 제국대학을 졸업할 때 받은 영예로운 수상품이다. 뒤쪽에는 자기 이름이 새겨져 있다.

그 후 삼십여 년, 자기 주변의 모든 것은 변하여 갔지만 시계만은 옛 모습 그대로다. 주변뿐만 아니라 자기 자신은 얼마나 변한 것인가. 이

---

8) 호가하다(呼價―) 팔거나 사려는 물건의 값을 부르다.

십대 홍안[9]을 자랑하던 젊음은 어디로 사라진 것인지 머리카락도 반백이 넘었고, 이마의 주름은 깊어만 간다. 일제시대, 소련군 점령하의 감옥 생활, 6·25사변, 삼팔선, 미군 부대, 그동안 몇 차례의 아슬아슬한 죽음의 고비를 넘긴 것인가.

"월삼 17석."[10]

우여곡절 많은 세월 속에서 아직도 제 시간을 유지하는 것만도 신기하다. 시간을 보고는 습성처럼 째각째각 소리에 귀 기울이는 때의 그의 가느다란 눈매에는 흘러간 인생의 축도가 서리는 것이었다. 그 속에서도 각모(角帽)[11]와 쯔메에리[12] 학생복을 벗어 버리고 신사복으로 갈아입던 그날의 감회를 더욱 새롭게 해주는 충동을 금할 길 없는 것이었다.

이인국 박사는 수술 직전에 서랍에 집어넣었던 편지에 생각이 미쳤다.

미국에 가 있는 딸 나미. 본래의 이름은 일본식의 나미꼬(奈美子)다. 해방 후 그것이 거슬린다기에 나미로 불렀고 새로 기류계[13]에 올릴 때에는 꼬(子) 자를 완전히 떼어 버렸다.

나미짱! 딸의 모습은 단란하던 지난날의 추억과 더불어 떠올랐다.

온 집안의 재롱둥이였던 나미, 그도 이젠 성숙했다. 그마저 자기 옆에서 떠난 지금 새로운 정에서 산다고는 하지만 이인국 박사는 가끔 물밀어 오는 허전한 감을 금할 길 없었다.

---

9) 홍안(紅顔) 붉은 얼굴이라는 뜻으로, 젊어서 혈색이 좋은 얼굴을 이르는 말.
10) 월삼 17석 미국의 월섬(Waltham)사에서 만든, 열일곱 개의 보석이 박힌 회중시계.
11) 각모 사각모자.
12) 쯔메에리(つめえり) '옷깃을 세운 옷'을 가리키는 일본어.
13) 기류계(寄留屆) 거주지를 관청에 신고하는 서류.

아내는 거제도 수용소에 있을 때 죽었고 아들의 생사는 지금껏 알 길이 없다.

서울에서 다시 만나 후처로 들어온 혜숙(惠淑). 이십 년의 연령 차에서 오는 세대의 거리감을 그는 억지로 부인해 본다. 그러나 혜숙의 피둥피둥한 탄력에 윤기가 더해 가는 살결에 비해 자기의 주름 잡힌 까칠한 피부는 육체적 위축감마저 느끼게 하는 때가 없지 않았다. 그들 사이에서 난 돌 지난 어린것, 앞날이 아득한 이 핏덩이만이 지금의 이인국 박사의 곁을 지켜 주는 유일한 피붙이다. 이인국 박사는 기대와 호기에 찬 심정으로 항공우편의 피봉[14]을 뜯었다.

전번 편지에서 가타부타 단안[15]을 내리지 않고 잘 생각해서 결정하라고 한 그 후의 경과다.

'결국은 그렇게 되고야 마는 건가⋯⋯.'

그는 편지를 탁자 위에 밀어 놓았다. 어쩌면 이러한 결말은 딸의 출국 이전에서부터 이미 싹튼 것인지도 모른다는 생각이 들었다.

대학에서 영문과를 택한 딸, 개인지도를 하여 준 외인 교수, 스칼러십[16]을 얻어 준 것도 그고, 유학 절차의 재정보증인을 알선해 준 것도 그가 아닌가, 우연한 일은 아니다.

그러나 시류[17]에 따라 미국 유학을 해야만 한다고 주장한 것은 오히려 아버지 자기가 아닌가.

---

14) 피봉(皮封) 겉봉.
15) 단안(斷案) 어떤 사항에 대한 생각을 딱 잘라 결정함. 또는 그렇게 결정된 생각.
16) 스칼러십(scholarship) 장학금.
17) 시류(時流) 그 시대의 풍조나 경향. 시대 흐름.

동양학을 연구하고 있는 외인 교수. 이왕이면 한국 여성과 결혼했으면 좋겠다던 솔직한 고백에, 자기의 학문을 위한 탁월한 견해라고 무심코 찬의[18]를 표한 것도 자기가 아니던가. 그것도 지금 생각하면 하나의 암시였음이 분명하지 않은가.

이인국 박사는 상아로 된 오존 파이프를 앞니에 힘을 주어 지그시 깨물며 눈을 감았다.

꼭 풀 쑤어 개 좋은 일을 한 것만 같은 분하고도 허황한 심정이다.

'코쟁이 사위.'

생각만 해도 전신의 피가 역류하는 것 같은 몸서리가 느껴졌다.

'더러운 년 같으니, 기어코……'

그는 큰기침을 내뱉었다.

그의 생각은 왜정시대 내선일체[19]의 혼인론이 떠돌던 이야기에까지 꼬리를 물었다. 그때는 그것을 비방하거나 굴욕처럼 느끼지는 않았다. 오히려 당연한 것으로 해석했고 어찌 보면 우월한 것으로 생각하지 않았던가. 그런데 이 경우는…….

그는 딸의 편지 구절을 곱씹었다.

'애정에 국경이 있어요?……'

이것은 벌써 진부하다.[20] 아비도 학창 시절에 그런 풍조는 다 마스터했다. 건방지게, 이제 새삼스레 아비에게 설교조로…… 좀더 솔직

---

18) 찬의(贊意) 어떤 행동, 견해, 제안 따위가 옳거나 좋다고 판단하여 수긍하는 마음.
19) 내선일체(內鮮一體) 일제강점기에, 일제가 전쟁 협력을 강요하기 위해 취한 조선 통치정책. 일본(內)과 조선(鮮)은 하나라고 하는 주장.
20) 진부하다(陳腐―) 사상, 표현, 행동 따위가 낡아서 새롭지 못하다.

하지 못하고…….

그러니 외딸인 제가 그런 국제결혼의 시금석[21]이 되겠단 말인가.

'아무튼 아버지께서 쉬 한번 오신다니 최종 결정은 아버지의 의향에 따라 결정할 예정입니다만…….'

그래 아버지가 안 가면 그대로 정하겠단 말인가.

이인국 박사는 '일대잡종(一代雜種)'의 유전법칙이 떠오르자 머리를 내저었다. '흰둥이 외손자', 생각만 해도 징그럽다.

그는 내던졌던 사진을 다시 집어 들었다.

대학 캠퍼스 같은 석조전의 거대한 건물, 그 앞의 정원, 뒤쪽에 짝을 지어 걸어가는 남녀 학생, 이 배경 속에 딸과 그 외인 교수가 나란히 어깨를 짚고 서서 웃음을 짓고 있다.

'흥, 놀기는 잘들 논다…….'

응, 신음 소리를 치며 그는 자리에서 일어섰다. 아무튼 미스터 브라운을 만나 이왕 가는 길이면 좀더 서둘러야겠다. 그 가장 대우가 좋다는 국무성 초청 케이스의 확정 여부를 빨리 확인해야겠다는 생각이 조바심을 쳤다.

그는 아내 혜숙이 있는 살림방 쪽으로 건너갔다.

"여보, 나미가 기어코 결혼하겠다는구려."

"그래요?……"

아내의 어조에는 별다른 감동이나 의아도 없음을 이인국 박사는 직

---

21) **시금석**(試金石) 가치, 능력, 역량 따위를 알아볼 수 있는 기준이 되는 기회나 사물을 비유적으로 이르는 말.

감했다.

그는 가능한 한 혜숙이 앞에서 전실[22] 소생의 애들 이야기를 하는 것을 삼가 왔다.

어떻게 보면 나미의 미국 유학을 간접적으로 자극한 것은 가정 분위기의 소치라는 자격지심이 없지 않기도 했다.

나미는 물론 혜숙이를 단 한 번도 어머니라고 불러 준 일이 없었다.

혜숙이 또한 나미 앞에서 어머니라고 버젓이 행세한 일도 없었다.

지난날의 간호원과 오늘의 어머니, 그 사이에는 따져서 표현할 수 없는 미묘한 감정들이 복재[23]되어 있었다.

"선생님의 일이라면 무엇이든지 돕겠어요."

서울에서 이인국 박사를 다시 만났을 때 마음속 그대로 털어놓은 혜숙의 첫마디였다.

혜숙은 곧 대학병원을 그만두고 이리로 옮겨 왔다.

나미는 옛정이 다시 살아 혜숙을 언니처럼 따랐다.

이들의 혼인이 익어 갈 때 이인국 박사는 목에 걸리는 딸의 의향을 우선 듣기로 했다.

딸도 아버지의 외로움을 동정하고 있었다. 자기 자신 아버지의 시중이 힘에 겨웠고 또 그사이 실지의 아버지 뒤치다꺼리를 혜숙이 해왔으므로 딸은 즉석에서 진심으로 찬의를 표했다.

그러나 시간이 흐를수록 혜숙과 나미의 간격은 벌어졌고 혜숙도 남

---

22) 전실(前室) 전처(前妻). 재혼하기 전의 아내.
23) 복재(伏在) 몰래 숨어 있다.

편과의 정상적인 가정생활에 나미가 장애물이 되는 것 같은 느낌을 차츰 가지게 되었다.

혜숙 자신도 처음에는 마음 놓고 이인국 박사를 남편이랍시고 일대일로 부르진 못했다.

나미의 출발, 그 후 어린애의 해산, 이러한 몇 고개를 넘는 사이에 이제 겨우 아내답게 늠름히 남편을 대할 수 있고, 이인국 박사 또한 제대로의 남편의 체모로 아내에게 농을 걸 수도 있게끔 되었다.

"기어쿠 그 외인 교수하군가 가까워지는 모양인데."

이인국 박사는 아내의 얼굴을 직시하지는 못하고 마치 독백하듯이 뇌까렸다.

"할 수 있어요. 제 좋다는 대로 해야지요."

마치 남의 이야기를 하는 것처럼 이인국 박사에게는 들려왔다.

"글쎄, 하기는 그렇지만……."

그는 입맛만 다시며 더 이상 계속하지 못했다.

잠을 깨어 울고 있는 어린것에게 젖을 물리고 있는 아내의 젊은 육체에서 자극을 느끼면서 이인국 박사는 자기 자신이 죄를 지은 것만 같은 나미에 대한 강박관념을 금할 길이 없었다.

저 어린것이 자라서 아들 원식(元植)이나 또 나미 정도의 말 상대가 되려도 아직 이십여 년의 세월이 흘러야 한다.

그때 자기는 칠십이 넘는 할아버지다.

현대 의학이 인간의 평균수명을 연장하고 암 같은 고질이 아닌 한 불의의 죽음은 없다 하지만, 자기 자신 의사이면서 스스로의 생명 하나를 보장할 수 없다.

'마누라는 눈앞에서 나는 새 놓치듯이 죽이지 않았던가. 아무리 해도 저놈이 대학을 나올 때까지는 살아야 한다. 아무렴, 때가 때인 만큼 미국 유학까지는 내 생전에 시켜 주어야 하지. 하기야 그런 의미에서도 일찌감치 미국 혼반[24]을 맺어 두는 것도 그리 해로울 건 없지 않나. 아무렴, 우리보다는 낫게 사는 사람들인데. 좀 남 보기 체면이 안 서서 그렇지.'

그는 자위인지 체념인지 모를 푸념을 곱씹었다.

"여보, 저걸 좀 꾸려요."

이인국 박사의 말씨는 점잖게 가라앉았다.

"뭐 말이에요?"

아내는 젖꼭지를 물린 채 고개만을 돌려 되묻는다.

"저, 병 말이오."

그는 화장대 위에 놓은 골동품을 가리켰다.

"어디 가져가셔요?"

"저 미 대사관 브라운 씨 말이야. 늘 신세만 졌는데……."

아내가 꼼꼼히 싸놓은 포장물을 들고 이인국 박사는 천천히 현관을 나섰다.

벌써 석간신문이 배달되었다.

아무리 생각해도 그것은 분명 기적임에 틀림없는 일이었다. 간헐적으로 반복되어 공포와 감격을 함께 휘몰아치는 착잡한 추억. 늘 어제

---

24) 혼반(婚班) 서로 혼인을 맺을 만한 양반의 지체.

일마냥 생생하기만 하다.

　1945년 팔월 하순.

　아직 해방의 감격이 온 누리를 뒤덮어 소용돌이칠 때였다.

　말복도 지난 날씨건만 여전히 무더웠다. 이인국 박사는 이 며칠 동안 불안과 초조에 휘몰려 잠도 제대로 자지 못했다. 무엇인가 닥쳐올 사태를 오들오들 떨면서 대기하는 상태였다.

　그렇게 붐비던 환자도 하나 얼씬하지 않고 쉴 사이 없던 전화도 뜸하여졌다. 입원실은 최후의 복막염 환자였던 도청의 일본인 과장이 끌려간 후 텅 비었다.

　조수와 약제사는 궁금증이 나서 고향에 다녀오겠다고 떠나갔고, 서울 태생인 간호원 혜숙이만이 남아 빈집 같은 병원을 지키고 있었다.

　이층 십 죠오〔疊〕[25] 다다미방에서 훈도시[26]와 유카타[27] 바람에 뒹굴고 있던 이인국 박사는 견디다 못해 부채를 내던지고 일어났다.

　그는 목욕탕으로 갔다. 찬물을 퍼서 대야째로 머리에서부터 몇 번이고 내리부었다. 등줄기가 시리고 몸이 가벼워졌다.

　그러나 수건으로 몸을 닦으면서도 무엇엔가 짓눌려 있는 것 같은 가슴속의 갑갑증을 가셔 낼 수가 없었다.

　그는 창문으로 기웃이 한길가를 내려다보았다. 우글거리는 군중들은 아직도 소음 속으로 밀려가고 있다.

　굳게 닫혀 있는 은행 철문에 붙은 벽보가 한길을 건너 하얀 윤곽만

---

25) 죠오　다다미 한 장 넓이를 가리키는 말.
26) 훈도시　일본에서, 남자가 음부를 가리기 위해 두르는 폭이 좁고 긴 천. 왜잠방이.
27) 유카타(浴衣)　목욕 후나 여름철에 입는 일본식 무명 홑옷.

이 두드러져 보인다.

아니 그곳에 씌어 있는 구절.

"친일파(親日派), 민족반역자(民族反逆者)를 타도(打倒)하자."[28]

옆에 붉은 동그라미를 두 겹으로 친 글자가 그대로 눈앞에 선명하게 보이는 것만 같다.

어제 저물녘에 그것을 처음 보았을 때의 전율이 되살아왔다.

순간 이인국 박사는 방 쪽으로 머리를 획 돌렸다.

'나야 원 괜찮겠지……'

혼자 뇌까리면서 그는 다시 부채를 들었다.

그러나 벽보를 들여다보고 있을 때 자기와 눈이 마주치는 순간, 일그러지는 얼굴에 경멸인지 통쾌인지 모를 웃음을 비죽거리면서 아래위로 훑어보던 그 춘석(春錫)이 녀석의 모습이 자꾸만 머릿속으로 엄습하여 어두운 밤에 거미줄을 뒤집어쓴 것처럼 꺼림텁텁하기만 했다.

그깟 놈 하고 머리에서 씻어 버리려도 거머리처럼 자꾸만 감아붙는 것만 같았다.

벌써 육 개월 전의 일이다.

형무소에서 병보석[29]으로 가출옥되었다는 중환자가 업혀서 왔다.

횡뎅그렁한 눈에 앙상한 뼈만 남은 몸을 제대로 가누지도 못하는 환

---

28) **타도하다** 어떤 대상이나 세력을 쳐서 거꾸러뜨리다.
29) **병보석**(病保釋) 구류 중인 미결수가 병이 날 경우 그를 석방하는 일.

자, 그는 간호원의 부축으로 겨우 진찰을 받았다.

청진기의 상아 꼭지를 환자의 가슴에서 등으로 옮겨 두 줄기의 고무줄에서 감득되는 숨소리를 감별하면서도,[30] 이인국 박사의 머릿속은 최후 판정의 분기점을 방황하고 있었다.

입원시킬 것인가, 거절할 것인가……

환자의 몰골이나 업고 온 사람의 옷매무새로 보아 경제 정도는 뻔한 일이라 생각되었다.

그러나 그것보다도 더 마음에 켕기는 것이 있었다. 일본인 간부급들이 자기 집처럼 들락날락하는 이 병원에 이런 사상범[31]을 입원시킨다는 것은 관선 시의원이라는 체면에서도 떳떳지 못할뿐더러, 자타가 공인하는 모범적인 황국신민(皇國臣民)[32]의 공든 탑이 하루아침에 무너지는 결과를 가져오는 것이라는 생각이 들었다. 순간 그는 이런 경우의 가부 결정에 일도양단[33]하는 자기 식으로 찰나적인 단안을 내렸다. 그는 응급치료만 하여 주고 입원실이 없다는 가장 떳떳하고도 정당한 구실로 애걸하는 환자를 돌려보냈다.

환자의 집이 병원에서 멀지 않은 건너편 골목 안에 있다는 것은 후에 간호원에게서 들었다. 그러나 그쯤은 예사로운 일이었기에 그는 그대로 아무렇지도 않게 흘려버렸다.

---

30) 감별하다(鑑別—) 보고 식별하다.
31) 사상범(思想犯) 현존 사회체제에 반대하는 사상을 가지고 개혁을 꾀하는 행위를 함으로써 성립하는 범죄. 또는 그런 죄를 지은 사람. 여기서는 일제에 반대하는 활동을 한 사람을 의미함.
32) 황국신민 일제강점기에, 천황이 다스리는 나라의 신하 된 백성이라 하여 일본이 자국민을 이르던 말.
33) 일도양단(一刀兩斷) 어떤 일을 머뭇거리지 아니하고 선뜻 결정함을 비유적으로 이르는 말.

그런데 며칠 전 시민대회 끝에 있은 해방 경축 시가행진을 자기도 흥분에 차 구경하느라고 혜숙이와 함께 대문 앞에 나갔다가, 자위대 완장을 두르고 대열에 끼인 젊은이와 마주쳤다.

이쪽을 노려보는 청년의 눈에서 불똥이 튀는 것 같은 살기를 느꼈다.

무슨 영문인지 모르고 어리벙벙한 이인국 박사는 그것이 언젠가 입원을 거절당한 사상범 환자 춘석이라는 것을 혜숙에게서 듣고야 슬금슬금 주위의 눈치를 살피며 집으로 기어들어 왔다.

그 후 그는 될 수 있는 대로 거리로 나가는 것을 피하였지마는 공교롭게도 어제저녁에 그 벽보 앞에서 마주쳤었다.

갑자기 밖이 왁자지껄 떠들어 대었다. 머리에 깍지를 끼고 비스듬히 누워서 갈피를 잡을 수 없는 생각에 골똘하던 이인국 박사는 일어나 앉아 한길 쪽에 귀를 기울였다. 들끓는 소리는 더 커갔다. 궁금증에 견디다 못해 그는 엉거주춤 꾸부린 자세로 밖을 내다보았다. 포도[34]에 뒤끓는 사람들은 손에 손에 태극기와 적기[35]를 들고 환성을 올리고 있었다.

'무엇일까?'

그는 고개를 갸웃하며 다시 자리에 주저앉았다.

계단을 구르며 급히 올라오는 발자국 소리가 들려왔다.

혜숙이다.

"아마 소련군이 들어오나 봐요. 모두들 야단법석이에요······."

---

34) 포도(鋪道) 포장도로.
35) 적기(赤旗) 공산주의를 상징하는 기. 여기서는 소련 국기를 가리킴.

숨을 헐레벌떡이며 이야기하는 혜숙이의 말에 이인국 박사는 아무 대꾸도 없이 눈만 껌벅이며 도로 앉았다. 여러 날째 라디오에서 오늘 입성[36] 예정이라고 했으니 인제 정말 오는가 보다 싶었다.

혜숙이 내려간 뒤에도 이인국 박사는 한참 동안 아무 거동도 못 하고 바깥쪽을 내다보고만 있었다.

무엇을 생각했던지 그는 움찔 자리에서 일어났다. 그러고는 벽장 문을 열었다. 안쪽에 손을 뻗쳐 액자틀을 끄집어내었다.

"국어[37] 상용(國語常用)의 가(家)."

해방되던 날 떼어서 집어넣어 둔 것을 그동안 깜박 잊고 있었다.

그는 액자틀 뒤를 열어 음식점 면허장 같은 두터운 모조지를 빼내어 글자 한 자도 제대로 남지 않게 손끝에 힘을 주어 꼼꼼히 찢었다.

이 종잇장 하나만 해도 일본인과의 교제에 있어서 얼마나 떳떳한 구실을 할 수 있었던 것인가. 야릇한 미련 같은 것이 섬광처럼 머릿속에 스쳐 갔다.

환자도 일본말 모르는 축은 거의 오는 일이 없었지만 대외관계는 물론 집 안에서도 일체 일본말만 써왔다. 해방 뒤 부득이 써오는 제 나라 말이 오히려 의사 표현에 어색함을 느낄 만큼 그에게는 거리가 먼 것이었다.

마누라의 솔선수범하는 내조지공[38]도 컸지만 애들까지도 곧잘 지켜 주었기에 이 종잇장을 탄 것이 아니던가. 그것을 탄 날은 온 집안이 무

---

36) 입성(入城) 적이 있던 도시를 함락하고 들어가 점령함.
37) 국어 여기서는 일본어를 가리킴.
38) 내조지공(內助之功) 아내가 남편을 도운 공로.

슨 큰 경사나 난 것처럼 기뻐들 했었다.

"잠꼬대까지 국어로 할 정도가 아니면 이 영예로운 기회야 얻을 수 있겠소."

하던 국민총력연맹 지부장의 웃음 띤 치하 소리가 떠올랐다.

그 순간 자기 자신은 아이들을 소학교부터 일본 학교에 보낸 것을 얼마나 다행으로 여겼던 것인가.

그는 후 한숨을 내뿜었다. 그러고는 저금통장의 잔액을 깡그리 내주던 은행 지점장의 호의에 새삼 고마움을 느끼는 것이었다.

그것마저 없었더라면…… 등골에 오싹하는 한기가 느껴 왔다.

무슨 정치가 오든 그것만 있으면 시내 사람의 절반 이상이 굶어 죽기 전에야 우리 집 차례는 아니겠지. 그는 손금고가 들어 있는 안방 단스[39]를 생각하면서 혼자 중얼거렸다.

이인국 박사는 무슨 일이 일어나도 꼭 자기만은 살아남을 것 같은 막연한 기대를 곱씹고 있다.

주위가 어두워 왔다.

지축이 흔들리는 것 같은 동요와 소음이 가까워졌다. 군중들의 환호성이 터져 나왔다. 만세 소리가 연방 계속되었다.

세상 형편을 알아보려고 거리에 나갔던 아내가 돌아왔다.

"여보, 당꾸[40] 부대가 들어왔어요. 거리는 온통 사람들 사태가 났는데 집 안에 처박혀 뭘 하구 있어요……."

---

39) 단스(たんす) 서랍이나 문이 달린 장롱을 가리키는 일본어.
40) 당꾸 '탱크(tank)'를 일본어식으로 읽은 것.

"뭘 하기는?"

"나가 보아요. 마우재⁴¹⁾가 들어왔어요······."

어둠 속에서 아내의 음성은 격했으나 감격인지 당황인지 알 길이 없었다.

'계집이란 저렇게 우둔하고도 대담한 것일까······.'

이인국 박사는 엷은 어둠 속에서 마누라 쪽을 주시하면서 입맛을 다셨다.

"불두 엽때⁴²⁾ 안 켜구."

마누라가 전등 스위치를 틀었다. 이인국 박사는 백 촉 전등의 너무 환한 것이 못마땅했다.

"불은 왜 켜는 거요?"

"그럼 켜지 않구, 캄캄한데······ 자, 어서 나가 봅시다."

마누라의 이끄는 데 따라 이인국 박사는 마지못하면서 시침을 떼고 따라나섰다.

헤드라이트의 눈부신 광선. 탱크 부대의 진주는 끝을 알 수 없이 계속되고 있다.

이인국 박사는 부신 불빛을 피하면서 가로수에 기대어 섰다. 박수와 환호성, 만세 소리가 그칠 줄 모르는 양안(兩岸)⁴³⁾을 끼고 탱크는 물밀듯 서서히 흘러간다. 위 뚜껑을 열고 반신을 내민 중대가리의 병정은 간간이 "우라아" 하면서 손을 내흔들고 있다.

---

41) 마우재 '러시아인'을 가리키는 사투리.
42) 엽때 '여태'의 사투리. 지금까지 아직까지.
43) 양안 강이나 하천 따위의 양쪽 기슭.

이인국 박사는 자기와는 아무 관련도 없는 이방 부대라는 환각을 느끼면서도 박수도 환성도 안 나가는 멋쩍은 속에서 멍하니 쳐다보고만 있다. 그는 자기의 거동을 주시하지나 않나 해서 주위를 두리번거렸다.
 그러나 아무도 그에게는 관심을 두는 일 없이 탱크를 향하여 목청이 터지도록 거듭 만세만 부르고 있지 않은가.
 '어떻게 되겠지……'
 그는 밑도 끝도 없는 한마디를 뇌면서 유유히 집으로 들어왔다.
 민요 뒤에 계속되던 행진곡이 그치고 주둔군 사령관의 포고문이 방송되고 있다.
 이인국 박사는 라디오 앞에 다가앉아 귀를 기울였다.
 시민의 생명·재산은 절대 보장한다, 각자는 안심하고 자기의 직장을 수호하라, 총기(銃器)·일본도(日本刀) 등 일체의 무기 소지는 금하니 즉시 반납하라는 등의 요지였다.
 그는 문득 단스 속에 넣어 둔 엽총에 생각이 미치었다. 그러면 저것도 바쳐야 하는 것일까. 영국제 쌍발, 손때 묻은 애완물같이 느껴져 누구에게 단 한 번 빌려 주지 않았던 최신형 특제품이다.
 이인국 박사는 다이얼을 돌렸다. 대체 서울에서는 어떻게들 하고 있는 것일까.
 거기도 마찬가지다. 민요가 아니면 행진곡이 나오고 그러다가는 건국준비위원회 누구인가의 연설이 계속된다.
 대체 앞으로 어떻게 될 것인가 궁금증을 해결할 방법이 없다.
 해방 직후 이삼 일 동안은 자기도 태연하였지만 번지르르하게 드나들던 몇몇 친구들도 소련군 입성이 보도된 이후부터는 거의 나타나질 않는다. 그렇다고 자기 자신이 뛰어다니며 물을 경황은 더욱 없다.

밤이 이슥해서야 중학교와 국민학교를 다니는 아들딸이 굉장한 구경이나 한 것처럼 탱크와 로스케[44]의 이야기를 늘어놓으며 돌아왔다.

그들은 아버지의 심중은 아랑곳없다는 듯이 어머니, 혜숙이와 함께 저희들 이야기에만 꽃을 피우고 있었다.

이인국 박사는 슬그머니 일어나 이층으로 올라와 다다미방에서 혼자 뒹굴었다.

앞일은 대체 어떻게 전개될 것인지, 뛰어넘을 수가 없는 큰 바다가 가로놓인 것만 같았다. 풀어낼 수 있는 실마리가 전연 더듬어지지 않는 뒤헝클어진 상념 속에서 그래도 이인국 박사는 꺼지려는 짚불을 불어 일으키는 심정으로 막연한 한 가닥의 기대만을 끝내 포기하지 않은 채 천장을 멍청히 쳐다보고만 있었다.

지난 일에 대한 뉘우침이나 가책 같은 건 아예 있을 수 없었다.

자동차 속에서 이인국 박사는 들고 나온 석간을 펼쳤다.

일면의 제목을 대강 훑고 난 그는 신문을 뒤집어 꺾어 삼면으로 눈을 옮겼다.

"북한(北韓) 소련 유학생(蘇聯留學生) 서독(西獨)으로 탈출(脫出)."

바둑돌 같은 굵은 활자의 제목, 왼편 전단을 차지한 외신 기사. 손바닥만 한 사진까지 곁들여 있다.

그는 코허리에 내려온 안경을 올리면서 눈을 부릅떴다.

---

44) 로스케 러시아 사람을 낮잡아 이르는 표현. 'Ruskii'에서 온 말.

그의 시각은 활자 속을 헤치고, 머릿속에는 아들의 환상이 뒤엉켜 들이차 왔다. 아들을 모스크바로 유학시킨 것은 자기의 억지에서였던 것만 같았다.

출신 계급, 성분, 어디 하나나 부합될 조건이 있었던 말인가. 고급 중학을 졸업하고 의과대학에 입학된 바로 그해다.

이인국 박사는 그때나 지금이나 자기의 처세 방법에 대하여 절대적인 자신을 가지고 있다.

"얘, 너 그 노어 공부를 열심히 해라."

"왜요?"

아들은 갑자기 튀어나오는 아버지의 말에 의아를 느끼면서 반문했다.

"야, 원식아, 별수 없다. 왜정 때는 그래도 일본말이 출세를 하게 했고 이제는 노어가 또 판을 치지 않니. 고기가 물을 떠나서 살 수 없는 바에야 그 물속에서 살 방도를 궁리해야지. 아무튼 그 노서아[45] 말 꾸준히 해라."

아들은 아버지 말에 새삼스러이 자극을 받는 것 같진 않았다.

"내 나이로도 인제 이만큼 뜨내기 회화쯤은 할 수 있는데, 새파란 너희 나쎄[46]로야 그걸 못 하겠니."

"염려 마세요, 아버지……."

아들의 대답이 그에게는 믿음직스럽게 여겨졌다.

이인국 박사는 심각한 표정으로 말을 이었다.

45) **노서아(露西亞)** '러시아'의 음역어.
46) **나쎄** 그만한 나이를 속되게 이르는 말.

"어디 코 큰 놈이라구 별것이겠니, 말 잘해서 진정이 통하기만 하면 그것들두 다 그렇지……."

이인국 박사는 끝내 스텐코프 소좌의 배경으로 요직에 있는 당 간부의 추천을 받아 아들의 소련 유학을 결정짓고야 말았다.

"여보, 보통으로 삽시다. 거저 표 나지 않게 사는 것이 이런 세상에선 가장 편안할 것 같아요. 이제 겨우 죽을 고비를 면했는데 또 쟤까지 그 '높이 드는' 복판에 휘몰아 넣으면 어쩔라구……."

"가만있어요. 호랑이두 굴에 가야 잡는 법이요, 무슨 세상이 되던 할 대로 해봅시다."

"그래도 저 어린것을 어떻게 노서아까지 보낸단 말이요."

"아니, 중학교 애들도 가지 못해 골들을 싸매는데 대학생이 못 가 견딜라구."

"그래도 어디 앞일을 알겠소……."

"괜한 소리, 쟤가 소련 바람을 쏘이구 와야 내게 허튼소리하는 놈들도 찍소리를 못 할 거요. 어디 보란 듯이 다시 한 번 살아 봅시다."

아들의 출발을 앞두고 걱정하는 마누라를 우격다짐으로 무마시키고 그는 아들의 유학을 관철하였다.

'흥, 혁명 유가족두 가기 힘든 구멍을 친일파 이인국의 아들이 뚫었으니 어디 두구 보자……'

그는 만장[47]의 기염[48]을 토하며 혼자 중얼거리고는 희망에 찬 미소

---

47) 만장(萬丈) 높이가 만 길이나 된다는 뜻으로, 아주 높거나 대단함을 이르는 말.
48) 기염(氣焰) 불꽃처럼 대단한 기세.

를 풍겼다.

그다음 해에 사변이 터졌다.

잘 있노라는 서신이 계속하여 왔지만 동란 후 후퇴할 때까지 소식은 두절된 대로였다.

마누라의 죽음은 외아들을 사지로 보낸 것 같은 수심에도 그 원인이 있었다고 그는 생각하고 있다.

이인국 박사는 신문 타치키리[49] 속에 채워진 글자를 하나도 빼지 않고 다 훑어 내려갔다.

그러나 아들의 이름에 연관되는 사연은 한마디도 없었다.

'이 자식은 무얼 꾸물꾸물하느라고 이런 축에도 끼지 못한담……사태를 판별하고 임기응변의 선수를 쓸 줄 알아야지, 멍추같이…….'

그는 신문을 포개어 되는대로 말아 쥐었다.

'개천에서 용마가 난다는데 이건 제 애비만도 못한 자식이야…….'

그는 혀를 찍찍 갈겼다.

'어쩌면 가족이 월남한 것조차 모르고 주저하고 있는 것이나 아닐까. 아니, 이제는 그쪽에도 소식이 가서 제게도 무언중의 압력이 퍼져 갈 터인데…… 역시 고지식한 놈이 아무래도 모자라…….'

그는 자동차에서 내리자 건 가래침을 내뱉었다.

'독또르[50] 리, 내가 책임지고 보장하겠소. 아들을 우리 조국 소련에 유학시키시오.'

---

49) **타치키리**(立切) 신문 조판에서, 일정 단수를 정해 한곳에 갈라붙이는 것을 가리키는 일본어.
50) **독또르** 박사, 의사를 뜻하는 러시아어.

스텐코프의 목소리가 고막에 와 부딪는 것만 같았다.

자위대가 치안대로 바뀐 다음 날이다. 이인국 박사는 치안대에 연행되었다.

시멘트 바닥에 무릎을 꿇고 앉은 그는 입술이 파랗게 질려 있었다. 하반신이 저려 오고 옆구리가 쑤신다. 이것만으로도 자기의 생애를 통한 가장 큰 고역이라고 그는 생각하고 있다. 그러나 그것보다는 앞으로 닥쳐올 예기할 수 없는 사태가 공포 속에 그를 휘몰았다.

지나가고 지나오는 구둣발 소리와 목덜미에 퍼부어지는 욕설을 들으면서 꺾이듯이 축 늘어진 그의 머리는 들릴 줄을 몰랐다.

시간만이 흘러가고 있었다.

그의 머릿속에는 짓눌렸던 생각들이 하나씩 꼬리를 치켜들기 시작했다.

'이럴 줄 알았더면 어디든지 가 숨거나, 진작 남으로라도 도피했을걸…… 그러나 이 판국에 나를 감싸 줄 사람이 어디 있담. 의지할 만한 곳은 다 나와 같은 코스를 밟았거나 조만간에 밟을 사람들이 아닌가. 일본인! 가장 믿었던 성벽이 다 무너지고 난 지금 누구를…….'

'그래도 어떻게 되겠지…….'

이 막연한 기대는 절박한 이 순간에도 그에게서 완전히 떠나 버리지는 않았다.

'다행이다. 인민재판의 첫코에 걸리지 않은 것만 해도. 끌려간 사람들의 행방은 전연 알 길이 없다. 즉결 처형을 당하였다는 소문도 떠돈다. 사흘의 여유만 더 있었더라면 나는 이미 이곳을 떴을지도 모른

다. 다 운명이다. 아니 그래도 무슨 수가 있겠지…….'

"쪽발이 끄나풀, 야 이 새끼야."

고함 소리에 놀라 이인국 박사는 흠칫 머리를 들었다.

때도 묻지 않은 일본 병사 군복에 완장을 찬 젊은이가 쏘아보고 있다. 춘석이다.

이인국 박사는 다시 쳐다볼 힘도 없었다. 모든 사태는 짐작되었다.

이제는 죽는구나. 그는 입속으로 뇌까렸다.

"왜놈의 밑바시, 이 개새끼야."

일본 군용화가 그의 옆구리를 들이찬다.

"이 새끼, 어디 죽어 봐라."

구둣발은 앞뒤를 가리지 않고 전신을 내지른다.

등골 척수에 다급한 충격을 받자 이인국 박사는 비명을 지르고 꼬꾸라졌다.

그는 현기증을 일으켰다. 어깻죽지를 끌어 바로 앉혀도 몸을 가누지 못하고 한쪽으로 쓰러졌다.

"민족과 조국을 팔아먹은 이 개돼지 같은 놈아, 너는 총살이야, 총살……."

어렴풋이 꿈속에서처럼 들려왔다. 그러나 그에게는 그 말도 아무런 반향을 일으키지 못했다.

시간이 얼마나 흘렀을까, 자기 앞자락에서 부스럭거리는 감촉과 금속성의 부닥거리는 소리를 듣고 어렴풋이 정신을 차렸다.

노란 털이 엉성한 손목이 시곗줄을 끄르고 있다. 그는 반사적으로 앞자락의 시계 주머니를 부둥켜 쥐면서 손의 임자를 힐끔 쳐다보았다.

눈동자가 파란 중대가리 소련 병사가 시곗줄을 거머쥔 채 이빨을 드러내고 히죽이 웃고 있다.

그는 두 손으로 있는 힘을 다해 양복 안주머니를 감싸 쥐었다.

"흥…… 야뽄스끼……."

병사의 눈동자는 점점 노기를 띠어 갔다.

"아니, 이것만은!"

그들의 대화는 서로 통하지 않는 대로 손아귀와 눈동자의 대결은 그대로 지속되고 있다.

병사는 됫박만 한 손으로 이인국 박사의 손을 뿌리치면서 시계를 채어 냈다. 시곗줄은 끊어져 고리가 달린 끝머리가 이인국 박사의 손가락 끝에서 달랑거렸다.

병사는 밖으로 나가 버렸다.

"죽음과 시계……."

이인국 박사는 토막 난 푸념을 되풀이하고 있다.

양쪽 팔목에 팔뚝시계를 둘씩이나 차고도 또 만족이 안 가 자기의 회중시계까지 앗아 가는 그 병정의 모습을 머릿속에 똑똑히 되새겨 갈 뿐이다.

감방 속은 빼곡히 찼다. 그러나 고참자와 신입자의 서열은 분명했다. 달포가 지나는 사이에 맨 안쪽 똥통 위에 자리 잡았던 이인국 박사는 삼분지 이의 지점으로 점차 승격되었다.

그는 하루 종일 말이 없었다. 범인 속에 섞여 있던 감방 밀정이 출감된 다음 날부터 불평만을 늘어놓던 축들이 불려 나가 반송장이 되어 들어왔지만, 또 하루 이틀이 지나자 감방 속의 분위기는 여전히 불평과 음식 이야기로 소일되었다.

이인국 박사는 자기의 죄상이라는 것을 폭로하기도 싫었지만 예전에 고등계 형사들에게서 실컷 얻어들은 지식이 약이 되어 함구령이 지상명령이라는 신념을 일관하고 있다.

그는 간밤에 출감한 학생이 내던지고 간 노어 회화 책을 첫 장부터 곰곰이 뒤지고 있을 뿐이다.

등골이 쏘고 옆구리가 결려 온다. 이것으로 고질이 되는가 하는 생각이 없지 않다. 아침저녁으로 기온이 사뭇 내려가고 있다. 아무리 체념한다면서도 초조감을 막을 길 없다.

노어책을 읽으면서도 그의 청각은 늘 감방 속의 이야기를 놓치지 않고 있다. 그들이 예측하는 식대로의 중형으로 치른다면 자기의 죄상은 너무도 어마어마하다. 양곡조합의 쌀을 몰래 팔아먹은 것이 칠 년, 양민을 강제로 보국대에 동원했다는 것이 십 년. 감정적인 즉결이 아니라 법에 의한 처단이라고 내대지만 이 난리 판국에 법이고 뭣이고 있을까, 마음에만 거슬리면 총살일 판인데…….

'친일파, 민족 반역자, 반일투사 치료 거부, 일제의 간첩 행위…….'

이건 너무도 어마어마한 죄상이다. 취조할 때 나열하던 그대로 한다면 고작해야 무기징역, 사형감일지도 모른다.

그는 방 안을 둘러보며 후 큰숨을 내쉬었다.

처마 밑에 바싹 달라붙은 환기창에서 들이비치던 손수건만 한 햇살이 참대자[51]처럼 길어졌다가 실오리만큼 가늘게 떨리며 사라졌다. 그 창살을 거쳐 아득히 보이는 가을 하늘이, 잊었던 지난 일을 한 덩어리로 얽어 휘몰아 오곤 했다. 가슴이 찌릿했다.

밖의 세계와는 영원한 단절이다.

그는 눈을 감았다. 마누라, 아들, 딸, 혜숙이, 누구누구…… 그러다가 외과계의 원로 이인국 박사에 이르자 목구멍이 타는 것같이 꽉 막혔다.

그는 헛기침을 하고 침을 삼켰다.

'그럼, 어쩐단 말이야, 식민지 백성이 별수 있었어. 날고 뛴들 소용이 있었느냐 말이야. 어느 놈은 일본놈한테 아첨을 안 했어. 주는 떡을 안 먹은 놈이 바보지. 흥, 다 그놈이 그놈이었지.'

이인국 박사는 자기 변명을 합리화시키고 나면 가슴이 좀 후련해 왔다.

거기다 어저께의 최종 취조 장면에서 얻은 소련 고문관의 표정은 그에게 일루의 희망을 던져 주는 것이 있었다. 물론 그것이 억지의 자위(自慰)일지도 모른다고 생각되었지만.

아마 스텐코프 소좌라고 했지. 그 혹부리 장교. 직업이 의사라고 했을 때 독또르 독또르 하고 고개를 기웃거리던 순간의 표정, 그것이 무슨 기적의 예시 같기만 하였다.

이인국 박사는 신음 소리에 놀라 눈을 떴다.

복도에 켜 있는 엷은 전등불 빛이 쇠창살을 거쳐 방 안에 줄무늬를 놓으며 비쳐 들어왔다. 그는 환기창 쪽을 올려다보았다. 아직도 동도

---

51) 참대자 왕대로 만든 자.

트지 않은 깜깜한 밤이다.

생똥 냄새가 코를 찌른다. 바짓가랑이 한쪽이 축축하다. 만져 본 손을 코에 갖다 댔다. 구역질이 난다. 역시 똥냄새다.

옆에 누운 청년의 앓는 소리는 계속되고 있다. 찬찬히 눈여겨보았다. 청년 궁둥이도 젖어 있다.

'설사가 보다.'

그는 살창문을 흔들며 교화소원을 고함쳐 불렀다.

"뭐야!"

자다가 깬 듯한 흐린 소리가 들려왔다.

"환자가…… 이거 봐요."

창살 사이로 들여다보는 소원의 얼굴은 역광 속에서 챙 붙은 모자 밑의 둥그스름한 윤곽밖에 알려지지 않는다.

이인국 박사는 청년의 궁둥이께를 손가락을 가리키며 들여다보고 있다.

"이거, 피로군, 피야."

그는 그제서야 붉은빛을 발견하곤 놀란 소리를 쳤다.

"적리[52]야, 이질……."

그는 직업의식에서 떠오르는 대로 큰 소리를 질렀다.

"뭐, 적리?"

바깥 소리는 확실히 납득이 안 간 음성이다.

"피똥 쌌소, 피똥을…… 이것 봐요."

---

[52] 적리(赤痢) 급성 전염병인 이질의 하나.

그는 언성을 더욱 높였다.
"응, 피똥······."
아우성 소리에 감방 안의 사람들은 하나 둘 눈을 뜨며 저마다 놀란 소리를 쳤다.
"적리, 이거 전염병이요, 전염병."
"뭐, 전염병······."
그제서야 교화소원이 문을 열고 들어왔다.
얼마 후 환자는 격리되었고 남은 사람들은 똥을 닦느라고 한참 법석을 치고 다시 잠을 불러일으키질 못했다.
이튿날 미결감 다른 감방에서 또 같은 증세의 환자가 두셋 발생했다. 날이 갈수록 환자는 늘기만 했다.
이 판국에 병만 나면 열의 아홉은 죽는 길밖에 없다고 생각한 이인국 박사는 새로운 위협에 사로잡히기 시작했다.
저녁 후 이인국 박사는 고문관실로 불려 나갔다.
"동무는 당분간 환자의 응급치료실에서 일하시오."
이게 무슨 청천벽력 같은 기적일까, 그는 통역의 말을 의심했다.
소련 장교와 통역관을 번갈아 쳐다보는 그의 눈동자는 생기를 띠어 갔다.
"알겠소, 엥······?"
"네."
다짐에 따라 이인국 박사는 기쁨을 억지로 감추며 평범한 어조로 대답했다.
'글쎄 하늘이 무너져도 솟아날 구멍은 있다니까.'

그는 아무 표정도 나타내지 않으려고 이를 악물었다.

죽어 넘어진 송장이 개 치우듯 꾸려져 나가는 것을 보고 이인국 박사는 꼭 자기 일같이만 느껴졌다.
"의사, 이것은 나의 천직이다."
그는 몇 번이고 감격에 차 중얼거렸다. 그는 있는 힘을 다해 자기 담당의 환자를 치료했다. 이러한 일은 그의 실력이 혹부리 고문관의 유다른 관심을 끌게 한 계기를 만들어 주었다.
사상범을 옥사시킨 경우는 책임자에게 큰 문책이 온다는 것은 훨씬 후에야 그가 안 일이다.
소련 군의관에게 기술이 인정된 이인국 박사는 계속 병원에 근무하게 되었다. 그러나 죄상 처벌의 결말에 대하여는 알 길이 없었다.
그는 이 절호의 기회를 최대한으로 활용하고 싶었다. 이제는 죽어도 한이 없을 것만 같았다.
어떻게 하여 이 보이지 않는 구속에서까지 완전히 벗어날 수는 없을까.
그는 환자의 치료를 하면서도 늘 스텐코프의 왼쪽 뺨에 붙은 오리알만 한 혹을 생각하고 있었다.
불구라면 불구로 볼 수 있는 그 혹을 가지고 고급 장교에까지 승진했다는 것은 소위 말하는 당성(黨性)[53]이 강하거나 그렇지 않으면 전공(戰功)[54]이 특별했음에 틀림없다는 생각이 들었다.

---

53) 당성 당원이 자신이 속한 당의 이익을 위하여 거의 무조건 가지는 충실한 마음과 행동.

그것 하나만 물고 늘어지면 무엇인가 완전히 살아날 틈새기가 생길 것만 같았다.

이인국 박사의 뜨내기 노어도 가끔 순시하는 스텐코프와 인사말은 주고받을 수 있을 정도로 진전되었다.

이 안에서의 모든 독서는 금지되었지만 노어 교본과 당사(黨史)만은 허용되었다.

이인국 박사는 마치 생명의 열쇠나 되는 듯이 초보 노어책을 거의 암송하다시피 했다.

크리스마스를 전후하여 장교들의 주연이 베풀어지는 기회가 거듭되었다.

얼근히 주기를 띤 스텐코프가 순시를 돌았다.

이인국 박사는 오늘의 이 기회를 놓치지 않겠다고 마음먹었다.

수일 전 소군 장교 한 사람이 급성 맹장염이 터져 복막염으로 번졌다.

그 환자의 실을 뽑는 옆에 온 스텐코프에게 이인국 박사는 말 절반 손짓 절반으로 혹을 수술하겠다는 의사를 표명했다.

스텐코프는 '하라쇼'[55]를 연발했다.

그 후 몇 번 통역을 사이에 두고 수술 계획에 대한 자세한 의사를 진술할 기회가 생겼다.

이인국 박사는 일본인 시장의 혹을 수술하던 일을 회상하면서 자신

---

54) 전공 전투에서 세운 공로.
55) 하라쇼 '좋습니다'라는 뜻의 러시아어.

있는 설복을 했다.

'동경 경응대학병원에서도 못 하겠다는 것을 내가 거뜬히 해치우지 않았던가.'

그는 혼자 머릿속에서 자문자답하면서 이번 일에 도박 같은 심정으로 생명을 걸었다.

소련 군의관을 입회시키고 몇 차례의 예비 진단이 치러졌다.

수술일은 왔다.

이인국 박사는 손에 익은 자기 병원의 의료 기재를 전부 운반하여 오게 했다.

군의관 세 사람이 보조하기로 했지만 집도는 이인국 박사 자신이 했다. 야전병원의 젊은 군의관들이란 그에게 있어선 한갓 풋내기로밖에 보이지 않았다.

그는 수술을 진행하는 동안 그들 군의관들을 자기 집 조수 부리듯 했다. 집도 이후의 수술대는 완전히 자기 전단[56] 하의 왕국이라고 생각되었다.

그러나 아까 수술 직전에 사인한, 실패되는 경우에는 총살에 처한다는 서약서가 통일된 정신을 순간순간 흐려 놓곤 한다.

수술대에 누운 스텐코프의 침착하면서도 긴장에 찼던 얼굴, 그것도 전신마취가 끝난 후 삼 분이 못 갔다.

간호부는 가제로 이인국 박사의 이마에 내맺힌 땀방울을 연방 찍어 내고 있다.

---

56) 전단(專斷) 혼자 마음대로 결정하고 단행함.

기구가 부딪는 금속성과 서로의 숨소리만이 고촉[57]의 반사등이 내리비치는 방 안의 질식할 것 같은 침묵을 헤살 짓고[58] 있다.

수술은 예상 이상의 단시간으로 끝났다.

위생복을 벗은 이인국 박사의 전신은 땀으로 흠뻑 젖었다.

완치되어 퇴원하는 날, 스텐코프는 이인국 박사의 손을 부서져라 쥐면서 외쳤다.

"꺼삐딴 리, 스바씨보."[59]

이인국 박사는 입을 헤벌리고 웃기만 했다. 마음의 감옥에서 해방된 것만 같았다.

"아진,[60] 아진…… 오첸 하라쇼."[61]

스텐코프는 엄지손가락을 높이 들면서 네가 첫째라는 듯이 이인국 박사의 어깨를 치며 찬양했다.

다음 날 스텐코프는 이인국 박사를 자기 방으로 불렀다.

그가 이인국 박사에게 스스로 손을 내밀어 예절적인 악수를 청한 것은 이것이 처음이다.

'적과 적이 맞부딪치면서 이렇게 백팔십도로 전환될 수가 있을까, 노랑 대가리도 역시 본심에서는 하나의 인간임에는 틀림없는 것이 아

---

57) 고촉(高燭) 밝기의 도수가 높은 촉광.
58) 헤살 짓다 일을 짓궂게 훼방하다.
59) 스바씨보 '고맙소'라는 뜻의 러시아어.
60) 아진 '아주'라는 뜻의 러시아어.
61) 오첸 하라쇼 '참으로 좋소'라는 뜻의 러시아어.

닌가.'

"내일부터는 집에서 통근해도 좋소."

이인국 박사는 막혔던 둑이 터지는 것 같은 큰 숨을 삼켜 가면서 내쉬었다.

이번에는 이인국 박사가 스텐코프의 손을 잡았다.

"스바씨보, 스바씨보."

"혹 나한테 무슨 부탁이 없소?"

이인국 박사는 문득 시계가 머리에 떠올랐다.

그러면서도 곧이어 이 마당에 그런 이야기를 꺼낸다는 것은 오히려 꾀죄죄하게 보이지 않을까 하는 생각이 뒤따랐다. 그러나 아무래도 그 미련이 가셔지지 않았다.

이인국 박사는 비록 찾지 못하는 경우가 있더라도 솔직히 심중을 털어놓으리라고 마음먹었다.

그는 통역의 보조를 받아 가며 시간과 장소를 정확히 회상하면서 시계를 약탈당한 경위를 상세히 설명하였다.

스텐코프는 혹이 붙었던 뺨을 쓰다듬으면서 긴장된 모습으로 듣고 있었다.

"염려 없소, 독또르 리, 위대한 붉은 군대가 그럴 리가 없소. 만약 있었다 하더라도 그것은 무슨 착각이었을 것이오. 내가 책임지고 찾도록 하겠소."

스텐코프의 얼굴에 결의를 띤 심각한 표정이 스쳐 가는 것을 이인국 박사는 똑바로 쳐다보았다.

'공연한 말을 끄집어내어 일껏 잘되어 가는 일에 부스럼을 만드는

것은 아닐까.'

그는 솟구치는 불안과 후회를 짓눌렀다.

"안심하시오, 독또르 리, 하하하."

스텐코프는 큰 웃음으로 넌지시 말끝을 막았다.

이인국 박사는 죽음의 직전에서 풀려나 집으로 향했다.

어느 사이에 저렇게 노어로 의사표시를 할 수 있게 되었느냐고 스텐코프가 감탄하더라는 통역의 말을 되뇌면서…….

차가 브라운 씨의 관사 앞에 닿았다.

성조기를 보면서 이인국 박사는 그날의 적기(赤旗)와 돌려 온 시계를 생각하고 있었다.

응접실에 안내된 이인국 박사는 주인이 나오기를 기다리면서 방 안을 둘러보았다. 대사관으로는 여러 번 찾아갔지만 집으로 찾아온 것은 이번이 처음이다.

삼 년 전 딸이 미국으로 갈 때부터 신세 진 사람이다.

벽 쪽 책꽂이에는 『이조실록(李朝實錄)』『대동야승(大東野乘)』 등 한적(漢籍)[62]이 빼곡이 차 있고 한쪽에는 고서(古書)의 질책[63]이 가지런히 쌓여져 있다.

맞은편 책장 위에는 작은 금동불상 곁에 몇 개의 골동품이 진열되어 있다. 십이 폭 예서(隷書) 병풍 앞 탁자 위에 놓인 재떨이도 세월의 때

---

62) 한적 한문으로 쓴 책.
63) 질책(帙冊) 여러 권으로 한 벌을 이루는 책.

문은 백자기다.

저것들도 다 누군가가 가져다준 것이 아닐까 하는 데 생각이 미치자 이인국 박사는 얼굴이 화끈해졌다.

그는 자기가 들고 온 상감진사(象嵌眞砂) 고려청자 화병에 눈길을 돌렸다. 사실 그것을 내놓는 데는 얼마간의 아쉬움이 없지 않았다. 국외로 내어 보낸다는 자책감 같은 것은 아예 생각해 본 일이 없는 그였다.

차라리 이인국 박사에게는, 저렇게 많으니 무엇이 그리 소중하고 달갑게 여겨지겠느냐는 망설임이 더 앞섰다.

브라운 씨가 나오자 이인국 박사는 웃으며 선물을 내어 놓았다. 포장을 풀고 난 브라운 씨는 만면에 미소를 띠며 기쁨을 참지 못하는 듯 '생큐'를 거듭 부르짖었다.

"참 이거 귀중한 것입니다."

"뭐 대단한 것이 아닙니다만 그저 제 성의입니다."

이인국 박사는 안도감에 잇닿는 만족을 느끼면서 브라운 씨의 기쁨에 맞장구를 쳤다.

브라운 씨의 영어 반 한국말 반으로 섞어 하는 이야기를 들으면서, 이인국 박사는 흐뭇한 기분에 젖었다.

"닥터 리는 영어를 어디서 배웠습니까?"

"일제시대에 일본말 식으로 배웠지요. 예를 들면 '잣도 이즈 아 캿도' 식으루요."

"그런데 지금 발음은 좋은데요. 문법이 아주 정확한 스탠더드 잉글리시입니다."

그는 이 말을 들을 때 문득 스텐코프이 말이 연상됐다. 그러고 보면 영국에 조상을 가진다는 브라운 씨는 알(R) 발음을 그렇게 나타내지 않는 것 같게 여겨졌다.

"얼마 전부터 개인교수를 받고 있습니다."

"아, 그렇습니까."

이인국 박사는 자기의 어학적 재질에 은근히 자긍을 느꼈다.

브라운 씨가 부엌 쪽으로 갔다 오더니 양주 몇 병이 놓인 쟁반이 따라 나왔다.

"아무거라도 마음에 드는 것으로 하십시오."

이인국 박사는 보드카 잔을 신통한 안주도 없이 억지로라도 단숨에 들이켜야 속 시원해하던 스텐코프를 브라운 씨 얼굴에 겹쳐 보고 있다.

그는 혈압 때문에 술을 조절해야 하는 자기 체질에 알맞게 스카치 잔을 핥듯이 조금씩 목을 축이면서 브라운 씨의 이야기를 기다렸다.

"그거, 국무성에서 통지 왔습니다."

이인국 박사는 뛸 듯이 기뻤으나 솟구치는 흥분을 억제하면서 천천히 손을 내밀어 악수를 청했다.

"생큐, 생큐."

어쩌면 이것은 수술 후의 스텐코프가 자기에게 하던 방식 그대로인지도 모른다는 생각이 들었다.

이인국 박사는 지성이면 감천이라고, 나의 처세법은 유에스에이에도 통하는구나 하는 기고만장한 기분이었다.

청자병을 몇 번이고 쓰다듬으면서 술잔을 거듭하는 브라운 씨도 몹시 즐거운 표정이었다.

"미국에 가서의 모든 일도 잘 부탁합니다."

"네, 염려 마십시오. 떠나실 때 소개장을 써드리지요."

"감사합니다."

"역사는 짧지만, 미국은 지상의 낙토입니다. 양국의 우호와 친선에 도움이 되기를 바랍니다."

"생큐……."

다음 날 휴전선 지대로 같이 수렵하러 가기로 약속하고 이인국 박사는 브라운 씨 대문을 나섰다.

이번 새로 장만한 영국제 쌍발 엽총의 짙푸른 총신을 머리에 그리면서 그의 몸은 날기라도 할 듯이 두둥실 가벼웠다. 이인국 박사는 아까 수술한 환자의 경과가 궁금했으나 그것은 곧 씻겨져 갔다.

그의 마음속에는 새로운 포부와 희망이 부풀어 올랐다.

신체검사는 이미 끝난 것이고 외무부 출국 수속도 국무성 통지만 오면 즉일 될 수 있게 담당 책임자에게 교섭이 되어 있지 않은가? 빠르면 일주일 내에 떠나게 될지도 모른다는 브라운 씨의 말이 떠올랐다.

대학을 갓 나와 임상 경험도 신통치 않은 것들이 미국에만 갔다 오면 별이라도 딴 듯이 날치는 꼴이 눈꼴사나웠다.

'어디 나도 다녀오고 나면 보자!'

문득 딸 나미와 아들 원식의 얼굴이 한꺼번에 망막으로 휘몰아 왔다. 그는 두 주먹을 불끈 쥐며 얼굴에 경련을 일으키듯이 긴장을 띠다가 어색한 미소를 흘려보냈다.

'흥, 그 사마귀 같은 일본놈들 틈에서도 살았고 닥싸귀[64] 같은 로스케 속에서도 살아났는데, 양키[65]라고 다를까……. 혁명이 일겠으면 일고, 나라가 바뀌겠으면 바뀌고, 아직 이 이인국의 살 구멍은 막히지 않았다. 나보다 얼마든지 날뛰던 놈들도 있는데, 나쯤이야…….'

그는 허공을 향하여 마음껏 소리치고 싶었다.

'그러면 위선[66] 비행기 회사에 들러 형편이나 알아볼까…….'

이인국 박사는 캘리포니아 특산 시가를 비스듬히 문 채 지나가는 택시를 불러 세웠다.

그는 스프링이 튈 듯이 박스에 털썩 주저앉았다.

"반도호텔로……."

차창을 거쳐 보이는 맑은 가을 하늘이 이인국 박사에게는 더욱 푸르고 드높게만 느껴졌다.

---

64) **닥싸귀** 닥사리. 국화과의 한해살이풀인 '도깨비바늘'의 사투리. 거꾸로 된 가시가 있어 다른 물체에 잘 붙음.
65) **양키** 미국 사람을 낮잡아 이르는 말.
66) **위선(爲先)** 우선.

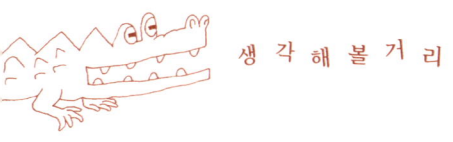
생각해 볼 거리

1 이인국 박사의 병원 운영 방식에 대해 정리해 보고 이를 통해 알 수 있는 인물의 성격을 파악해 봅시다.

　이인국 박사의 병원은 두 가지 특징이 있습니다. 병원 안이 먼지 하나도 없이 정결하다는 것과 치료비가 여느 병원의 갑절이나 비싸다는 점입니다. 그는 새로운 환자를 초진할 때 환자의 경제 능력이 신통치 않다 싶으면 간호원을 내세워 이리저리 핑계를 대어 환자를 따돌립니다. 그래서 그의 병원은 한 푼의 미수나 결손도 없습니다. 그의 고객들은 일제강점기에는 주로 일본인이었고, 현재는 권력층이나 재벌과 같은 부유층입니다.
　이인국 박사는 병원을 청결하게 유지하고 수술을 잘하는 유능한 의사지만 그의 관심은 병을 고치는 데에 있지 않습니다. 환자를 대하는 그의 태도는 의사라기보다 장사꾼에 가깝습니다. 보다 많은 이윤을 확실히 남기며 절대 손해를 보지 않는 것, 그것이 이인국 박사의 의술 생활의 신조요 성공의 비결인 것입니다. 환자의 경제적인 능력을 따져 입원을 거절한다는 점에서 그에게는 생명에 대한 존중이나 의사로서의 사명감은 전혀 없어 보입니다. 그의 관심은 돈을 벌어들이고 병원을 늘리고 자신의 지위를 확고히 하는 것에만 집중되어 있기에 그는 의사로서의 본분을 망각한 부도덕하고 이기적인 인물이라 할 수 있습니다.

2 이인국 박사가 일제강점기, 해방 전후, 그리고 분단국가로서의 남한이라는 역사의 격동기를 어떻게 살아왔는지, 각 시기별로 정리해 봅시다.

일제강점기 이인국은 일제강점기 때 철저한 친일파로 행세했습니다. 아이들을 일본인 소학교에 보냈고, 온 식구가 잠꼬대까지 일본어로 할 정도로 일본어를 철저히 사용해 '국어 상용(國語常用)의 가(家)'라는 액자까지 받았습니다. 뿐만 아니라 일본인들에게 밉보일 것이 두려워 형무소에서 풀려난 사상범의 치료를 냉정하게 거절해 버렸습니다.

해방 후 소련군 진주하의 북한 광복이 되고 소련군이 진주하자 이인국 박사는 친일반역자로 지목되어 감옥으로 끌려가 목숨을 잃을지도 모르는 위기에 처합니다. 그러나 그는 감옥에서도 빠져나갈 방도를 찾으며 러시아어를 부지런히 공부합니다. 마침 의료 요원으로 일할 수 있는 기회를 잡은 그는 실력자인 스텐코프에게 잘 보여 집으로 돌아오게 되며 신변의 안전을 보장받았습니다. 그는 소련군 영향하의 북한에서 보란 듯이 행세하기 위해 스텐코프의 도움을 받아 아들 원식을 소련으로 유학 보냈습니다.

6·25전쟁 이후 이인국은 1·4후퇴 때 월남한 후에 또다시 변신합니다. 친미 행동으로 일관하여 영어를 부지런히 배우고 능란한 처세술을 발휘하여 병원의 고객을 권력층과 재벌과 같은 부유층으로 제한하면서 부를 축적합니다. 미국인의 도움으로 딸까지 미국으로 유학을 보내며, 미 대사관의 브라운 씨에게 고려청자 화병을 선물하여 환심을 사 미 국무성 초청 케이스로 미국 방문을 준비합니다.

3 이인국 박사는 후처인 혜숙과 돌 지난 어린 아들과 함께 서울에서 살고 있습니다. 그의 전처와 전처의 자식들이 어떻게 되었는지 정리해 봅시다.

해방 후, 이인국 박사는 북한에서 러시아의 세력을 등에 업으면 친일파라는 약점을 극복하고 보란 듯이 행세할 수 있으리라는 생각에 아들 원식을 모스크바로 유학을 보냈습니다. 그 후 전쟁이 일어나고 그의 가족은 월남을 하게 되어 다시는 아들을 만날 수 없게 되었습니다.

외아들을 사지로 보낸 것에 대한 걱정과 자책감으로 아내는 거제도 수용소에서 병을 앓다 죽었습니다. 외딸 나미는 이인국 박사가 젊은 간호사인 혜숙과 재혼하자 어색함을 느끼던 중, 시류에 따라 미국 유학을 해야만 한다는 아버지의 권유를 받아들여 미국으로 떠났습니다. 얼마 후 나미는 외국인 교수와 결혼하고 싶다는 편지를 보내왔습니다.

이렇게 이인국 박사는 아내를 잃고 아들의 생사조차 모르는 데다가 딸까지 먼 타국에 보내게 되어 쓸쓸함과 죄책감을 느낍니다. 자신의 처세술 때문에 가족들이 불행해진 것 같아 마음 한구석이 불편한 것입니다. 세대 차이를 느끼게 하는 재혼한 젊은 아내나 갓 돌이 지난 어린 아들에 대해서도 부담을 느끼는 그의 모습은 그리 행복해 보이지 않습니다. 가족 해체라는 불행 앞에서 그의 부와 명예는 어쩐지 불완전하고 공허해 보입니다.

4 미국인과 결혼하겠다는 딸의 편지를 받은 이인국 박사의 심경 변화를 정리해 봅시다.

　이인국 박사는 딸이 외인 교수와 결혼하겠다는 편지를 보내오자 분노와 불쾌감을 느낍니다. 휜둥이 외손자를 떠올리며 징그러움에 치를 떨고 남들의 시선을 의식하며 창피함을 느끼는 그는 할 수만 있다면 딸의 결정을 말리고 싶어합니다. 그는 출세를 위해서는 어떻게든 미국의 영향력을 등에 업어야 한다는 자신의 처세술이 딸의 국제결혼이라는 결과를 초래한 것에 대해 일종의 당혹감을 느낍니다.

　그러면서도 미국이 잘사는 나라이므로 미국인과의 혼반이 아주 나쁜 것만은 아니라고 자위하며 체념합니다. 갓 돌이 지난 아들의 장래를 생각해서라도 딸의 국제결혼이 반드시 나쁜 것만은 아니라는 셈속을 차려 보는 것입니다.

　딸의 결혼 문제에 대해서마저 딸의 행복이라는 가장 중요한 기준을 제쳐 놓고 자신의 위신이나 이익을 저울질하는 그는 위선적인 개인주의자의 모습을 여실히 보여 줍니다.

5 이인국 박사는 상감청자 화병을 선물하기 위해 미국 대사관의 브라운 씨를 방문합니다. 그가 대사관 관사의 성조기를 보면서 그날의 적기(赤旗)와 돌아온 시계를 떠올린 이유를 생각해 봅시다.

이인국 박사는 대우가 가장 좋다는 미 국무성의 초청을 받아 미국을 방문하기 위해 브라운 씨에게 상감청자 화병을 선물합니다. 상감청자 화병은 외국인에게 함부로 넘겨서는 안 될 우리의 소중한 문화재입니다. 지식인인 그가 이 사실을 모를 리 없음에도 불구하고 그는 조금도 죄책감을 느끼지 않습니다. 오히려 브라운 씨의 거실에 즐비한, 누군가가 가져다준 우리 문화재들을 바라보며 자기의 것이 브라운 씨의 마음에 들지 않을까 걱정할 뿐입니다.

이인국 박사가 미 대사관을 방문하며 적기와 시계를 떠올리는 것은 예전에 소련 군인 스텐코프의 혹을 제거해 주고 시계를 돌려받았듯이, 미국 대사 브라운에게 상감청자를 바치는 대가로 미 국무성 초청을 받아 낼 수 있을 것이라는 확신 때문입니다. 여기서 소련을 상징하는 적기나 미국을 상징하는 성조기는 일제의 일장기와 마찬가지로 자신의 영달을 추구하기 위해 기대어야 할 권력을 의미합니다. 권력에 기대어 자신이 원하는 것을 얻기 위해 국보급에 가까운 상감청자를 아무런 죄책감도 느끼지 않고 외국인에게 선물하는 이인국 박사는 사상이나 신념, 민족의식을 지니지 못한 속물적인 인간이자 비굴한 권력 지향적인 인물로 그려지고 있습니다.

6 이 소설에 등장하는 회중시계의 역할에 대해 생각해 봅시다.

이 소설은 이인국 박사의 삶을 '현재—과거—현재'의 구성으로 보여 줍니다. 여기서 과거는 현재를 형성한 원인이자 과정의 의미를 띠고 있으며, 주로 인물의 회상을 통해 제시됩니다. 이처럼 현재에서 과거로, 과거에서 더 과거로, 과거에서 현재로 돌아오는 역행적 전개에서 효과적인 도구로 활용되고 있는 것이 바로 회중시계입니다. 회중시계가 매개가 되어 경성제국대학 의학부를 졸업하던 때와 해방 후 친일파 혐의로 수감되었던 때의 회상이 자연스럽게 이어집니다.

한편 회중시계는 역사적 변환기마다 변신해 온 이인국 박사의 상황과 처지를 상징적으로 보여 주는 소재이기도 합니다. 회중시계는 이인국 박사가 제국대학을 졸업할 때 받은 영예로운 수상품으로, 그의 실력과 친일 성향 그리고 출세를 상징하는 소재입니다. 해방이 되고 소련군들에게 빼앗긴 회중시계는 이인국 박사의 절망적이고 위험한 처지를 상징합니다. 그 후 소련군에게 빼앗겼다가 스텐코프의 환심을 산 덕분에 돌려받은 회중시계는 그의 회생을 상징합니다. 이후 한국전쟁이 일어나고 삼팔선을 넘어 피란하는 우여곡절을 겪어 현재에 이르는 동안 회중시계는 그의 반려와 같은 존재가 되었습니다.

7 이인국 박사는 일제시대에는 일본어를 철저히 사용했고, 소련군이 진주한 북한에서는 러시아어를 공부하였으며, 현재 분단된 남한에서는 영어 공부에 열중하고 있습니다. 그가 이처럼 외국어 공부에 열성을 보이는 이유를 생각해 봅시다.

　언어는 가장 효과적인 의사소통 수단입니다. 일단 말이 통해야 생각이나 감정을 주고받을 수 있기 때문입니다. 이인국 박사는 일제시대 때 일본인들과 친분을 쌓아 덕을 많이 보았습니다. 그에게 일본어는 권력층인 일본인들과 교제할 수 있는 유력한 수단이었습니다. 그 후 소련군 진주하에서는 러시아어를 공부했으며 월남한 이후에는 영어를 공부했습니다.

　일제가 우리 민족의 정신을 말살하기 위해 우리말 사용을 금지하던 때 누구보다 앞장서서 일본어를 사용했던 이인국 박사에게 언어는 유력한 처세술이었습니다. 세상이 바뀌고 우리 역사에 강력한 영향을 미치는 외세가 바뀔 때마다 그는 적극적으로 그들의 언어를 구사하기 위해 노력했습니다. 그에게 외국어는 외세의 영향력 아래 놓인 우리나라의 상황에서 권력의 비호를 받을 수 있는 가장 효과적인 수단이었던 것입니다.

8 미 대사관에 고려청자를 상납한 이인국 박사는 국무성의 초청 비자를 허락받고 의기양양해 돌아오는 차 안에서 "사마귀 같은 일본놈들 틈에서도 살았고, 닥씨귀 같은 로스케 속에서도 살아났는데, 양키라고 다를까…… 혁명이 일겠으면 일고, 나라가 바뀌겠으면 바뀌고 아직 이 이인국의 살 구멍은 막히지 않았다"라고 중얼거립니다. 이 말에 나타나는 가치관을 정리해 봅시다.

일제 식민지 치하와 해방 정국의 혼란기를 살아온 이인국 박사의 삶도 평탄했다고만 볼 수는 없습니다. 소련군 치하의 북한에서는 목숨을 잃을 뻔한 위기를 겪기도 했고, 모스크바로 유학 보낸 아들은 생사조차 확인할 길이 없습니다. 그에게도 일본이나 소련이나 미국과 같은 외국 세력이 달가운 존재는 아닙니다. 외세의 개입에 따라 개인의 삶도 이리저리 부침을 겪으며 혼란을 겪게 마련이기 때문입니다. 그렇다고 해서 그에게 민족정신이나 역사의식이 존재하는 것도 아닙니다. 그는 나라가 바뀌든 혁명이 일든 상관하지 않겠다는 철저한 개인주의자입니다. 그는 사회나 국가라는 공동체의 운명에 아무런 관심을 기울이지 않습니다. 개인적인 출세와 부 축적에만 몰두하는 그는 어떤 세력이 권력을 잡든 권력층에 빌붙어 자신의 이익을 추구하겠다는 생각을 굳게 갖고 있습니다. 그 권력층의 성격은 전혀 문제가 되지 않습니다. 그는 옳고 그름에 대한 일관된 입장 없이 그때그때의 정세에 따라 이로운 쪽으로 행동하는 기회주의자입니다. 그의 기회주의가 계속 통할 수 있었던 것은 광복 후의 우리 민족사가 외세의 영향 아래 놓이면서 식민지의 잔재를 올바로 청산하지 못했기 때문입니다. 이인국 박사의 모습은 친일 행위를 했던 자들이 죗값을 치르지 않고 새로운 외세를 등에 업음으로써 다시 사회 지도층으로 군림했던 한국 현대사의 서글픈 현실을 잘 드러내고 있습니다.

이인국 박사는 "나보다 얼마든지 날뛰던 놈들도 있는데……"라며 자신의 행위를 합리화하고 있습니다. 자신의 출세 지향적인 이기주의는 조금도 반성하지 않고 오히려 권력을 이용하지 않는 사람들을 어리석은 바보들로 취급합니다. 이와 같은 생각은 한국 현대사에서 기회주의적 약삭빠름으로 기득권을 누려 온 지식인 계층의 왜곡된 사고방식을 잘 보여 주고 있습니다.

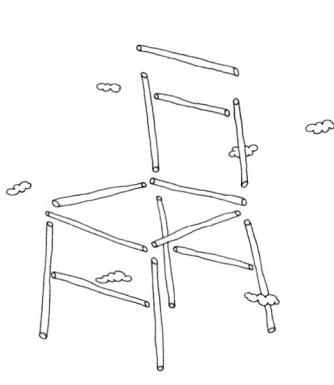

사수

친구 사이의 심리적 대결과 긴장을 그린
심리주의 소설

 감상의 길잡이

"할 수 없지, 또 시합이다……"
너에게 질 수는 없다. 하지만 끝까지 미워할 수도 없다

「사수」는 1959년 『현대문학』 6월호에 발표된 작품으로, 한국전쟁을 배경으로 삼고 있으면서도 전쟁의 문제를 직접 다루지 않고 인간의 실존적인 문제를 다루어 눈길을 끌었습니다.

이 작품에 등장하는 B와 '나'는 절친한 친구입니다. '지음(知音)' '관포지교(管鮑之交)' '막역지우(莫逆之友)' '죽마고우(竹馬故友)' 등 우정에 높은 가치를 부여한 고사성어들에 익숙한 우리들에게 친구 간의 우정보다는 경쟁을 더 부각하고 있는 이 작품은 다소 당황스러울 수도 있습니다.

그런데도 이 작품이 설득력을 지니는 것은 '덕(德)'이나 '선(善)' 등 도덕적인 덕목을 의도적으로 강요하는 대신, 인간이라면 누구나 경험하는 질투나 분노, 불안, 경쟁심 등의 부정적 감정들을 있는 그대로 표현하는 한편, 상황에 따라 인간관계에서 나타날 수 있는 심리적인 갈등과 변화를 세밀하게 포착하여 실감 나게 그리고 있기 때문입니다. 이런 이유로 이 작품을 심리주의 소설이라고 부르기도 하고, 상황과 관계에 의해 조건 지어지는 인간의 면모를 다루었다는 점에서 실존주의 소설로 분류하기도 합니다.

  이 작품의 또 다른 특징은 독특한 구성에서 찾을 수 있습니다. 이 작품의 서두 부분은 B의 사형을 집행하고 기절한 '나'가 병원에서 깨어나는 장면으로 시작됩니다. 하지만 작품의 서두를 채우고 있는 인물과 상황은 시간의 전후 관계로 볼 때 결말 부분에 나오는 B의 사형 집행 장면 바로 뒤에 와야 합니다. 따라서 이 작품은 맨 앞에 결론을 제시해 놓고 어떻게 그러한 결론에 도달하게 되었는지를 보여 주고 있습니다. 또 현재의 순간과 과거의 장면이 교차되기도 하고 경험적 행위와 의식의 내면이 겹치기도 하는 등 기법적으로도 독특한 작품으로 평가받고 있습니다.

사수[1]

내가 언제 이런 곳에 왔는지 전연 알 길이 없다.

분명 경희임에 틀림없다. 겨드랑이에서 체온계를 빼려는 손을 꼭 잡았다. 손가락이 차다. 경희의 손은 이렇게 냉랭한 적이 없었다. 따뜻하던 지난날의 감촉이 포근히 되살아온다. 눈을 떴다. 그러나 아직도 머리는 안개가 서린 듯 보아니 흐리멍덩하다.

"정신이 드나 봐……."

경희의 음성이 아니다. 이렇게 싸늘하지는 않았다. 간호원이다. 새하얀 옷이 소복 같은 거리감을 가져온다. 꿈인 것 같다. 그러나 아무리 따져 보아도 꿈은 아닌 성싶다. 내 숨소리가 확실히 거세게 들려온다.

[1] 사수(射手) 대포나 총, 활 따위를 쏘는 사람.

틀림없이 심장이 뛰고 있다.

　총소리가—그것도 다섯 방의 총소리가 거의 같은 순간에 울리던 그 총소리가—아직도 고막에 달라붙어 있다. B가 맞은 건지 내가 맞은 건지 분간이 안 간 대로 그 시간이 지금까지 지속되고 있다. B가 거꾸러진 건지 내가 거꾸러진 건지 그것조차 확인할 길이 없다. 승부는 났다. 그러나 내가 이겼는지 B가 이겼는지 알 길이 없다. 귀를 만져 본다. 찢어졌던 귓바퀴를 꿰맨 상흔(傷痕)²⁾이 사마귀처럼 두툴하다. 그때는 내가 졌다. 아니 계속해서 내가 지고만 있었다. 지금도 어쩌면 내가 지고 있는지도 모른다.

　곰이란 별명을 가진 뚱뚱보 선생이었다. 좀 심술궂은 성품이다. 그것이 수업시간에도 곧잘 나타났다. 아이들의 귀를 잡아끌거나 뺨을 꼬집어 당기는 것쯤은 시간마다 있는 일이었다. 추석 다음 날이었나 보다. 그날은 나도 B도 숙제를 안 해 갔기에 꾸중을 듣고 난 뒤였다. 설명 한마디에 '엠' 소리를 거의 하나씩 섞는 그의 버릇은 종내 떨어지질 않았다. 나는 곰의 설명은 듣는 둥 마는 둥 공책에다 '엠' 소리가 날 때마다 연필로 점을 하나씩 찍어 갔다. 일흔아홉, 여든, 여든하나…… 하학종³⁾이 거의 울릴 것만 같다. 나는 늘 하는 버릇대로 백이 되기만을 기다리는 조바심으로 표를 하고 있었고, 나와 한 책상에 앉아 있는 B는 거기에만 정신이 쏠려서 한눈을 팔고 있었다. 아마도 곰

---

2) 상흔　상처를 입은 자리에 남은 흔적.
3) 하학종(下學鐘)　학교에서 그날의 수업을 마치는 시간이 되었음을 알리는 종.

의 시선은 우리 둘 책상만을 노리고 있었을 것이다. 아흔아홉……
하학종이 울렸다. 아쉬움을 삼키면서 머리를 들었다. 그때다. "엠!"
"백!" 하고 내가 혼자 뇌까리는 순간 B가 웃음을 터뜨렸다.
"왜 웃어?"
고함 소리에 정신이 바짝 차려졌다. 우리 앞으로 다가오는 곰을 보면서 닥쳐올 벌을 각오했다. 내 공책에서 눈을 뗀 곰은 둘 다 일으켜 세웠다.
"서로 뺨을 때려!"
몇 번 외쳐야 아무 반응도 없다. 이 험악한 공기 속에서도 나는 흘낏 유리창 밑 줄에 앉아 있는 경희 쪽으로 눈길을 훔쳤다. 경희는 제가 당하기나 하는 것처럼 불안한 표정으로 이쪽을 지키고 있다. 다른 애들의 눈초리도 그러했겠지만 그때의 내 눈에는 경희의 표정밖에 보이지 않았다.
"이렇게 때리래두!"
곰의 손바닥이 내 뺨에 찰싹 붙었다 떨어졌다. 눈알에서 불이 튀는 것 같았다. 그것만으로 끝나는 것이 아니다. 곰의 손은 다시 B의 뺨으로 옮겨 갔고, B의 손을 들어서 내 뺨을 때리게 하였다. 나와 B는 하는 수 없이 흉내만을 내는 정도로 서로의 뺨을 쳤다. B의 눈동자는 아무런 악의 없이 나를 건너다보고 있다. 적당히 해치워 버리자는 암시의 빛 같은 것이라고 느꼈다.
"더 세게 때리래두! 자, 이렇게!"
다시 곰의 손이 B의 뺨을 후려갈겼다. 다음에 와 닿는 B의 손바닥은 전보다 훨씬 더 세게 내 뺨을 때렸다. 나도 별다른 생각 없이 앞서보다는 좀 세게 B를 때렸다. 이번에는 B의 손바닥에서 오는 탄력이 먼저보다 더 거세었다. 내 손도 또 그랬다.

"더, 더!"

하는 곰의 응원 같은 구령에 B의 손바닥과 내 뺨 사이에서 울리는 소리가 더 커지자, 내 손도 거기에 맞대꾸를 했고, 결국에는 슬그머니 밸이 꼴려 왔다.[4] 곰에 대한 반감이 어느 사이엔지 B에게로 옮겨져, B에 대한 적의를 느끼면서 B를 후려갈겼다.

"이 자식이, 정말이야?"

하며 B는 있는 힘을 다하여 나를 때렸다. B의 눈동자에는 확실히 노기 같은 것이 서리었다. 나도 팔에 온 힘을 주어 B를 후려쳤다.

"너 다했니?"

하고 뺨에서 코빼기로 비낀 B의 손바닥이 지나가자마자 잉얼대던 뺨의 아픔을 넘어 코허리가 저리면서 전신이 아찔했다. 시뻘건 코피가 교실 널바닥에 떨어졌다. 내가 다시 B를 치려는 순간 '그만!' 하는 곰의 명령 소리가 B를 한 걸음 물러서게 하였고, 내 손은 허공으로 빗나갔다. 아무 근거도 없는 승부는 이것으로 끝난 것이다. 끝 장면만으로 따진다면 B가 이긴 것임에 틀림없다.

선반 위에 나란히 서 있는 약병들이 눈에 들어온다. 흰 병, 자주 병, 파랑, 초록…… 머리가 흔들린다. 테이블 위 주사기의 알코올 탈지면에 싸인 바늘이 오히려 가슴에 따끔한 자극을 준다. 그렇다. 그날 그 공기총알의 심장에 짜릿하던 자극 같은 것이다.

---

4) **밸이 꼴리다** 마음이 아플 만큼 아니꼽게 느껴지다.

B와 나는 중학도 같은 학교였었다. 그것도 한 학급에 편성되었으니 말이다. 우리 둘은 학교 안에서는 물론 집에 돌아와서도 자는 시간 외에는 거의 한군데서 뒹굴었다. 아니 B가 우리 집에서, 내가 B의 집에서 자는 일도 번번이 있었다. 성적도 그와 나는 늘 백중[5]이었다. 초저녁까지는 나와 함께 놀기만 하던 B가, 내가 돌아온 후부터 밤늦게까지 공부를 한다는 이야기를 듣고 나도 그 방법을 취했다. B와 나는 서로 표면에는 공부를 안 하는 체하면서 몰래 경쟁을 하였던 것이다. 그렇기 때문에 우리 집에서 늦게까지 놀다가 B가 자고 가게 되거나, 내가 B의 집에서 자는 경우에는 둘의 공부가 합동작전이 되지 않으면 둘 다 아무것도 하지 않고 자는 날이 되는 것이다.

　여기에 경희의 존재는 우리 둘에게 퍽이나 미묘한 것이었다. 나도 B도 경희를 좋아했다. 나는 내가 경희를 더 사랑하는 것으로 생각했고, B는 B대로 자기의 사랑이 더 열렬한 것으로 생각해 왔음이 분명하다. 그러나 경희 자신은 B보다는 나와 만나는 것을 더 좋아하는 눈치였다. B는 몇 번씩이나 편지를 해도 답장이 없지만, 나에 대하여는 그때그때 답장이 왔었다.

　B와 나는 다른 이야기는 다 털어놓아도 경희에 관한 문제에 한해서는 어느 쪽에서든지 말 끄집어내는 것을 꺼렸다.

　졸업반으로 진급되던 해 봄이다. 그때의 성적은 B가 나를 넘어뛰었다. 표면에는 나타나지 않았지만 내심으로는 약간의 울화 같은 것이 치밀어서 이번에는 졌구나 하는 생각이 들었다. 다음에는 틀림없이 만

---

[5] 백중(伯仲) 재주나 실력, 기술 따위가 서로 비슷하여 낫고 못함이 없음.

회하리라는 결심이 북받쳐 올랐다.

그러던 어느 날 우리 집에 놀러 왔던 B는 내 책갈피에 끼여 있는 경희의 편지를 발견하게 되었다. 나는 이쯤하여 경희와의 문제도, 나와 B와의 우정에 여자로 말미암은 금이 가기 전에 내 편에서 솔직한 고백을 하는 것이 좋겠다는 생각이 들어서, 경희와의 약혼 의사를 B에게 솔직히 토로하였다. 나는 은근히 B의 선선한 양보를 기대했던 것이다. 그러나 사태는 의외의 방향으로 벌어졌다. B편에서 나에게 자기의 그러한 의사를 표시하려고 적절한 기회만을 노렸다는 것이다.

그 먼저 일요일 나와 B는 경희, 경희 친구 하여 넷이서 교외로 나갔다. 공기총으로 참새잡이를 시작하여 내가 까치 두 마리와 참새 두 마리를 잡고, B는 참새 세 마리를 잡았다. 돌아오는 길에 개울가 과수원에 달려 있는 사과를 겨누어 정확률을 시합한 결과 내가 이기게 되었다. 그날 저녁 중국집에서 패배한 B가 짜장면을 내면서도 안타까움이 가시지 못하여, 다음 주일에 다시 시합을 하자는 제2차의 대전을 제의하였다. 나도 쾌히 승낙했다.

이날 나와 B 간의 경희를 싸고도는 미묘한 감정에도 약간의 농조[6]는 섞였지만 아무 쪽에서도 시원한 양보는 하지 않았다. 나 자신은 이미 머릿속이 경희로 가득 찼었고, 어느 정도 경희의 마음속도 다짐한 후이기에, 이제 여기서 경희를 빼앗긴다는 것은 내 일생에 대한 중대 문제로 생각되었고, B는 B대로 경희가 보통 다정하게 대하면서도 진심은 토로하여 주지 않는 것에 더 한층 이성으로서의 매력 같은 것을

---

[6] 농조(弄調) 농으로 하는 말투.

느껴 왔던 것이다.

"할 수 없지, 또 시합이다……."

B는 내 손목을 이끌고 밖으로 나가는 것이다. 우리 둘은 공기총을 들고 거리를 벗어났다.

이 총으로 상대편을 나무 옆에 세워 놓고 귀의 높이 되는 나무통 복판을 정확하게 맞히는 쪽이 경희를 양보받기로 하자는, B의 정말 상상 외의 제안이었다. 나는 처음에는 거절하였으나, B의 너무나 의기양양한 데 비하여 그 이상의 비굴은 보이고 싶지 않아서 하는 수 없이 응낙했다. 이번에는 누가 먼저 쏘느냐는 순번이었다. 그것은 경희의 양보 문제를 제기한 것이 나이니까, 나부터 먼저 쏘라는 B의 일방적인 통고 비슷한 제의였다. 당사자 경희가 알면 참 어처구니없는 일이라고 하겠지만, 그때의 나로서는 어찌하는 수가 없었다.

나는 총을 들어 큰 숨을 크게 들이쉬고 나무 옆에 서 있는 B의 귀에 평행으로 나무통 복판에 가늠하여 방아쇠를 당겼다. 총을 내리고 서서히 나무 밑으로 걸어갔다. 총알은 조금 위로 올라갔으나 나무 한복판에 맞았다. 일순 B와 나의 시선은 마주쳤다.

다음은 B의 차례였다. B는 나를 나무 옆에 꽉 붙여 세워 놓고는 정한 위치로 갔다. 총을 들어 개머리판을 오른편 어깨에 대고, 바른 뺨을 그 위에 비스듬히 얹고, 한 눈을 쭈그리게 감으며 조심스레 조준을 맞추는 것이었다. 나는 B의 너무도 심각하게 정성 들이는 표정이 우스워서 그만 웃음을 터뜨렸다. 그 순간 방아쇠는 당겨졌다. 나는 '악' 비명을 치면서 빙빙 돌다가 푹 주저앉았다. 총알은 내 오른쪽 귓불[7]을 찢고 날아갔던 것이다. 피가 뺨으로 스쳐 흘렀다. 만지고 난 손가락 새가 찐득거렸다.

 이런 일뿐이 아니다. 나와 B의 사고방식이나 행동 속에는 너무나 우연한 일치 같은 것이 많았다. 내가 문득 머리에 떠올라 시작한 일이면, 벌써 B도 나와 때를 거의 같이하여 서로의 상의나 연락도 없으면서 그런 생각을 토로하거나, 그 일에 손을 대고 있는 것이다. 이러한 일들은 자칫하면 본능적인 경쟁의식이나 또는 자기만으로의 우월감 같은 것을 유발하여 둘의 우정에 거미줄 같은 금을 그어 놓는 것이었다. 그러한 예들은 B와 나 사이의 동심에서부터의 긴 교우관계에 있어 너무나도 많았다.

 간호원이 머리의 찬 물수건을 갈아 붙이고 있다. 이마의 차가움이 시원하게 느껴진다. 흐릿하던 생각들이 제자리를 찾아 헤매다가 타래못[8]처럼 호비고 맞다들어[9] 온다. 그러나 눈꺼풀은 아직도 무거워, 팽팽하게 떠지지 않는다.

 스리쿼터[10] 속에 실려서 사형 집행장으로 가는 다른 네 명의 사수(射手)들은 어저께 공일날[11] 외출했던 이야기에 흥을 돋우고 있다. 그 중의 하나는, 전라도에서 새로 왔다는 열일곱 살 난 풋내기의 육체미

---

7) **귓불** 귓바퀴의 아래쪽에 붙어 있는 살.
8) **타래못** 나사못.
9) **맞다들다** '맞닥치다'의 사투리. 정면으로 마주치거나 직접 부딪치다.
10) **스리쿼터** 짐을 싣는 자동차.
11) **공일날** 일요일.

에 녹아떨어진 이야기를, 손짓을 섞어 침을 입술에 튀겨 가며 자랑하고 있다. 그런 나에게는 그런 이야기들이 신통한 반응을 주지 않는다. 지금 내 머릿속은 B에 대한 생각으로 가득 차 있다.

만약 경희의 행방을 모르는 대로 B와 다시 만났던들 그렇게 내 머릿속이 뒤엉클어지지는 않았을 것이다. 내가 새로 전속되어 오던 날 부대장에게 신고를 하고 나오던 길에 복도에서 B를 만났다. 서로 생사를 모르다가 기적같이 처음 맞닿은 이 순간, 나는 함성을 올리며 B의 손을 덥석 잡았다. 그러나 B의 표정 속에는 사선[12]을 넘어온 인간의 담박한 반가움보다는, 멋쩍고 어쩔 줄 모르는 머뭇거림이 나에게 열쩍게[13] 감득[14]되었다. 실로 몇 해 만인가! 허탈한 감격밖에 없을 이 순간에 B는 무엇인가 복잡한 생각에 휩싸이는 눈초리를 감추려는 당황함이 엿보이게 하고 있다.

나와 경희는 형식적인 절차를 밟지 않았다 할지라도 약혼한 바나 다름없었고, 주위의 사람들도 또한 그렇게 보아 왔던 것이다. 그중에서도 B는 그러한 나와 경희와의 관계를 억지로 부인하려는 자세였지만, 객관적인 조건이 그렇게 시인하지 않을 수 없었던 것이다. 말하자면 나와 경희와의 사이를 가장 정밀하게 측정하고 있는 것이 B의 위치였던 것이다.

사변[15] 전 우리 주변에 있던 사람들의 생사에 관한 안부가, 자연히

12) 사선(死線) 죽을 고비.
13) 열쩍다 '열없다'의 잘못. 좀 겸연쩍고 부끄럽다.
14) 감득(感得) 깊이 느끼어 얻음.
15) 사변(事變) 여기서는 6·25전쟁을 뜻함.

나와 B의 대화의 주요한 말거리였고, 내가 가장 알고 싶었던 경희의 이야기도 따라 나오게 되었다. 그러나 B가 잘 모른다고 대답하는 그 어감 속에는 그의 표정까지를 보지 않아도 꺼림칙하고 불투명한 구석이 적지 않게 섞여 있음이 느껴져 왔다. B를 아까 처음 만났을 때의 나의 이상한 육감은, 지금 더 굳어져 가는 어떤 방향의 시사[16]를 받는 것이 분명하다. 그도 바쁜 시간이어서 그날은 그것으로 끝났다.

  그러나 더 결정적인 사태가 정작 내 앞에 벌어지게 되었다. 그것은 내가 휴가 중의 외출에서 돌아올 때 공교롭게도 B의 가족 동반의 기회에 마주친 일이다. 여기에서 오래도록 감추어졌던 모든 자물쇠는 열렸다. B의 옆에는 벌써 어머니가 된 경희가 서 있는 것이 아닌가. 경희는 충격적인 고함 소리 한마디를 치고는 이상하게도 기계라도 정지하는 것처럼 다시 태연해지는 것이었다. 아마도 B에게서 나의 생존을 알고, 이미 결정지어진 과거에 대하여 어쩔 수 없는 체념으로 마음을 다져 먹었지만, 이 불의의 경우에 나와 정면으로 마주치고 보니 격동되지 않을 수 없었던 것 같다. 물론 이것은 과거의 경희를 가장 잘 아는 나 혼자만의 추측에 불과하다. 그리고 그 이상으로 경희의 심정을 내 쪽으로 접근시켜 더욱 높게 추리하고 싶지도 않았으며, 또한 경희를 배신적인 것으로 험하여 탓할 수도 없는, 말하자면 전란이라는 환경이 주어진 어쩔 수 없는 경우로 극히 평범하고도 관대한 단정을 나는 나 자신에게 내리는 것이다. 그만큼 이 짧은 시간의 착잡한 표정 속의 침묵은 나에게 비길 수 없는 중압감을 덮씌웠던 것이다. 그것은 또한 침

---

16) 시사(示唆) 어떤 것을 미리 간접적으로 표현해 줌.

묵 뒤의 경희의 표정이 B와 나를 번갈아 곁눈질하는 속에서도, 나의 단정은 어느 정도 정확하다는 것을 시인하게 하는 것이었다.

그러나 그다음 경희의 입으로 터져 나오는 말이 나를 더 놀라게 하였다. 나더러 아기가 몇이냐는 것이다. 결혼은 했느냐 여부도 없이 선 자리에서 한 단계를 뛰어넘은 것이다. 비범하게 좋았던 경희의 두뇌에서 튀어나올 법한 기지(機智)임에 틀림없다. 그것도 이 무거운 질식 상태의 분위기를 완화하려는 여자의 얇은 재치인지도 몰랐다. 그러나 그 이야기들은 모두 나에 대한 절실했던 애정의 환원이나 회상에서가 아니라, 지금의 자기 남편인 B에 대한 아내로서의 내조적인 협조나, 그렇지 않으면 지난날에 그렇게도 못 잊어했던 나에 대한 흘러간 추억 속의 동정 같은 값싼 것으로만 나는 여겨지는 것이었다. 나는 어느 말부터 끄집어내야 할지 이야기의 실마리를 잃고 멍추[17]같이 아연할 수밖에 없었다. 둘이서 얼싸안고 실컷 울어도 시원치 않을 이 자리에서…….

이 얼마를 두고 머릿속에 감아붙던 B에 대한 적의(敵意)가 차츰 경희에게로 옮겨 가는 것 같은 미묘한 감정을 의식했다. 그러면서도 나의 경희에 대한 미련 같은 아쉬움은 완전히 가셔지지 않았다. 그것이 다시 B에 대한 적개심으로 이동되었다가 또다시 경희에게로 옮겨졌다가 하는 유동이 얼마 동안 지속되었다. 그러다가는 결국에 가서는 어쩔 수 없이 박탈되어 간 것같이 경희에게 변호가 가게 되고, 나중에는 B에 대한 배신감만이 완전히 고정적인 자리를 차지해 가게 되

---

17) 멍추 기억력이 부족하고 매우 호리멍덩한 사람을 낮잡아 이르는 말.

어 버렸다.

흐려 가던 머리가 또렷해진다. 그러나 그것이 끝끝내 지속되지는 않는다. 반딧불마냥 깜박거린다. 단속적으로[18] 나타나는 장면만은 선명하다.

흰 눈이 쌓인 산록[19]의 바람 소리가 시리다. 그것은 바로 사형 집행장에서의 일임에 틀림없다. 나는 권총 사격에 몇 점, 카빈에 몇 점, 엠원 소총에는 몇 점 하는 명사수의 하나로, 나의 소속 부대에서도 알려져 있다. 그러나 나 자신이 이 사형 집행의 사수로 지명될 줄은 몰랐다. 또 그렇게 달갑지도 않은 일이다. 더욱이 일단 지명된 이상에는 피해 낼 도리가 없다. 아무도 이런 일을 선두에 서서 하겠다는 사람은 없다. 그것도 전기장치로 된 집행장에서 단추 하나를 누르면 보이지 않는 곳에서 기계가 스스로 모든 일을 처리하여 주는 경우라면 몰라도, 이런 경우는 따분하기[20] 짝이 없는 일이다. 그렇지 않아도 나는 전에 형무소에서 사형을 집행하는 관리들의 고역을 상상해 본 일이 있다. 그럴 때마다 소름이 끼쳐 그런 일을 어떤 불우한 사람들이 직업으로 삼고 맡아 할 것인가 하고 동정했던 것이다. 사실 그 경우의 죽는 사람과 죽이는 사람 사이에는, 개인적으로 생명을 여탈(與奪)[21]할 하등의 이해관계가 없는 것이 거의 전부의 경우이기에…….

[18] 단속적으로 이어졌다 끊어졌다 하며.
[19] 산록(山麓) 산기슭. 산의 비탈이 끝나는 아랫부분.
[20] 따분하다 몹시 난처하거나 어색하다.
[21] 여탈 주는 일과 빼앗는 일.

지금 나의 경우는 약간 다르다. B가 오늘 집행되는 수형(受刑)[22]의 당사자라는 것을 알았을 때 나는 순간—그것은 참말 계량할 수 없는 눈 깜짝할 찰나였지만—복수의 만족감 같은 회심의 미소를 지을 뻔했던 것이다. B의 얼굴에 겹쳐 경희의 모습이 떠올랐다. 그러나 그것들이 다 어릴 때부터의 벗이었던 순진하고 아름다운 정에 얽매인 인간의 모습이 아니라, 언젠가 가족 동반에서 만난 당황하는 표정들이 점점 혐오를 느끼게 하던 그런 모습들인 것이다.

나는 눈을 떴다.
십 미터의 거리 전방에는 B가 서 있다. 목사의 기도는 끝났다. 유언이 없느냐고 물었다. B는 고개를 가로저었다. 지금까지 한 번도 내 앞에서 졌다고 항복한 일이 없는 B다. 그렇게 서로 대결이 되는 경우는 늘 내가 양보하는 위치에 서게 되었었다. 오늘도 이 숨 가쁜 마지막 고비에서, B의 목숨을 앞에 놓고 B와 나는 여기 우리 둘이 한 번도 같이 와본 적이 없는 눈 덮인 산골짜기에서 이렇게 대결하고 있는 것이다. 나를 알아보는 B의 눈은 조금도 경악의 표정은 없다. 일체의 체념이 나까지도 안중에 없게 하는가 보다. 그러면 나는 벌써 이 마지막 순간에도 이미 B에게 지고 있는 것이다. 만일 내가 이 자리에 사수로 나타나지만 않았다면 B는 무슨 말이든 한마디 남겼을는지도 모른다. 적어도 경희에게만은 무슨 마지막 당부의 한마디를 전하여 주고파 했을 것이 아닌가.
다섯 명의 사수는 일렬로 같은 간격을 두고 나란히 횡대로 늘어섰

22) 수형 형벌을 받음.

다. B의 손은 묶인 대로이다. 그의 눈은 검은 천으로 가리어졌다. 왼쪽 가슴 심장 위에 붙인 빨간 헝겊의 표지가 햇빛에 반사되어 더 또렷하다. 헛기침 소리 이외에는 아무의 입에서도 말이 없다. 다만 몸들의 움직임이 있을 뿐이다.

  B가 이적적인 모반(謀反) 혐의로 구속되었다는 신문 보도를 본 얼마 후 나는 B의 집으로 경희를 찾아갔다. 이 근래의 B의 의식 상태에는 약간의 이상적인 징조가 나타나 발작적인 행동이 집 안에서도 거듭되었다는 사실은 이날 들은 이야기다. B는 나의 절친한 친구의 한 사람이었다고 나는 지금도 그 생각은 버리지 않는다. 그와의 개인적인 대결이 치열할수록 나는 그를 잊어 본 적이 없다. 내 삼십 년의 지나온 세월에 있어서 B는 내 마음속에 새겨진 가장 오랜 친구였고, 접촉된 시간도 가장 긴 인간이기 때문이다. 나와 그는 이해관계를 초월하여 사귀어 왔다. 다만 경희의 경우를 비롯한 몇 고비의 치열한 대결은 B와 나의 의식적인 적대 행위가 아니라, 환경적인 조건이 주어진 불가피한 운명 같은 것이 더 컸다고 나는 생각하고 싶은 것이다. 그렇기 때문에 나는 나의 아끼던, 아니 현재도 아끼고 있는 유일한 친구이고, 그와의 어쩔 수 없는 대결이 거세면 거셀수록 그에 대한 관심이 더 강력하게 작용했던 만큼, 그의 혐의를 받는 죄상에 대한 내막은 이 이상 더 소상하게 늘어놓고 싶지는 않다.

  나를 만난 경희는 시종 울기만 하였다. 그것은 오랫동안 떨어졌다가 만난 육친의 애정 같은 것이어서 그 자리에서는 그와 나 사이에 아무런 장벽도 없는 것만 같았다. 경희는 남편인 B의 구출 문제보다도 나에 대한 자신의 변명 같은 호소로 일관하였다. 사변 통에 나의 행방은 알 길이 없었고, 수복 후에 우연히 만난 것이 나와 자기와의 과거를 가장 잘 아는 B였기에, 나의 생사에 대한 수소문을 서두르는 사이에 나의 소식은 묘연했고, B와의 결혼이 정식으로 성립되었다는 것이다. 나로서는 지금이라도 경희가 B를 버리고 나의 품으로 뛰어오겠다면 받아들일 수 있는 애정의 여신(餘燼)[23]이나 아량이 없는 바도 아니었지마는, 몇 번이고 죽음에 직면했던 나로서, 경희의 행방에 대한 관심에 얼마 동안 적극적이 되지 못하였던 나 자신에 대한 자책이, 이제야 더욱 거세게 싹터 나로 하여금 아무의 힐난도 못 하게 만들었고, 오히려 경희에 대한 미안한 생각으로 가슴이 뿌듯해지게 하는 것이었다. 그러나 이미 때는 늦었다. B의 구명 운동이 우리 둘의 긴급한 일로 당면될 뿐이었다.

안전장치를 푸는 쇠붙이 소리가 산골짜기의 정적 속에 음산하다.
나는 무심중 귓바퀴의 상처에 손이 갔다. 호두껍질처럼 까칠한 감촉이 손끝에 어린다. 지나간 조각조각의 단상들이 질서 없이 한 덩어리로 뭉겨져 엄습해 온다. B와 경희와 곰과 공기총과, 걷잡을 수 없는 착잡한 감정이다.
"겨누어, 총!"
구령에 맞추어 사수는 일제히 개머리판을 어깨에 대고 B의 심장에 붙인 붉은 딱지에 총을 겨누었다.
순간 나는 내 정신으로 돌아왔다. 최종에는 내가 이긴 것이라는 승리감 같은 것이 가슴쇠 구멍으로 내다보이는 B의 심장 위에 어린다. 그

[23] 여신 타고 남은 불기운.

러나 나는 곧 나의 차디찬 의식을 부정해 본다. 어떻게 기적 같은 것이라도, 정말 기적 같은 것이 있어, 이 종언[24]의 위기에 선 B를 들고 달아날 수는 없는 것인가······. 방아쇠의 차디찬 감촉이 인지(人指)[25]의 안 배에 싸늘하게 연결된다. 내가 쏘지 않아도 다른 네 사수의 탄환은 분명 저 B의 가슴의 빨간 딱지 표지를 뚫고 심장을 관통할 것이다.

"쏘아!"

구령이 끝나기가 바쁘게 일제히 '빵' 소리가 났다. 나는 아직 방아쇠를 당기지 않고 있는 것을 깨달았다. 지금 여기 B와의 최후 순간의 대결에서 나는 또 지각을 하고 있는 것이다. 나는 이제나마 그와의 대결의 대열에서 제외되어서는 안 될 것 같다. 방아쇠를 힘껏 당겼다. 총신이 위로 튕겨 올라가는 반동을 느꼈을 뿐이다. 화약 냄새가 코를 쿡 찌른다. 그때는 이미 B는 다른 네 방의 탄환을 맞고 쓰러진 뒤였다. 그는 넘어지면서도 끝까지 나에게 이겼다고 생각했는지도 모른다. 총소리와 함께 나 자신도 그 자리에 비틀비틀 고꾸라졌다. 극도의 빈혈이었다.

"이제 의식이 완전히 회복돼 가는가 봐요."

눈을 떴다.

옆에 경희가 서 있다. 찬 수건으로 내 콧등의 땀을 닦아 내고 있다. B와 나란히! 아니, B는 없다. 경희도 아니다. 무표정하게 싸늘한 아까의 간호원이다.

---

24) 종언(終焉) 없어지거나 죽어서 존재가 사라짐.
25) 인지 집게손가락.

내가 이겼는지, B가 이겼는지, 내가 이겼어도 비굴하게 이긴 것만 같은 혼몽한[26] 속에서 나는 다시 깊은 잠에 떨어졌다.

---

26) 혼몽하다(昏夢) 정신이 흐릿하고 가물가물하다.

생각해 볼 거리

1 '나'와 B는 어떤 관계입니까? '나'와 B의 관계에서 인간의 실존적인 모습을 발견할 수 있는 이유는 무엇입니까?

B와 '나'가 절친한 친구이자 동시에 가장 치열한 경쟁자가 된 것은 얼핏 모순적인 것 같으나 사실은 인간의 보편적인 한 특징을 잘 보여 줍니다. 대개의 사람들이 친구나 형제 혹은 동료에게 경쟁심을 느끼기 때문입니다. 우리는 우리보다 월등하게 뛰어나거나 부족한 사람에게는 비교적 무관심하지만, 자신과 같거나 비슷하다고 느끼는 사람들에게는 강한 질투심을 느낍니다. 가장 견디기 힘든 일이 가까운 친구의 성공이라는 사실은 공공연한 비밀입니다.

서로 가까이 있고 늘 비교의 대상이 되는 탓에 형제나 친구, 동료를 경쟁 상대로 여기게 되는 것은 상황에 의해 조건 지어지는 인간 존재의 보편적인 모습입니다. 이 작품은 한국전쟁을 배경으로 하고 있으나 전쟁이 전면에 나서지 않고 주인공들의 대결을 형성하는 상황의 하나로 제시되어 있기에 역사적인 인간보다는 실존적인 인간에 관심을 둔 작품으로 평가받고 있습니다.

2 '나'와 B가 서로 경쟁하게 된 계기와 경쟁이 지속·심화되었던 까닭을 생각해 봅시다.

　B와 '나'의 경쟁은 중학 시절 심술궂은 선생 '곰'의 벌로 서로 뺨 때리기를 하면서부터 시작되었습니다. B와 '나'는 '곰'의 강요에 의해 뺨을 때리기 시작했으며 서로에 대해서는 아무런 악의도 없었습니다. 그러나 뺨 때리기가 계속되면서 점차 감정이 격앙되고 뺨을 때리는 손바닥의 탄력이 점점 거세지자 '곰'에 대한 반감이 서로에게 옮겨져 적의를 느끼게 되었습니다. 결국 '나'가 코피를 흘리는 것으로 뺨 때리기는 종결되었는데 '나'는 이때 처음으로 B에 대해 분노와 패배감을 맛보았습니다.

　그 일이 있은 후, B와 '나'는 여전히 가장 가까운 친구로 지냈으나 둘의 마음속에는 서로에 대한 경쟁심이 강하게 자리 잡게 되었습니다. 둘의 대결을 부추겼던 '곰'에 대한 반감이 서로에 대한 경쟁심과 증오심으로 옮겨 갔듯이, 학교 성적이나 연애 문제 등의 대결이 계속되면서 둘 사이의 우정은 점점 금이 가게 되었습니다.

3 경희와의 교제 문제로 공기총 시합을 하던 중 B가 '나'의 귓불을 쏜 것은 무엇을 의미할까요?

그전 일요일에 공기총 시합에서 '나'에게 졌던 B가 경희와의 교제 문제를 놓고 또다시 공기총 시합을 제안한 것은 자신의 사격 실력이나 대담함이 '나'보다 못한 것을 인정하지 않았기 때문입니다. 상대편을 나무 옆에 세워 놓고 귀 높이 정도 되는 나무통 복판을 정확하게 맞히는 쪽이 경희를 양보받기로 하자는 B의 제안은 혹여 실수라도 한다면 상대방의 생명이 위태로울 수 있는 상당히 위험한 일이었습니다. 그런데도 B가 그런 제안을 한 것은 B 자신은 그런 위태로운 상황에서도 냉정함을 잃지 않고 대담하게 공기총을 쏠 수 있다는 자신감이 있었기 때문일 것이며, 무엇보다 '나'에게 반드시 이기고 말겠다는 오기가 작용한 것이라고 볼 수 있습니다. B가 '나'의 귓불을 쏜 것은 그가 친구인 '나'의 목숨을 위태롭게 할 만큼이나 승부에 집착했기 때문이라고 볼 수 있으며, 이 사건을 통해 '나'에 대한 B의 승부욕 역시 만만치 않았음을 알 수 있습니다. 또한 이 사건에는 승부에 대한 집착이 의도하지 않은 위험한 결과를 초래할 수도 있다는 경고가 나타나 있습니다.

4 '나'와 B의 대결 양상에서 외부적 상황이나 운명의 역할을 파악해 봅시다.

'나'와 B의 결정적인 대결은 주로 외부적 상황에서 비롯되었습니다. 두 사람이 처음 대결하게 된 것은 선생 '곰'의 체벌 때문이었고, '나'가 경희와 헤어지게 되고 경희가 B의 아내가 된 것은 전쟁 때문이었으며, '나'가 B를 총살할 사수로 지명된 것도 상부의 명령 때문이었습니다. 이렇게 자신의 의지와 관계없이 운명적으로 강요되는 대결 상황 속에서 '나'와 B는 점점 강한 경쟁심을 느끼게 됩니다. '나'와 B는 대결을 부추기는 외부적 상황을 통찰하지 못하고 맹목적이고 차디찬 대결의식으로 빠져 든 나머지 가장 절친한 친구의 불행과 패배를 소망하게 된 것입니다. 이와 같은 '나'와 B의 대결 양상은 운명의 힘에 의해 압도되는 인간 존재의 비극적인 모습을 보여 줍니다.

5 사수로서 B와의 최후의 대결에서 보인 '나'의 태도에 대하여 생각해 봅시다.

'나'는 최후의 대결에서 방아쇠를 당기지 않아 B를 이길 수 있었던 기회를 놓치고 맙니다. 왜냐하면 '나'는 'B를 죽임으로써 그와의 대결에서 승리할 수 있다는 마음'과 '나의 가장 오랜 친구인 B를 살리고 싶은 마음' 사이에서 갈등을 느낀 나머지 B의 심장에 방아쇠를 당길 수 없었기 때문입니다. '나'는 B와의 마지막 대결을 회피했다는 생각으로 또다시 패배감에 젖게 됩니다. 그러나 B를 쏘지 못한 '나'의 행동은 친구의 죽음을 자신의 승리로 귀결시키려는 차디찬 경쟁의식을 부정하려는 따뜻한 인간적 감정에서 비롯된 것이었습니다. 아울러 '나'가 허공에다 총을 쏘고 기절하고 마는 것은 B와 '나'를 서로 죽이고 죽는 대결로 몰아간 외부적 힘에 대한 소극적인 저항으로 볼 수 있습니다.

따라서 B를 향해 방아쇠를 당기는 순간에 겪은 '나'의 갈등과 망설임이야말로 맹목적이고 뿌리 깊은 경쟁심리와 대결 관계를 극복할 수 있는 자유의지의 가능성을 보여 준 것이라 할 수 있습니다.

6 '나'는 B의 죽음 이후에도 B와 '나' 중 누가 최후의 승자인가에 대한 해답을 찾으려고 애씁니다. 이와 같은 결말이 의미하는 것을 생각해 봅시다.

B가 죽은 이후에도 '나'가 B와의 승부에 집착하는 것은 잠재의식 속에 남아 있는 대결의식 때문입니다. 이는 경쟁 상대에게 느끼는 대결의식이 끈질기고 집요하게 인간의 의식을 지배한다는 것을 의미합니다.

또한 B와 '나' 중 누가 최후의 승자인지에 대한 해답을 쉽게 내릴 수 없는 까닭은 둘의 대결에서 승자와 패자가 없음을 암시하고 있습니다. 왜냐하면 '나'와 B의 경쟁은 스스로 의도하거나 선택한 것이 아니었기 때문입니다. '나'와 B 모두 외부적 상황이 강요한 대결의 불행한 희생자일 뿐입니다.

이처럼 이 작품의 결말은 환경적인 조건에 따른 불가피한 운명과도 같은 대립 관계에서 상대를 굴복시키고 이기는 것이 과연 진정한 승리인가에 대한 질문을 던지고 있습니다. B가 이기거나 '나'가 이기는 길 대신, 둘의 대결을 강요하는 상황 자체를 자유의지에 따라 거부하는 것이 마음의 평화에 이르는 진정한 승리일 수 있기 때문입니다.

7 이 작품은 인간의 본능적인 경쟁의식을 다루었다는 점에서 인간 실존의 문제를 다룬 작품으로 평가받고 있습니다. 이러한 주제의식을 당대의 사회·역사적 상황과 관련지어 생각해 봅시다.

 이 작품은 외부의 힘에 의해 강요되었던 민족 분단의 비극을 실존적 차원에서 형상화하고 있습니다. '나'나 B 모두 어느 누가 이겼는지 가늠할 수도 없는 상황하에서 외부의 힘에 의해 대결을 강요당하고 희생되는 연약한 존재일 뿐입니다. 그러한 모습은 외부의 힘에 의해 민족상잔의 아픔을 겪고 분단이라는 끝없는 대결 상황에 놓여 있는, 누구도 승리할 수 없는 부조리한 상황에 빠져 있는 우리 민족의 자화상일 것입니다. 하지만 '나'가 허공에다 총을 쏘고 기절하고 마는 것은 소극적이나마 그 외부의 힘에 자유의지로 맞서고자 하는 저항의식을 보이는 것이라고 할 수 있습니다. 우리 민족의 의지와는 상관없이 외부의 힘에 의해 서로 대결하고 전쟁과 분단이라는 비극을 맞아야 했던 우리 민족이 그 운명의 힘을 넘어서서 나아가려면, 그러한 상황이 우리 스스로 원했던 것이 아니라는 것, 그러한 승부로는 어느 쪽도 승리할 수 없다는 것을 직시하고 그 상황을 자유의지로 극복해 내야 한다는 것을 이 소설은 말하고 있습니다.

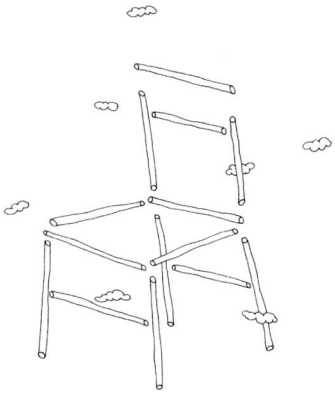

흑산도

척박한 땅 흑산도를 배경으로
섬사람들의 삶의 애환과 강인한 의지를 그린 작품

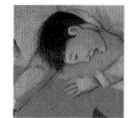

 감상의 길잡이

"그라문 씨집도 안 가구 큰애기로 늙으라제"

섬, 기다림으로 이어지는 삶

목포에서 남서쪽으로 97.2킬로미터 떨어져 있으며, 홍도·다물도·대둔도·영산도 등과 함께 흑산군도를 이루는 섬. 사람들은 산과 바다가 푸르다 못해 검게 보인다 하여 이 섬을 흑산도라 했다고 합니다. 정약용의 형인 정약전이 신유박해 때 유배되었다가 죽은 곳으로도 유명한 이 섬은 척박한 환경으로 인해 가난과 죽음이 숙명이 되어 버린 곳이었습니다.

소설 「흑산도」는 1955년 〈조선일보〉 신춘문예에 당선된 작품입니다. 전광용은 이 작품을 통해 자신의 문학적 지향을 분명히 하게 되었고, 작가로서의 이름을 얻게 되었습니다. 그는 이 작품에서 가난한 섬 생활을 사실적으로 그려 내었으며 토착세계에 대한 애정을 담아내었습니다. 또한 운명적 순응주의를 용납하지 않고 가난을 천명으로 생각하면서도 위선과 거짓을 받아들이지 않는 의지의 인간들을 형상화하였습니다.

　이 소설은 섬 처녀들이 손에 손을 잡고 둘레를 돌면서 메기고 받는 강강술래로 시작되어 사공들의 뱃노래로 끝이 납니다. 섬 아낙들과 뱃사람들의 애환이 담긴 민요로 처음과 끝을 장식함으로써 형식의 완결성을 추구한 점이 특이합니다. 여기에 구수한 남도 사투리가 섬 특유의 토속적인 분위기를 더해 줍니다.

　이 소설의 주인공은 부모를 잃고 어부인 할아버지와 살아가고 있는 가난한 섬 처녀 북술입니다. 그녀의 곁에는 어린 시절부터 남매처럼 지내 온 용바우라는 사랑하는 사내가 있습니다. 섬 생활은 가난하고 힘겹지만 두 사람은 함께 가정을 일구어 갈 꿈에 부풀어 있습니다. 그러나 척박한 환경의 섬은 그들의 사랑을 지켜 주지 않습니다. 섬 사내들은 바다에서 나서 바다에서 죽는 운명을 따르게 마련이며 섬 아낙네들은 그렇게 떠나간 사내들을 그리다가 목마르고, 기다리다 지쳐서 쓰러지면서도 바다와 더불어 살아가게 마련입니다. 그렇기에 북술이는 가난과 절망뿐인 섬에서 탈출하고 싶어합니다.

　이 소설은 바다를 원망하면서도 바다에 의지해서 살아가는 섬사람들의 숙명적인 삶과 육지를 그리워하면서도 결국 바다의 삶을 버리지 못하는 섬 여인네들의 애환을 사실적으로 그려 내었습니다. 섬이라는 열악하고 힘겨운 환경을 배경으로 펼쳐지는 섬사람들의 삶과 의식이 흥미롭고 감동적으로 그려집니다.

흑산도

첫 조금(潮減)¹⁾이 지난 달무리였다. 철에 고깝지²⁾ 않게 포근한 날씨가 새벽 눈이라도 내릴 것만 같았다.

손바닥 오그린 모양으로 오붓하고 아늑하게 생긴 좌청룡(左靑龍), 우백호(右白虎)에 감싸인 마제형(馬蹄形)³⁾의 형국이라는 나루였다.

평나무, 누럭나무, 재빼나무가 우거진 속 용왕당이 버티고 서 있는 당산(堂山)⁴⁾ 기슭에 감아붙어 갯밭에 오금을 괴고 조개껍질처럼 닥지닥지 조아붙은 마을 한 기슭으로 뒷주봉 나왕산(羅王山) 골짜기에 꼬

---

1) 조금 조수(潮水)가 가장 낮은 때를 이르는 말. 대개 매월 음력 7, 8일과 22, 23일에 있다.
2) 고깝다 섭섭하고 야속하여 마음이 언짢다.
3) 마제형 나루말굽처럼 된 모양이나 요형(凹形) 같은 것. 말굽꼴.
4) 당산 토지나 마을의 수호신이 있다고 하여 신성시하는 마을 근처의 산이나 언덕.

리를 문 개울이 밀물을 함빡 삼켰다가 썰물에 구렁이처럼 개펄로 꿈틀거리고 흘러내리는 것이 희미한 달빛에 비늘처럼 부서진다.

갯가에서는 마을 장정들의 흥겨운 노랫소리가 꽹과리, 장구 소리에 섞여 당산까지 울렸다가는 숨 죽은 듯 고요한 바다 위로 다시 퍼져 흩어진다.

인실이네 마당에서는 큰애기[5]들이 손에 손을 잡고 둘레를 돌면서 메기고 받는 강강수월래가 그칠 줄을 모른다.

　　딸아 딸아 막내딸아

인실이 어머니의 메기는 소리다.

　　강강수월래―

큰애기들은 목청을 돋우어 받는다. 빨리 돌 때는 큰애기들의 삼단 같은 머리[6]채가 궁둥이를 치고 허리통에 휘감긴다.

　　너만 곱게 잘만 커라
　　강강수월래―

---

5) 큰애기 '처녀'의 사투리.
6) 삼단 같은 머리 숱이 많고 긴 머리.

흑산도 317

어느덧 노래는 그들이 가장 즐기는 '둥당의타령'으로 바뀌었다.

    둥당에다 둥당에다
    당기둥당에 둥당에다

큰애기들은 흥겨워 저도 모르게 어깨춤에 가랑이질이 섞인다.

    저기 가는 저 생애[7]는
    남생앤[8]가 여생앤[9]가
    여생질[10]에 가거들랑

    우리 엄마 만나거든
    어린 자식 보챈다고
    백수벵에 젖을 짜서
    한숨으로 마개 막아
    무지개로 끈을 달아
    전하라소 전하라소
    안개 속에 전하라소

---

7) 생애 상여. 사람의 시체를 실어서 묘지까지 나르는 도구.
8) 남생애 남자가 죽은 상여.
9) 여생애 여자가 죽은 상여.
10) 여생질 여자가 죽어서 상여로 가는 길.

까막개(黑浦)의 밤은 추위도 모르고 깊어만 갔다.
 북술이는 동무들과 맞잡고 둥당의노래를 부를 때는 아무 시름도 없이 즐겁기만 했다. 그러나 혼자서 이 노래를 읊조리면 얼굴 모습조차 기억 속에 더듬기 어려운 어머니의 옛이야기처럼 서러움이 꿀꺽 치밀었다. 둘레를 돌면서도 북술이의 눈은 이따금 갯가로 옮겨졌고, 그럴 때마다 용바우의 믿음직한 목소리가 귓전을 어루만져 슬픔을 가라앉히곤 했다.
 갯가에서는 막걸리를 나누는 참이었는지 한참 잦았던 징 소리가 이번에는 더 세차게 마을을 스쳐서는 뒷주봉[11]에 메아리를 울렸다.
 '한아부지[12]가 기다릴라.'
 아쉬운 생각도 없지 않았지만 노래 중간에서 뺑소니를 쳐 나온 북술이의 걸음은 집에 가까울수록 무거워만졌다.
 당산 밑 낭떠러지에 등을 대고 다가붙은 갯집[13] 큰방에는 불빛도 보이지 않았다. 정지[14]와 큰방과 마루를 둘러싼 앞마당은 그대로 한길이자 갯가였다.
 "인자사 와……."
 굴뚝 뒤로 우거진 동백나무 그림자에서 불쑥 튀어나오는 소리였다.
 "아이고 놀랐재라우, 누고……."
 "나야, 나."
 용바우의 크고 벌어진 어깨가 북술이 앞으로 다가왔다.

---

11) 주봉(主奉) 최고봉. 가장 높은 봉우리.
12) 한아부지 할아버지의 사투리.
13) 갯집 갯가의 집.
14) 정지 '부엌'의 사투리.

"난 또 누구라고, 갯가에서 벌써 왔는지라우?"

"안 갔재라, 내일이 유왕〔龍王〕님 고사 모시는 날이랑께."

"응, 그랴."

북술이는 깜빡 잊었던 용왕제[15]가 생각났다.

"그렁께로 술도 고기도 못 먹고 정히[16] 한다이께."

까막개 사람들은 바다와 싸우면서 바다를 의지하고 살아왔다. 폭풍우를 만나면 바다가 적이었고, 고요하게 잠자는 날이면 바다보다 다사로운 벗은 없었다.

이 섬에서는 일 년의 넉 달은 농사가 살려 주고, 나머지 여덟 달은 바다가 키워 주어 미역과 좌반과 생선으로 목숨을 이었다.

그들은 바다에서 나서 바다에서 죽었다. 용바우 아버지도 그랬고, 북술이 아버지도 그러했다. 원수인 바다에 끝없이 저주를 보내면서 바다에 대한 지성은 그들의 신앙이었다.

그러기에 가장 허물없고 깨끗한 젊은이들이 해마다 정초에는 용왕제 집사(執事)로 뽑혔다. 용바우도 금년에는 이 정성스러운 일에 한몫 들었다.

용바우는 열다섯에 첫 배를 탔다. 털보 영감으로 통하는 안선달과 두 살 맏이지만 알이 작기에 대추씨라는 별명을 가진 두칠이 틈에 끼여 북술이 할아버지 박영감과 함께 칠산(七山) 바다에서 연평(延坪) 앞개[17]까지 올리훑는 조기잡이로 시작된 뱃길이 어느새 십 년이

---

15) 용왕제(龍王祭) 음력 정월 14일에 배의 주인이 제주가 되어 뱃사공들이 지내는 제사. 무당을 부르지 않는 점에서 '용왕굿'과 다르다.
16) 정히 맑고 깨끗하게.

흘렀다.

 세월은 박영감의 등에서 살점을 앗아 가고, 머리빛을 갈아 내고, 이마에 밭이랑 같은 주름을 박아 가는 사이에, 용바우는 제법 소금섬 두 가마씩을 단숨에 지고 발판을 날듯이 뱃전으로 오르내리게 되었다. 간물[18]에 절은 검붉은 얼굴은 윤기를 띠었고 이글이글 타는 화경[19] 같은 눈동자는 박영감의 가슴속 빈구석을 채워 주었다.

 용바우에게 북술이는 거리낌도 수줍음도 없었다. 나이야 먹어 가든 말든 그대로 장난이요 반말이었다. 그러던 북술이가 어느덧 용바우 앞에서 옷고름을 물지 않으면 앞섶을 만지작거리는 버릇이 생겼다.

 박영감은 박영감대로 용바우에 대한 속셈을 했고 용바우는 어느새 북술이가 제 물건처럼 소중해졌다. 북술이도 노상 용바우가 싫지는 않았다.

 "그라문 간물에 몸을 씻고 가지라우."

 "내일 새벽 일찍이 씻는당께."

 "배는 언제 떠나고?"

 "이자[20] 배꼴[21]을 박고 끄스리문 모래쯤 떠나제. 올에는 새로 묵은 배니께 홍두[22] 날께라."

 "그랑이께[23] 두 밤 자문?"

---

17) 앞개 앞개울.
18) 간물 소금기가 섞인 물.
19) 화경(火鏡) 햇빛을 비추면 불을 일으키는 거울이라는 뜻으로, 볼록렌즈를 이르는 말.
20) 이자 '이제'의 사투리.
21) 배꼴 흑산도에서, 배 몸체의 튼 곳을 메우는 재료.
22) 홍두 홍도.

"응, 그랴."

용바우는 달빛에 어린 북술이의 얼굴이 봉오리 벌어지는 동백꽃보다 더 아름답다고 느껴졌다. 몸집이 마음 놓고 굵어진 것 같아 부푼 가슴이 풀 먹은 인조견[24] 저고리 앞자락을 슬며시 들고 일어섰다.

"북술이는 또 나이 하나 더 먹었으니께 인자 열아홉이제."

"누군 나이를 안 먹구 나만 먹는지라우."

고름 끝을 비비는 북술이의 입가에는 엷은 웃음이 어렸다. 용바우는 북술이의 입이 가장 복스럽다고 생각되었다. 그 입으로 말이건 웃음이건 거푸거푸 새어 나오게 하고만 싶었다.

'북술이는 지 어무니를 닮았재라우, 고 복스런 입이 더.'

입버릇처럼 뇌까리는 인실이 어머니의 말이 떠올랐다.

"인자 씨집[25]도 가양께."

처음 하는 소리였다. 그러나 지난봄부터 용바우의 혀끝에서 맴도는 한마디였다.

"누가 씨집 간다는지라우."

"그랴문 씨집도 안 가구 큰애기로 늙으라제."

"언제 누가 큰애기로 늙는당께…… 남의 걱정 말구 장가나 가라재라우."

북술이도 이번에는 가슴이 탁 트이도록 소리를 내어 웃었다.

어느 사이엔지 용바우의 삿대[26] 같은 팔은 북술이의 겨드랑이를 스

---

23) 그랑이께 '그러니까'의 사투리.
24) 인조견(人造絹) 사람이 만든 명주실로 짠 비단.
25) 씨집 '시집'의 사투리.

쳐 사등뼈²⁷⁾가 바스라지도록 껴안는 판에 가슴은 숨 막히게 가빴다. 용바우의 뜨거운 입김이 북술이의 이마를 확확 달구었다.
"어디 참말 씨집 앙 가나 보자이께."
"누구는……."
봉창²⁸⁾문이 삐걱 소리를 내었다. 박영감의 쿨룩거리는 기침 소리였다.
"누구라?"
"……."
"누가 왔는게라?"
"나 북술이라우."
"응, 북술이라."
"야."
북술이의 허리를 놓은 용바우는 슬며시 갯가로 돌아 까막바위 쪽으로 내려갔다.
"누가 왔지로?"
"저, 용바우가."
"새날이문 유왕님 고사에 나갈 놈이 가시나하고 무슨 짓이라."
다시 박영감의 해소²⁹⁾가 끊이지 않는 사이에 북술이는 방에 들어가 쪼그리고 누웠다. 그러나 용바우의 입김이 아직도 이마에 뜨거웠다.

26) 삿대 배질을 할 때 쓰는 긴 막대. 배를 댈 때나 띄울 때, 또는 물이 얕은 곳에서 배를 밀어 나갈 때 쓴다.
27) 사등뼈 척추동물의 척추를 형성하는 뼈. 등골뼈.
28) 봉창(封窓) 여닫지 못하도록 봉한 창문.
29) 해소 '해수(咳嗽)'의 변한 말. 기침.

먼동이 트기 전부터 내리는 눈은 솜송이같이 함박으로 퍼부어 미처 녹다 못해 오래간만에 쌓여졌다. 당산에서는 본당(本堂) 정면에 단청으로 그려진 남녀 괘화(掛畵)30) 앞에 소 한 마리가 사각(四脚)과 두족(頭足)으로 동강이 나 놓여 있고, 이 한 해의 잡귀를 몰고 풍어(豊漁)를 기원하는 고축(告祝)31)도 끝났다. 만선(滿船)을 축원하는 용바우의 머릿속에는 북술이가 크게 자리 잡고 있었다.

한낮이 되자 하늘은 개고 거의 녹아 버린 눈길에 마을 사람들은 명절보다 더 기뻤다.

달이 나왕봉 마루에 기울기 시작했다. 까막바위 앞에 웅크리고 앉은 두 그림자는 이슥하도록 움직이지 않았다. 잔물결이 바위 밑에 부서졌다가는 밀려가는 것이 차츰 거세어졌다.

"그라이께, 새벽참에 꼭 떠나야제?"

"그랴."

"한아부지가 보름이나 지나믄 나가자는디."

"물감자(고구마)도 그만 다 떨어졌지라, 먹을 것이 다 바닥이 났으라우."

"그랄테지라, 하지만……."

"아니요, 보름 전에 한 축은 해야 한다이께."

용바우는 담배를 말아서 불을 붙였다. 두툼한 양 볼이 오므라지게 빨았다가는 길게 내뿜었다. 눈 온 뒤에는 꼭 바람이 터진다는 할아버

---

30) **괘화** 걸개그림.
31) **고축** 천지신명에게 고하여 빎.

지의 말이 다시 떠올라 북술이는 어쩐지 불안스러웠다.

"보름을 쇠구 가제, 그라요."

"보름은 손구락을 빨구 쉰당께. 새벽참에 떠나문 보름 전에 돌아오지라."

잊었던 찬 기운이 겨드랑이로 스며들었다. 북술이는 용바우 무릎에 바싹 다가앉았다.

"그라이께 말이여, 이번 한 채만 잘 하믄 그걸 폴아서³²⁾ 북술이 신발을 사고 나도 작업복이나 한 벌 갈아입어야제."

"……"

용바우의 거북등 같은 손아귀에 꽉 쥐인 북술이의 손은 해면처럼 오그라들었다. 북술이는 용바우가 껴안는 대로 잠자코 있었다. 머루알 같은 젖꼭지에 용바우의 손끝이 닿으니 등줄기가 저리도록 간지러웠다.

용바우는 박영감을 찾았다.

"나두 인자 이만큼 하이께 한아부지는 그만 쉬지라우, 올해는 셋이서 넷 몫을 할랍니데."

"글쎄라……"

"털보 영감과 두칠이두 그랬지로, 해소가 심한디 조섭³³⁾을 해야지라고."

---

32) 폴아서 팔아서.
33) 조섭(調攝) 건강이 회복되도록 몸을 보살피고 병을 다스림. 조리(調理).

"이래도 배에만 오르믄 상관없는지라."

박영감은 곰방대를 들면서 긴 한숨을 꺾었다.

"가알[秋]³⁴⁾도 아니고 절[冬]³⁵⁾에 안 되지라."

"그래씄지마는 어디 그랄 수야……."

벌써 몇 번이나 되풀이되는 이야기였다. 정지에서 뱃점심 고구마를 솥에 안치고 있던 북술이는 코허리가 시큰했다. 눈까풀을 까물거리니 기어코 방울이 떨어졌다. 설보름과 제사 때만 맛보던 쌀밥이건만 아버지 제사에 쓰려던 메쌀³⁶⁾을 갈라서 고구마 솥에 깔았다.

첫닭이 울었다. 배는 물때³⁷⁾를 따라서 떠나야 했다. 앞개에 늘어선 배마다 불이 환했다. 나루터는 찾는 소리 대답하는 소리에 왁자지껄 고아댔다.³⁸⁾

털보 영감은 홍어 주낙을 올리고 두칠이와 용바우는 뒷장에 그물을 실었다. 물동이를 이고 나오는 북술이의 뒤에 박영감이 따라섰다.

두칠이는 닻을 올리고 털보 영감은 뒷줄을 풀었다. 용바우가 삿대를 내리밀자 털보 영감은 이내 키를 잡았다. 두칠이는 노를 풀어 놋좆³⁹⁾을 제자리에 박고 노걸이를 걸었다.

---

34) 가알 '가을'의 사투리.
35) 절 '겨울'의 사투리.
36) 메쌀 '멥쌀'의 사투리.
37) 물때 아침저녁으로 밀물과 썰물이 들어오고 나가고 하는 때.
38) 고아대다 큰 소리로 시끄럽게 마구 떠들다.
39) 놋좆 배 뒷전에 자그맣게 나와 있는 나무못. 노의 허리에 있는 구멍에 이것을 끼우고 노질을 한다.

배가 움직이기 시작했다. 어둠 속에 썰물을 타고 달아나는 뱃머리에 부딪는 물결 소리만이 아우성에서 멀어져 가는 새벽의 고요를 깨뜨렸다.

"알맞은 샛마〔西南風〕라, 돛을 올리제."

털보 영감의 의기를 띤 소리였다. 용바우와 두칠이는 돛대를 발바닥으로 지그시 밀면서 총줄[40]을 팽팽히 죄었다. 용두줄[41]을 당기어 뒷장에 꼽을돛〔大帆〕[42]을 올리고 허리돛마저 올렸다. 새벽 바람에 활처럼 탱겨진 돛은 바람 먹은 복어가 물 위에 떠가듯 가볍게 미끄러졌다.

안개를 벗어난 지 이윽해서 용바우는 멀리 홍도(紅島)께로 내다보았다. 먼동이 트기 시작하나 수평선은 아직 어둠 속에 잠겼다. 아득히 석끼미 등댓불만이 깜박거렸다.

용바우의 머리에는 간밤 진주알 같은 눈망울로 쳐다보던 북술이의 모습이 떠올랐다. 가슴이 뛰었다.

'만선을 해가꾸 들어가야제.'

이렇게 바다로 나가는 것이, 아니 사는 것이 모두 북술이 때문에 보람 있는 것같이 그런 심정으로 자꾸만 이끌어졌다.

'언제 누가 큰애기로 늙는당께.'

북술이의 말소리가 아직도 귓가에서 떠나지 않았다.

큰 바닥에 나오니 바람은 휘몰아치고 너울[43]은 점점 거세어졌다.

"치(키)를 좀 외[44]로 틀제."

---

40) 총줄 돛을 오르내리기 위하여 돛대에 매어 놓은 줄.
41) 용두줄 배의 돛대 꼭대기 부분에 매어 놓은 줄.
42) 꼽을돛 고물대. 둘 이상의 돛을 다는 배에서 고물 쪽에 있는 돛대.
43) 너울 바다의 크고 사나운 물결.
44) 외 바깥.

이무장[前舷]⁴⁵⁾에 걸터앉은 털보 영감은 뒷장에 서 있는 용바우를 건너다 넌즈시 한마디 던지고는 담배를 피워 물었다. 털보 영감은 까칠어진 손을 비비면서 아들놈도 장성해 가니 이제 금년으로 뱃길은 끝내야겠다고 생각에 잠겼다. 그러고는 애송이 같은 것이 그래도 하이칼라랍시고 머리 밑을 도리고 다니는 아들 녀석의 굵어 가는 뼈다귀를 가늘어진 눈언저리에 그리며 만족한 듯한 미소를 입 가장자리에 여물렸다.

아직도 갯가에 서 있는 박영감은 지금쯤은 배가 옥섬(玉島) 모퉁이는 돌았겠다고 생각되었다. 뭇 배가 다 떠나고 갯밭이 조용해질 때까지도 박영감은 돌처럼 그 자리에서 움직이지 않았다.

얼마 동안을 지났던지 비금도(飛禽島) 쪽에 포개졌던 엷은 구름이 가시고 햇발이 솟아오르기 시작했다. 육십 평생 보아 온 하늘이건만 하루도 똑같은 날은 없었다.

'바다가 유헨덕이라면 하늘이사 제갈양이제, 참 조홰야, 암만 가구 싶어도 하누님이 말면 못 가이게.'

박영감의 눈은 동녘 하늘에 못박히고 있다. 활대구름이 허리띠처럼 가로놓여 있기 때문이었다.

'거기다 해까지 노란 씨레⁴⁶⁾를 달았군, 엠펑 가마깨에서 배가 곤두박질한 것도 저 구름이었다. 아들놈이 서바닥 호쟁이꼴에서 소식이 없어진 것도 바로 저 구름이었는지…… 오늘 밤엔 하누바람[北風]⁴⁷⁾이 터질 테라.'

---

45) 이무장 배 앞쪽의 밑바닥.
46) 씨레 수레.
47) 하누바람 '하늬바람'의 사투리. 서북쪽이나 서쪽에서 부는 바람.

갯밭에서 마을 길로 옮기면서도 박영감의 시선은 항시 구름에서 떨어지질 않았다.

누더기가 되다시피 한 솜옷 위에 언젠가 데구리[48] 선장이 던지고 갔다는 군복 잠바를 걸친 박영감은, 뒤로 보아서는 야윈 얼굴이 짐작될 바도 아니나 옆에서 치켜 보면 목덜미의 힘줄이 지렁이처럼 내솟구고 있다.

'올 해사[49]나 잘되문 가알에는 성례(成禮)[50]를 시켜야제.'

박영감은 한순간 흐뭇한 기분으로 중얼거렸다. 북술이는 귀엽고 용바우는 고마웠다. 멀리 안개로 들어서는 겐자꾸〔巾着船〕[51]의 고동 소리가 박영감에게는 못마땅했다.

해초(海草) 뜯기는 조금께[52]가 제일 알맞았다. 북술이는 바구니를 들고 까막바위 쪽으로 돌아갔다.

정이월부터 삼사월까지는 좌반과 우무를 뜯고, 오뉴월이면 잠질[53] 해서 생복이나 성게를 땄다. 칠팔월에는 미역이 한창이었고, 구시월 접어들어 동지섣달까지는 김을 주웠다. 갯밭을 파는 조개잡이는 사철 가리지 않아 이렇게 까막개 아낙들은 여름은 여름대로 겨울은 겨울대

---

48) 데구리 대가리.
49) 해사(海事) 바다에 관한 모든 일.
50) 성례 혼인의 예식을 지냄.
51) 겐자쿠 건착선. 건착망으로 고기를 잡는 배. 건착망은 띠 모양의 큰 그물로, 고기를 둘러싸고 줄을 잡아당기면 두루주머니를 졸라맨 것처럼 되어 고기가 빠져나가지 못하게 된다. 고등어, 다랑어, 정어리 따위를 잡는 데 쓴다.
52) 조금께 바다에서 조수가 빠져나가 해수면이 가장 낮아진 상태.
53) 잠질 물속으로 잠겨 들어감. 또는 그런 일을 낮추어 이르는 말.

로 바다와 더불어 손끝이 닿아 갔다.

"잉아 북술이 니는 뭍에 가봤제?"

작년 봄에 과부가 된 새댁이 북술이 허벅다리를 꾹 찔렀다.

"응, 한 번."

"나도 꼭 한 번 목포에……."

큰애기 머리채처럼 치렁치렁한 좌반 포기를 바구니에 주워 담던 그들은 허리를 폈다. 그들의 눈길은 멀리 동쪽 기좌도(箕佐島) 팔금도(八禽島)의 희미한 능선에 머물렀다. 까막개 큰애기들에게는 뭍이 향수(鄕愁)처럼 그리웠다.

"인자, 그만 뭍에 가 살았으문……."

새댁은 바위 끝에 주저앉으며 동의를 구하는 듯한 눈매로 북술이를 쳐다보았다. 북술이의 마음도 그러했다. 바다를 떠나서는 살 수 없으면서도 해마다 그 꼴로 되풀이되는 섬 살림이 이젠 진절머리[54]가 났다.

"그라문 새댁은 뭍으로 가제."

"북술이는 용바우가 있으니끼로 안 되지라우."

"……."

북술이의 가슴은 화살을 맞은 것 같았다. 사실 북술이도 뭍이 뼈저리게 그리웠다.

"누가 용바우 때문이라우."

"유왕제 전날 밤도 살금이 새어서 용바우를 만났재."

"……."

---

54) 진절머리 '진저리'를 속되게 이르는 말. 몹시 싫증이 나거나 귀찮아 떨쳐지는 몸짓.

머리를 저었으나 북술이의 얼굴은 붉어졌다.

지난여름 물을 실어 간 건착선의 곱슬머리가 찾아왔다.
"북술이 금년에도 물 좀 부탁해."
"야."
"이거는 빨래고."
곱슬머리가 다녀간 후 보따리를 헤치니 빨랫비누 세 개와 담뱃갑이 굴러 나왔다.

할아버지는 그거는 왜 받았느냐고 몹시 나무랐다. 그러나 얼마 안 가서 노인은 풀잎을 썰어 피우던 쌈지를 밀어 놓고 궐련[55]을 끄집어 내기에 북술이도 겨우 마음을 놓았다.

떠나는 뱃길이 썰물이라면 돌아오는 뱃길은 밀물이었다. 개펄은 장작 횃불에 야시(夜市)[56]처럼 환했다. 그러나 간밤부터 몰아치는 돌개바람은 아직 가라앉지 않고 너울은 굶주린 이리 떼처럼 태질[57]을 했다.

마을 사람들은 나루터에서 밤을 새웠으나 아직도 배 세 척이 돌아오지 않았다.

열흘 만에야 하태도(下笞島)에 불려 갔던 구장네 배가 돌아왔다. 그

---

55) 궐련 얇은 종이로 가늘고 길게 말아 놓은 담배.
56) 야시 밤에만 물건을 파는 장.
57) 태질 세게 메어치거나 내던지는 짓.

러기에 그들은 아직도 한 가닥의 희망은 버리지 않았다. 이제 순돌이네 배와 용바우가 탄 배만 돌아오면 되었다.

바다는 언제 그런 폭풍우가 있었느냐는 듯이 시치미를 딱 떼고 거울같이 맑았다. 마을 사람들은 아무 일도 없는 듯이 또 배를 타고 바다로 나갔고, 아낙네들은 바구니를 들고 개펄로 나갔다.

북술이는 나왕봉 꼭대기로 올라갔다. 이 마루턱에 서면 멀리 홍도가 검은 바윗빛으로 나타나고 그 사이에 호쟁이꼴이 가로놓여 있기 때문이었다.

북술이의 마음속에는 용바우가 꼭 살아서 돌아올 것만 같은 생각이 들었다. 북술이는 하루 종일 홍도 바다에 눈을 박고 장승처럼 섰다. 그러나 해가 하늘 끝에 기울어도 수평선에 까물거리는 고랫배〔捕鯨船〕외에는 낯익은 아무것도 나타나지 않았다.

북술이 아버지 제삿날 밤이었다. 같은 날에 세 사람의 제사였다. 그러나 까막개에는 이것이 그렇게 신기한 일은 아니었다. 다행히 같은 배에서 살아오는 사람이 있으면 죽은 날이 밝혀졌고, 기다리다 지쳐서 단념을 하게 되면 떠나던 날이 제삿날로 되었다.

바다는 그들에게서 눈물을 핥아 갔고 한숨마저 뿌리째 빼어 갔다.

"하이끼로 구만 예(禮)를 올리제."

희망 잃은 구장의 말이었다. 그러나 아무도 대꾸하는 사람이 없었다. 성복(成服)[58]을 한다는 것은 망령(亡靈)에 대한 산 사람들의 정성

---

58) 성복 초상이 나서 처음으로 상복을 입음. 보통 초상난 지 나흘 되는 날부터 입는다.

이겠지만 가족들에게는 그것이 혹 살아올지도 모르는 요행마저 도려가는 것 같아서 석 달이고 반년이고 파묻어 두는 일이 예사였다.

"그놈의 기골[59]이 그렇게 비명으로 죽을 놈은 아닌디."

무거운 침묵을 깨뜨리고 박영감의 입이 열렸다.

"글쎄 인실이 아부지도 그때 석 달 만에 살아 왔으니께."

다른 사람에게 틈을 주지 않고 불길(不吉)을 막으려는 듯 용바우 어머니가 가로챘다.

"인실이 아부지 같은 천명(天命)이야 어떻게 바란다우. 대마도까지 불려 갔으니께."

하나도 이치에 어긋나는 이야기가 아니건만 가족들은 구장의 말이 제각기 못마땅하였다.

"그놈의 겐자꾸 요다끼〔夜焚〕인가 불바다가 돼 가지구 하룻밤에 우리가 잡는 일 년 몫을 쓸어 가는지라 나갈 제는 소 잡으라 나가는 것처럼 소리치고 나가지만 들어올 때는 죽을 지경으로 들어오니께."

박영감의 말이었다.

"데구리까지 제멋대로 끌고 당기이께 양짝서는 퍼 실어도 가운데서는 못 잡지라우."

곱사등이 입을 내밀었다.

"왜정 때만 했어도 연해(沿海) 삼십 마일 밖에라야 데구리 허가를 했는데 요새는 손 앞에서 막 헤먹으니께로 고기 종자가 없제."

도무지 세상 되어 먹는 꼴이 눈꼴사납다는 듯한 구장의 말투였다.

---

59) 기골(氣骨) 건장하고 튼튼한 체격.

흑산도 333

"맹아더론(맥아더라인),⁶⁰⁾ 그것도 상관없는지라."

이번에는 구렛나루의 주걱턱이 맞장구를 쳤다.

까막개의 밤은 이야기로 새었고, 주리고 부은 얼굴들엔 그렇게라도 해야 어지간히 화풀이가 되었다.

벌써 두 달이 꼬바기 흘러갔다. 마을 사람들은 길어진 해가 원망스러울수록 허리띠를 더 졸라맸다. 집집마다 계량(繼糧)⁶¹⁾이 끊어졌다.

이젠 그들의 입에서 털보 영감이나 용바우 이야기가 점점 사라져 갔다. 기억 속에서도 아지랑이처럼 흐려 갔다. 그러나 북술이만은 날이 갈수록 용바우의 윤곽이 더 뚜렷이 돋아 올랐다. 구릿빛으로 탄 얼굴이 눈에 선했다.

북술이는 나루터로 나갔다. 어제저녁 꿈자리가, 오늘은 꼭 용바우가 돌아올 것만 같았다. 그러나 밤이 이슥하도록 고기가 낚이지 않아 빈 배로 돌아오는 마을 사람들의 시들어진 얼굴 속에 용바우의 모습은 보이지 않았다.

이튿날 아침 북술이는 묵을 쑬 우무를 고아서 동이에 받아 놓고 집을 나섰다. 인실이 어머니를 찾아 산으로 올라갔다. 벌써 달포나 우려 먹은 우무묵과 좌반 나물에 시달려 종아리가 허전했다.

칡뿌리 파기에는 힘이 겨워 송기(松肌)⁶²⁾를 벗겼다. 소나무의 곧은

---

60) **맥아더라인** 1945년 9월 미국 극동군 사령관 D.맥아더가 일본 주변에 선포한 해역선(海域線). 이 선부터 근해 어업이 일체 금지되었다. 맥아더라인은 1952년 4월 샌프란시스코 조약 발효와 더불어 소멸되었다.
61) **계량** 한 해에 추수한 곡식으로 다음 해 추수할 때까지 양식을 이어 감.

줄기라곤 다 없어지고 앵돌아진 가지밖에 남지 않았다. 한나절이 지나서야 송기는 바구니에 반이나 찼다.

"북술애, 쪼금 쉬재이."

"그라재라우."

인실이 어머니가 주저앉은 옆에 북술이도 다리를 뻗고 앉았다. 인실이 어머니의 얼굴은 멀겋게 부었다. 만삭(滿朔)[63]이 되어서 그런지 몸뚱어리도 부은 것같이 유별히 크게 보였다.

인실이 어머니는 다리를 쭉 펴고 정강이를 엄지손가락으로 꾹 눌렀다가 떼었다. 한참 있어도 손가락 자리는 부풀지 않았다.

"이렇게 배도 부었제라."

북술이는 마음이 쓰렸다. 이번에는 그 손가락으로 북술이의 정강이를 더 힘주어 눌렀다. 북술이 다리도 손가락 자리가 옴폭했다. 그러나 손바닥으로 문지르니 그 자리는 금방 그대로 되었다. 북술이는 제 손가락으로 이렇게 되풀이하면서 쓴웃음을 지었다.

인실이 어머니는 북술이 다리를 베고 누워 북술이에게 머릿니[64]를 잡히면서 이야기를 시작했다.

"북술이는 꼭 지 어무니를 닮았재, 고 입이 더, 북술이 어무니는 소문나게 고왔재라, 마을 머시마들이 오금을 못 썼으니께,[65] 그랸디 육지루만 씨집가겠다구 그랴는지라."

---

62) 송기 소나무의 속껍질. 쌀가루와 함께 섞어서 떡이나 죽을 만들어 먹기도 한다.
63) 만삭 아이 낳을 달이 다 참. 또는 달이 차서 배가 몹시 부름.
64) 머릿니 잇과의 곤충.
65) 오금을 못 쓰다 몹시 마음이 끌리거나 두려워 꼼짝 못 하다.

처음 듣는 이야기였다. 북술이는 이 잡던 손을 멈추고 인실이 어머니 입만 내려다보았다.
"그랴, 북술이 아부지가 홍도에 장가를 갔었는디 가서 잔칫날 각시를 다리고 오고는 사흘 만에 첫질 가는디 풍파가 심했어라. 좋은 날 받아 갈라니 또 풍파가 일구 또 일구 그래서 북술이를 나 가꾸 첫질을 갔재라."
북술이는 침을 꿀걱 삼키고 또 인실이 어머니의 입만 지키고 있다.
"그란디 그다음 해 호쟁이꼴에서 그만 북술이 아부지가······."
인실이 어머니는 숨을 길게 들이키었다. 북술이의 눈언저리가 흐려졌다.
"북술이 어무니는 날마다 나왕봉에 올라갔재라, 석 달을 두고······ 옛날에도 그래 망부석(望夫石)66)이 있어라. 그런디 인실이 아부지 오이께 소식을 듣고 병이 났지라."
북술이의 눈물이 인실이 어머니의 이마에 떨어졌다.
"그런디 북술이 어무니는 밤에 없어졌재라."
"어디로?"
잠자코 듣고만 있던 북술이가 다급하게 물었다.
"물에 빠져 죽었다이께······ 육지에서 봤다는 사람도 있재."
"육지에······."
어머니가 죽었다고만 들은 북술이는 제 귀를 의심했다. 육지가 어머니의 젖가슴처럼 그리워졌다. 북술이는 급기야 흐느껴 울었다. 인실이

---

66) 망부석 정조를 굳게 지키던 아내가 멀리 떠난 남편을 기다리다 그대로 죽어 화석이 되었다는 전설적인 돌. 또는 아내가 그 위에 서서 남편을 기다렸다는 돌.

어머니는 무릎에서 일어났다.

"울지 말라이께, 다 옛말이라, 인자 북술이도 육지로 씨집을 가야제."

북술이는 용바우가 돌아오지 않는 바다라면 정말 싫증이 났다. 바다가 미워졌다. 아예 바다를 떠나야만 살 것 같았다.

북술이의 머리에는 건착선의 곱슬머리가 떠올랐다. 육지에 같이 가 살자고 그렇게 조르는 곱슬머리에게 오늘은 대답하리라고 마음먹었다.

북술이는 정지에 들어서자 난데없는 자루에 눈이 둥그레졌다. 풀어 보니 쌀자루에 고무신 한 켤레가 들어 있었다. 그렇잖아도 풀물만 마시고 누워 있는 할아버지에게 쌀 미음 한 그릇이라도 따끈히 권하고 싶은 요사이의 심정이었다.

"한아부지, 쌀이라우."

방 쪽을 향하여 묻는 말이었다.

"응, 북술이라. 그 겐자꾸 젊은이가 가져왔지라."

지난번 담배 때와는 딴판으로 별로 나무라는 눈치는 아니었다.

오래간만에 다루어 보는 쌀이었다. 북술이는 쌀을 한 움큼 쥐어서는 부서져라 비비고 손바닥을 살그머니 폈다. 오드득 소리 나게 마른 쌀이 손가락 사이로 간지럽게 흘러내려 갔다.

이번에는 고무신을 신어 보았다. 발에 맞기는 하나 눈처럼 흰빛이 소복(素服) 같아서 용바우에 대한 무슨 불길한 예감이 떠올라 겁이 났다.

그러나 미음 솥에 불을 지피면서도 북술이는 오래간만에 가슴이 후련했다. 부지깽이로 정짓문을 내밀치고 마당에 나섰다. 당산 끝 낭떠러지에 팽꽃이 한창이었다. 둔부꽃도 피기 시작했다. 동백새가 짝을 찾는지 찢어지는 소리를 내며 숲 속으로 사라졌다. 저녁놀이 나왕봉 마루에 걸리었다. 차츰 땅거미가 산골짜기에 개펄로 퍼졌다.

할아버지는 쌀 미음에 구슬땀이 흘렀다. 북술이도 치마끈을 늦추었다. 그러나 할아버지도 손녀도 다시는 쌀자루에 대한 이야기는 없었다.

까막조개[67] 등잔에서 뱀 혀끝 같은 심지가 빠지작빠지작 타 들어갔다.

새벽에 진통이 시작하였다는 인실이 어머니가 해 질 무렵에 어린애가 걸린 대로 죽었다는 소문이 온 마을에 퍼졌다. 다물도(多物島)에 배를 가지고 갔던 인실이 아버지가 의사를 모시고 돌아온 것은 이미 운명한 뒤였다.

북술이는 송기 벗기러 갔을 때의 손가락 자리가 종시 솟아나지 않던 인실이 어머니의 다리가 자꾸만 눈앞에 어른거렸다. 나도 시집을 가면 저러랴 싶으니 등골이 오싹했다.

'의사가 있는 육지에 가 살아야지.'

북술이의 마음은 자꾸만 육지로 줄달음쳤다.

곱슬머리가 사흘째 찾아왔다.

"겐자꾸가 내일 저녁 목포로 떠나, 꼭 같이 가지?"

"그라재라우."

북술이의 눈망울은 안깨보다 깊었다.

"내일 저녁 해 떨어지문 곧……."

"야."

---

67) **까막조개** 바지락.

"까막바위로 와."
"가지라우."
곱슬머리에 승낙을 하고 난 북술이의 마음은 한곳으로 정해졌다. 육지에 가서 자리만 잡으면 할아버지도 모시자는 곱슬머리의 눈동자에는 진정이 괴었다고 생각되었다.
자기를 아껴 주는 사람이면 다 고마웠다. 북술이의 머리에는 언제인가 한 번 보았던 육지의 화려한 모습이 그물코처럼 연달아 떠올랐다. 기차를 타고 자꾸자꾸 가고만 싶었다. 곱게 생겼다는 어머니의 얼굴도 그려 보았다. 그럴수록 북술이의 머릿속은 엉클어져 뜬눈으로 밤을 새웠다.

집을 나선 북술이는 끝내 까막바위로 나갔다.
해는 수평선에 가라앉았다. 어둠이 밀물처럼 스며들었다.
뎀마[68]가 까막바위에 와 닿았다. 그러나 북술이는 보이지 않았다. 곱슬머리는 북술이가 자기를 놀라게 하려고 숨었나 싶었다. 몇 차례나 바위를 돌았다. 아무리 돌아도 북술이의 모습은 찾을 길 없었다.
곱슬머리는 뎀마를 나루터로 돌렸다. 그러나 마을 어느 구석에도 북술이의 그림자는 찾아볼 수 없었다. 건착선에서는 연달아 고동이 울려왔다. 뎀마가 갯가에서 사라진 후 얼마 안 되어 건착선은 앞개를 떠났다.
까막바위에 선 북술이의 눈앞에는 고래등 같은 용바우가 가로막고 섰다. 할아버지의 꿀대를 파고 솟구치는 가래침 소리가 목덜미를 잡았

---

[68] 뎀마 '노젓는 배'를 뜻하는 사투리. '거루'라고도 함.

다. 다음 용왕당과 나루터와 개펄이 머릿속이 비좁게 감돌았다.
 '그라믄 씨집도 안 가구 큰애기로 늙으라재.'
 용바우의 황소 같은 목소리가 어깻죽지를 붙잡았다.
 뎀마의 물 가르는 소리가 점점 가까워 왔다.
 북술이는 갑자기 마을 쪽으로 쏜살같이 달아났다. 용바우가 내일 틀림없이 연락선으로 돌아올 것만 같았다.
 까막개의 아낙네들은 그리다가 목마르고, 기다리다 지쳐서 쓰러지면서도 바다와 더불어 살았다.

 자리를 털고 일어난 박영감은 끌과 자귀[69]를 들고 밖으로 나섰다. 굴뚝 뒤 바위 위에 엎어 놓은 낡은 근깃대를 끌어내렸다. 해풍에 깡마른 뱃바닥에 햇볕이 새었다. 박영감은 앨기[70] 끝에 배꿀을 끼어 벌어진 틈을 메우기 시작했다. 부러진 노를 이었다. 박영감은 아픈 허리를 두드리면서 아들보다 용바우가 더 그리웠다.
 저물녘에는 짚불을 피워 배연애가 까맣게 된 근깃배가 나루터에 떴다. 배 윗장에서 이마에 손을 대고 북녘 하늘을 쳐다보는 박영감의 긴장된 얼굴이 엷은 경련을 일으켰다.
 '갈바람[南風]이제, 고기사 밤에 잘 물재라.'
 주낙[71]을 실은 박영감은 뼈만 남은 양 어깨가 부서지도록 노를 저었

---

69) 자귀 나무를 깎아 다듬는 연장의 하나. 나무 줏대 아래에 넓적한 날이 있는 투겁을 박고, 줏대 중간에 구멍을 내어 자루를 가로 박아 만든다.
70) 앨기 선체의 튼 곳을 메우는 기구.
71) 주낙 줄낚시. 긴 낚싯줄에 여러 개의 낚시를 달아 물속에 늘어뜨려 고기를 잡는다.

다. 배는 나루터에서 멀어져 갔다. 바다는 속물이 약해지는 첫께끼[72]였다.

박영감의 가슴에는 장수라는 별명을 듣던 삼십대의 시절이 번개 같이 어렸다.

'혼자서 셋 몫은 실히 해 넘겼겠다. 유왕제가 끝나면 첫조금에서 열 물을 넘어 마지막 께끼를 되풀이하는 사이 서바닥에서 한몫 보구, 간 나안 앞바닥에서 상어잡이가 끝나면 칠산에서 옘평까지 조기 떼를 따라 물줄기를 거스르며, 용호등에서 만선에 기를 지르고 강화(江華)로 들어갔겠다. 생선회에 한 말 술을 기울이면 객줏집 계집들도 노상 파리 떼 모이듯 했겠다.'

흥겨웠던 뱃노래가 어제 일같이 뚜렷했다.

어야 디어―어가이여―차

영―차 영―차

우리네 배 임자 신수가 좋아서

칠산 옘평에 도장원[73] 하였네

어―요 에―어―야

우리 배 사공님 정심[74]이 좋아서

안암팍 두물에 만선이 되었네

어―요 에―어―야

72) 첫께끼 열한 물. 음력 4, 5일과 19, 20일의 미세기.
73) 도장원(都壯元) 여럿이 겨루는 경기나 오락에서 첫째를 함. 또는 그런 사람.
74) 정심 마음을 올바르게 가짐. 또는 그 마음.

멀리 나루터의 북술이 그림자가 주먹만큼 했다가 팥알만큼 변하는 대로 박영감의 시야에서 아물아물 사라졌다.

흑산도(黑山島)!

숙명처럼 발목을 매어 잡는 이름이었다.

할아버지의 배가 사라진 영산(影山) 모퉁이에서 옮겨진 북술이의 눈은 하늘을 건너 아득한 육지 쪽에 얼어붙었다.

해풍에 나부끼는 머리카락 밑으로 저녁놀에 빗긴 양 뺨은 흠뻑 젖어 들었다.

생 각 해 볼 거 리

1 북술이와 용바우는 어떤 사이입니까?

북술이와 용바우는 까막개에 사는 처녀 총각입니다. 용바우는 열다섯 살부터 십 년 동안이나 배를 탄, 이제는 제 몫을 거뜬히 해내는 스물다섯 살의 건장한 섬 청년이고, 북술이는 입매가 복스럽고 생김새가 고운 열아홉 살의 처녀입니다.

둘은 거리낌 없이 장난을 치고 반말을 쓰며 남매처럼 지내 온 사이인데, 북술이가 제법 처녀티가 나면서 서로 상대방을 배우자감으로 생각하게 되었습니다. 한창 나이인 용바우와 이제 막 피어나는 북술이는 젊고 순박한 섬 청년들답게 솔직하고 순수한 모습으로 사랑을 키워 갑니다. 그들은 서로를 염려하고 아끼며 의지합니다. 용바우는 북술이가 제 물건처럼 소중하기만 했고, 북술이는 용바우를 의지하며 부모님에 대한 그리움과 서러움을 견디어 냅니다.

용바우는 북술이의 할아버지인 박영감에게도 가슴속 빈구석을 채워 주는 의지의 대상입니다. 박영감은 고기잡이가 잘되면 가을에는 둘을 성례시켜 줄 작정을 합니다. 박영감의 믿음과 기대 속에서 사랑을 키워 나가는 북술이와 용바우에 대해 마을 사람들도 당연히 그렇게 될 것이라고 인정하며 따뜻한 시선을 보냅니다.

이처럼 북술이와 용바우는 남매처럼 지내다 서로 연정을 느끼고 주위 사람들의 호의 속에서 부부가 되는 전통적인 연인상을 보여 주고 있습니다.

2 용바우가 보름을 쉬고 나가자는 박영감의 만류를 뿌리치고 바다로 나간 까닭은 무엇일까요?

용바우가 박영감의 만류를 뿌리치고 위험한 바닷길에 나선 것은 그들의 살림살이가 좋은 날씨를 기다리기에는 너무 팍팍하기 때문입니다. 고구마마저 떨어져 먹을 것이 바닥이 났으니 당장 고기잡이에 나설 수밖에 없는 것이 섬사람들의 답답한 사정이었습니다. 더욱이 무작정 좋은 날씨를 기다리는 것도 기약 없는 일입니다. 예전에 북술이 아버지가 장가간 직후 좋은 날을 받아 고기잡이를 나가려다가 북술이를 낳은 후에야 바다로 나갈 수 있었다는 것은 섬의 날씨가 그만큼 예측하기 어렵고 변화무쌍하다는 것을 보여 줍니다. 바다는 늘 위험을 안고 있으며 어부의 삶이란 목숨을 걸고 바다와 싸우는 것이기에 용바우는 박영감의 만류를 뿌리치고 고기잡이에 나선 것입니다.

여기에 만선을 해 와 북술이의 신발을 사고 자신의 작업복도 사겠다는 소박한 꿈이 바다로 나가는 용바우의 마음을 더욱 재촉했다고 볼 수 있습니다. 그는 자신을 믿고 의지하고 있는 북술이와 박영감에게 든든한 버팀목이 되고 싶었던 것입니다.

3 북술이가 섬을 떠나고 싶어하는 이유는 무엇입니까?

까막개의 처녀들은 뭍을 향수처럼 그리워하며 죽음과 가난을 숙명처럼 지워 주는 섬에서 떠나고 싶어합니다. 북술이 역시 해마다 그 꼴로 되풀이되는 섬 살림에 진절머리를 냅니다. 그래도 할아버지가 계시고 용바우가 있기에 북술이에게 섬은 살 만한 곳이었습니다.

그러던 것이 용바우가 바다로 나가 돌아오지 않자 북술이는 섬이 미워졌습니다. 아버지를 바다에서 잃고 그 충격으로 어머니마저 행방불명이 되어 버려 할아버지 손에서 자란 북술이이기에 바다에 대한 원망이 깊어지면서 섬을 떠나고 싶은 마음은 더욱 강렬해졌습니다. 거기에 어머니가 육지 어딘가에 살아 있을지도 모른다는 인실이 어머니의 이야기를 들은 북술이는 육지가 어머니의 젖가슴처럼 그리워졌습니다. 영양실조로 각기병에 걸려 다리가 퉁퉁 부었던 인실이 어머니가 아기를 낳다가 죽자, 북술이는 꼭 의사가 있는 육지로 시집을 가야겠다는 생각을 합니다. 북술이에게 육지는 가난과 이별과 죽음을 벗어날 수 있는 곳이며 어머니가 계실지도 모르는 곳이기에 그녀의 마음은 자꾸만 육지로 달음박질하는 것입니다.

이렇듯 용바우의 죽음과 친구처럼 의지하고 지내던 인실이 어머니의 죽음은 북술이로 하여금 섬을 떠날 마음을 먹게 하는 직접적인 동기가 됩니다. 북술이는 가난과 절망뿐인 섬에서는 어떠한 기대도 가질 수 없다고 생각하기 때문입니다.

4 박영감은 곱슬머리가 북술이와 가깝게 지내는 것을 달갑게 여기지 않습니다. 그런데도 박영감이 곱슬머리가 가져온 담배를 피우고 쌀을 먹는 까닭을 생각해 봅시다.

곱슬머리가 북술이의 호감을 사기 위해 담배와 쌀을 선물한 것은 그것이 섬에서 매우 귀한 것이기 때문일 것입니다. 박영감이 북술이를 나무라면서도 담배를 피운 것은 섬 살림의 팍팍함을 나타내는 동시에 자기가 좋아하는 것을 끝내 외면하기도 어려운 평범한 사람의 심리를 드러냅니다. 박영감과 북술이가 곱슬머리가 가져다 준 쌀로 미음을 쑤어 먹은 것도 마찬가지로 이해할 수 있습니다. 손에 들어온 쌀을 거절하기에는 너무 오래 굶주려 있었으며, 주린 사람이 고픈 배를 채우고 싶어하는 것은 인지상정이라 할 수 있습니다.

그런데 박영감과 북술이는 곱슬머리가 가져온 담배를 피우고 쌀을 먹으면서도 곱슬머리에 대해서는 서로 한마디도 하지 않습니다. 이것은 두 사람 모두 용바우를 의식하고 있기 때문입니다. 곱슬머리의 호의를 거절하지 못한 것이 용바우에게 미안한 일이고, 또 곱슬머리의 얘기를 스스럼없이 하기에는 용바우에 대한 기억과 감정이 너무나 생생하기에 곱슬머리를 화제에 올릴 수 없었던 것입니다.

5 북술이가 곱슬머리를 따라 섬을 떠나지 않은 까닭을 생각해 봅시다.

건착선의 곱슬머리를 따라가면 북술이는 그리워하던 육지에 가서 살 수 있으며 지긋지긋한 가난에서도 벗어날 수 있을 것입니다. 하지만 곱슬머리와 만나기로 한 날 까막바위로 나간 북술이의 눈앞에는 용바우의 환영이 나타나고 할아버지의 가래기침 소리가 발목을 붙잡습니다. 결국 곱슬머리는 혼자서 건착선을 타고 떠나고 북술이는 할아버지와 함께 섬에 남습니다.

북술이가 갑자기 마음을 바꾼 것은 용바우에 대한 사랑과 할아버지에 대한 책임감을 떨칠 수 없었기 때문입니다. 북술이가 그토록 바라던 육지 생활을 포기하고 섬 생활을 선택한 것은 비록 가난과 고통이 따르더라도 자신을 속이지 않고 정직하게 살려는 의지를 갖고 있기 때문일 것입니다. 그녀는 곱슬머리를 따라 뭍으로 가는 대신 용바우의 모습을 그리며 바닷가에 우뚝 서서 이곳에 몸담고 살아갈 것을 맹세합니다. 섬의 열악한 생존조건은 북술이에게 절망과 고통을 주었지만 그녀는 이에 굴복하지 않고 꿋꿋하고 당당하게 살아가는 섬 처녀의 강인함을 간직하고 있습니다.

6 자리를 털고 일어난 박영감이 바다로 나가는 마지막 장면의 의미를 생각해 봅시다.

저물녘, 고깃배에 줄낚시를 실은 박영감은 고기를 잡으러 바다로 나갑니다. 그는 북녘 하늘을 쳐다보며 긴장된 얼굴에 엷은 경련을 일으킵니다. 바다는 언제 어떤 조화를 부려 바람을 일으킬지 모를 노릇입니다. 작은 배를 저어 혼자 바다로 나가는 박영감의 모습은 불안하고 위태롭습니다.

하지만 박영감은 장수라는 별명을 들었던 한창때를 생각하며 흥겨웠던 뱃노래를 떠올립니다. 만선을 기원하는 흥겨운 노랫가락이 흐르는 가운데 멀리 나루터의 북술이를 뒤로하고 먼 바다로 나가는 박영감의 모습에서 우리는 흑산도 어부들의 숙명을 떠올립니다. 아들은 물론, 아들보다 더 의지했던 용바우마저 빼앗아 간 바다로 나가는 박영감의 모습은 바다와 함께 살아가야 하는 섬사람들의 운명과 바다가 주는 죽음의 두려움을 넘어서고자 하는 의지를 상징적으로 보여 줍니다. 바다가 주는 기쁨은 물론 바다가 주는 고통과 두려움까지 모두 받아들이는 것이 섬사람들의 삶인 것입니다.

크라운장

시대와 이상의 부조화로 외부 세계와의
갈등을 겪고 있는 예술가의 방황을 그린 작품

 감상의 길잡이

"연주는 무슨 연주야, 딴따라두 연주야?"

시대의 물결에 휩쓸려 도태한 예술가의 우울한 초상

「크라운장」은 일제강점기에서 한국전쟁 이후에 이르는 혼란기를 살아오면서 오로지 음악과 연주에만 몰두해 온 한 첼로 연주가의 일생을 다루고 있습니다. 예술에 대한 신념과 열정으로 가시밭길을 헤쳐 온 한 인간이 세상의 질서에 굴복하려는 순간에 겪는 갈등과 고민을 그려 낸 것이 이 작품의 내용입니다.

주인공 문호는 뛰어난 음악적 재능과 연주 실력으로 촉망받던 음악인이었으나 음악계의 자리다툼이나 세력 형성에 뜻을 두지 않은 탓에 방관자의 위치로 밀려난 인물입니다. 예술에 대한 순수성을 고집스레 지켜 온 그가 전문 음악인의 길에서 벗어나는 좌절을 겪었던 것은 실력이나 열정보다는 시류에 편승하는 처세술이 통했던 한국전쟁 전후의 세태 때문입니다. 자신의 처지를 비관하며 괴로워하던 그는 결국 음악의 길을 포기하고 친구가 경영하는 보험회사의 이사 자리로 옮겨 앉을 생각을 합니다.

　이 작품은 1959년 『사상계』에 발표된 작품으로, 전광용의 대표작인 「꺼삐딴 리」와 비교해 볼 만한 작품입니다. 「꺼삐딴 리」가 한국사의 격동기를 기회주의적으로 살아 낸 부정적인 인물을 그리고 있는 데 반해, 이 작품은 동시대를 자신의 신념을 지키며 순수하게 살아간 긍정적인 인물을 그리고 있습니다. 그러나 아이러니하게도 부정적인 인물인 이인국이 사회적으로 성공과 출세를 거머쥔 반면, 긍정적 인물인 문호는 자신의 자리조차 지키지 못하고 주변부로 밀려난 실패한 인물입니다. 이인국과 같은 기회주의자들이 뇌물과 청탁을 통해 자신의 지위를 확고히 해나가는 과정에서 문호와 같은 실력과 열정을 가진 인물들은 자기 분야에서조차 들러리가 될 수밖에 없었던 부조리한 현실이 두 작품을 통해 대조적으로 드러나고 있습니다.

　이처럼 「꺼삐딴 리」와 「크라운장」을 비교해서 읽어 보면 해방 이후의 한국사의 격동기를 헤쳐 온 지식인들에 대한 작가의 시선을 보다 명확하게 읽어 낼 수 있습니다. 작가는 현실을 비판하면서 「크라운장」의 문호와 같은 소외된 인물에 대해 연민의 정을 표현하고 있으나, 인물의 전형성 확보라는 측면에서는 부정적인 인물을 형상화한 「꺼삐딴 리」가 보다 빼어난 수작이라는 평가를 받고 있습니다.

크라운장[1]

 분위기가 바뀌어지는 첫날이란 아무 경우에도 얼마간의 어색한 기분은 모면하기 어려운 것이다.
 문호(文湖)에게는 몇 달을 쉬다가 접어든 일자리였다.
 그는 음악에 있어서의 지난날의 이력이라든가, 또는 이 악단에서 가장 연장자라는 조건이 합쳐 단원들에게서 악장(樂長)[2]이라는 칭호로 불리어졌다. 물론 연주는 문호의 첫 리드로 시작되는 것이요, 곡목도 그의 주관으로 선택되는 것이었다.
 흡사 그림의 풍차(風車)를 연상시키는 커다란 선풍기가 구석구석에

---

1) 장(莊) '고급 여관'의 뜻을 더하는 접미사.
2) 악장 음악 연주 단체의 우두머리.

서 그 특유의 음향을 내면서 돌고 있건만 홀 안은 무더워서 배겨 낼 수가 없다.

수백 개의 자리에 거의 공백이 없이 들어찬 퇴근 시간 직후의 제때를 만난 신장개업의 비어홀[3]은 어시장의 아우성 같은 소음으로 비비꼬여 어지간한 대화는 옆자리에서도 잘 알아들을 수 없다.

맥주병의 부딪는 소리, 마개를 빼는 소리, 사기 그릇의 질그렁거림.

식탁과 식탁의 좁은 사이를 보타이[4]의 머릿기름이 반질한 웨이터가 바쁜 걸음을 치고 오가는가 하면, 첫 시합의 정구 선수같이 새하얀 유니폼으로 감싼 웨이트리스가 종종걸음으로 분주히 싸다니고 있다.

스물 안팎의 여학교를 갓 나온 듯한 아직 세속의 더러운 물에 덜 젖은 싱싱한 얼굴들은 이마마다 땀이 구슬졌다. 어쩌면 그 인조 진주 목걸이와 흰 샌들까지 그렇게 통일된 것인지 인어(人魚)같이, 그 탁한 공기 속을 헤엄치고 있다.

붉고 푸른 네온과 매혹적인 형광등이 아득히 넓은 공간을 뽀야니 불투명하게 밝히고 있다.

홀 한쪽 구석에서 맥주 몇 병을 비우고 난 악사들은 다시 무대 위로 올라섰다. 술을 마시지 않으면 손이 떨리는 문호다. 인생에 대한 자학적인 폭발 수단으로 폭음해 온 술이 위장을 녹이고, 이제는 마지막의 생명인 손가락마저 마비시켜 오고 있다.

이십여 년 전 동경 히비야 공회당의 공개적인 첫 연주에서 청중을

---

[3] 비어홀(beer hall) 주로 맥주와 간단한 음식을 곁들여 파는 술집.
[4] 보타이(bow tie) 펼쳐진 나비의 날개 모양으로 가로로 짧게 매는 넥타이.

도취의 도가니로 몰아넣었을 때는 희대(稀代)의[5] 천재라는 평을 받았었다.

지금 마비되어 가는 손가락의 신경은 알코올의 자극으로 겨우 그 기능을 지탱하고 있다.

문호는 얼근한 기분으로 첼로를 잡은 채 의자에 걸터앉았다. 활을 들어 연주 때마다의 거의 습성화된 손짓으로 음정을 맞추었다. 다섯 자 여섯 치의 키 큰 골격은 악기와 어울렸다.

마음의 구석구석이 거미줄로 얽히고, 관절 마디마디에 좀이 들었지만 외관으로는 아직까지 어엿한 오십 고개의 거구(巨軀)[6]의 의젓한 남성이었다. 입후보의 연단에라도 나서면 첫인상에 관중을 위압할 늠름한 위풍이기도 하였다.

문호는 활을 들어 첫 음을 그었다. 심벌즈가 울리고 트럼펫, 색소폰, 클라리넷의 경쾌한 리듬이 홀 안의 소음을 삼키고 퍼져 흘렀다.

술기운에 광택 흐린 수많은 눈알들이 무대 쪽으로 쏠렸다.

술이 얼근한 탓도 있었지만, 이 둔탁한 공기에 벌써 익숙해졌음인지 문호는 인제, 아까 첫 파트의 첫 곡목처럼 어색한 기분은 완전히 가시어졌다. 엷은 모래밭에서 깊은 물로 뛰어든 물고기처럼 생기를 띠었다.

한 곡목이 끝나자 홀이 송두리째 날아갈 듯한 박수가 폭풍처럼 진폭을 넓혔다. 간간이 함성이 섞였다.

다음 곡이 또 계속되었다. 레코드에서 이미 이름이 팔린 여가수의

---

5) 희대의 세상에 드문. 희세(稀世)의.
6) 거구 거대한 몸집.

노래에 농탕치던⁷⁾ 잡어(雜魚) 같은 술꾼들도 일순 정적 속으로 휩싸여 들어가는 것같이 악기와 노래의 음향 이외에는 아무 잡음도 들리지 않을 만큼 고요하여졌다.
 박수와 앙코르, 술과 노래의 뒤범벅이 된 도가니⁸⁾는 불을 뿜을 듯이 이글거리고 있다.
 이럴 때는 문호도 신이 났다. 어떤 멤버, 어떤 자리, 그런 꼬지꼬지한⁹⁾ 구별은 안중에 없었다. 시선의 정력이 말끔히 보표¹⁰⁾에 못 박혔고 손가락은 나는 듯이 움직였다.
 며칠 전 이 일거리의 교섭으로 드럼을 담당한 P가 찾아왔을 때 차마 앉아서 죽었으면 죽었지, 목롯집¹¹⁾과 마찬가지인 비어홀 밴드 악사로까지 전락할¹²⁾ 수야 있느냐고 망설이던 멋쩍은 심정은 완전히 가시어진 것만 같았다. 보표와 악기, 그리고 음향 이외에는 아무것도 생각하는 것이 없는 이 순간의 그였다.
 미군 부대를 따라다니던 때는 그래도 상대가 군대요 외국인이고 보니, 누군지 알 것이 무어냐 하는 식으로 자존심의 최후의 선을 지킬 수 있다는 뱃심과, 두툼한 호주머니의 자위¹³⁾로 느닷없이 세월을 주름잡아 갔던 것이다.

---

7) 농탕치다 남녀가 함께 음탕한 소리와 난잡한 행동으로 놀아나다.
8) 도가니 흥분이나 감격 따위로 들끓는 상태를 비유적으로 이르는 말.
9) 꼬지꼬지하다 좀스럽게 낱낱이 따지면서 캐묻는 성질이 있다.
10) 보표(譜表) 오선.
11) 목롯집 목로(木墟)를 차려 놓고 술을 파는 집. 목로술집. '목로'는 주로 선술집에서 술잔을 놓기 위하여 쓰는, 널빤지로 좁고 기다랗게 만든 상을 말한다.
12) 전락하다(轉落―) 나쁜 상태나 타락한 상태에 빠지다.
13) 자위(自慰) 자기 마음을 스스로 위로함.

삼십대, 그것은 문호에게 있어서, 예술 면에서는 물론 인간으로서도 가장 아낌을 받던 행복한 시절이었다.
　그의 연주에 있어서의 뛰어난 재질은 악단에서 커다란 촉망이었지만, 특히 그의 동인 그룹이었던 현악 사중주단에서의 그의 인간적인 아량과 주동적인 추진력은 늘 동료들의 존경과 아낌을 받았다.
　해방 전해 가을, 그는 처음으로 하얼빈에서 교향악단의 처녀 지휘를 하였다. 그것은 문호에게 있어서 연래[14]의 숙망[15]이 이루어지는 찰나였다. 아니 하나의 예술가로서 거의 불구에 가까운 지금도 그 욕망과 이상은 아직 한 가닥의 향수 같은 미련을 가슴속에 죄어들게 하는 것이었다.
　북만[16]의 가을은 한기가 빨리 서렸다. 키다이스카야 메인 스트리트의 M극장 무대에는 백여 명의 악사가 검은 옷에 흰 타이를 하고 마치 출발 신호를 기다리는 장거리 선수처럼 큰 호흡 속에 숨을 삼켜 가면서 지휘자의 등장을 대기하고 있었다. 이층 객석 통로 계단에까지 초만원을 이룬 청중들은 기침 소리마저 삼켜 가며 개언을 기다리고 있었다.
　박수 소리가 장내를 휩쓸었다. 무대 한쪽으로부터 후리후리한 키의 지휘자 문호가 들어오고 있다.
　지휘봉을 든 문호가 무대 복판에서 정중한 인사를 하자 객석은 다시 박수의 우레로 화하였다. 문호는 지금도 가끔 이 시간의 감격을 술잔 속에 담아 삼켰다가는 몇 번이고 반추하는[17] 버릇을 가지게끔 되었다.

14) 연래(年來) 지나간 몇 해. 또는 여러 해 전부터.
15) 숙망(宿望) 오랫동안 소망을 품어 옴. 또는 그 소망.
16) 북만(北滿) 북만주.

이날의 곡목은 차이코프스키의 〈비창〉이었다. 이와 같은 첫 번이자 마지막이었던 처녀 지휘의 곡목이 자기의 일생을 가시밭으로만 이끌어 가는 인과가 아닌가 하는 턱없는 억측이 무심중 떠오르기도 하는 것이었다.

마지막 악장의 연주가 끝날 때까지 객석은 무인의 공간 그것이었다. 청중보다 오히려 자기 자신이 더 도취하였였는지도 모른다고 문호는 두고두고 아름다운 추억을 곱씹어 보는 것이었다.

고막이 터지는 듯한 박수와 환호성 속에서 문호는 퍼스트 바이올리니스트의 손목을 감격에 차 굳게 잡았던 것이다.

이날 밤 문호는 송화강변을 마차로 달리면서 황홀한 꿈속에 잠겼다. 앞으로의 나아갈 길은 망망한 대해처럼 탁 트여 있는 것만 같았다. 백계 러시아인[18] 레스토랑에서 진한 워드카 칵테일을 마시면서 고국으로 돌아갈 꿈, 구라파 만유[19]에 대한 미래의 이상을 더듬으며 하늘로 줄달음질치는 환희 속에서 밤을 새웠다. 정열의 과잉이었을는지 몰라도 사는 보람은 있었다고 두고두고 뒤져 보는 아름다운 회상의 한 토막이었다.

다음 파트가 끝나 악기를 의자 옆에 세워 놓고 무대 뒤로 내려왔을 때다. 손수건으로 땀을 씻고 있는 문호의 손목을 덥석 잡는 사람이 있었다.

---

17) 반추하다(反芻―) 어떤 일을 되풀이하여 음미하거나 생각하다.
18) 백계 러시아인 1917년 러시아 혁명 때 혁명을 반대한 러시아인의 한 파(派). 혁명 당시 좌익적인 파가 붉은색을 그들의 상징으로 삼은 데 대하여, 보수적인 반대파는 흰색을 그들의 상징으로 삼았기 때문에 이렇게 불렸다.
19) 만유(漫遊) 한가로이 이곳저곳을 두루 다니며 구경하고 놂.

"아, 여보, 이게 대체 어떻게 된 셈이오?"

중학 동창 김건우(金健宇)였다. 너는 죽어도 그 손만은 떼어 놓고 죽으라던 그다.

해방 후 귀국하여 처음 만났을 때에도 첫마디로 한다는 소리가 그 손은 보험에 들었느냐던 익살꾸러기의 털털한 인간이요, 그를 아끼는 친구였다.

말문이 막혀 버린 문호의 어쩔 줄 모르는 거동에는 개의할[20] 것 없다는 듯이 건우는 다짜고짜로 자기 좌석 쪽으로 이끌고 갔다.

"살아는 있었군."

혼자 뇌까리면서 연방 문호를 쳐다보는 것이었다.

문호는 오래간만에 만나는 친구요, 돌연한 사태에 어리둥절하여 몸 가눌 바를 몰랐다.

자리에 앉혀 놓자 건우는 맥주 컵을 문호 앞으로 내밀었다.

"자, 우선 한잔 들게."

문호는 잔을 받아 들고, 건우의 동행들에게 멋쩍은 생각이 들어,

"참 오래간만일세……."

어정쩡한 한마디를 뱉고는 맥주를 한 모금에 들이켰다. 갈하던[21] 목이 탁 트이는 것만 같았다. 찬 기운이 꿀대[22]에서 내장까지 훑어 내려가는 시원함을 느꼈다.

자기네 악사끼리면 몰라도 손님 자리에 함께 어울린다는 것은 건

20) 개의하다(介意—) 어떤 일 따위를 마음에 두고 생각하거나 신경을 쓰다.
21) 갈하다(渴—) 목이 타고 마르다.
22) 꿀대 울대. 성대.

우의 동행인들에게 실례되는 것만 같아 반배[23]하고는 자리를 일어서려 하였다.

"난 아직 연주가 있으니까 이따 만나지."

"연주는 무슨 연주야, 딴따라[24] 두 연주야?"

건우의 취한 목소리가 가슴에 거세게 부닥쳐 왔다.

"자네가 이렇게까지 타락하다니…… 자, 술이나 듬세."

문호의 말하려는 자세를 가로막고 건우는 다시 꿀컥 들이켠 잔을 문호 앞으로 내미는 것이었다.

"하기야, 예술로 살 땐가, 돈이 제일이지."

건우가 관계의 요직에 앉아 있을 때에도, 문호는 건우의 소식을 들으면서도 별로 찾아가지 않았다.

더욱이 미군 부대의 전용 밴드에 관계하고부터는, 건우는 물론 주위의 가까운 사람에게까지 자기의 소재를 일체 밝히지 않았다. 간혹 가다 노상에서 만나는 음악인이 있어도 그 자리만의 적당한 대답으로 회피하여 왔다.

해방 직후의 악단 분위기란 그의 처신에 있어서 난처하고도 미묘한 입장을 만들어 주었다.

좌우익[25]의 사상적인 대립이 격심할 때에는 이런 문제에 특이한 관심을 가지지 않고, 예술만을 위주로 생각하여 온 그에게 평범한 악사의 한 자리를 겨우 유지하게 했을 따름이다. 투쟁의 선봉에 서서 적극

---

23) 반배(返杯) 받은 잔의 술을 마시고 준 사람에게 술잔을 권함.
24) 딴따라 '연예인'을 낮잡아 이르는 말.
25) 좌우익(左右翼) 좌익과 우익을 아울러 이르는 말. 일반적으로 좌익은 급진적·계급적·혁명적인 것을 가리키고, 우익은 보수적·민족적·국수적·반동적인 것을 가리킨다.

적인 행동으로 깃발을 높이 들지 않는 그에게 악단의 주요한 위치는 물론이거니와, 간혹 그의 연주에 있어서의 재능까지도 묵살해 버리려는 결과를 가져오게 하였다.

이러한 사상적인 문제와 그 후에 생긴 교향악단 간의 대립은 자연히 악계에 있어서의 헤게모니[26]의 쟁탈전으로 변하였고, 여기에 따라 구성 멤버의 규합도 자연히 파벌의 색채를 띠지 않을 수 없었다.

이같이 복잡하고도 미묘한 움직임 속에서 시류적인 파쟁에 초연한 문호는 자연히 방관자의 위치로 몰려나게 되었다. 간혹 이 땅 초연(初演)[27]의 곡목을 택하는 연주회에 있어서, 그의 힘을 빌려는 경우 같은데 겨우 연관을 가지게 될 정도였다.

그리하여 그는 끝끝내 단 한 번도 조국의 무대에서 컨덕터[28]의 기회를 가지지 못하고 사변을 만났던 것이다.

그러던 것이 운명이라고나 할까, 죽을 고비를 겪던 피난 중에 우연히 유엔군 일선 부대에 위문 순회 연주로 떠난 것이 기연(奇緣)이 되어서 거기에 완전히 발이 빠지고 말았다.

무엇을 좀 해야 되겠다고 뉘우쳤을 즈음에는 이미 때가 늦었다. 악계는 다시 질서가 잡혀 갔고, 자기의 타락상은 전문 음악인들 간에 어느덧 야유의 조소로 퍼져 갔다. 다시 대부분의 유엔군이 철수하고, 부대의 수가 줄어들게 되자 종군 밴드의 수명도 서로의 격렬한 경쟁 속에서 그 존속조차 힘들게 되었다.

26) 헤게모니(hegemonie) 우두머리의 자리에서 전체를 이끌거나 주동할 수 있는 권력. 주도권.
27) 초연 연극이나 연주 따위의 첫 번째 공연.
28) 컨덕터(conductor) 지휘자.

결국 연주 이외의 다른 것을 모르는 주변머리 없는 그는 팔팔 뛰는 젊은 재즈 악사들 속에서 도태[29]될 수밖에 없었던 것이다.

건우의 자리에서 무대로 돌아온 문호는 전신에서의 기력을 탕진한 것같이 풀이 꺾였다.

드럼 악사에게 리드해 줄 것을 당부했다. 첼로의 지반(指盤)[30] 위에서 자기 손이 어떻게 움직이는지 거의 감각이 없을 정도였다. 그저 기계적으로 줄을 퉁기었다. 동경, 하얼빈, 삼팔선, 해방 직후의 서울, 피난살이, 일선 부대…… 가지가지의 흘러간 영상들이 아무 순서도 없이 헷갈리며 머릿속에 비비어 들었다.

아무것도 자신을 뉘우칠 건덕지는 없었다. 그렇다고 앞으로 지향할 아무 지표도 없었다. 희망도 이상도 포기된 상태, 그것은 삶이 아니라 죽음에 가까운 것이었다. 또 술을 생각하여 보았다. 그것만이 유일의 마비제요, 순간의 위안이라 생각되었다.

문호는 이튿날 건우의 명함에 적힌 사무실 주소로 찾아갔다. 보험 회사의 간판이 현관 대리석에 굵직하게 새겨져 있다. 그는 명함에 적힌 회사 이름과 대조하여 보며 안으로 들어섰다.

마감 시간쯤 되어 꼭 들르라고 하였으니 틀림없이 있을 것이라고 생각하면서 사장실 문을 열었다.

---

29) 도태(淘汰) 여럿 중에서 불필요하거나 부적당한 것을 줄여 없앰.
30) 지반 '지판(指板)'의 잘못. 손가락판.

여비서인 듯한 앳된 소녀가 나타났다. 칸막이 선반으로 안쪽은 들여다보이지 않았다.

"사장 계신가?"

"안 계세요."

훑어보던 소녀의 검은 눈동자는 문호의 후줄구레한 보타이에 머물렀다.

"이 시간에 분명 있겠다고 했는데……."

"네! 문선생님이세요?"

"응."

"기다리라고 하셨어요. 사장님은 손님이 오셔서 잠깐 다방에 댕겨오신댔어요. 여기 와 앉아 기다리세요."

문호는 소녀에게 인도되는 대로 응접 소파에 깊숙이 파묻혔다.

'남북통일(南北統一)' 액자와 태극기가 한쪽 벽에 걸려 있는 것이 첫눈에 띄었다. 소녀가 가져다주는 찬 타월로 목덜미와 이마의 땀을 닦았다. 부채질을 하면서 한숨 돌리고 나서 파이프에 불을 댕기었다. 가슴이 빼근하게 길게 첫 모금을 들이켜고 나니 속이 후련해 왔다.

책상 위에 놓인 세 대의 전화기 중에서 새하얀 전화통이 더 눈에 차 들어온다. 그러나 자기에게는 전화 걸 대상이 아무 데도 없다. 건너편 벽에 붙여 놓은 그래프 용지의 통계표에 눈이 갔다. 자리에서 일어섰다. 그때에야 주단으로 깔려 있는 폭신한 탄력의 감응을 비로소 느꼈다. '도벌 가입자 통계표'니 '월별 징수 상황표'니 하는 것들이다. 붉은 잉크의 곡선이 오선지(五線紙)에 흡사하다는 이외에는 아무런 감흥도 없다.

창가로 갔다. 저녁 볕을 막으려고 내려놓은 블라인드 커튼을 들고 밖을 내다보았다. 밑이 아찔하다. 그러고 보니 엘리베이터를 타고 자기가 올라온 곳은 삼층이었음을 깨닫는다. 페이브먼트[31] 가로 한쪽에 일렬횡대로 늘어선 자동차들의 네모진 위딱지가 형형색색으로 어린아이의 장난감을 연상시킨다. 그 윗뚜껑을 순서로 두들겨 가면 실로폰 악기의 음향이 나리라는 생각이 든다.

햇살이 이마에 뜨겁다. 들었던 커튼을 놓고 돌아섰다. 벽에 걸려 있는 큰 거울에 상반신이 비친다. 가까이 갔다. 얼굴과 얼굴이 맞섰다. 자연적인 퍼머넌트라고 농을 받던 고수머리에 흰 가락이 많이 섞이었다. 이마도 더 많이 벗어진 것 같다. 그것보다도 깊어진 주름살이 거울 속의 광선에 반사되어 더 뚜렷하게 홈을 긋고 있음에 눈이 따갑다. 이제 정말 다 되었다는 생각이 들었다.

찌릉 하고 전화기가 울렸다. 자세를 바꾸었다. 어느 것인지를 모르겠다. 수화기를 놓고 난 소녀가 사장이 곧 돌아오신다고 알려 주었다. 다시 소파에 기대어 파이프를 닦아 한 대 피워 물었다.

"아따, 자네가 없으면 크라운 장에서 영업을 못 할까 봐!"
건우는 문호의 팔을 이끌어 차에 밀어 올렸다.
"이놈의 세상은 신경이 좀 둔해져야 해. 제 쓸개를 가지고는 못 산다니까."
문호는 하는 수 없이 맥풀린 웃음만을 헤 벌렸다.

---

31) 페이브먼트(pavement) 포장도로.

"오늘 저녁 같이 한잔하면서 아까 그거나 좀 잘 생각하잔 말이야."

문호는 혈압이 높으니 술을 조심하라는 의사의 경고를 또 입속에서 묵살하여 본다. 서로들 잡아먹지 못해 혈안으로 이를 박박 갈고 있는 이러한 세태에 친구의 호의가 뼈에 사무쳤다.

건우는 건우대로 어젯밤 이후의 주판을 다시 놓아 본다. 문호를 앞장 세워 음악연구원의 간판이라도 걸게 되면 학교는 등록금으로 유지될 것이고, 보험회사는 그 학원 재단으로 면세 조치가 될 것이라는 미래의 설계도를 꼼꼼히 따져 보는 것이다.

따라 놓은 첫 잔 컵을 마주치고 들면서 건우는,

"자, 이제부터 재출발이야."

하고 쭉 들이켰다.

문호도 잔을 비웠다.

"더 긴말 안 하겠네. 실무는 안 해도 좋으니 감사역(監査役)[32] 자리만 지키고 있으란 말이야. 나도 사업이 이쯤 팽창해지니까 전부 남의 손에만 맡길 수도 없구, 마음 놓고 의논할 사람이 필요해진단 말일세. 천하가 도둑놈 판인데 안심하구 맡길 수 있어야지. 중역이라구 앉혀 놓으면 제 것으로 이권을 바꿔 챌 생각이나 하지. 심각할 건 없어. 자 한잔, 여보 색시 술 따라!"

문호는 술을 마시면서도 비어홀의 밴드가 궁금하여졌다. 많지도 않은 멤버에 하나 빠진다는 건, 더욱이 리더 격인 자기가 빠지면 지장이 많을 것이라는 생각을 하면서 잔을 들었다.

---

[32] 감사역 감독하고 검사하는 역할.

"나도 자네 생각을 모르겠나? 고맙기는 하지만……."

"그러니까 하잔 말이야. 고맙기는 뭐가 고마워, 나도 잘된 판인데."

문호는 말하는 것보다는 술 마시는 것으로 거의 대답을 메웠다. 둘 다 흠뻑 취했다.

"자, 직업 여성들, 귀빈을 모셨으니까 노래나 부르지."

건우는 술잔을 기생에게도 돌렸다.

"오늘은 음악의 대가가 왔으니까 어디 그 명곡을 뽑아 보란 말이야…… 응, 우선 목을 축이고……."

여자들의 노래가 계속되는 사이에도 문호는 쉬지 않고 주는 잔을 모조리 비웠다.

"이번에는 김사장님 하나 부르세요."

옆의 기생들도 박수로 보조를 맞추었다.

"응, 그렇지, '유붕자원방래(有朋自遠方來)'[33] 하니 내가 한 곡 부르지 않고 견딜 수 있을쏘냐 말이다. 내 노래는 돈 먹은 비싼 노래야."

건우는 서슴지 않고 일어섰다.

〈오솔레미오〉, 그것은 중학 시대부터 건우의 장기의 애창곡의 하나이다.

그도 음악을 전공하려고 했었다. 그러나 지방 관리로 있던 그의 아버지는,

"이 자식아, 사내 녀석이 오죽 못났으면 광대처럼 목통을 팔아 밥 먹

---

33) 유붕자원방래(有朋自遠方來) 뜻을 같이하는 친구가 먼 곳에서 찾아옴. 논어 〈학이편〉에 나오는 말.

구 살겠단 말이냐. 그런 소리는 말고 고등문관이나 합격하여 군수 한 자리라도 하려무나."

완고한 아버지의 우격다짐[34)]으로 건우는 법과를 택하였고, 이차의 고등문관시험에 실패를 하자, 지방 관청에 그대로 취직했던 것이다.

그것이 해방 이후 급진적인 승진을 하여 국장까지 지냈다. 그러나 독직[35)] 사건에 연관되어 권고사직을 당하자 실업계에 투신하여 오늘에 이르렀다.

"돈만 있으면 다 돼. 응, 돈이라니까. 그러문 장관도 되구, 국회의원두 되구. 문호, 그거 옳소! 국회의원에 대면 내가 자격이 부족되겠나? 나도 한밑천 생기면 입후보하겠네. 제까짓 거 안 될 것이 뭐냐 말이야."

문호는 자기의 너무도 무기력한 데 비하여 패기 있는 건우의 심정에 동조적인 선망을 느끼기도 하였다.

전축에서 흘러나오는 음악에 맞추어 건우는 그 작달막하게 다부진 몸뚱이를 재치 있게 돌리면서 춤도 추는 것이었다.

이 자리에서 병신구실밖에 못 하는 문호도 권에 못 이기어 노래를 불렀고, 색시들에 이끌려 스텝도 한두 발자국 떼다가 취기를 이기지 못하여 주저앉고 말았다.

한나절이 지나서야 문호는 겨우 눈을 떴다. 노래를 부르고, 기생을 껴안고 춤을 춘 것 같은 흐릿한 기억은 희미하게 되살아오나, 어떻게

---

34) 우격다짐 억지로 우겨서 남을 굴복시킴. 또는 그런 행위.
35) 독직(瀆職) 어떤 직책에 있는 사람이 그 직책을 더럽힘. 특히, 공무원이 그 지위나 직권을 남용하여 뇌물을 받는 따위의 부정한 행위를 저지르는 것을 이른다.

집으로 돌아왔는지 알 길이 없다. 다만 T동 파출소 옆집이라고 말했던 그것으로 지프차가 실어다 준 모양이다.

갈증이 나고 속골이 아직도 흔들린다. 가슴속도 메스껍게 울렁거린다.

옆방에서 아들 준식의 바이올린 연습 소리가 들려온다. 슬그머니 부아[36]가 치민다.

"야 이 자식아, 사내대장부가 할 일이 없어 깽깽이쟁이를 하겠단 말이냐. 그럴라면 상급 학교구 뭐구 다 집어쳐라."

이것은 삼십 년 전 중학 졸업반에서 입학시험 준비를 할 시기에, 아버지의 문호 자기에 대한 호통이었다.

"아버지, 아냐요. 아버지는 너무 완고하셔요. 사람은 자기가 하고 싶은 길을 걸어가는 것이 가장 보람 있고 행복해요."

"에키, 이놈, 무슨 그 따위 대답질을……."

그러나 지금 생각하여도 좀 건방지지만 멋진 대답이었다고 생각하는 것이다.

'인생은 짧고, 예술은 길다.'

이것은 문호의 중학 시절의 한 풍조를 이룬 인생 표어 같은 것이었다. 문호는 이 진리의 선봉[37]적인 실천자라고 자부하고 있었던 것이다.

그러나 사태는 전연 달라졌다. 의과를 하지 않으면 학비를 대어 주지 않는다는 아버지의 강경한 태도였다.

---

36) 부아 노엽거나 분한 마음.
37) 선봉(先鋒) 무리의 앞자리. 또는 그 자리에 선 사람.

대지주요, 지방 유지인 아버지의 고집도 꺾는 사람이 없었다. 입학원서 제출 직전에 담임선생이 아버지를 찾아 간곡히 부탁하였으나 헛수고였다.

일 년 예비학교를 거쳐서야 난관의 의과대학 예과에 입학하였다.

그러나 이학년 진급기를 앞두고, 시체 해부실의 실습에서 구역을 느낀 후로는 학교를 팽개치고 아버지 몰래 다시 음악에로 옮겼던 것이다.

문호는 최초의 출발부터 순조롭지 못한 험준한 길을 택하였다고 근래에는 자주 생각하게 되었다.

그러나 자기 자신이 좋아 선택한 길인 만큼 후회는 입 밖에 내지 않았다. 현재의 환경적인 조건에 불만은 없지 않으면서도 그것을 하나의 숙명처럼 꿀꺽 삼켜 버리는 것이었다.

바이올린 소리가 귀에 거슬리게 들려온다. 이런 때면 아버지의 이야기가 되살아왔다.

사실 잘되면 예술가요, 전락하면 자기와 같은, 아버지 말대로의 딴따라패다. 그뿐이 아니라, 자칫하면 패가망신이다.

오랜간만에 일자리가 생겨, 첫 출근이라고 할 때 악기를 들고 나선 문호더러 어디를 가느냐고 아들이 물었었다.

아무 말도 없이 문을 나서려니까,

"아버지도 스타일 버리셨어요."

유행어조로 지껄이던 아들놈의 말소리가 지금도 귀에 쟁쟁하다. 드럼 악사가 찾아왔을 때의 대화에서 이미 그 기미를 알아챈 녀석의 소리에 뼈가 있다고 생각되었으나 그대로 대문을 차고 나섰던 것이었다.

아들 준식을 불러 냉수를 떠 오라고 시켜 한 사발을 숨도 안 쉬고 들이켰다. 갈증이 좀 풀려 온다.

내년에는 저놈도 대학 입학이다. 음악대학을 가겠다는 소원이다. 이 구질구질하게 사는 제 아비의 생애에 무슨 매력이 있어 또 음악을 선택하려는 것일까?

"야, 준식아!"

아들을 불렀다.

"너 정말 음악을 전공할 테냐?"

"네, 그러문요."

확고한 대답이다.

"너 음악대학은 시험 준비를 안 해도 된다던?"

"실기가 중점이라나 봐요."

그 생각부터가 자기와는 다르다. 위대한 예술가를 목표할수록 굳건한 지성의 토대 위에서 출발해야 된다고 생각했던 자기다. 그러했던 자기 자신이 지금은 요 모양 요 꼴이다. 시작부터 벌써 틀려먹었다.

"이놈아, 예술에 대한 자기의 줏대가 서고, 이론적인 무장까지 갖추지 않은 단순한 연주가는 놀음장이에 불과한 것이다."

이것은 아들에게 주는 말이 아니라 지금의 자기 자신에게 던지는 자학인지도 몰랐다.

"아버지는요?"

이놈의 속에는 아버지에 대한 냉소가 깃들어 있는지도 모른다고 생각되었다.

"아버지 때는 다르다. 그때는 예술이 젊은이의 호프[38]였다. 말하자면 하나의 낭만이…… 해방된 지금엔 젊은 너희들에겐 너무나 할 일이 많다."

"……."

"그때는 고문에 붙어 일제 관리로 편안히 먹고사느냐, 의사로 돈벌이를 하여 잘사느냐, 그런 소극적인 희망이 말이야…… 그러니까 예술이 더욱 위대했다. 하지만 지금은……."

문호는 더 말이 이어지지 않았다. 자기 혼자의 회한이나 자멸[39]적인 넋두리를 아들에게 퍼붓는 것 같은 억지를 느꼈기 때문이다.

"너희에게는 할 일이 더 많아…… 예술보다도, 더욱이 남자에게는…… 하기야 위대한 예술가가 될 수만 있다면야!"

"그래도 저는 해보겠어요."

"이놈아, 해보겠다는 정도가 아니라, 꼭 이루겠다는 신념이 있어야 한다."

"그러면 어떻게 하는 것이 좋아요? 아버지!"

끝까지 제 의지를 버티지 못하는 아들 녀석이 더 못나게 보였다.

"생명과 바꾸려는 신념이 있어도 힘드는 가시밭인데……."

혼잣말로 중얼거리면서 문호는 아들 쪽을 외면하고 돌아누웠다.

부자는 한참 말이 없었다.

아들은 아버지의 일거일동을 지켜보지만 아버지는 아들의 동작을 알 길이 없다.

---

38) 호프(hope) 희망.
39) 자멸(自蔑) 스스로 자신을 멸시함.

"그러지 않아도 나도 다른 생각을 하고 있다."

문호는 비장의 발표라도 하려는 듯이 침을 꿀꺽 삼켰다.

"수억 대 회사의 감사역으로 바꿔 앉을까 하고……."

아들의 표정이 보이지 않는다.

"친구의 보험회사에 말이야, 네가 대학으로 들어가면 학자의 부담도 커질 거구……."

뒤에서 왈칵 아들의 울음소리가 터졌다.

"아버지! 지금까지 살아오신 것은?"

"그러게 말이다. 나도 신중히 생각 중이다."

아들의 탄력 있는 반응이 차라리 믿음직스러웠다.

"그러면 영영 타락이에요."

문호는 그다음 할 말이 없었다.

인간 오십 년을 통하여 경리나 통계 사무에 대하여는 영영 백지인 자기, 아무리 친구의 우정이라 하기로 의자만 지키고 놀면서 타 먹는 월급, 그 호의가 이 난세에 몇 달이나 지속될 것인가. 거기다 자기 호주머니를 털어 투자 한 푼 하지 않은 회사에.

'허수아비, 허수아버지.'

혼자 중얼거렸다.

악기의 포지션[40]을 힘차게 눌러 온 왼쪽 손가락 끝이 부르르 떨렸다.

배운 도둑질이란 버리기 어려운 것이라고 새삼스럽게 뼈에 저려

---

40) 포지션(position) 자리. 위치.

왔다.

울타리 그늘이 창가를 가리어 왔다. 문호는 첼로 케이스를 들고 집을 나섰다. 어젯밤의 과음이 사지를 떨리게 하였다. 소란한 거리의 아무것도 눈에 들어오지 않았다.

마음은 과거로만 줄달음쳤다. 중학교 일학년 때 바이올린을 갓 시작하였던 때의 일이다. 같은 읍에 있는 S여학교의 예술제에 갔었다. 그날 밤에 현혹되던 바이올린 소리에 맞추어 자기 또래의 여학생이 무대 위를 날듯이 휘돌던 율동, 그것보다는 그 격동적인 음악에 더욱 감동되었었다. 그것이 드보르자크의 유머레스크라는 것도 후에 알았다. 그렇게 대단한 곡은 아니면서 자기 가슴에 감동을 일으킨 충격은 그 후의 어느 곡보다도 컸던 것이다.

일생 음악으로 살겠다는 결의는 이날 밤 이후 더 굳어졌다.

밖에 나왔을 때는 초가을의 선들바람이 축축히 젖은 땀에 선뜻하였다.

그 후 첼로를 전공한 음악 선생이, 네 체구와 소질로는 바이올린보다 첼로가 나을 것이라는 권유로 그 길을 꾸준히 걸어왔다.

그 황홀하던 꿈, 그 피가 끓던 정열, 그 지칠 줄 모르던 끈기, 그것은 다 어디로 사라진 것일까?

음악은 마지막 파트다. 손님들도 많이 돌아가 빈자리가 많아졌다. 아무래도 파장이란 싱거워지는 것이다. 역시 고기는 물이 가득 찼을 때 좋다. 맥주홀의 삼류 악단이라 하여도 사람이 가득 차 박수 소리가 우렁차면 신도 절로 나는 것이다.

손가락의 탄력이 빗나갔다. 어슴푸레 감았던 눈을 떴다. 첼로를 돌려 보았다.

제일 큰 줄이 끊어졌다. 땅바닥에 맥없이 내려 드리운 줄을 끌어올렸다. 다른 줄들은 여러 번 끊어져 바꾸어 넣었다. 그러나 이 줄만은 피난지에서 새로 장만한 이래 아직 한 번도 끊어진 일이 없었다.

자기의 불우한 타락상을 가장 역력히 아는 줄이요, 자기의 손때가 가장 짙게 묻은 줄이다. 가슴속에 버티던 미래에 대한 요행 같은 희미한 전망마저 그 종결을 예고하는 것만 같았다. 남은 석 줄로 곡목이 끝날 때까지의 무료한 시간을 어름어름 맞추어 갔다.

아마도 이 줄은 희망과 이상을 잃은 불구의 악사 자기 운명의 상징이라 싶어 자조(自嘲)를 억제할 수 없었다.

홀이 끝나자 문호는 악원[41]들과 함께 목롯집으로 들어갔다. 술을 기껏 들이켰다.

하루살이 벌이. 그날그날 분배하여 가지는 수입. 오늘 일당의 지폐의 감촉이 바지 호주머니에서 꿈틀거렸다.

문호는 드럼 악사를 끌고 다시 술집을 옮겼다. 잔이 나자 바쁘게 주고받았다.

"별수 없습니다. 문선생님, 인생은 계산하고는 다르니까요. 그날그날 벌어먹는 것이 장땡입니다."

문호의 과거를 어렴풋이 알고 있는 이 친구는 막바지에 전락된 문호에게 위안조로 말을 건네며 술잔을 권했다.

---

41) 악원(樂員) 악공. 연주자.

크라운장 373

"사람 팔자 알 수 없어요."

"글쎄, 그것이 전통이 선 나라에서야 어디 그런가? 어제의 거지가 오늘 거부가 되구, 오늘의 졸개가 내일 재상이 되구…… 응!"

문호는 몸을 가누지 못하게 취하여 의자에서 쓰러지려 하였다.

젊은 친구는 문호를 부축하여 술집을 나왔다.

통행금지를 알리는 사이렌 소리가 울려왔다.

의사의 진단은 뇌일혈이었다. 왼쪽 반신을 쓰지 못했다. 간밤 돌아오는 길에 하수도에 빠지면서 머리에 타박을 가져왔다.

하루가 지났다. 의식은 회복되었으나 자유롭게 기동을 할 수가 없다. 문호는 눈을 멀뚱히 뜨고 있다.

그저께 집을 나간 다음에 보험회사 지프차가 모시러 왔다던 이야기를 들으면서 그는 아무런 반응도 없다. 눈을 스르르 감았다.

"얘, 준식아, 네 바이올린을 이리 가지고 오렴."

명료한 발음은 아니다.

아들은 무슨 영문인지 몰라 묵묵히 서 있다.

"글쎄, 가지고 오래두."

손 형용을 섞어 몇 번이고 조르는 아버지의 고집에 버틸 수 없어 아들은 바이올린을 들고 나왔다.

"그 유머레스크를, 그것 좀 켜주렴."

죽을지 살지, 살아도 완전한 몸이 된 것 같지는 않은 아버지의 핏기 없이 지친 모습을 보고 아들은 허수아비처럼 활을 선에 대었다.

지금 문호는 악원이 가득 찬 큰 무대 한복판에서 지휘봉을 흔들고 있는 자기 자신의 꿈속을 헤매고 있는 것이다.

몸이 크게 꿈틀거렸다. 의욕이다. 살아야겠다. 앞으로 무엇이 꼭 크게 이루어질 것만 같았다. 자기의 의지와 예술을 살릴 방향으로 틀림없이. 그것이 설령 기적 같은 것일지라도. 문호는 큰 숨을 내쉬었다.

대문 앞에서 자동차의 멈추는 소리와 함께 클랙슨 소리가 울려왔다.

생 각 해 볼 거 리

1 이 소설에 등장하는 문호와 건우는 동시대를 서로 다른 방식으로 살아온 인물들입니다. 두 사람의 삶과 사고방식을 간단하게 비교해 봅시다.

문호 문호는 비어홀의 악장입니다. 과거에는 뛰어난 연주 실력으로 악단에서나 동료들로부터 촉망받는 연주자였으며 음악에 대한 이상과 열정도 강했습니다. 그러나 해방 후 좌우익의 사상적 대립이 극심해지고 주도권을 둘러싼 다툼이 치열해지는 가운데, 특정한 세력이나 파벌에 가담하지 않고 예술에만 관심을 두다 방관자의 위치로 밀려난 후 전문 음악인의 길에서 밀려나게 되었습니다. 한국전쟁 중에는 돈벌이를 위해 유엔군 종군 밴드에서 연주하였으며, 유엔군이 철수하면서 이것마저 여의치 않아 비어홀의 악사가 되었습니다. 음악에 대한 이상을 성취할 가능성이 희박해진 자신의 처지를 비관한 그는 폭음하는 습관이 생겼고, 그 때문에 위장이 상하고 손가락이 마비되어 갔습니다. 그는 뛰어난 실력과 음악에 대한 열정을 소유하고 있으면서도 시류에 편승하지 못한 탓에 자신의 분야에서 도태한 비극적인 인물입니다.

건우 건우 역시 음악을 전공하려고 했으나 아버지의 반대로 법과에 진학했습니다. 고등문관시험에 실패한 후 지방 관청에 취직해서 해방 이후 급진적인 승진을 해 국장까지 지냈습니다. 그러나 독직 사건에 연루되어 권고사직을 당하자 실업계에 투신해서 지금은 보험회사 사장이 되었습니다. 한밑천 생기면 국회의원에 입후보하겠다는 야망도 가지고 있으며, 문호를 앞세워 학원 재단을 세워 보험

회사에 대한 면세 조치를 얻어 내겠다는 계산을 하고 있습니다. 문호와 달리 현실에 잘 적응해 사회적으로 성공했으나 순수성을 잃은 속물적인 인물입니다.

2 문호는 아들 준식이 음악대학에 진학하려는 것에 대해 어떤 태도를 보입니까?

문호는 비어홀의 악사로 전락하는 좌절을 겪으면서도 자신이 음악을 선택했던 것에 대해서 후회하지 않습니다. 음악의 길은 자신이 좋아서 선택한 것이었기 때문입니다. 그러나 아들 준식이 자신과 같은 길을 걷고자 하는 데는 선뜻 찬성할 수 없습니다. 예술가로서의 삶이 얼마나 힘든 것인지 절실히 느껴 온 문호는 아들이 자신과 같은 길을 걷는 것을 원치 않습니다.

그러면서도 문호는 진정한 예술에 대한 자신의 견해를 아들에게 전하려 애쓰는가 하면, 음악대학에 가려는 아들의 고집을 은근히 대견해합니다. 그의 이러한 이중적인 태도는 예술에 대한 이상과 현실의 차이에서 오는 갈등이 아들의 진학 문제에 있어서도 그대로 전이되기 때문입니다. 예술마저도 힘과 자본의 논리 앞에 굴복하고 마는 현실을 체험하면서도, 사람은 자기가 하고 싶은 길을 걸어가는 것이 가장 보람 있고 행복하다는 원칙을 지켜 내고 싶은 문호의 열망은 사라지지 않은 것입니다.

3 문호에 대해, 친구 건우가 생각하는 '타락'과 아들이 생각하는 '타락'의 차이는 무엇입니까?

문호의 친구 건우는 비어홀에서 연주하고 있는 문호의 모습을 보고 "딴따라도 연주냐?"며 "자네가 이렇게까지 타락하다니……"라고 말합니다. 건우는 문호가 전문 음악인으로서 성공적인 삶을 살고 있을 것이라고 생각했으므로 비어홀에서 악사 노릇을 하고 있는 문호의 모습에 실망하여 '타락'이라고 표현한 것입니다. 돈이나 지위 따위에 관심이 많은 건우는 예술의 가치를 세속적인 성공과 결부시켜 생각하고 있습니다.

한편, 문호의 아들 준식은 아버지가 음악의 길을 포기하고 수억 대 회사의 감사역으로 자리를 바꿀 생각을 하고 있다는 것을 알고 "그러면 영영 타락이에요"라며 울음을 터뜨립니다. 음악을 전공할 꿈을 가진 준식의 눈에 비친 문호는 음악인으로서의 외길을 고집스럽게 걸어온 존경스러운 아버지였던 것입니다. 준식은 첼로 연주자인 아버지가 연주를 그만두는 것은 음악가로서의 길을 포기하는 것이라 생각했으므로 문호에게 '타락'이라는 말을 한 것입니다.

작가는 세상에 때 묻지 않은 젊은 준식의 순수한 시선을 통해 정작 타락한 것은 문호가 아니라 그에게 보험회사 이사 자리를 권하는 건우임을 보여 주고 있습니다.

4 건우가 제안한 보험회사 이사 자리를 두고 고심하던 문호는 연주 중 첼로의 제일 큰 줄이 끊어지자 그것을 자신의 운명과 결부시켜 생각합니다. 첼로의 제일 큰 줄이 끊어진 것이 상징하는 것은 무엇입니까?

첼로의 큰 줄은 문호가 피난지에서 새로 장만한 이래 아직 한 번도 끊어진 일이 없었던 줄이었습니다. 문호는 이 줄이야말로 자신의 타락상을 가장 역력히 아는 줄이요, 자기의 손때가 짙게 묻은 줄이라고 생각하고 있습니다.

다른 줄이 다 끊어지는 동안에도 잘 지탱해 왔던 첼로의 큰 줄은 음악에 대한 문호의 사랑과 의지를 상징합니다. 비록 전문 음악인의 길에서 멀어져 미군 부대 연주를 거쳐 비어홀의 악사로 전락했다 하더라도 음악을 사랑하고 연주하는 기쁨을 잃지 않는 한 그는 자신의 삶을 지탱할 수 있었습니다. 문호 스스로는 자신이 걸어온 길을 비관하고 있지만, 첼로의 큰 줄은 문호가 일관되게 연주를 계속해 왔으며, 연주의 순간만큼은 그의 열정이 식지 않았음을 누구보다 잘 알고 있었던 것입니다. 그런 첼로의 큰 줄이 끊어졌다는 것은 연주를 그만두고 보험회사 이사 자리로 옮기려는 지금의 문호야말로 정말 타락의 길에 들어서고 있음을 암시하는 것입니다. 아울러 문호가 보험회사의 이사 자리로 옮겨 앉는 순간, 그의 삶은 줄이 끊어져 못 쓰게 된 첼로처럼 가치와 의미를 상실하게 될 것임을 경고하고 있습니다.

5 뇌일혈로 쓰러진 문호가 아들에게 유머레스크 연주를 부탁한 까닭을 생각해 봅시다.

유머레스크는 음악에 대한 그의 초심을 상징하는 곡이라고 할 수 있습니다. 문호는 중학교 일학년 때 S여학교의 예술제에서 유머레스크를 듣고 일생 음악으로 살겠다는 결의를 굳히게 되었습니다. 따라서 유머레스크를 듣는 그의 행동은 자신의 삶에 대한 긍정을 의미하는 동시에 음악에 대한 순수성을 잃지 않겠다는 의지의 표현으로 볼 수 있습니다.

더 이상 희망이 없어 보이는 순간, 문호는 유머레스크를 들으며 꿈틀거리는 삶의 의욕을 느끼고 자신의 의지와 예술을 살릴 방향으로 무엇인가가 이루어질 것 같은 기대를 갖습니다. 몸조차 불구가 된 절망의 순간 그는 오히려 삶의 의지를 불태웁니다. 절망적인 상황에 굴복하지 않고 예술에 대한 열정을 지키려는 그의 모습은 현실에 타협하지 않는 굳건한 정신을 보여 줍니다. 그러나 이후 문호의 삶이 어떠했을까를 상상해 본다면 결코 낙관적이지 않습니다. 불구가 된 그가 예술을 살릴 방향으로 무엇인가를 이루기에는 건우와 비어홀로 상징되는 현실의 벽이 너무 높아 보이기 때문입니다.

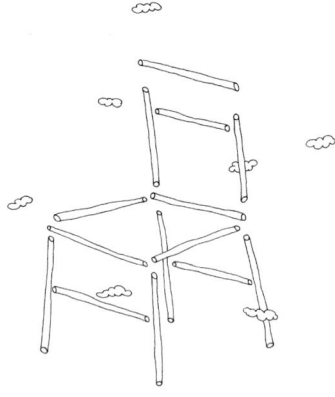

초혼곡

경제적인 열등감으로 마음의 문을
열지 못한 탓에 첫사랑을 잃은
청년의 내면을 섬세하게 그린 작품

📖 **감상의 길잡이**

"왜 너는 인간 일대일로서 알몸뚱이를 내대고 떳떳하게 대결하지 못하였는가"

자존심을 지키려다 사랑을 잃고 울다

인간은 환경으로부터 분리될 수 없는 존재입니다. '천상천하유아독존(天上天下唯我獨尊)'은 사회라는 조건을 초월한 붓다와 같은 성인에게나 해당하는 말일 것입니다. 대개의 사회에는 특정한 가치관에 따라 차별이 존재하게 마련이며, 인간은 저마다 고유의 존엄성과 영혼의 가치를 지니고 있음에도 불구하고 사회의 성격에 따라 다른 대우를 받아 왔습니다. 역사적으로 중세 사회에서 혈통에 따라 지배계급과 피지계급이 존재했던 것은 누구나 알고 있는 사실입니다.

혈통이 중시되었던 중세 사회와 달리 오늘날 사람들이 가장 큰 가치를 두는 것은 아마도 '돈'일 것입니다. '물질 만능주의'나 '황금 만능주의' 그리고 '인간소외'와 같은 말들은 돈이 인간보다 우위에 서는 현대 자본주의 사회의 세태를 반영하는 용어들입니다.

1960년 『현대문학』에 발표된 「초혼곡」은 가난 때문에 열등감에 시달리며 위축감을 느끼다 사랑마저 포기하는 한 청년의 이야기입니다. 이 소설의 주인공인 '나'는 서해안 작은 반도의 가난한 마을 '구가곡'에서 서울 명문대학에 진학한 실력 있는 대학생입니다. 그러나 끝없는 꿈을 품고 서울로 상경한 그가 맞닥뜨리게 된 것은 자신을 끝없이 초라하고 비굴하게 만드는 부유하고 풍요로운 세계의 사람들이었습니다. '나'는 부유하고 풍요로운 세계의 사람들인 '그들' 중 영희를 사랑하게 되지만, 가정 형편의 차이를 극복할 만한 용기가 없었기에 영희의 곁을 맴돌기만 하다가 스스로 영희를 떠납니다.

그런데 빈부격차에 따른 소외감으로 좌절하는 인간을 그린 이 소설에서 작가가 비판하고 있는 대상은 인간을 굴복시키는 환경(빈부격차)의 비정함이 아니라, 그 환경에 굴복하고 마는 인간의 나약함입니다. 빈부격차 자체보다는 그로 인한 열등감이 초래하는 인간관계의 왜곡이 이 소설이 제기하는 핵심적인 문제인 것입니다. 우리는 이 작품에서 환경의 영향을 받을 수밖에 없는 인간을 그리면서도 환경이 만든 조건을 뛰어넘어 진정한 인간관계를 추구하는 용기 있는 인간을 소망하는 작가의 시선을 만나게 됩니다.

작가는 우리 내부에 도사리고 있는 열등감과 열등감의 또 다른 얼굴인 비뚤어진 자존심을 극복할 때 비로소 인간과 인간의 진정한 만남을 가로막는 외부의 장애들을 뛰어넘을 가능성이 시작됨을 말하고 싶었던 것입니다. 이 작품을 읽으며 진정한 자존심이 무엇인지에 대해 생각해 보았으면 좋겠습니다.

초혼곡

 나는 지금 어디로 향하여 걸어가고 있는 것인가. 잡다한 상념[1]이 단속적으로 엄습하여 쇠약한 몸뚱이가 스스로의 체중과 충격적인 신경의 자극을 몸소 감당해 낼 수가 없다. 거의 내던지다시피 하는 나의 발길은 M병원이 있는 쪽으로 향하여 움직여지고 있음은 틀림없다. 머리와 가슴이 육중한 쇳덩이로 눌리고 있는 중압감에 겨워 있는 탓일까. 저녁노을에 비낀 가을 하늘마저 검은 구름에 휘덮인 무더운 여름날 오후처럼 나를 질식하게 억누르고 있다.
 영희 어머니가, 아니 영숙이 어머니가 나를 찾아왔다. 핏기를 잃은 창백한 얼굴이다. 나에게 동양화의 한 폭 그림을 연상시키던 귀골풍의

---

1) 상념(想念) 마음속에 떠오르는 생각.

예전 모습은 거의 찾을 길 없고, 고분에서 발견되는 깨어진 청자기처럼 조촐하면서도[2] 어딘가 초췌한 인상을 금할 길 없다.

상록수가 우거진 정원은 꽤 높은 돌담으로 둘러싸여 있었다. 나는 적어도 하루 두 번은, 거의 열려 있는 때를 볼 수 없는 이 듬직한 대문 앞을 스쳐 담장이 낀 돌담을 돌아서 학교를 다녀야만 했다. 아무리 발돋움을 하여도 깊숙이 안쪽으로 들어박힌 기와집 용마루 끝과 그 옆 양옥 이층 베란다밖에 보이지 않는 이 집 앞을 지날 때마다 나는 서해안 작은 반도의 구가곡(九家谷), 나의 집의 초라한 모습과의 대조적인 상의 떠오름을 억제하는 수가 없었다.

골짜기 이름이자 마을 이름인 구가곡이라는 명칭이 언제 생겼는지는 확실히 알 길이 없다. 그러나 구곡지수(九曲之水)에 아홉 가구 사는 골짜기라서 구가곡이라고 불렀다는 연유는 어렴풋이 알고 있었다. 다만 이상하게도 내가 철을 차렸을 때 분명 아홉 집이던 이 마을에서 단 하나의 유학생인 내가 서울로 드나들기까지에도 그 수는 붓지도 줄지도 않았다는 것이 이상할 따름이다. 나는 중학도 이십오 리의 산길을 걸어 읍내로 통학했다. 단 한 번의 특혜의 은전[3]을 받은 적이 있다면 그것은 졸업을 앞둔 고등학교 마지막 학기에 시골 막바지에서 서울 일류 학교에 한 명이라도 합격시켜 보겠다는 어떤 방법적인 호의의 덕분으로 학교 숙직실에 기거할 수 있었던 얼마 동안의 기간일 것이다. 최

---

2) 조촐하다 수수하고 단출하다.
3) 은전(恩典) 예전에, 나라에서 은혜를 베풀어 내리던 특전.

초의 영예라고 하여 나의 등록금은 모교에서 보내 주었다. 이 시기의 나는 끝없는 꿈을 품고 망망한 창공을 나는 것과 같은 심정이었다.

고향에 돌아간 방학 동안의 나의 일과는 서울 생활과는 전연 판이한 것이었다. 은백색 뱃지를 달고 우쭐거리던 교복을 벗어 팽개치고 베잠방이⁴⁾로 갈아입었다.

주위의 모든 사람들이 땀투성이가 되어 헐레벌떡이고 있는 속에서 나 혼자 안온할 수가 없었다. 서울을 떠날 때는 보따리 속에 이거 이거는 끝내야 하겠다고 사전류에 겹쳐 책 몇 권이 뭉뚱그려졌지만 손이 모자라 허둥대는 바깥 모습을 목격하면서 그런 것으로 유유 한적하기에는 주위가 너무도 고달팠다.

아침 이슬이 지기 전에 소먹이 꼴을 베고, 낮에는 김을 매고, 저녁에는 멍석 짜는 일을 거들었다. 집안 식구들도 나의 존재에 희망을 걸었고, 나 자신도 끝없는 앞길에 대한 이상에 불탔다.

서울을 머릿속에 그리기만 하여도 가슴이 고동쳤다. 그러나 온 식구의 한 달 계량이 될 쌀 한 가마가 겨우 한 달 하숙비…… 이런 것을 생각하면 우울했다.

모기를 몰려던 모닥불도 밤이슬을 받아 제풀에 그늘어 갔다.⁵⁾ 별이 총총한 밤, 박꽃을 찾아 넘나드는 바퀴벌레의 그림자에 엇갈려 반딧불이 거름 무더기 쪽으로 싸리 울타리를 넘어가면 개도 짖지 않는 산골 짜기의 밤은 숨 죽어 깊어 갔다. 모닥불 찌꺼기에서 슴새어⁶⁾ 나오는

---

4) 베잠방이 베로 지은 짧은 남자용 홑바지.
5) 그늘어 가다 사그라지다.
6) 슴새다 조금씩 밖으로 스며 나가다.

쑥 내음새가 굴둘 허리를 스쳐 감돌아 나오는 하늬바람에 실려 코끝을 향긋케 했다. 이런 밤에는 굳이 등잔불을 켜기도 열적어 말뚱한 눈으로 열어젖힌 창문을 거쳐 멀리 별을 헤며 잠을 청했다.

나는 지금 M병원을 향하여 걷고 있음에 틀림없다. 붉은 벽돌담 양옥에서 피아노 소리가 들려온다.

단풍이 든 높은 돌담 담쟁이 넝쿨에 가을 햇볕이 비끼는 저물녘 상록수 깊숙한 정원을 거쳐 들려오던 피아노의 그 음향이다. 영희를 처음 만난 것은 이런 날 저물녘이다. 이 어마어마한 대문—그 시절 나에게는 그렇게 생각되었다—앞에서 서로의 시선이 맞부딪친 제복의 소녀는 그 육중한 대문 속으로 삼켜지는 듯이 빨려 들어갔다. 다시 닫혀진 문은 내 앞을 절벽처럼 가로막았다.

맞부딪치는 순간 불티가 튀는 듯하던 눈동자, 당황 어린 모습으로 총총히 각도를 돌리던 반사적인 동작, 문 속으로 길게 뻗은 정원 속의 통로, 대문 빗장의 신경질적인 불협화음, 대문을 거쳐 새로운 향수는 깃들기 시작하였다.

다음부터 이 대문 앞을 스칠 때마다 느끼는 막연한 기대와 초조 어린 두근거림, 홀로 붉어지는 얼굴 속에 돌담을 다 지날 때까지 마냥 걸음은 빨라졌다. 엉뚱한 혼자만의 도취인지도 몰랐다.

소녀가 대문을 막 나오는 찰나에 마주치는 일도 있었다. 눈이 맞닿는 순간, 소녀는 평범하게 나를 보아 넘겼는지도 모른다. 그러나 나의 가슴에는 뭉클하는 충격이 와 부딪고, 뒤에 걸어오고 있을 소녀의 발자국 소리를 등줄기에 느끼면서 온 신경을 뒤쪽으로 모으고 걷고 있는 것이었다.
 하루 종일 책 위에는 소녀의 윤곽이 맴을 돌고, 노트 뒤쪽은 낙서로 가득 찼다.
 뒤에서 보아도 소녀의 모습을 분간할 수 있었다. 그럴 때면 나의 빠른 걸음은 그 속도를 제한하여 소녀와의 거리에 용수철 같은 탄력을 가지고 간격을 조절하면서 흐뭇한 기분 속에서 소녀를 조종하는 기세로 걷게 되는 것이었다.
 소녀도 내 얼굴을 기억할까, 어떻게 느끼고 있을까, 이러한 계산은 지금 생각하면 유치하기 짝 없는 일이지만, 이 시기의 나에게는 소녀와 나의 거리가 좀처럼 그 사이를 연결시킬 수 없는 까마득한 것으로 계산되었고, 그러한 단정의 태반의 근원은 나의 환경적인 조건의 비굴감에 유래되는 것이었다.
 학교에서 학우들 간에 있어서도, 서울의 이름난 명문거족이나 세상에 널리 알려진 거부의 자녀들에 대하여도 나의 이 같은 열등감은 그대로 연장되어, 나는 그들과 터놓고 사귀지를 못하였거니와, 그들도 떼거지로 밀려들어 온 아무 고등학교 출신의 간판을 내어 걸고 텃세를 하는 판국에 나 같은 외톨박이 시골 출신으로는 그들과의 친숙한 교류란 엄두도 낼 수 없었다.
 그들이 나한테 대하여 외형적이나마 자진하여 호의의 표식을 나타낸 것은 호국단의 운영위원장인가 하는 선출에 있어서 서울의 일류학교 출신끼리 서로 각축전이 벌어졌을 때 그 매수공작으로 지방 출신을 규합하여 자파[7]로 이끌겠다는 그러한 학내의 미묘한 시기의 일이었다.
 이러한 때 평소의 나의 그들에 대한 비굴감 내지 위축감은 반발의 형태로 나타나, 나는 외면적으로 반대나 동의의 표정을 나타낸 일은 없었지만 지방 출신의 입후보자에게 나의 표를 던지고 말았던 것이었다.

　M병원 입구의 은행잎 낙엽으로 한 겹 깔린 포도[8]를 걸으면서 나는 자꾸만 그날의 기적 같은 사실을 더듬어 보는 것이다.
　은행잎처럼 멋진 낙엽은 없다고 나는 생각하여 왔다. 봄에 가장 늦게 움이 트는 대신에 가을에 접어들어 서리가 내릴 때까지 가장 늦게 단풍이 드는 나무, 부채마냥 뚜렷한 윤곽에 벌레 자국 하나 없이 탄력을 지닌 잎은 어린이의 뺨을 부비는 듯한 보들보들한 감촉을 주었다. 오렌지색으로 곱게 채색된 잎들은 플라타너스 백양잎처럼 흐지부지 시시하게 떨어지지 않고, 늦가을까지 힘껏 버티다간 함박눈 오듯이 시원하게 떨어져 마지막 한 잎도 남기지 않고 말끔히 져버리는 것이 깨끗하고 속 시원하게 느껴졌다.
　그런 은행잎 낙엽을 깔고 앉아 가을의 낙일[9]에 등을 쪼이면서 추수기의 고향 사람들을 생각하고 있을 때 과 주임인 T교수의 부름을 받았다.
　방학에 시골에서 돌아오자 곧 나는 연구실로 T교수를 찾아가서 나의 과거와 현재의 환경을 상세히 아뢰고 하숙비를 비롯한 학비의 조달책[10]을 논의하였던 것이다.
　가정교사는 어떻겠느냐는 T교수의 질문에 나는 가능한 한 비교적 자

---

7) 자파(自派) 자기 쪽의 계파나 유파.
8) 포도(鋪道) 포장된 도로.
9) 낙일(落日) 지는 해.
10) 조달책(調達責) 자금이나 물자 따위를 댈 방법.

유롭게 자기 시간을 활용할 수 있는 방책으로 야간 학관 같은 곳에 강사로 나갔으면 좋겠다는 의견을 말하고, 아울러 가정교사일 경우에는 침식을 한 데서 하기보다 학생이 나의 하숙으로 직접 배우러 올 수 있는 경우를 택하는 것이 피차에 효과적이겠다는 솔직한 의향도 덧붙였다.

그에 대한 T교수의 중간 연락이었다. 야간 직장은 아직 쉬 발견되는 곳이 없고 사정이 급할 테니 우선 아쉬운 대로 드난살이[11] 가정교사로 들어가 있다가 차차 조건이 좋은 곳으로 옮기면 어떻겠느냐는 의견이었다.

형편이 점점 각박하여 갔던 나는 더 취사선택의 여유도 없이 즉석에서 응낙하고 말았다.

T교수는 주인이 전공 부문은 다르지만 자기의 대학 동창이라면서, 실업계의 거물로 인품도 좋다는 둥 나에게 안도적인 허두를 떼고[12] 나서, 삼남매에 국민학교 다니는 막둥이 외아들이 그 지도의 중요 대상이고, 위의 딸 둘은 그들의 질문에 응하여 주는 정도면 될 것이라는 말하자면 나의 새로운 아르바이트의 개요를 설명하여 주는 것이었다.

T교수의 명함에 적은 주소를 더듬어 큰 대문 앞에 이른 나는 당황하지 않을 수 없었다.

이럴 수도 있을까. 나는 얼굴이 화끈 달아 옴을 느꼈다. 서울 장안 그 많은 집들 속에서 하필이면 이 집일까, 나는 보석이 감추어진 비밀굴의 암호와 행운의 열쇠를 한꺼번에 발견한 것처럼 격한 충동에 사로

---

11) 드난살이 남의 집에서 드난으로 지내는 생활. '드난'은 임시로 남의 집 행랑에 붙어 지내며 그 집의 일을 도와주는 일을 뜻함.
12) 허두를 떼다 글이나 말의 첫머리를 시작하다.

잡히기까지 했다.

그러나 그것은 극히 순시[13]였고, 이 어마어마한 저택 속의 보잘것없는 고용인이라는 자기 비굴이 더 거세게 자신의 몸뚱이를 휘어감음을 어찌하는 수 없었다. 이 같은 잠재의식은 지금 현재에도 나의 심중에서 완전히 뿌리 빼어진 것은 아니다.

나의 거실로 배정된 정원 동쪽의 구석진 방은 말끔히 치워져 있었다.

나는 나의 소지품 전체에 해당되는 엷은 트렁크만 한 이부자리와 책이 든 보루상자를 옮겨 왔다. 나는 이때까지 사과궤짝을 책상으로 썼고 책은 한쪽 구석에 그대로 쌓아 놓았기 때문에 외형을 갖춘 책상이나 책장이라는 것도 들고 올 만한 것이 없었다.

이미 준비되어 있는 목욕탕에 들어가 혼자 탕 속에서 땀을 흘리면서도 나는 안도인지 불안인지 모를 큰 숨을 톺아 쉬었다.

사면 타일로 된 목욕탕이나 수세식으로 된 양식 변소나 모든 것이 나에게는 어울리지 않는 것 같은 불안감을 자아내었다.

소변을 보는 데도 처음에는 조심이 갔고, 세숫물조차도 큰 소리로 청할 수가 없었다.

이러한 소극성은 시간이 갈수록 차츰 가시어는 갔지만 그러나 그러한 자기 협소증[14]에서 완전히 탈각할[15] 수는 없었다.

빈번히 세탁물을 내놓으라고 독촉을 받고서야 겨우 벽장 구석에 꼬기꼬기 틀어박아 두었던 땀내 풍기는 내의나 양말 쪽을 내어 주면서도

---

13) 순시(瞬時) 삽시간.
14) 협소증 지나치게 소심하게 대하는 병증. 소심증(小心症).
15) 탈각하다(脫却—) 벗어서 버리다.

나는 속팬츠만은 끝끝내 목욕할 때 몰래 빨아서 내 방에 걸어 말려서는 그대로 주워 입는 것이었다. 그러므로 이것만은 태양의 직사광선으로 말려지는 때가 거의 없었다.

내가 맡은 이 집 아들 영식은 영리한 편이었으나 책과 마주 앉는 것은 질색이었다. 억지로 붙잡아 앉혀 놓으면 얼마 동안 순종하다가는 무슨 구실을 꾸며 가지고는 자리를 뜨는 것이었다.

나는 이 아이에 대한 단순한 학과의 가정교사라기보다는 일종의 훈육주임을 겸한 꼴이었다.

조숙한 이 아이는 영화관의 출입이 잦았고, 성적이 우수하지 못한 반면에 발표력은 있어 학교에서의 사회 같은 것에는 늘 뽑히는 괴벽한 일면이 있었다.

저녁에 자기 전에 물그릇을 들여놓는다든가 공부하는 도중의 밤참으로 과일이나 과자를 가져온다든가 하는 내 방의 심부름은 주로 이 집 작은딸인 영숙이가 맡아 했다.

영숙이는 내가 이 집으로 옮겨 온 첫날부터 명랑한 표정으로 기쁘게 나를 대해 주었고 순진하게 어리광도 피웠다.

여학교 이학년인 영숙이는 말하자면 문학소녀여서 그때 주로 소설만을 밤을 새며 읽고 있었다.

저녁 후 정원 못가에 있는 벤치에 나가 앉으면 영숙이는 으레 내 옆에 와서, 선생님은 어느 학교를 다니시느냐, 무엇을 전공하시느냐, 고향은 어디시냐 하는 등 제 이야기 끝에 간간이 섞어 나의 주변적인 이야기도 묻는 것이었다.

나도 유쾌하게 그를 응대하여 주었지만 그는 나에게 이 집의 누구보다도 각별한 친절을 베풀어 주었다.
 어떤 때는 선생님 결혼하셨어요, 하고 엉뚱한 질문을 생글생글 웃어 가며 슬쩍 던지기도 하고, 그러할 때 내가 고개를 가로저으면, 거짓말, 시골서는 일찍 결혼한다는데요, 하고 깔깔 웃어 대기도 했다.
 나는 이렇게 말괄량이지만 우리 언니는 참말 얌전해요, 하고는 나의 표정에서 오는 반응을 노리듯이 훑어보기도 하는 것이었다.
 이 집 맏딸, 언젠가의 최초의 부딪침에서 내가 심장에 직격탄을 맞은 듯이 충격이 컸던 영희는 내가 처음 이 집으로 옮겨 온 날은 나의 시야에 나타나지 않았다.
 이튿날 밤 주인 아주머니가 자녀 셋을 응접실에 불러 놓고 나에게 차를 권하면서 차례로 그들을 인사시키는 자리에서 나는 영희와 이 집안에서의 최초의 대면을 하게 되었다. 그는 그 맑은 눈으로 나를 잠깐 쳐다보고는 미소를 머금은 얼굴을 창 쪽으로 돌렸다.
 나는 이 집에 들어온 이상 어느 구석에선가 우연히 만나질 것이라고 예측했으면서도 이 자리에서는 약간 당황했음을 고백하지 않을 수 없다. 상대방은 아마도 어제저녁에 이미 내가 이사 오는 것을 보고 처음에는 의외의 일에 놀랐겠지만 지금쯤은 그런 우연한 사실에 대한 호기심이 가라앉았거나, 그렇지 않으면 나에게 대하여, 내가 지금껏 그에게 대한 관심과는 정반대의 심정에서 태연한 것인지도 모른다고 나는 내 깐으로의 자유로운 해석을 해보는 것이었다.
 시간이 경과되고 한집안에서 어떤 의미의 한 식구로 자주 만나게 됨에 따라 나와 그는 서로 목례를 하는 정도의 인사치레는 하였지만 오랫동안 그 이상 서로 말을 건네거나 행동으로 의사가 표시된 일은 거의 없었다.

　그러나 나의 가슴속에는 두 가지의 평행되는 상념이 뚜렷하게 공존하여 자리 잡혀 가는 것이었다. 그 하나는 영희라는 이성의 그림자가 자꾸만 내 가슴의 깊은 곳으로 파고들어 가는 것이었고, 다른 하나는 둘의 현격한 환경적인 조건의 차이에서 오는 비굴감이 내 머릿속에 더 두텁게 차곡이 포개져 가는 일이었다.

　영숙이는 영어나 수학의 모르는 것이 있으면 서슴지 않고 들고 와서는 물어보고 저녁에 자러 갈 때에는 곧잘 굿바이씨 하고는 영어 회화의 몇 마디를 굴려 보기도 하는 것이었다.

　그러나 언니 영희는 고등학교 졸업반이어서, 그것도 음악을 전공하겠다는 그의 의사에 어머니도 동조하는 편으로 노양옥 이층에 있는 피아노에만 매어달려, 나에게는 학과에 대한 단 한마디의 질문도 가져오는 일이 없었다.

　나는 어떤 의미에서는 유쾌하고도 희망에 찬 나날을 보낼 수 있었다. 다만 고향의 내 집과의 대조적인 장면이 떠오를 때만은 문득 찾아들었던 비굴감과 이상야릇한 시기심이 솟구쳐 자기혐오에 빠지게 되는 것이었다.

　이런 경우 단 하나의 나의 무기, 요행히도 전통 있는 학교에 적을 두었다는 그 지질찮은[16] 한 가지가 꺼져 가는 나의 최후의 자존심의 방파제로 되어지는 것이기도 했다.

16) 지질찮다　'지질하다'의 잘못된 표현. 보잘것없고 변변하지 못하다.

나는 지금도 그때의 나를 멸시하는 적이 있다. 너는 네 마음속에 확실히 너 이상의 무엇을 나타내려고 하는 가식이나 공허한 과장이 있었다고……. 왜 너는 떳떳하게 인간 일대일로서 알몸뚱이를 내대고 자기의 속심대로 떳떳하게 대결하지 못하였는가고…….

그러나 그것은 죽음의 아슬아슬한 고비를 몇 번이나 겪고 난, 지금의 나로서의 과만한[17] 비판이지, 오죽해야 남의 집에 들어가 밥 얻어먹고 몇 푼 안 되는 교통비를 얻어 쓰는 정도의 품팔이에 지나지 않는 일을 자존심을 꺾어 가면서 치르어야 했겠느냐고. 거기에 무슨 떳떳하게 내세울 인간이니 일대 일이니 하는 따위가 감히 성립이나 될 것이냐 하고, 스스로의 자위도 하여 보는 것이다.

운명이 나에게 지워 준 행운의 찬스, 방바닥에 드러누워 높은 천장을 쳐다보면서 나는 이러한 실없는 푸념을 되풀이하기도 했다. 어쩌면 이것은 나의 비굴한 무기력을 채찍질하려는 적극적인 행동으로의 밑받침이 되는 반발이었는지도 모른다.

어쩌다가 찾아오는 친구들은 사실 나더러 행운아라고 떠들어 대었다. 나와 같은 농촌 출신인 K는 너 참 호박 굴러들어 왔구나, 너 하나 나 하나 나누자꾸나. 너는 다 익은 걸 택하구, 나는 익혀서 먹을게, 하고 험구[18]를 늘어놓기도 했다.

그러나 나는 친구들이 찾아오는 것이 퍽 난처했다. 여럿이 어울려 떠들고 나면 자연히 공부를 지도할 시간이 지연되게 되고, 외설한 음

---

17) 과만하다(過滿—) 분수에 넘치다.
18) 험구(險口) 남의 흠을 들추어 헐뜯거나 험상궂은 욕을 함. 또는 그 욕.

담들이 방약무인[19]으로 허트러지면 나의 만류쯤은 아랑곳없다는 듯이 더 기세들을 올리고, 저녁상에 여럿이 둘러앉아 자아류의 음식 감상론이 퍼지다간 결국에는 짓궂게 나의 곤경에 부채질하듯이 나를 억지로 끌고 밖으로 나가는 것이었다.

이러한 때 나의 심리적인 위축은 말할 나위도 없이 극도에 달하거니와 늦게 돌아와서 대문의 전령을 누를 때의 망설임, 창문을 소리 나지 않게 밀고 방에 들어서는 때의 조바심, 그러한 것은 그 경우를 겪어 보지 못한 사람에게는 이해될 수 없는 절박한 경지에 놓이는 것이었다.

그 후 나는 방학에도 오래 집에 가 있질 못했다. 입학시험을 앞에 둔 부모의 심정이란 물불을 가리지 않는 것이어서, 늘 아이 옆에 붙어 있어 주었으면 하는 심사였고, 나 또한 이왕이면 보람 있는 성과를 올려야 하겠다는 의무감에서 나의 있는 힘을 다하여 정성을 기울이는 것이었다.

대학에 진학하여 머리 모습이 달라지고, 규격에 얽매인 제복을 벗어 버린 영희는 그 육체의 자유로운 선에서 풍기는 감각이 갑자기 더 성숙하여진 것처럼 나에게는 느껴졌다.

졸업이니 입학시험이니 하는 복잡하고도 뒤숭숭한 절차들이 엇갈려 진행되는 동안 나와 영희 사이에는 좀더 친숙할 수 있는 계기가 마련되었었다.

나 자신의 경우에는 졸업이건 입학이건 그런 것이 하나의 유쾌하고도 축복되는 행사로 맞아지기보다는, 새로운 걱정과 시련이 한 겹씩 더

---

19) **방약무인**(傍若無人) 곁에 사람이 없는 것처럼 아무 거리낌 없이 함부로 말하고 행동하는 태도가 있음.

거세게 내 심신을 들볶는 무거운 짐으로 과해졌지만, 영희의 경우는 그와는 정반대로 하나하나가 즐거움이요 축복이요, 그리고 새로운 행복의 구름다리가 무한히 뻗는 희열로 넘쳐흘렀었다.

나 때에는 공교롭게도 졸업식이 입학시험과 중첩되어 식에 직접 참석도 하지 못하였거니와 합격 발표도 나 혼자만의 즐거움을 속으로 삼켜 버리는 수밖에 없는 그러한 얄궂은 형편이었다. 같이 수험한 몇 사람 중에서 간신히 나 혼자만이 합격되었기에 시골서 같이 온 다른 동창들을 보고 위로를 한대야 오히려 주제넘은 일이었고 그렇다고 나 혼자 함성을 칠 수도 없이 그저 난처한 표정으로 그 감격적인 시간을 어리멍덩하게 흘려보내는 수밖에 없었다.

그러나 영희는 졸업을 전후하여 거의 매일같이 동무들과 한데 얼려 쏘다니면서 파티니 축하니 선물이니 하고 극성스러울 정도로 그들 말마따나 젊음을 마음껏 엔조이하는 것이었다.

합격 발표장에는 그의 가족 전원에 섞여 나도 같이 갔었지만, 발표되는 순간 영희는 체면이고 뭐고 없이 껑충껑충 뛰면서 모녀가 얼싸안는 것이었고 온 식구가 소리를 지르며 즐거워했다. 나도 나의 일에 못지않게 아니 그 이상으로 즐거워서 저 자신도 모르는 사이에 영희의 어깨를 치면서 기쁨의 환성을 소리 높이 외쳤던 것이다.

말하자면 영희는 비옥한 토양에서 태양열과 영양분을 양껏 받고 스콜[20]을 맞으면서 자란 싱싱한 파초 같은 것이라면 나는 척박한 돌각담 속에서 메마르고 짓밟히면서 억지로 비비고 버티어 나온 끈질긴 띠풀

---

20) 스콜 열대 지방에서 대류에 의하여 나타나는 세찬 소나기.

같은 것이라는 생각도 없지 않았다.

　이날 저녁 영희의 친구와 함께 어울린 자리에서 나는 그들이 희희낙락하는 모습을 보고, 강물 속에서 유유히 헤엄치는 고기 떼를 어항 속의 외로운 붕어가 내다보는 것 같은 환각마저 일으켜 이방인 같은 나의 고독을 뼈저리게 삼켰던 것이다.

　영희 어머니의 나를 아껴 주는 고마움은 그것이 값싼 동정이든 또는 자식과 같은 절실한 애정이든 간에 날이 갈수록 두터워졌고, 물질 면에서의 혜택도 과분할 정도였다. 나는 내의나 양말도 전처럼 꾀죄죄하지 않고 언제든지 말끔한 것으로 갈아입을 여유를 가졌었고, 학자를 비롯한 용돈에도 그렇게 궁하지 않아도 좋았기에 보고 싶은 책들도 한두 권씩 차츰 사들일 수 있었다.

　이것은 나의 과도한 아전인수 격의 해석인지는 몰라도 나와 영희와의 관계에 있어서 서로 가깝게 접할 수 있는 기회가 자연스럽게 마련되도록 영희 어머니의 의식적인 노력이 배려되는 것같이 느껴지는 때도 있었다.

　여름방학에 영식이 지도에는 선생님도 함께 따라가셔야 한다고 하여 그들의 별장이 있는 바닷가로 함께 피서를 가게 하였고, 그러한 자연환경에서 서로의 심리가 평시보다 활달하여지고 야성적이 되기 쉬운 지대에서의 숨김없는 얼마 동안의 공동생활은 영희와 나와의 인간관계를 훨씬 접근시키는 계기가 되기도 했다.

　이제 나는 영희의 이름을 자유롭게 부를 수 있고, 영희도 해수욕복 그대로의 몸가짐으로 내 옆에서 아무 거리낌 없이 서로 이야기를 주고받게끔 되었다.

　이러한 계기가 거듭되고 시간이 흘러갈수록 나의 영희에 대한 정은 종래의 편벽된[21] 결벽성의 아성[22]을 조금씩 무너뜨리고 자꾸만 영희에게로 접근해 가는 것이었고, 한편 영희의 언행에서 그가 나에게 대하여 지니고 있는 호감을 어느 정도 직감하게도 되어지는 것을 부인할 수 없었다. 점차 내 가슴속에 용솟음치는 감정을 제어할 수 없어, 그와의 결혼 가능의 최단거리를 모색하여 보기도 하는 것이었다.

이 시기부터 영희에 대한 나의 감정은 단순한 호감이 아니라 분명 강렬한 애정이라는 것을 나는 거의 단정하면서도 그것을 외면으로 솔직하게 표현하지는 못했었다.

나는 차츰 혼자서의 내적 번민을 일으키기 시작했다. 이러한 번민의 도가 거세어지면 질수록 이미 잠재하고 있는 비굴감은 그 몇 갑절로 나의 의욕을 반대 방향으로 억압하고, 결국에 가서는 나의 의사표시가 상대자의 거역으로 실패로 돌아갈 때의 자존심의 파멸에 대한 최악의 경우의 격심한 충격까지도 예기하게 되어, 그러한 상상은 나 자신을 위축과 공포의 도가니로 더욱 휘몰아넣는 것이었다.

앞으로 헤쳐 나갈 인생의 모든 거센 물결에 대한 투지는 나의 결의를 더욱 공고히 하여 주는 것이었지만, 영희와의 애정 문제에 관한 한 나의 용기와 의욕은 자꾸만 소극적으로 비꼬아져 가는 것이었다.

삼월은 나에게 있어서 액운[23]의 달이었다.

영식의 입학시험이 목서에 박두했다. 학교 선택에 있어서 나는 나

---

21) **편벽되다(偏僻—)** 한쪽으로 치우쳐 공평하지 못하다.
22) **아성(牙城)** 예전에, 주장(主將)이 거처하던 성. 아주 중요한 근거지를 비유적으로 이르는 말.
23) **액운(厄運)** 액을 당할 운수.

대로의 견해를 가졌지만 그것은 거의 용납되지 않았다. 영식의 실력을 누구보다도 잘 아는 것은 나라고 나는 스스로 자처하여도 좋았다. 나는 일 년 반이나 그와 침식을 같이하고, 하루의 삼분지 일에 가까운 시간은 그와 마주 앉아 담판 씨름 같은 대결을 하지 않으면 안 되었으니까…….

그러나 부모들은 그들의 생각대로 거의 나의 의견은 도외시하고,[24] 아니 담임선생의 충고까지도 묵살하고, 학교 측의 진학 계획에 거역하여 원서를 제출했었다. 물론 그러한 경위에 이르기까지에는 최악의 경우에 금력[25]으로 치르는 보결[26]의 뒷구멍까지 계산에 넣었다는 것을 나는 모르는 바 아니었지만 나로서는 괴롭기 짝이 없는 일이었다.

중간 경로는 어떻게 되었든, 지금껏 아이의 성적이 그 정도밖에 되지 못하였다는 태반의 책임은 결과적으로 무조건 내가 혼자서 지지 않으면 안 되게 되었으니만큼 나는 끝끝내 우겨 대는 수가 없었다.

다만 나는 그동안의 나의 노력이 아이에게 반영된 결과가 너무도 미미함에 대하여 자책감에 휩싸여 혼자 안타까워할 따름이었다.

설령 최후에 어떤 비상 수단을 써서 보결 구멍을 찾아낸다 하여도 일차에서 합격되지 못하는 경우 그 모든 책임은 나한테 돌아올 수밖에 없는 일이었다.

그러나 나는 하는 수 없이 그들 가족에 휩싸여 요행을 바라는 비겁한 대열에 서지 않을 수 없었다.

24) 도외시하다(度外視—) 상관하지 아니하거나 무시하다.
25) 금력(金力) 돈의 힘. 또는 금전의 위력.
26) 보결(補缺) 결원이 생겼을 때에 그 빈자리를 채움.

시험에서 발표 사이의 얼마 동안 나는 거의 안정된 잠을 이루지 못하였다.

발표 날이 왔다. 방이 나붙는 시간 내가 시험을 치고 그 하회[27]를 기다리는 것보다 더 초조했었다.

그러나 기적은 이루어지지 않았다. 나의 예기대로 영식이는 불합격되었다. 이 시각에 있어서의 나의 초라한 꼴이란 단두대를 향하여 걸어가고 있는 사형수 그것이었다.

영식이는 울고 있었고, 어린애를 달래는 그의 어머니의 눈 가장자리도 젖어 있었다. 나는 그들을 똑바로 바라볼 수 없었다. 영식이를 위로할 방법도 없었다. 오히려 나 자신이 누구에게라도 부축되어 꺼져 가는 듯한 내 심신을 의지하고 싶었다.

아무리 눈을 비비고 명단 속의 번호를 다시 찾아보아야 영식의 번호는 없다. 확실히 꿈이 아니라 현실이다.

나는 몰매를 얻어맞고 발가벗겨져 한길 복판에 내던져진 것만 같은 아찔한 심정에서 몸 가눌 바를 몰랐다.

그런 시각에도 나는 뒤에서 나의 초라한 모습을 응시하고 있을 영희의 시선을 척수에서 의식하는 것이었다. 영희에 대하여 으쓱하게 과시할 수 있는 개선장군 같은 절호의 기회를 나는 박탈당하고 무자비하게 그들에게 짓밟히고 있는 것이다.

그들이 초상집 상주들의 대열처럼 맥이 풀려 교문 쪽으로 돌아섰을 때 나는 날갯죽지가 떨어져 흙탕물에 젖은 병아리 시늉으로 그들을 따

---

27) 하회(下回) 어떤 일이 있은 다음에 벌어지는 일의 형태나 결과.

초혼곡 403

르는 수밖에 없었다.

　병동 복도에서 풍겨지는 약 냄새가 매캐하게 코를 지른다.
　내 머리에는 내가 어깨에 관통상을 입고, 일 년 가까이 입원하였던 육군병원의 인상이 후각을 거쳐 되살아온다.
　나는 영식의 합격 발표 되던 날 저녁 그 집 식구들의 만류에도 불구하고 오죽잖은 내 보따리를 꾸려 가지고 변변한 인사치레도 하지 못한 채 그 어마어마한 대문을 아주 나와 버렸었다.
　며칠 후 나는 징집영장을 받았다. 다른 친구들은 연기 신청 수속으로 분주하게 뛰어다니기도 하고 연기 기간이 만료된 사람은 숨어서 집 밖으로 나오지 못하기도 하였지만 나는 운동시합이라도 나가듯이 담담한 기분으로 입대했었다.
　그때의 나의 심정으로는 그렇게라도 하여 그 절박한 경지에서 무슨 탈출구를 발견하여야만 견딜 것 같은 자의식에 억압되어 있었던 것이다.
　일선에 배치된 이후 전투는 소강 상태였으나 시간에 쫓기다시피 하는 나날의 근무에 심신이 피로하여 난 다른 잡념을 가질 겨를이 없었다.
　나는 자기 자신의 속죄의식 같은 강박관념에 사로잡혀 어떠한 힘든 일에도 자진 선두에 서서 내 육신을 아끼지 않았다. 이것은 어떤 면으로 보면 나 자신에 대한 자기 학대의 시초였는지도 모른다.
　간혹 자유로운 틈이 생겨 양지바른 관목 사이에 누워 지난 일을 거슬러 올라가다가 그 육중한 대문 안에서의 최후 국면이 떠오르면 전신의 피가 역류하는 것 같은 섬찍함을 느끼며 가벼운 경련으로 몸을 떠는 것이었다.

비단 이런 경우뿐이 아니라 나의 이십 수 년의 과거를 더듬어 올라갈 때 아름다운 추억이란 거의 찾을 길 없고, 모두가 험악한 가시밭에서 힘에 겨운 억지의 몸부림을 지속하여 온 영상만이 단속되어 그러한 회상들이 쓰디쓰고 불쾌하여 등줄기에 한기가 서리는 것이었다.

추억은 아름다운 것이라고 하나 나에게는 모든 것이 간단의 역정, 고투의 불연속선 그것이어서 징글맞은 구역질이 솟구칠 뿐이다.

무모한 자학, 이런 것으로 쓰디쓴 추억은 메워질 수 없었다. 그 후 나는 격렬한 전투에서 여러 번 사경을 넘었으나 결국 부상을 입고, 왼쪽 어깨에 파편이 남아 있는 대로 육군병원에 후송되었다.

지리할 정도의 입원 기간을 통하여 나의 비굴감은 좀더 떳떳한 각도로 풀려져 가기 시작했다.

부드러워지고 약하여지는 감정의 틈을 타서 센치한 애수[28]는 조금씩 침식하여 드는 것이었다.

나는 오래도록 나 혼자만의 자물쇠 속에 폐쇄하였던 열등감의 문을 열어젖히고 영희에게 편지를 썼다. 한 분위기에서 일 년 이상 지내면서도 단 한 번 나는 너를 좋아한다거나 사랑한다는 의사표시를 하지 못하였던 그 영희에게 말이다.

이때까지도 내 마음속에 간직되었던 영희에 대한 애착은 미라 모양 변하지 않고, 오히려 더 순결한 애정으로 결정이 되어 엉기고 있는 것이었다.

이제 퇴원하여도 좋다는 의사의 확인을 받은 얼마 후였다.

---

[28] 애수(哀愁) 마음을 서글프게 하는 슬픈 시름.

나는 처음으로 내 가슴에 사무친 사랑이라는 말을 이성에게 토로할 기회를 가졌고, 그것은 모든 계산을 초월한 순정의 발로이기도 했었다.
그러나 얼마 후 나에게 찾아온 답장은 영희의 것이 아니라 동생 영숙의 필적이었다.
어머니도 언니도 자기도 무심히 떠나간 나의 행방을 찾았다는 것, 영식이는 보결로 입학이 되어 학교를 잘 다니고 있으나 아버지가 뇌일혈로 갑자기 세상을 떠나 말이 아니라는 것, 언니는 지난가을에 결혼하였다는 것, 그리고 끝으로 자기는 몸이 약하여 휴양 중이며 선생님이 몹시 보고 싶어 기회를 보아 면회를 가겠다는 사연이 적혀 있었다.
나는 그 편지를 몇 번이고 돌쳐 읽으면서 그 육중한 대문 안도 내가 있던 그 시절이 최절정이었나 하는 회고적인 감개에 잠기었다.
그러나 영희에 대한 나의 음폐되었던 미련은 좀처럼 가셔지지 않은 것이었다.

'면회 사절 주치의'
병실 도어 앞에서 나는 발을 멈추었다. 환자의 중태가 더욱 거세게 직감되어 왔다. 영숙이 어머니는 담당 의사의 양해를 구하러 갔다. 나는 도어 옆 흰 벽에 꽂혀 있는 김영숙이라는 검은 나무쪽의 환자 명패를 바라보면서 내가 제대 직후 우연히도 노상에서 만났던 때의 영숙이의 모습을 더듬어 본다.
나와 영숙이는 거의 같은 찰나에 서로의 얼굴을 알아볼 수 있었다. 영숙이도 머리며 몸매가 많이 변하였지만 나는 아직 제대할 때에 입고 온 낡은 군복을 그대로 걸쳤으므로 그러한 몰골에 눈 익지 않은 사람으로는 알아보기 힘든 차림이었지만 영숙이는 쉬 나를 알아차렸다.

아 박선생님 어쩌문…… 그는 주위의 사람들이 돌아볼 정도로 큰 소리를 외치며 경이에 찬 눈동자로 나를 보고 반가워했다.

그러나 그때 이미 그의 얼굴에는 씻기 힘든 짙은 병색이 뿌리박혀 있음을 나는 그 반기는 얼굴 속에서도 첫눈에 놓칠 수 없었다.

둘은 함께 차에서 내렸다. 나는 영숙이 이끄는 대로 사양도 거부도 하지 않고 그를 따라 걸었다.

그러나 그 육중한 대문 앞에 다다랐을 때 나는 순간 가위에 눌릴 때처럼 첫날의 그 중압감에 억눌리던 역겨운 악몽을 다시 곱씹는 것이었다.

가꾸지 않은 넓은 정원에는 잡초가 우거졌고, 한쪽 귀퉁이가 무너진 돌담도 임시변통으로 시멘 땜질을 하여 황폐한 인상을 주었다. 사철 깔끔히 손질을 하던 향나무 전나무 등 상록수도 자라는 대로 내팽개쳐 제멋대로 통로를 가로막아, 기둥이 될 주인을 잃은 저택은 고궁같이 쓸쓸했다.

나는 못가의 페인트가 퇴색한 벤치에 걸터앉아 나대로의 상념에 잠기면서 영숙이의 이야기를 듣는 것이었다.

언니는 미쳤어요. 응? 하고 나는 반문했다. 정신이상으로 죽었어요. 나는 담담히 앉아서 들을 수가 없었다. 왜? 하고 몸을 돌이키며 영숙이의 눈동자를 쏘아보았다.

그는 비탄에 어린 큰 한숨을 내쉬었다. 왜 하고 나는 다시 되쳐 물었다. 그는 침을 꿀컥 삼키고 나서, 어쩌면 그 책임은 선생님께도 조금은 있을는지 몰라요. 나를 쏘아보는 영숙의 눈동자는 차갑게 흐려 있었다.

언니는 미국 유학을 하고 돌아온 의사와 결혼했어요. 졸업한 후에 천천히 하겠다고 버티었지만, 아버지가 여자의 혼기란 시기가 있는 것이니까 적당한 혼처가 나섰을 때 기회를 놓치면 안 된다고 우겨 댔어요, 가문도 좋고, 자립할 능력도 있고, 당사자도 좋으니까 이럴 때 해야 된다고요⋯⋯.

가문, 자립, 능력, 이러한 어휘들은 가시 끝으로 속속들이 내 머리를 찌르는 것이었다. 이제 모든 문을 다 열어 놓았다고 생각되었던 내 열등감은 이러한 때 또 한 번 감추었던 머리를 치켜드는 것이었다.

그러나 형부는 미국에 있을 때 교제한 사람이 있었나 봐요. 그 사람이 혼인 후에 찾아왔어요. 그 중간에 복잡했던 건 다 얘기하구 싶잖아요. 오랫동안 누워서 신음하던 언니는 첫애기를 낳고 정신이상이 됐어요. 그리하여 뇌병원에 입원하였다가 발광하여 세상을 떠났어요⋯⋯.

나는 묵묵히 듣고만 있었다. 이러한 때 무어라고 대꾸할 말이 없었다. 나와 영희와의 관계란 다만 마음속의 영상이지 아무것도 제시할 물적 증거는 없다. 다만 있다면 그것은 내가 병원에 입원 중에 발신하였던 편지 한 장 그것뿐이다. 그것도 결혼한 후였다니까. 다만 아까 영숙의 말대로 나도 영희의 죽음에 대하여 얼마간의 책임을 분담하여야 한다면 그 속에 담은 나의 고백이 영희의 발광을 촉진하는 하나의 소인이 되었다는 말일까?

미치고 나서도 가끔 제정신으로 돌아오는 때가 있었어요. 그런 때는 선생님의 이야기를 했어요. 그렇게 무심하게 떠나 버리는 일이 어딨느냐구요. 자기에게는 시간의 흐름이 필요했던 것이라고요⋯⋯.

나는 연못에 조약돌을 던지었다. 풍덩 하고 물방울이 튀었다. 예전에 맑갛던 물은 검푸르게 흐려서 전연 바닥이 들여다보이지 않았다. 그렇게 많던 금붕어는 다 어디로 사라졌는지 전면을 덮은 뜬풀과 물때로 찾아볼 길이 없다.

허지만 언니보다 제가 선생님을 더 좋아했는지도 몰라요……. 영숙이는 말끝을 웃음으로 흐렸지만, 눈 가장자리에는 엷은 애수가 스치고 있었다. 나는 영숙이를 건너다보면서 덤덤하게 멋쩍은 웃음을 웃었다. 사실 나에게는 이러한 말들이 예전처럼 큰 충격을 줄 수는 없었다. 거센 고비를 너무도 겪은 나의 가슴은 녹슨 철판으로 가려져 있는 것이었다.

다만 나에게는 핏기 없는 영숙의 얼굴빛에서 느껴지는 불안감이 자꾸만 불길한 예감만을 자아내게 하는 것이었다.

어른 같은 소리 말고 영숙이는 자기 건강에나 조심을 해야지……. 나로선 제법 어른다운 훈시를 하지만 나 자신도 지금 현재 스스로의 막연한 불안에서 완전히 헤어나지 못하고 있는 것이다.

언니는 결국 자기 손으로 목숨을 끊었지만 저는 그런 비굴한 짓은 하잖아요. 끝끝내 살래요……. 선생님 그렇잖아요. 나는 대답할 말을 잃었다. 지금의 나에게 영숙이의 건강을 회복시킬 무슨 복안[29]이나 능력이 있는 것인가. 그래 굳세게 살아야지. 나는 지극히 막연한 한마디 인사조의 대꾸를 하고 말았다.

선생님만 계셔 주시면 저는 살아요. 나는 병이 쇠약하여진 환자의

---

29) 복안(腹案) 마음속에 간직하고 아직 겉으로 드러내지 아니한 생각.

감상으로 받아넘기고 될수록 그의 신경을 자극할 만한 말을 쓰지 않았다. 다만 아직도 이 꾀죄죄한 나에게 예전 맨 첫날과 다름없이 각별한 호의를 가져 주는 영숙이의 때 묻지 않은 순정이 고마웠다.

영숙이 어머니가 의사를 모시고 병실 도어 앞으로 돌아왔다.
절대로 흥분되는 대화를 삼가시오. 의사는 내 얼굴을 힐끗 보고는 앞장을 서서 병실로 들어섰고 나는 맨 나중에 따라섰다.
침대에 반듯이 누워 있는 환자는 발자국 소리에 눈을 떴다. 움푹 파인 눈언저리는 맥이 풀려 주름이 갔지만, 그 속에 담겨 있는 눈동자는 나를 보는 순간 확대되어 광채를 띠었다.
나는 이불깃 위에 내어던지듯이 올려놓은 가느다란 영숙이의 손을 내 손으로 꼭 쥐고 다른 한 손으로 그의 눈귀로 굴러 떨어지는 눈물 자국을 닦으면서 아까 그의 어머니가 나를 찾아와서 죽기 전에 꼭 한 번만 선생님을 뵀으면 좋겠다고 하더라는 말을 생각하여 본다.
환자도 흥분되었고 나도 격하였다. 나는 환자를 흥분시키지 말라던 의사의 주의를 그제야 되새기면서 살며시 쥐었던 손을 놓았다. 얼마 동안 영숙이도 말이 없고 나도 말이 없었다.
의사가 희망이 없다는 최후 선고를 내렸다는 것이 믿어지지 않는다. 끝끝내 살겠다고 하던 영숙의 의지가 그 육신을 버티어 지탱하고 있는 한 영숙이는 절대로 죽지 않을 것이라고 나는 확신하여 본다.
선생님 고마워요. 입술만을 오물거리는 모기 같은 소리였다. 나는 고여오르는 눈물을 참을 길이 없다. 간질간질한 눈꺼풀을 꽉 감았다 떴다. 눈물방울이 영숙이 손등에 떨어졌다. 이 긴박한 자리에서 무엇이라 줄 말이 없다.

  의사의 말대로 한다면 심장의 고동이 이십사 시간을 지탱해 낼 것 같지 않다는 것이라고 한다. 만약 그대로 믿는다면 마지막 시간이 될지도 모르는 이 숨가쁜 고비에서 나는 그에게 과연 무슨 말이나 행동을 표시할 수 있는 것일까. 다만 그를 살리는 길이 있다면…… 그러나 나에게는 아무 능력도 없다. 아무 걱정 말고 안심하고 누워 있어요. 선생님 말씀이 차츰 좋아진다는데…… 기껏 이런 말을 하다니, 이게 무슨 맥빠진 허위의 잠꼬대인가, 라고 나는 자신을 나무랐지만 그 이상의 아무것도 찾아낼 길이 없다.

  저는 선생님이 정말 좋아요……. 나는 묵묵했다. 나도…… 하는 대답을 못 했다.

  나는 영숙이의 죽음을 앞에 둔 이 절박한 시간에도 나 자신의 비굴한 자기 테두리에서 벗어나지 못하는 것인가.

  아직 눈물 자국이 번질거리는 영숙이의 여윈 뺨에 나는 찬 이마를 대었다.

  갑자기 참았던 울음이 왈칵 치밀어 올라왔다. 걷잡을 수 없다. 나는 영숙이를 위해 우는 것이 아니라, 나를 위해 우는 것임에 틀림없다.

  육중한 대문 속에서 생겼던 가지가지의 일, 아니 내 지금까지 살아온 과거의 축도가 한꺼번에 물밀려 오는 것이다.

  나는 체면도 염치도 없이 목놓아 통곡하고 있다. 그것은 영희의 혼을 부르는 울음도 아니요, 영숙이를 안타까워 우는 눈물도 아니다. 다만 자기 자신의 주체성 없는 왜소하고도 소극적인 자기 비굴에 대한 나 스스로의 새로운 넋을 부르는 통곡임에 틀림없는 것이다.

나는 아직도 스스로의 무덤에 항거하여 새로운 의지와 행동을 마련할 흘러간 역사에 대한 최후의 호곡(號哭)30)을 하는 것이다.

---

30) 호곡 소리를 내어 슬피 욺. 또는 그런 울음.

생각해 볼 거리

1 시골 태생의 고학생인 주인공이 서울 명문대에 입학하면서 느낀 심리적 갈등을 이야기해 봅시다.

'나'는 서해안에 있는 작은 시골 마을 출신의 고학생입니다. 고향 마을에서 단 한 명의 서울 유학생인 '나'는 집안 식구들의 희망이었으며, 앞날에 대한 끝없는 이상과 꿈을 품고 있었습니다.

그러나 '나'의 서울 생활은 매우 고달팠습니다. 온 식구의 한 달 계량이 될 쌀 한 가마를 한 달 하숙비로 써가며 공부하는 것이 우울하기도 하였으며, 어려운 가정 형편으로 인해 학비와 하숙비마저 자기 손으로 조달해야 할 처지였기 때문입니다. 게다가 학우들 간에 있어서도 가정 형편에 열등감을 느껴 서울 출신의 부유하고 집안 좋은 자녀들과는 터놓고 사귀지 못하였습니다. '나'는 빈부격차에 따른 열등감에 휩싸여 폐쇄적인 태도를 갖게 되었으며, 경제적으로 부유한 서울 친구들 역시 '나'에게 관심을 보이지 않았습니다.

서울 생활을 통해 경제적인 능력에 따라 사회적 지위와 어울리는 부류가 결정되는 현대사회의 단절과 소외를 뼈저리게 깨달았던 것입니다.

2 주인공이 영희를 좋아하면서도 그녀에게 다가가지 못한 까닭을 생각해 봅시다.

'나'는 단 한 번 눈길이 마주친 순간부터 영희를 좋아하게 되었습니다. 하지만 영희에 대한 순수한 관심과 사랑을 날마다 키워 가면서도 영희에게 다가갈 엄두를 내지 못했습니다. 그것은 수줍음 때문이 아니라 열등감 때문이었습니다. 영희는 자신과 고향집을 더욱 초라하게 느끼게 했던, 우거진 정원이 있는 높은 돌담의 양옥에 사는 소녀였기 때문입니다.

그러던 어느 날 '나'는 T교수의 소개로 영희의 집에서 드난살이 가정교사 노릇을 하게 됩니다. 그러나 가정교사로 고용된 '나'의 처지가 그리 떳떳한 것이 못 된다는 생각에 '나'의 열등감은 더욱 깊어만 갔습니다. 영희의 부유한 환경과 구김살 없는 모습을 지켜보면서 열등감과 외로움은 더욱 깊어만 갔고, 영희와의 애정 문제에 관한 자신감을 잃었습니다. 자신이 일류 대학에 다니는 실력 있고 앞날이 유망한 청년이라는 것도 영희 앞에서는 초라하게만 느껴졌습니다. 혹시 영희에게 사랑을 고백했다가 거절당하게 되면 자신의 자존심이 파멸에 이를 것을 두려워한 '나'는 영희에게 솔직한 마음을 고백하지 못한 채 영희의 주변을 맴돌기만 했습니다.

3 영식의 입학시험 결과가 발표난 후 '나'가 영희의 집을 떠나 입대한 이유는 무엇입니까?

영식이 입학시험에서 떨어지자, 영식을 고등학교에 합격시켜 영희에게 당당하고 멋있는 모습을 보여 주고 싶었던 '나'의 소망은 여지없이 깨지고 말았으며 자존심도 크게 훼손됩니다. 집안 형편의 차이에서 오는 열등감을 실력으로나마 극복해 보고 싶었던 기대가 무너지자 '나'는 창피함을 감당할 수 없어서 영희의 집을 나와 버립니다. 영희와 자존심을 한꺼번에 잃고 자신의 무능력함을 용서할 수 없었던 '나'는 일종의 속죄의식 같은 강박관념에 사로잡혀 전쟁 중의 군대에 입대하고 맙니다.

그러나 냉정하게 말하자면, '나'의 뜻대로 영식이 고등학교에 합격했다고 해서 영희와 '나'의 관계가 근본적으로 변화할 수는 없습니다. '나'는 여전히 드난살이 가정교사이고 영희는 주인집 딸이기 때문입니다. 신분이나 지위나 경제력과 같은 세상의 기준을 뛰어넘을 때 비로소 진실한 사랑이 가능하며, 그런 사랑은 서로 마음을 열고 자신의 감정을 표현하는 데서 시작됨을 알지 못했던 것입니다. 자신이 가진 많은 능력에도 불구하고 자신이 가지지 못한 부와 명예, 가문에 큰 가치를 두고 열등감에 휩싸인 '나'는 끝내 누구에게도 마음을 열지 못한 채 도망치고 만 것입니다.

4 입대 후 '나'는 영희에게 사랑을 고백하는 편지를 썼으나 영희와 나의 사랑은 이루어지지 않았습니다. 그 까닭은 무엇입니까?

입대 후 격렬한 전투에서 여러 번 사경을 넘다 결국 부상을 입은 '나'는 육군병원에 입원해 있던 중 영희에게 사랑을 고백하는 편지를 보냅니다. 그러나 얼마 후 영희의 동생 영숙이 보내온 답장에는 영희가 불행한 결혼의 상처 때문에 정신이상이 되어 세상을 떠났다는 사연이 적혀 있었습니다.

'나'는 영희의 불행과 죽음을 통해 그녀에게 중요했던 것은 결혼 상대자의 가문이나 능력이 아니라 진정한 사랑이었음을 깨닫게 됩니다. 영희의 남편이 미국 유학을 다녀온 의사였다는 사실이 이 점을 잘 말해 줍니다. '나'는 영희의 남편이 갖춘 가문, 자립, 능력 따위의 말에 열등감을 느꼈지만, 그 모든 것이 갖추어진 영희의 결혼이 불행했던 것은 사랑과 믿음이 없는 부부관계에 대한 환멸 때문이었을 것입니다.

'나'는 영숙의 편지를 통해 영희도 자신에게 순수한 사랑을 느끼고 있었음을 알게 되었으며, 자신이 자존심을 지키느라고 영희에게 솔직하게 다가가지 못했기 때문에 영희의 불행을 막을 수 없었다는 사실을 깨닫게 됩니다.

5 영숙의 죽음을 앞둔 '나'의 호곡이 의미하는 바를 생각해 봅시다.

"선생님만 계셔 주시면 저는 살아요"라는 영숙의 진심 어린 고백을 듣고도 마음을 열지 않았던 '나'는 결국 영숙에게 아무 도움을 주지 못한 채 그녀의 죽음을 지켜보는 상황을 맞게 됩니다.

죽어 가는 영숙의 모습을 보며 '나'는 체면도 염치도 없이 목놓아 통곡합니다. 그것은 영희의 혼을 부르는 울음도 아니요, 영숙이 안타까워 우는 눈물도 아니었습니다. 그에게는 죽은 영희나 죽어 가는 영숙보다 자기 자신이 더 불쌍한 인간이라는 생각이 들었던 것입니다. '나'는 열등감에 사로잡혀 자존심만 내세우다 자신의 진실한 사랑을 표현하지도 못했고 다른 사람의 진실한 마음을 받아들이지도 못했습니다. '나'는 뒤틀리고 비뚤어진 자기모멸에 빠져 사랑을 주지도 받지도 못했던 어리석고 불쌍한 자신의 모습을 깨닫고 목놓아 웁니다. 사랑하고 아꼈던 두 여자의 죽음이라는 값비싼 대가를 치르고서야 비로소 좁고 뒤틀린 자신의 단단한 벽을 깨려 하는 것입니다.

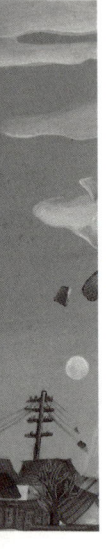

전 광 용 의   생 애 와   문 학

사회와 역사에 대한
비판 의식을 견지한 내면 탐구의 길

전광용은 소외된 민중에 대한 관심과 역사에 대한 비판 의식을 일관되게
유지하는 한편, 휴머니즘을 바탕으로 한 인간다운 삶에 대한 탐구를 멈추지 않았다.

    전광용은 1919년 3월 1일 함경남도 북청에서 태어났습니다. 1939년 「별나라 공주와 토끼」라는 작품으로 〈동아일보〉 신춘문예 동화 부문에 입선했으며, 서울대학교 상과대학 재학 시절에는 희곡 「물레방아」(1947)를 창작·연출하여 상연하기도 했습니다. 해방 후 대학 시절에는 '주막' '시탑' 등의 문학 동인으로 활동하는 등 일찍부터 문학에 관심을 보였습니다.
    1947년 서울대학교 상과대학 경제과 2년을 수료하고, 같은 해에 다시 서울대학교 국문과에 입학해 신소설을 연구하였습니다. 이때 공부를 위해 서울로 떠나온 후 가족과 헤어져 다시는 북녘의 가족들과 만날 수 없었습니다.
    전광용은 흑산도학술조사단에 참가하여 취재한 내용을 바탕으로 창작한 단편소설 「흑산도」가 1955년 〈조선일보〉 신춘문예에 당선되면서부터 본격적인 작품 활동을 시작하였습니다. 「흑산도」는 토착세계에 대한 애정을 담고 있으면서도, 운명적 순응주의를 용납하지는 않는 작가 의식을 보여 주었습니다. 전광용은 「흑산도」를 통해 자신의 문학적 지향을 분명히 하게 되었고, 작가로서의 이름을 알리게 되었습니다.

1955년 신소설연구사의 선구자적 업적으로 평가되는 「신소설 연구」를 『사상계』에 연재(1955.10~1956.10)하였고, 서울대학교 문리대 교수로 취임하여 학자로서, 교육자로서, 소설가로서 길을 확고히 하게 되었습니다. 1956년에는 「설중매」로 『사상계』 논문상을 수상하였습니다.

전광용은 「흑산도」 이후 다양한 소재를 발굴하는 데 주력하여 '발로 쓰는 작가'라는 평을 받으며 착상이 특이한 작품들을 발표해 주목을 끌었습니다. 그의 초기 단편소설들은 모두 인간관계의 내밀한 구석을 예리하게 묘파하는 작품들로서, 그 소재의 영역이 다채롭게 전개되고 있습니다. 「흑산도」 「해도초(海圖抄)」(1958), 「곽서방」(1962) 같은 작품에서는 육지와 멀리 떨어진 외딴섬이 무대가 되기도 하고, 「진개권」(1955)이나 「지층」(1958)처럼 휴전선 부근의 미군 부대 주변이나 태백산맥의 탄광 지대로 그 배경이 옮겨지기도 하며, 「크라운장」(1959)처럼 비어홀의 구석으로 작가의 시선이 이동하기도 합니다. 또한 소설의 주인공들은 신분이 다양하여 어부, 쓰레기장 인부, 선술집 여인, 광산의 광부뿐만 아니라, 미군 부대의 트럭 운전수, 신문기자, 합승차의 조수, 비어홀의 악장, 의사, 대학생 가정교사, 대학교수 등도 등장합니다. 이들 중 상당수가 소외된 민중이기에 전광용은 민중 지향성을 지닌 작가로도 평가받고 있습니다.

1962년에는 동인문학상 수상작이며 그의 대표작인 「꺼삐딴 리」를 발표하였습니다. 「꺼삐딴 리」는 일제강점기에서 분단에 이르는 민족 수난기를 배경으로 기회주의적 속성을 지닌 부정적 지식인의 전형을 통해 현실의 부조리를 냉철한 시선으로 고발한 작품으로, 전광용의 초기 작품세계를 집약하는 작품으로 평가받고 있습니다. 후에 작가는 이 작품에 대해 「꺼삐딴 리」는 8·15해방 직후부터 줄곧 머릿속에 감돌던 소재가 십수 년 만에 가락이 잡혀 완성된 것으로, 작중 인물에 대한 모델 실재설이 분분하던 작품'이라고 회고하기도 했습니다.

　이후 그의 소설적 관심은 보다 폭넓은 시야를 갖추게 되어 「태백산맥」(1963) 「나신」(1963), 「젊은 소용돌이」(1966), 「창과 벽」(1967) 등의 장편소설을 발표하였습니다. 이 작품들은 모두 당대의 삶의 역사성과 등장인물의 전형화를 추구하였습니다. 소설 「나신」이 전후 사회의 풍속적 재현에 주력한 작품이라고 한다면, 「젊은 소용돌이」 「태백산맥」 「창과 벽」은 우리 현대사의 격동기라고 할 수 있는 1960년대 초반의 정치적 현실을 대상으로 한 작품들입니다. 이 작품들은 모두 1부만으로 끝나고 있기 때문에 소설적인 구조의 완결을 이루지 못하고 있지만, 지식인층의 삶의 고뇌를 포착하고자 했다는 점에서 새로운 관심을 불러일으켰습니다. 「젊은 소용돌이」 「태백산맥」 「창과 벽」은 4·19혁명에서 5·16쿠데타를 거치는 역사 단계를 소설적으로 재구성하고 있는 것들이지만, 그 궁극적 의미는 역사성의 인식만이 아니라 진실한 삶의 가치에 대한 추구에 있다고 할 것입니다.

　전광용은 1978년 그의 마지막 창작 작품집인 『목단강행열차』를 펴냈습니다. 이 작품집에는 1947년 서울의 학교에 진학하기 위해 단신 월남하여 그 이후 가족과 다시는 만날 수 없었던 노년의 작가가 어머니를 그리워하며 절절히 적어 두었던 자전적인 소설 「목단강행열차」 (1974)가 실려 있습니다. 전광용은 자기 자신이 월남민이면서도 실향민을 주제로 한 작품을 별로 쓰지 않아, 개인적인 감상의 세계를 배제하고 현실세계에 대해 객관적이고 냉철한 관찰자의 입장에 서서 작품활동을 해온 것으로 평가받고 있습니다. 이와 같은 작품 경향에 비추어 볼 때 「목단강행열차」는 다소 이례적인 작품이라고 할 수 있습니다. 이 작품에는 살아 계신다면 108회 생신을 맞으셨을 어머니를 그리며 "고향에 돌아가기 전에 청춘과 인생은 가고 주름은 늘고 사람은 남아서/오늘도 기쁜 품속에 돌아갈 수 없는 몸, 슬픈 세월과 함께/목단강행 급행열차의 난이 지워진 시간표 없는 정거장 대합실을 탓하면서 오만분의 일의 한국 지도를 펴놓고 여기는 휴전선/잠시 철길을 따라 북어 대가리를 뜯으면서, 기억이 착각이 아니기를 바라면서" 망연히 눈시울을 적시는 작가의 모습이 담겨 있습니다.

『목단강행열차』 이후 전광용은 창작에 거의 손을 대지 않았습니다. 그가 더 이상 창작활동을 하지 않은 까닭을 헤아리기는 어렵습니다. 다만, "창작의 길은 갈수록 험하여 스스로 마음속에서 모색과 갈등이 거듭되는 종착역 없는 영원한 과정으로만 느껴진다. ……세월이 흐를수록 주어진 외적 조건이나 자신의 내적 의식으로나 작품 쓰기는 더욱더 어려워지기만 하니, 굳이 이런 것을 변명의 방패로 삼으려는 생각은 없지만, 아무튼 딱한 노릇임엔 틀림없는 것 같다"라고 말한 바 있습니다. 학자이자 교육자로서 연구와 후진 양성에 많은 시간과 노력을 들였던 그로서, 창작에 열중하기 어려웠던 현실적인 어려움을 토로한 것으로 여겨집니다.

　전광용은 20여 년에 이르는 창작 기간에 단편 28편, 장편 4편, 미완성 장편 1편을 발표해 창작 기간에 비하면 적은 수의 작품을 발표하였습니다. 그의 작품들은 독특한 구성과 정확하고 치밀한 문장으로 모범적인 작문 유형으로서 자주 거론되며, 소외된 민중에 대한 관심과 역사에 대한 비판 의식을 일관되게 유지하는 한편, 휴머니즘을 바탕으로 한 인간다운 삶에 대한 탐구를 멈추지 않았습니다.

　전광용은 1988년 당뇨병으로 타계하였습니다.

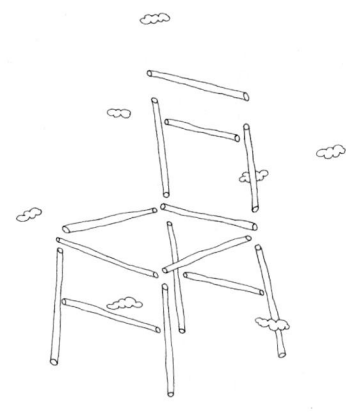

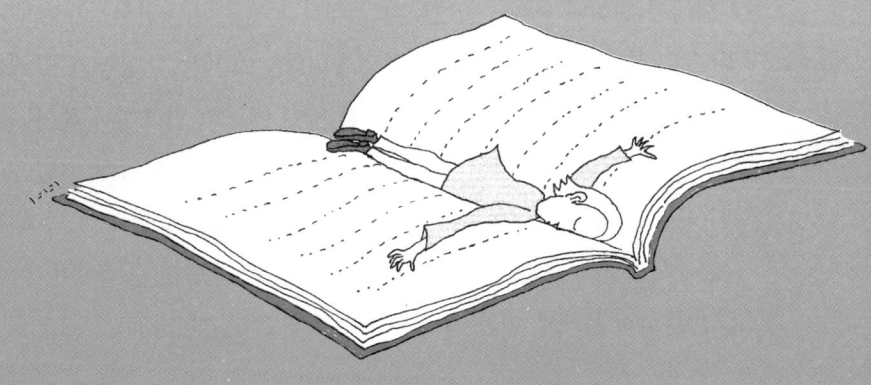

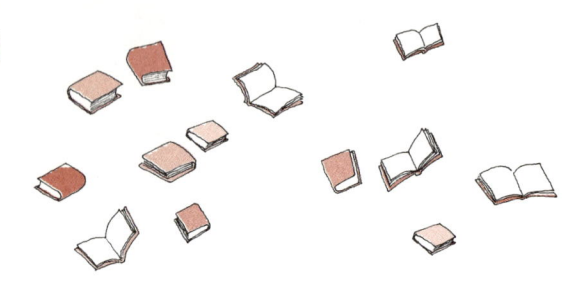

| 논술 | 빈곤으로 인한 생활고와 소외감에서 비롯되는 범죄를 어떻게 볼 것인가

「오발탄」의 배경인 1950년대 후반은 전쟁으로 전 국토가 황폐화되고 절대적인 빈곤으로 고통받던 때입니다. 이후 우리 사회는 전쟁의 폐허에서 일어나 1960~70년대의 근대화 과정을 거치면서 '한강의 기적'으로 불리는 고도성장을 이루었습니다. 그러나 그 성장의 열매가 모든 국민에게 골고루 돌아가지 못한 탓에 여전히 빈곤에서 헤어나지 못한 채 절망과 박탈감에 시달리고 있는 계층이 남아 있게 되었습니다. 이런 점에서 「오발탄」에서 철호의 가족이 겪는 고통과 도덕적 갈등은 지금 우리 사회의 빈곤계층에게도 현재진행형의 문제이며, 이와 같은 사회적 문제로 인한 범죄 역시 계속되고 있습니다.

그렇다면 빈곤계층의 사람들이 사회적 불평등에 대한 불만과 박탈감에서 저지르는 범죄나 생계 해결을 위해 벌이는 범죄 행위에 대해 어떻게 바라보아야 할까요? 이러한 범죄를 개인이나 특정 계층의 무능력, 도덕성 결여의 문제로 볼 수 있을까요? 아니면 불합리한 사회 구조에서 비롯된 문제로 보아야 할까요? 이러한 범죄를 줄이기 위해 우리 사회는 어떤 노력들을 기울여야 할까요?

이와 같은 문제에 대해 진지하게 생각해 보고, 아래의 논술 문항에 논리적 근거를 들어 자신의 주장을 펼쳐 봅시다.

논술

1) 제시문 (가)와 (나)와 (다)에서 공통적으로 제기되고 있는 사회적인 문제를 400자 내외로 정리하시오.

2) (가)와 (나)와 (다)에서 제기되고 있는 사회 문제의 원인을 각각 (라)에서 찾고, 그렇게 생각하는 이유를 밝혀 500자 내외로 서술하시오.

3) (나)와 (다)의 범죄와 관련해 (마)에서 나타나는 우리 사회의 문제점을 제시한 후, 그에 대한 다양한 해결책을 1,000자 내외로 논술하시오.

(가)
영호는 새로 피워 문 담배를 연거푸 서너 번 들이빨았다. 그리고 또 말을 계속하였다.

"저도 형님의 그 생활 태도를 잘 알아요. 가난하더라도 깨끗이 살자는. 그렇지요, 깨끗이 사는 게 좋지요. 그런데 형님 하나 깨끗하기 위하여 치르는 식구들의 희생이 너무 어처구니 없이 크고 많단 말입니다. 헐벗고 굶주리고. 형님 자신만 해도 그렇죠. 밤낮 쑤시는 충치 하나 처치 못 하시고. 이가 쑤시면 치과에 가서 치료를 하거나 빼어 버리거나 해야 할 것 아니야요? 그런데 형님은 그것을 참고 있어요? 낯을 잔뜩 찌푸리고 참는단 말입니다. 물론 치료비가 없으니까 그러는 수밖에 없겠지요. 그겁니다. 바로 그겁니다. 그 돈을 어떻게든가 구해야죠. 이가 쑤시는데 그럼 어떻게 해요? 그걸 형님처럼, 마치 이 쑤시는 것을 참고 견디는 그것이 돈을, 치료비를 버는 것이거나 한 것처럼 생각하는 것. 안 쓰는 것을 혹 버는 셈이 된다고 할 수도 있을 거야요. 그렇지만 꼭 써야 할 데 못 쓰는 것이 버는 셈이라고는 할 수 없지 않아요? 세상에는 이런 세 층의 사람들이 있다고 봅니다. 즉 돈을 모으기 위해서만으로 필요 이상의 돈을 버는 사람과, 필요하니까 그 필요한 만치의 돈을 버는 사람과, 또 하나는 이건 꼭 필요한 돈도 채 못 벌고서 그 대신 생활을 졸이는 사람들. 신발에다 발을 맞추는 격으로. 형님은 아마 그 맨 끝의 층에 속하겠지요. 필요한 돈도 미처 벌지 못하는 사람. 깨끗이 살자니까 그럴 수밖에 없다고 하시겠지요. 그래요. 그것은 깨끗하기는 할지 모르죠. 그렇지만 그저 그것뿐이지요. 언제까지나 충치가 쑤아 부은 볼을 싸쥐고 울상일 수밖에 없지요. 그렇지 않습니까?

(중략)

어디 인생이 자기 주머니 속의 돈 액수만치만 살고 그만두고 싶으면 그만둘 수 있는 요지경인가요 어디. 돈만치만 먹고 말 수 있는 그런 편리한 목구멍인가요. 어디? 싫어도 살아야 하니까 문제지요. 사실이지 자살을 할 만치 소중한 인생도 아니고요. 살자니까 돈이 필요하구요. 필요한 돈이니까 구해야죠. 왜 우리라고 좀더 넓은 테두리, 법률선(法律線)까지 못 나가란 법이 어디 있어요? 아니 남들은 다 벗어던지구 법률선까지도 넘나들면서 사는데, 왜 우리만이 옹색한 양심의 울타리 안에서 숨이 막혀야 해요? 법률이란 뭐야요? 우리들이 피차에 약속한 선이 아니야요?"

영호는 얼굴을 번쩍 들며 반쯤 끌러 놓았던 넥타이를 마저 끌러서 방구석에 픽 던졌다.

철호는 여전히 턱을 가슴에 푹 묻은 채 묵묵히 앉아 두 짝 다 엄지발가락이 몽땅 밖으로 나온 뚫어진 양말을 내려다보고 있었다. 나일론 양말을 한 켤레 사면 반년은 무난히 뚫어지지 않고 견딘다는 말은 들었다. 그러나 뻔히 알면서도 번번이 백 환짜리 무명 양말을 사들고 들어오는 철호였다. 칠백 환이란 돈을 단번에 잘라 낼 여유가 도저히 없는 월급이었던 것이다.

(중략)

권총 강도.

형사에게서 동생 영호의 사건 내용을 들은 철호는 앞에 앉은 형사의 얼굴을 바보 모양 멍청히 바라보고 있을 뿐이었다. 점점 핏기가 가셔 가는 철호의 얼굴은 표정을 잃은 채 굳어 가고 있었다.

-이범선, 「오발탄」 중에서

(나)

두부 배달원인 29세 가장은 임신한 아내와 세 살배기 아들을 먹일 두부를 훔치다 붙잡혔다. 백방으로 발품을 팔아도 일자리를 구하지 못해 생활비가 바닥난 한 실직자는 할인점에서 떡과 옷가지를 몰래 들고 나오다 쇠고랑을 찼다. 자식들 학원비를 마련하려다 철창 신세를 진 아버지도 있다. 1950년대 모두가 못살던 시절의 얘기도 아니고, 1997년 외환위기 때 졸지에 빈털터리가 된 사람들의 사연도 아니다. 1인당 국민소득이 2만 달러를 넘어선 지금 우리 사회의 그늘에서 이런 일이 벌어지고 있다는 보도다.

-〈경향신문〉 2007년 11월 9일자 사설 중에서

(다)

온갖 풍파에도 6백여 년 동안 서울을 지켜 온 국보 1호 숭례문을 하룻밤새 잿더미로 만든 것은 천재지변도 전쟁의 상처도 아닌 70대 노인의 홧김 방화였다. 10여 년 전 자신이 갖고 있던 토지가 제대로 보상을 받지 못한 데서 발단이 된 불만은 창경궁 방화 사건으로 이어졌다. 또 재판 과정을 거치면서 정부와 사법부 등 사회 전반에 대한 막연한 적개심이 결국 숭례문 방화로까지 확대됐음이 드러났다. 정부와 사회로부터 소외된 70대 노인의 마음속에 자리 잡은 복수심과 분노가 결국 문화재 참극으로 이어진 것이다.

전문가들은 이런 사회적 불만이 개인적인 문제와 겹치게 되면 언제든 제2, 제3의 숭례문 참사는 물론, 더 큰 비극도 일어날 수 있다고 우려하고 있다. 특히나 이러한 범죄의 경우 사회적 양극화로 인해 소외계층에서 벌이는 경우가 대부분이다.

192명의 희생자가 발생한 지난 2003년 대구 지하철 참사 역시 뇌졸중으로 일자리를 잃은 뒤 세상을 비관한 50대 남성의 앙심에서 비롯된 비극이었다.

-〈시사뉴스〉 2008년 2월 22일자 기사 중에서

(라)

범죄를 저지르는 원인은 생물학이나 심리학적 설명으로는 부족하며 사회적인 측면에서 살펴보는 것이 타당하다. 왜냐하면 사회적 요인에 따라 범죄 발생 정도가 다르게 나타나기 때문이다. 사회적인 설명으로 범죄는 접촉을 하는 사람들에 의해 학습되는 것이라는 접촉차이이론, 원하는 목표를 달성하는 수단이 주어지지 않을 때 아노미 상태에 빠지게 되어 범죄를 저지른다는 아노미론, 일탈의 문화를 가진 하위문화 속에서 생활하게 되는 것이 원인이라는 일탈하위문화론, 내적 및 외적 통제력이 약해지는 가운데 발생한다는 통제론, 다소 유별난 사람을 따돌림으로써 범죄를 저지르게 만든다는 낙인론, 사회적 지배자와 피지배자 간의 불평등과 갈등에서 범죄가 유발된다는 비판범죄론 등이 있으나 여러 요인들이 복합적으로 발생하는 것으로 판단된다.

-고등학교 「사회·문화」 교과서 중에서

(마)

지니계수는 0에서 1의 값을 갖는다. 0이면 모든 사람의 소득이 똑같은 것이고, 1이면 한 사람이 모든 소득을 갖는 것이다.

지니계수는 유용하긴 하지만, 완전하지는 않다. 지니계수가 같다고 해도 여러 분배 형태가 있을 수 있는 까닭이다. 우리나라에서는 외환위기 이후 소득 5분위 배율이라는 지표를 보조지표로 많이 쓰고 있다. 최상위 20% 계층의 소득이 최하위 20% 계층 소득의 몇 배인지를 따진 수치다.

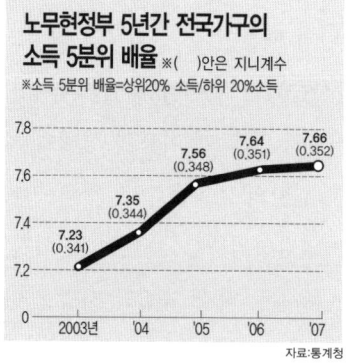

-〈문화일보〉 2008년 2월 21일자 기사 중에서

논술의 길잡이

1번 문항의 논제는 제시문 (가), (나), (다)에서 공통적으로 다루고 있는 사회적 문제를 찾는 것인데, 표면적인 공통점을 찾는 데 그치지 말고 각 사건들의 구체적인 성격을 분석해서 공통점을 찾아내야 합니다. 이를 위해 그 사건들이 어떤 상황에서 왜 일어났는가를 살펴본 후 이를 일반화해서 간단하게 서술하는 것이 좋습니다.

2번 문항의 경우, 사람들이 범죄를 일으키는 원인에는 여러 가지가 있을 수 있습니다. (가), (나), (다)에 나타나는 범죄가 일어나게 된 상황을 파악하여 (라)에 제시된 범죄의 사회적 원인에 비추어 생각해 보고, 가장 밀접하게 관련된 것으로 생각되는 원인을 하나 또는 두 가지 정도 선택하여 근거를 제시하여 밝히는 것이 좋습니다. 단, 제시문에 나타나 있는 내용을 중심으로 판단하되, 논술자 개인의 주관적인 경험이나 견해는 배제하는 것이 바람직합니다.

3번 문항의 논제를 해결하기 위해서는 세 가지 과정을 거쳐야 합니다. 우선 (마)에 제시된 표를 해석할 수 있어야 합니다. [표1]은 지난 5년간 전국 가구의 소득 5분위 배율과 지니계수의 변화를 보여 줍니다. 여기서 주목해야 할 것은 소득 5분위 배율이 지난 2003년 7.23배에서 7.66배로 커져 최상위 20% 계층의 소득과 최하위 20% 소득계층의 격차가 벌어짐에 따라 사회의 양극화가 심화되었다는 점입니다. [표2]는 지난 5년간 전국 가구의 월평균 가계수지를 보여 줍니다. 이 표에서도 최상위 20%의 소득계층이 약 187만원의 흑자를 보일 때 최하위 20%의 소득계층은 약 35만 원의 적자를 보여 계층 간 소득 불균형을 분명히 드러내고 있습니다. 더욱 심각한 문제는 최하위 20%의 소득계층의 수입이 지출에 턱없이 미치지 못해 만성 적자 상태에 있다는 점입니다. 이런 형편에서라면 최하위 소득계층은 생활을 위한 욕구를 채울 수 없어 박탈감을 느낄 수밖에 없으며, 가족의 질병이나 실직 등의 위기 상황이 생길 경우 이에 대처할 수 있는 능력을 갖출 수 없는 처지에 놓여 있습니다.

다음으로 앞의 해석 결과를 바탕으로 우리 사회의 문제점과 소외된 계층의 범죄를 연결시켜야 합니다. 소득의 양극화와 최하위 소득계층이 겪고 있는 빈곤이 이들 소외계층의 심리와 삶에 어떤 영향을 미쳐 범죄로 연결되는가에 대해 생각해 보아야 합니다.

마지막으로 우리 사회의 문제점에 바탕을 둔 사회적인 해결책을 제시해야 합니다. 이때 우리 사회에서 양극화가 빚어진 원인에 대한 지식과 사례를 충분히 활용하는 것이 좋습니다. 또 출제자가 다양한 해결책을 요구하였으므로 여러 가지 각도에서 해결책을 찾아 제시하되 논리적인 근거를 들어 설득력 있는 주장을 펴는 것이 바람직합니다.

예시 답안

1) 제시문 (가)와 (나)와 (다)에서 공통적으로 제기되고 있는 사회적인 문제를 400자 내외로 정리하시오.

　제시문 (가)와 (나)와 (다)에서 공통적으로 제기되고 있는 사회적 문제는 범죄이다.
　(가)는 양심을 지키는 사람은 가난하게 살 수밖에 없는 현실에 불만을 품고 가난의 고통에서 벗어나기 위해 저지른 범죄이다. (나)는 생계 자체가 위협을 받는 상황에서 생존을 위해서 돈이나 물건을 훔치는 생계형 범죄에 해당하겠고, (다)는 소외에서 비롯된 사회적 불만이 파괴적으로 표출된 것이다.
　이들 범죄의 성격은 조금씩 다르지만 빈곤과 사회적 불평등으로 인한 소외가 범죄로 이어져 개인의 삶을 파괴하고 사회 불안을 초래하였다는 점에서 공통점을 찾을 수 있다.

2) (가)와 (나)와 (다)에서 제기되고 있는 사회 문제의 원인을 각각 (라)에서 찾고, 그렇게 생각하는 이유를 밝혀 500자 내외로 서술하시오.

　(가)에서 영호는 양심을 지키며 깨끗하게 살아가는 형을 존경하면서도 형처럼 살아서는 행복한 삶을 누리고자 하는 욕구를 채울 수 없다고 생각해 범죄를 저지른다. 규범과 가치관의 혼란을 겪고 있다는 점에서 영호의 범죄 동기는 아노미론에 해당하며, 그런 생각을 갖게

된 동기가 극심한 궁핍에 있다는 점에서 사회적 불평등이 범죄의 원인으로 작용하고 있다.

(나)는 '1인당 국민소득 2만 달러를 넘어선 지금 우리 사회의 그늘'에서 발생하는 생계형 범죄로 사회 전체의 불평등한 계층 구조와 관련되어 있다.

(다)는 소외된 자가 갖는 대사회적 불만이 문화재나 불특정 다수를 향한 것으로 이들의 불만이 소외층의 피해의식과 불만에서 시작되었다는 점에서는 불평등한 사회구조의 문제로 볼 수 있고, 자신들의 범죄를 잘못된 사회 탓으로 돌리며 합리화한다는 점에서는 아노미론에도 해당된다.

요컨대 (가)~(다)의 범죄는 모두 가난하고 사회적으로 소외되어 있는 인물들이 저지른 것으로 일차적으로는 불평등한 사회구조에 원인이 있으며, 이차적으로는 그들이 원하는 목표를 달성하는 수단이 주어지지 않아 아노미 상태에 빠지게 된 것이 원인이라 할 수 있다.

3) (나)와 (다)의 범죄와 관련해 (마)에서 나타나는 우리 사회의 문제점을 제시한 후, 그에 대한 다양한 해결책을 1,000자 내외로 논술하시오.

지난 5년간 전국 가구의 소득 5분위 배율은 7.23배에서 7.66배로 커져 사회의 양극화가 심화되었음을 알 수 있다. 전국 가구의 월평균 가계수지의 경우에도 최상위 20%의 소득계층과 최하위 20%의 소득계층 사이에 약 222만 원 격차를 보였다. 더욱 심각한 문제는 최하위 20%의 소득계층의 수입이 지출에 턱없이 미치지 못해 만성 적자 상태에 있다는 점이다.
　이렇게 소득이 생활의 필요를 충족시키지 못하는 상태에서는 가족의 질병이나 실직 등의 위기 상황이 생길 경우 이에 대처하기가 매우 어려워 생계형 범죄로 이어질 수 있으며 사회의 양극화에 대한 상대적인 박탈감과 불공평한 세상에 대한 반발심으로 사회 전체에 대한 적대감이 형성되어 화풀이 성격의 범죄가 일어나기도 한다. 기초생활이 보장되지 않는 저소득층의 취약한 경제 상황과 양극화에 따른 사회 통합의 실패 그리고 불평등한 사회의 비도덕성이 초래한 아노미 현상이 범죄로 이어지는 것이다.
　이러한 범죄는 개인의 양심이나 도덕성을 문제 삼기보다 사회구조를 개선하는 방향에서 해결책을 찾아야 한다. 개인이 아무리 노력해도 안 되는 상황이 분명 존재하며 개인의 양심과 도덕성에 호소하는 것이 설득력을 갖기 위해서도 사회의 도덕성이 확보되어야 하기 때문이다.
　우리 사회에서 소외된 계층의 범죄를 줄이기 위해서는 우선 저소득 계층에게 일자리를 제공하여 가계 수입을 보장하며 실업, 질병, 교육 등에 대한 국가 차원의 복지정책을 마련해 그들의 삶을 안정시켜야 한다. 특히 정부 주장 550만, 노동계 주장 850만 명에 이르는 비정규직에 대한 차별이 해소되어야 한다. 비정규직은 불안정한 고용 상태와 정규직의 60%에 해당하는 낮은 임금 때문에 사회 양극화의 주요 원인이 되고 있기 때문이다. 또 소득과 재산이 많은 계층은 세금을 많이 내고 저소득층은 세금을 적게 내는 조세정책을 추진해 부를 재분배하는 방향에서 정부의 재원을 확보해야 한다.
　이를 위해 기득권과 부를 소유한 사회계층이 '나만 잘사는 사회' 가 아니라 '함께 잘사는 사회'를 만들어야 한다는 인식을 가져야 하며 국가 역시 성장 위주의 정책에서 벗어나 분배와 복지에 관심을 기울여야 한다. 이런 노력을 통해 소외된 계층의 경제적 형편이 나아지고 사회통합의 노력이 지속적으로 이루어진다면 저소득층의 생계형 범죄나 화풀이형 범죄는 분명히 줄어들 것이다.

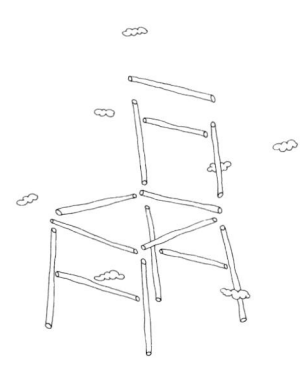

열림원 논술한국문학 15

오발탄·꺼삐딴 리

초판 1쇄 발행 2008년 7월 10일
초판 9쇄 발행 2024년 9월 1일

지은이 이범선·전광용
책임편집·논술집필 배상임
펴낸이 정중모
펴낸곳 도서출판 열림원
출판등록 1980년 5월 19일(제406-2000-000204호)
주소 경기도 파주시 회동길 152
전화 031-955-0700
팩스 031-955-0661
홈페이지 www.yolimwon.com
이메일 editor@yolimwon.com
인스타그램 @yolimwon

ⓒ 열림원, 2008

* 책값은 뒤표지에 있습니다.

ISBN 978-89-7063-602-3 04810
ISBN 978-89-7063-510-1 (세트)